KB006308

SPECTRES

SPECTRES

네이트 케년 지음 / 유미지 옮김

제우미디어

스타크래프트 고스트: 악령

초판 1쇄 | 2014년 11월 27일
초판 5쇄 | 2018년 3월 5일

지은이 | 네이트 케년
옮긴이 | 유미지

펴낸이 | 서인석
펴낸곳 | 제우미디어
출판등록 | 제 3-429호
등록일자 | 1992년 8월 17일
주소 | 서울시 마포구 상수동 324-1 한주빌딩 5층
전화 | 02-3142-6845
팩스 | 02-3142-0075
홈페이지 | www.jeumedia.com

ISBN | 978-89-5952-326-9
• 파본은 본사나 구입하신 서점에서 교환해드립니다.

제우미디어 소설 공식 카페 | cafe.naver.com/jeunovels
제우미디어 페이스북 | www.facebook.com/jeumedia
제우미디어 공식 블로그 | blog.naver.com/jeumediablog

만든 사람들
출판사업부 총괄 손대현 | **책임 편집** 신한길 | **기획** 전태준, 홍지영, 김혜리, 여인우, 윤여은
디자인 총괄 디자인수 | **제작** 김금남 | **영업** 김영욱, 박임혜
도와주신분 김준형, 블리자드코리아 현지화팀, 홍보팀, 커뮤니티팀, 마케팅팀, 웹서비스팀

나만의 노바, 크리스티 린에게
이 책을 바칩니다.

감사의 글

스타크래프트와 같이 광대하고 흥미진진한 세계에 대한 책을 쓴다는 것은 무척 즐거운 일입니다. 지금까지 정말 많은 분들이 도움을 주셨습니다. 먼저 이 책이 세상에 나올 수 있게 도와주신 전 에이전트 브렌단 드닌과 파인 프린트 리터러리 매니지먼트(FinePrint Literary Management)의 모든 분들께 감사드리고 싶습니다. 또한 사이먼 앤 슈스터(Simon and Schuster)의 담당 편집자인 제이미 코스타스와 에드 슐르싱어의 노고와 열띤 지원에 감사드립니다. 개인적인 면과 업무적인 면에서 모두 놀라움을 안겨 주신 블리자드 엔터테인먼트의 모든 분들께도 진심 어린 감사의 말씀을 드립니다. 마지막으로 항상 저를 지지하는 가족과 친구, 팬 여러분께도 감사드립니다. 이번 책을 통해 다시 한 번 여러분께 자랑스러운 친구가 되었으면 좋겠습니다.

네이트 케년

프롤로그

알타라 행성

오아시스 위로 펼쳐진 검붉은 하늘을 낙하기가 한 줄기 작은 유성처럼 가로질렀다. 하지만 그 모습은 지난 며칠 사이 마을 위에서 타올라 사라진 수백 개의 별똥별과 다르지 않았다. 마을 주민들이 하늘을 올려다보았다고 해도 크게 신경을 쓰진 않았을 터였다. 알타라 행성의 상공 수백 킬로미터 지점을 우주쓰레기 띠가 지나가면서, 최근 유성우가 끊임없이 계속됐다. 앞으로도 4일 동안은 멈추지 않을 것이다.

하지만 오아시스의 주민들에게는 하늘을 올려다볼 여유 따위 없었다. 항상 등 뒤를 조심해야 했다. 자칫하다가는 실리움 수정 한 줌이나 '행복한 잭 에일의 맥주' 한 병 때문에 칼침을 맞을 수도 있었으니까.

97초 후 충돌 예정입니다. X52735N 요원은 마지막으로 전체 시스템이 온라인 상태로 정상 가동 중임을 확인했다. 낙하기 내부는 비좁고 무더웠으며, 좌석 쿠션은 어찌나 얄팍한지 신소재 강철 지지대에 엉덩이가 배길

지경이었지만, 그녀는 신경 쓰지 않았다. 그저 헬멧을 뒤집어쓰고 고글을 단단히 조인 후, 전방 표시 장치를 보며 심호흡을 했다. 가볍지만 튼튼한 헬멧은 전투복 컴퓨터와 통신을 하면서 지속적으로 주변 환경을 감지했고, 움직이는 모든 것의 위치를 확인하고 추적하여 그녀에게 알렸다. 원거리 공격을 위한 C-10 저격용 소총을 확인하고, 근접 전투를 위한 휴대 무기도 챙겼다. 심장 박동수가 아주 조금 올라갔다가, 다시 평소와 같은 안정적인 수치로 돌아왔다. 그녀는 기계와도 같았다. 유령은 아무것도 두려워하지 않는다. 그럴 필요가 뭐 있겠는가? 자치령 최강의 사이오닉 암살자에게, 두려움이란 낯선 감정이었다.

유령은 다시 한 번 명령을 확인했다. 이 행성계 외곽에 위치한 알타라의 거주민 대부분을 차지하는 흉악범과 전과자들은 주로 대도시 중 하나인 오아시스에 모여 생활했다. 그런데 이 행성 뒷면에서 UED 테러리스트들의 것으로 짐작되는 대화 내용이 자치령 정보부의 감청에 의해 확인되었다. 스폴딩 소령과 22해병대대가 이번 작전을 지원할 것이다. X52735N 요원은 테러리스트들의 근거지로 추정되는 지점에 투입되어, 모습을 감추고 이번 첩보의 진위를 조사하고 정보를 수집한 후, UED 구성원을 처치하고 귀환을 요청할 것이다.

빠르고 깔끔하게 치고 빠지는, 딱 그녀가 좋아하는 방식이었다. 지역 주민들은 유령이 왔었다는 사실조차 모를 것이다. 운이 좋다면, 저녁 식사는 22대대 '파멸자' 부대원들과 함께할 수도 있다.

그런데 왜 이렇게 등골이 서늘할까?

곰곰이 생각할 시간은 없었다. 낙하기는 굉음과 함께 지면에 충돌하며 엄청난 충격을 받았다. 이빨이 덜거덕거리며 부딪히고, 안전벨트를 매어 둔 몸이 앞쪽으로 와락 쏠렸다. 지면이 이상하게 푹신하다고 느낀 순간, 모든 움직임이 멈췄다.

착륙했습니다. 1분 45초 후 자폭합니다.

X52735N 요원은 안전벨트를 풀고 문이 열리기만을 기다렸다. 갑작스럽게 찾아온 정적 속에서 금속 문이 덜컥 열렸고, 눈앞에 드러난 황무지에서는 낙하기가 추락하며 발생한 충격파가 만들어낸 소용돌이로 인해 피어오른 붉은 모래가 휘말려 떠돌고 있었다. 모래가 가득한 분화구에 착륙한 모양이다. 그녀는 밖을 내다봤다. 혐오스러운 행성이었다. 생명이라고는 찾아볼 수 없는 울퉁불퉁한 바위와 거친 모래가 지평선까지 뻗어 있었다. 마스크도 대기 중에 섞인 유황 악취를 완전히 제거해 주지는 못했다. 그리고 모래가 모든 것을 뒤덮었다. 낙하기도, 적대적 환경에 맞춰 조율된 전투복도, 저격총도, 헬멧도 모두 붉은 모래를 뒤집어썼고, 머리 위에서 희미하게 새어나오는 불빛에 검붉은 피의 색을 입혔다.

유령이 장갑 낀 손가락으로 전방 표시 장치를 문질러 닦자 붉은 얼룩이 남았다.

이런 빌어먹을.

이곳에서는 은폐 장치도 아무 소용이 없다. 전투복에는 진동을 통해 이물질을 털어내는 기능도 포함되어 있지만, 아무리 털어내 봐야 모래는 곧다시 쌓인다. 목표물에 가까이 다가갈 때까지 기다리는 편이 좋겠다.

그녀는 낙하기에서 뛰어내려 고개를 숙이고 가까운 바윗덩어리를 향해 달렸다. 낙하기는 이미 분해되기 시작했고, 이제 몇 초 내에 우주쓰레기로 변해 서서히 모래 아래 파묻힐 것이다. UED 요원이 공중을 감시하고 있다고 해도 낙하기를 보지 못했을 가능성이 크며, 설사 운이 좋아서 그 모습을 봤다고 해도 그저 또 하나의 운석이라고 생각했을 것이다.

그렇다고 해도 그녀는 상대가 침입자가 나타났음을 알고 있다고 가정해야 했다. 물론, 유령에게는 그다지 상관이 없는 일이었다.

바위 뒤에서 바람을 피하며, 그녀는 전투복의 컴퓨터를 통해 행성 지도를 확인했다. 미리 심우주 스캐너로 탐색한 바에 따르면, 여기서 약 1킬로미터 떨어진 지점에서 어떤 건축물이 발견되었고, 그 주위에 허름한 병영과 대피소가 모여 있었다. 모두 공식적인 지도에는 표시되지 않은 것들이었다. 이 지역은 오아시스에서 수 킬로미터나 떨어진 곳이기 때문에, 이 행성의 거주민이나 여기까지 흘러 들어온 범죄자라면 이렇게 멀리까지 나올 리가 없다. 그러다 보니 테러리스트 조직이 자치령의 목표물을 공격하기에도 알맞은 장소였다. 인근 구역에서도 최근 몇 차례의 공격이 이루어졌음을 감안하면, 이곳이 적 조직의 본거지일 가능성은 적지 않았다.

일하러 갈 시간이군.

그녀는 전방 표시 장치를 가동시키고 생명체의 신호가 탐지되는지 확인하며 서쪽으로 천천히 달렸다. 삐죽삐죽한 바위 표면을 채찍질하듯 쓸어내고, 또 금세 뒤덮어버리는 모래의 소용돌이 속에서는 아무것도 움직이지 않았다. 헬멧의 화면 위에도 모래가 덮여, 세상 모든 것에 그 검붉은 색을 더했다.

5분 후, 목표 지점에 접근하고 있다는 신호가 전방 표시 장치에 나타났다. 이동 속도를 빠르게 걷는 정도로 늦췄다.

저기군.

구름을 뚫고 그녀가 찾던 목표가 모습을 드러냈다. 약 60미터 떨어진 곳의 높은 화강암 돌출부에 인공 구조물이 도사리고 있었다.

X52735N 요원은 깜짝 놀라 멈춰 섰다. 켈모리안 정제소라고? 이 근처에서 채광 작업이 이루어진다는 얘기는 들어본 적이 없는데? 컴퓨터에게 대상을 확인하라는 명령을 내렸다. 스캐너를 통해 그 시설이 켈모리안의 것임은 확인했지만, 대폭 변형되어 확신할 수는 없었다. 켈모리안 조합이 여기까지 진출했다면, 저 건축물이 정말 그런 의미라면, 문제는 훨씬 더 복잡했다. 켈모리안과 자치령의 현재 관계는 아무리 좋게 말해도 살얼음

판을 걷는 지경이었다. 조합과 관련되고 그 지원을 받는 테러리스트 조직이라면 분명히 위험한 상황을 불러올 수 있다.

어쩌면 도난당한 정제소가 뭔가 다른 목적을 위해 개조되었을 수도 있다는 생각이 들었다.

하지만 그럴 만한 목적이 뭐가 있을까?

화강암 돌출부 아래에는 작업자들의 숙소 역할을 하는 것으로 보이는 보급고와 간이 병영들이 원을 그리며 늘어섰고, 병영 두 개 사이에는 황급히 버려진 듯한 건설로봇이, 그리고 그 근처에는 낡은 골리앗이 침묵 속에 서 있었다. 어둠 속에서, 모든 것은 죽은 듯했다.

유령이 무언가 감지했다. 사이오닉 능력을 지녔을 것으로 보이는 존재의 기척이었다. 하지만 대상을 정확히 탐지할 수도, 어디에서 나타난 건지 알 수도 없었다. 등골이 서늘한 느낌이 다시 돌아와 잠시 멈춰서야 했다. 이런 기분은 처음이었다. 누가, 아니 대체 무엇이 유령에게도 들키지 않고 모습을 감출 수 있단 말인가?

사이오닉 차단막이 있는 놈이겠지. 그것도 아주 좋은 걸로.

틀림없이 그럴 것이다. 하지만 늘어선 숙소의 수를 고려하면 이곳에 다른 테란도 있어야 했고, 그렇다면 그녀가 그들의 생각을 감지할 수 있어야 했다. 모두를 차단하는 것은 불가능했다.

바람이 더욱 강해져, 조금 더 무거운 자갈들이 날아와 전투복의 사이오닉 감응 근섬유에 부딪혔다. 이번 작전에서는 황혼 녘에 낙하가 이루어졌고, 지금은 얼마 남지 않은 빛이 빠르게 사라져 가고 있었다. 해병 지원군을 부른다면 소중한 시간을 낭비할 뿐만 아니라, 이번 작전을 비밀 잠입 임무로 유지하겠다던 희망 역시 사라질 것이다. 그래서야 유령의 일이라고 할 수 없었다. 그녀는 암살자로 길러졌고, 이번 작전은 그런 그녀의 임무였다. 아무런 의문 없이 복종한다. 빨리 움직여야 했다.

X52735N 요원은 짙어지는 어둠에 묻혀 천천히 전진했다. 시설은 텅 빈 것 같았다. 스캐너에도 살아 있거나 움직이는 것은 하나도 탐지되지 않았다. 유령은 아무 문제없이 건설로봇에 접근하여 측면에 손을 가져다 댔다. 차가웠다. 그리고 그 망할 모래에 덮여 있었다. 한동안 가동된 적이 없는 모양이었다. 골리앗도 비슷한 상태였다. 곧게 선 테란의 신소재 강철 거수는 포신이 달린 팔을 개조하여 화물을 붙잡고 들어 올릴 수 있는 집게를 설치하긴 했지만, 그 외에는 전반적으로 아무런 이상 없이 온전했다.

이제 15미터 정도 떨어진 화강암 돌출부를 바라보자, 그 위의 정제소가 마치 절벽 꼭대기에 웅크리고 앉은 거대 괴수처럼 보였다. 그리고 정면에 있는 지면 근처의 바위 아래에, 버려진 광산 입구가 눈에 띄었다. 정제소로부터 약 9미터 아래였다. 입구의 폭은 3미터쯤에 불과했고, 안쪽은 칠흑같이 어두웠다. 알타라 행성의 지하에는 광범위한 동굴이 뻗어 있다고 했다. 미로처럼 얽힌 통로와 바닥에서 아가리를 벌린 깊은 골이 모험을 좋아하는 테란의 목숨을 수없이 앗아갔다고도 했다. 이 광산 입구가 그곳으로 통하는 걸까 궁금했다.

그런 곳이라면 테러리스트의 기지를 감춰 주는 완벽한 위장이 될 것이다.

바람과 함께 찾아온 속삭임이 그녀의 등골을 스치고, 그대로 헬멧 안쪽 정수리까지 어루만졌다. 무슨 의미인지는 알 수 없는 목소리가 머릿속에 들리는 것 같았다. 온몸이 간질거리며 소름이 끼쳤다. 정제소를 다시 탐지해 봐도 빛이나 살아 있는 생명체는 전혀 감지되지 않았다. 그 순간, 그녀의 시선이 광산 입구를 스쳐 지날 때, 전방 표시 장치에 아주 잠깐 깜박거리는 빛이 표시됐다.

그녀는 얼어붙었다. 움직임이었다. 누군가, 아니 무언가가 검은 아가리 안쪽 깊은 곳에서 튀어나온 것만 같았다. 그 움직임은 나타났던 것만큼이나 빠르게 사라졌다.

X52735N 요원의 전투복이 진동하며 달라붙은 모래를 털어냈고, 그녀는 은폐 장치를 가동시키며 동굴 입구를 향해 달렸다. 너른 터를 가로지르는 데는 몇 초밖에 걸리지 않았지만, 그 시간은 영원처럼 길게만 느껴졌다. 온몸이 근질거렸고, 은폐장치를 가동했음에도 발가벗겨져 노출된 기분이었다.

몸을 웅크리고 동굴 안쪽으로 들어서면서 C-10 소총을 꺼내 사격 준비를 마치자, 바람 소리는 잦아들고 어둠이 그녀를 삼켰다. 그녀는 눈을 빠르게 깜빡이며 어둠에 적응하려 했지만, 얼마 남지 않은 빛은 동굴 안쪽을 1미터 이상 비추지 못했다.

유령의 시신경은 전방 표시 장치를 통해 다양한 파장의 빛을 인식할 수 있었다. 이를 통해 동굴을 살펴보자, 신소재 강철로 강화한 바위투성이 동굴이 9미터 정도 안쪽에서 두 갈래로 갈라지는 것이 보였다. 텅 빈 동굴 벽면의 굴곡이 흑백 화상으로 표시되었다. 열감지 모드로 변경하고 동굴 벽을 통과해 안쪽 깊은 곳의 인공 및 천연 동굴까지 탐지했다. 이곳은 생각보다 훨씬 광범위했다. 모두 살펴보는 것만으로도 며칠이라는 시간이 필요할 듯했다. 그녀가 할애할 수 없는 소중한 시간이었다.

저기다.

열 신호로 오른쪽 갈림길 안쪽에서 어딘가 인간과 비슷한 형체가 넓은 공간을 가로지르는 모습이 보였다.

X52735N 요원은 바위투성이 지면을 지나 조용히 앞으로 달렸다. 가능하다면 대상을 확인하고 심문할 것이다. 하지만 그러려면 빨리 움직여야 했다. 이번 임무에서 가장 중요한 일이었다. 실제로 UED가 광산 안에 기지를 세웠다면, 삼엄한 경비가 있을 것이다. 그녀의 존재가 알려지기 전에 대상을 확보해야 했다. 오른쪽 동굴에서는 활발한 활동이 있었음을 알 수 있었다. 최근 무언가 커다란 물체가 통과하기라도 한 듯 바위에는 온통 긁

힌 자국이 가득하고, 먼지가 쌓인 곳은 온통 발자국 투성이였다. 통로는 길지 않았기에 그녀는 순식간에 그 끝에 도착했고, 앞에는 드넓은 공간이 펼쳐졌다. 그녀는 다시 깜짝 놀라 멈춰서야 했다. 창고 시설 같았다. 베스핀 채취기들이 벽에 줄지어 섰고, 무인 기기도 최소 여섯 대는 됐다. 주위 모습을 보면 한때 베스핀 가스 용기가 가득 쌓여 있었을 것 같았지만, 지금은 텅 빈 채 어둠에 잠겨 있었다.

거대한 공간에 생명체의 흔적은 없는지 다시 한 번 탐지했지만, 아무것도 나오지 않았다. 반대쪽에도 출구가 하나 있었다. 누구든 이곳을 지나간 자도 그 방향으로 간 것이 분명했다. 그녀는 사이오닉 에너지를 방출했지만… 아무것도 없었다. 테란의 사고 패턴만 없는 것이 아니었다. 지금 누군가를 쫓고 있음을 생각해 보면 그것만으로도 충분히 이상한 일이었다. 거기에 인공적인 느낌이 추가되었다. 아무것도 없이 텅 빈 상태, 마치 진공 같았다.

감각이 최고조로 예민해졌지만, 도무지 그 이유를 알 수 없었다. 지금까지는 적이 있다는 흔적을 비롯하여 그녀를 위협할 만한 것은 하나도 감지하지 못했다. 사이오닉 지수 6.5의 유령으로서, 그녀는 은하계에서 가장 고도로 훈련된 정예 첩보 부대의 일원이었다. 백병전 전문가에 상대의 마음을 읽는 능력까지 갖추고, 전투복을 통해 신체 능력까지 일반 테란과는 비교도 할 수 없는 수준으로 강화된 병기였다. 프로토스나 저그의 칼날 여왕을 제외하면, 유령보다 강한 사이오닉 능력을 지닌 존재는 없다. 그리고 지금 이곳에선 외계 생물의 흔적이 보이지 않았다.

X52735N 요원은 동굴을 가로질러 반대편 출구로 향했다. 바위가 자연적으로 갈라져 형성된 삼각형 틈으로, 처음의 동굴 두 곳에 비하면 훨씬 오래 전에 생겨난 통로였다. 그녀는 허리를 굽히고 안으로 들어섰다. 소총은 언제든 발사할 수 있게 전방을 조준하고 조심스럽게 몇 걸음을 걸었다.

자신의 거친 숨소리만이 귀를 울렸다. 양쪽 벽은 3미터도 채 되지 않았고, 그나마도 점차 좁아지고 있었다. 천장도 그녀의 머리 바로 위까지 점차 낮아졌다. 위쪽의 바위는 얼마나 무거울까? 문득 자신을 짓눌러 오는 저 헤아릴 수 없이 무거운 암석에 대한 생각이 떠올랐다.

전혀 그녀답지 않은 일이었다. 신경이 날카롭게 곤두선 채 함정이 있는지 주위를 탐지하고는 있었지만, 딱히 명확한 이유가 없는데도 자제력을 잃고 거의 폭주하기 직전까지 긴장하고 있었다. 은폐 장치가 가동 중이었다. 강화 시신경을 사용한다고 해도 그녀를 볼 수 있는 사람은 없다. 그녀는 다시 몇 걸음을 내디디며 숨을 골랐다.

정신 차려, 아가씨.

조금 더 안으로 들어가자 바위틈이 다시 넓어졌고, 천장도 머리 위로 높아지기 시작했다. 길은 왼쪽으로 꺾였다. 전투복 센서들이 그녀가 미처 보지 못한 위험에 대해 경고했다. 바닥의 가느다란 틈이 빠르게 넓어져, 어느새 사람을 집어삼킬 만한 크기가 되었다. 희미한 청록색 빛이 발아래에서 피어올랐고, 그와 함께 뭔가 다른 것도 따라왔다. 처음에는 베스핀 가스라고 생각했지만, 센서들도 성분을 분석해 내지 못했다. 그 물질은 마치 안개처럼 그녀의 발을 휘감았다.

캐스 툼.

X52735N 요원은 헉, 하고 숨을 내쉬며 빙글 돌아서서 그 소리를 낸 자를 찾았지만 아무것도 보이지 않았다. 텅 빈 동굴은 침묵 속에 잠겨 있었다. 목소리는 그녀의 머릿속에 직접 들려왔다.

내가 간다.

그녀는 다시 몸을 돌려 어둠 속을 바라봤다. 쿵쾅거리는 심장이 목구멍까지 올라올 것 같았다.

어디서 날아왔는지 알 수 없는 충격이 목덜미를 강타하자, 그녀는 균형을 잃었다. 소총도 손을 벗어나 떨어지고, 바닥을 미끄러져 멀어졌다. 시야엔 온통 별들이 반짝였지만, 그녀는 본능적으로 몸을 굴렸다. 누가, 혹은 무엇이 그녀를 쫓고 있는지, 또 어떻게 은폐 상태인 자신을 찾아냈는지 머릿속으로 미친 듯이 생각하면서. 아무것도 감지할 수 없었고, 조금 전 자신에게 주입된 것 외에는 그 어떤 생각도 들을 수 없었다. 텔레파시 능력자라면 매일같이 감당해야 하는, 테란 사람들의 일반적인 마음의 소리가 전혀 들리지 않았다.

물 흐르는 듯한 단 한 번의 움직임으로 그녀는 벌떡 일어섰다. 이미 손에는 권총을 들고 있었다. 시야 한편에 검은 전투복을 입은 형체가 보였지만, 그녀가 미처 반응하기 전에 사라졌다. 크게 휘둘러 찬 돌려차기도 허공을 갈랐다.

사라졌어.

순식간에 차오르는 공포를 거칠게 밀어냈다. 유령 사관학교에서의 훈련, 그리고 지금까지 전투에서 경험한 바가 해일처럼 밀려들었다. 적을 확인하고, 약점을 파악하고, 그곳을 공격하라.

유령 훈련은 별로 도움이 되지 않을 거야, 톰.

이번에도 아무것도 보이지 않았지만, 신소재 강철 막대와 같은 것이 얼굴을 정면으로 강타했다. 헬멧이 벗겨져 날아가고, 피가 입안을 가득 채웠다. 숨을 쉬려고 헐떡거리면서, 그녀는 비틀비틀 뒤로 물러나야 했다. 어둠 속에서 앞이 전혀 보이지 않게 되자, 무의식중에 권총의 방아쇠를 당겼다. 격발과 함께 튄 불꽃이 섬광등처럼 주위를 밝혔다. 그녀는 다시 제자리에서 회전하며 사격을 퍼부으면서, 주위 통로의 모습을 기억에 담으려 했다. 머릿속에서 커다란 소음이 쾅쾅 울리고, 극심한 공포는 마치 가슴속에 목이 찢어져라 비명을 지르는 뮤탈리스크가 들어앉은 것처럼 그녀를 가득 채웠다. X52735N 요원은 다시 뒤로 돌아 희미한 빛을 내뿜는 바닥의 틈을 뛰어넘었고, 안개 같던 가스를 떨쳐낸 후에는 흐느낌이 목구멍으로 차올랐다.

웃음소리가 그녀를 따라와 사방의 바위에 부딪히며 메아리쳤다.

숨을 깊이 들이쉬어, 꼬마 유령 아가씨. 그리고 빛을 바라봐.

X52735N 요원은 어둠 속에서 팔을 죽 뻗고 사방을 더듬었다. 벽이 손에 닿았고, 금속 냄새가 코를 가득 채웠다. 찢어진 윗입술에서 아직도 흘러내리는 피 냄새 같았다.

캐스 툼이라고?

자신의 진짜 이름을 마지막으로 들었던 게 어찌나 오래 전인지, 이제는 잘 기억도 나지 않았다. 모든 유령들은 사관학교를 거친 후 기억이 소거되며, 그건 매번 중요한 임무를 마친 뒤에도 마찬가지였다. 그들은 유령 일련번호에 응답하는 훈련을 받았다. 그녀도 자신을 번호로 부르는 것에 익숙했다. 이 적은 어떻게 그녀가 누구인지 알고 있는 걸까?

숨을 깊이 들이쉬어.

그녀는 자기도 모르게 그 말을 따랐다. 무언가 꿈틀거리며 그녀의 정신 속으로 파고들어, 내면을 환하게 밝혔다. 맥박이 더 빨라지고 이마에 땀방울이 맺히기 시작했다. 과거의 환영이 주마등처럼 눈앞을 스쳐 갔다. 사관학교 시절의 훈련 임무가 떠올랐다. 각종 무기와 공격 로봇이 산재해 있는 어두컴컴한 미로에서 그녀는 팀을 이룬 동료들과 함께 움직였다. 우주 해적을 쫓아 고부스 행성의 갈라진 지표면과 용암의 강을 뛰어넘던 모습도 떠올랐다. 그리고 나무판자로 짠 벽에 그려진 칼 브라이언트 채광 연합의 기호와 함께 흉터가 가득한 낯익은 얼굴이, 너무나도 깊은 슬픔이 가득해서 울음을 터뜨리고 싶은 얼굴이 떠올랐다.

아빠?

그녀는 공격을 방어하듯 두 팔을 들어올리며 뒤로 물러났고, 그대로 지면의 갈라진 틈으로 떨어졌다. 비명을 지르며, 그녀는 심연을 향해 추락했다.

강철 같은 손아귀가 손목을 붙잡고, 무서운 힘으로 한 번에 그녀를 바위 위로 끌어올렸다. 유령 요원은 녹초가 된 채 엎드려 숨을 헐떡였다.

캐스?

네, 이제 기억이 나요.

그녀는 고개를 끄덕이고, 눈물 때문에 흐릿해진 눈을 들어 위를 바라봤다.

다시 웃음소리가 들려와 사방에 반사되며 메아리쳤다. 희미한 빛 속에서 두건을 뒤집어쓴 얼굴이 다가왔다.

좋아. 이제 다시 잠을 자면 돼, 꼬마 유령 아가씨.

주먹이 X52735N 요원, 즉 캐스 툼을 덮쳐 다시 깊은 어둠 속에 빠뜨렸다.

제1장

팔라틴호
4일 후

UED 테러리스트 조직이 아티쿠스 소행성의 정제소를 공격했다는 사실이 어젯밤 UNN 관계자에 의해 확인 되었습니다. 관계자의 말에 따르면, 이 정제소의 저장탑을 폭파하기 위해 설치된 폭탄이 불발에 그쳤고, 자치령 병력이 신속한 조치를 취한 덕분에 관련 시설에 별다른 피해는 없었다고 합니다. 테러리스트 조직의 일부 구성원들이 현재 체포되어 취조를 받는 중입니다. 멩스크 황제는 짧은 성명을 통해, 이 무장 조직을 실패한 세력의 "무력한 찌꺼기"라고 비하하며, 자치령 전역으로 흩어진 UED 잔당을 마지막 하나까지 뿌리 뽑을 것이라고 밝혔습니다.

이번 공격은 테란 자치령의 다수 지역에서 조직적으로 이루어진 일련의 적대적 행위 중 가장 최근에 발생한 사건이며, 다행히 이들 공격은 대부분 실패로 끝났습니다. 이와 같은 UED의 잔존 조직들 중 일부가 아직도 활동하는 것으로 알려졌지만, 이들은 실질적으로 시민들에 대한 위협이 되지 못하며, 해병들이 빠른 속도로 이들을 제압하고 있습니다. 이런 조직에 대한 정보를 알고 계신 분은 해당 지역 내 관계 기관에 즉시 제보해 주시기 바랍니다. UNN의 케이트 록웰 기자였습니다….

X41822N 요원, 노벰버 노바 테라는 어둠 속에서 조용히 옷을 입었다. 아래쪽에서 들리는 전투순양함 팔라틴호의 낮고 묵직한 엔진 소리가 조금 작아지는걸 보면, 차원 이동이 끝난 모양이었다. 몇 분 정도 방해받지 않고 잠을 잤지만, 이제 목적지에 접근하고 있으니 목표가 범위 내에 들어오기 전에 함교에 가고 싶었다. 알타라에서 무엇이 그들을 기다리는지, 지금으로서는 전혀 알 수 없었다. 그래서 싫었다. 예측할 수가 없으니까.

팔라틴호에서 노바의 숙소는 일반적인 경우보다 컸지만, 호화로운 것과는 거리가 멀었다. 그리고 그녀는 방이 어두운 편을 선호했다. 창도 하나 없는 삭막한 벽에 둘러싸인 곳에서 답답함을 느끼지 않으려면 그게 나았다. 스트레칭을 하는 동안에도 근육에서 피로가 느껴졌다. 흰색과 파란색으로 이루어진 전투복이 또 한 겹의 피부처럼 몸에 달라붙었다. 그녀는 문을 열고 눈을 깜박이며, 불 켜진 통로로 나섰다. 반대편에서 다가오던 다부진 근육질 해병이 그녀를 위아래로 훑어봤지만, 통로 내에서 최대한 멀리 떨어져서 그녀의 곁을 지나갔다. 고다드 이병. 텔레파시 능력자가 아니라고 해도 그 해병이 무슨 생각을 하는지는 쉽게 알 수 있었을 것이다. 사실, 익숙한 일이었다. 노바는 남자들에게 욕망과 공포가 뒤섞인 묘한 감정을 불러일으켰고, 또 필요할 때면 그런 불편함을 이용하여 자신의 목적을 달성하는 것도 꺼리지 않았다.

그녀는 좁고 미로처럼 얽힌 통로를 지나 함교로 향했다. 식당에서는 톡 쏘는 커피와 미라과일 파이 냄새가 풍겨왔고, 해병들의 거친 목소리가 잠깐 동안의 고요함을 깨뜨렸다. 전투복을 모두 갖춰 입은 해병들 몇몇이 탁자에 앉아 홀로그램 카드 게임을 하고 있었다. 그들이 가상의 덱을 손으로 문지르자 카드들이 공중에 떠올랐고, 해병들은 친근한 태도로 서로에게 욕설을 퍼부었다. 겉으로 보기에는 다들 차분해 보였지만 노바는 그 모습에 속지 않았다. 모두들 잔뜩 긴장한 채 출동 명령을 기다리고 있음을 느낄 수 있었다. 전투를 앞둔 기대감으로 함선 전체가 술렁였고, 그렇게 고양된 테란의 사고 패턴이 모여 만들어낸 정신적 웅성거림은 그녀의 피부를 간지럽힐 정도였다.

그녀는 함교로 가는 동안 브리핑 내용을 다시 한 번 검토했다. 한 유령 탐색관(사이오닉 능력을 지닌 사람을 찾아내어 유령 사관학교에 입교시키고, 유령을 관리하는 유령 프로그램의 일원. 낮은 수준의 사이오닉 능력자. – 옮긴이 주)의 조난 신호가 홀러 대령의 팔라틴호에 수신되었고, 함선에서는 이를 다시 자치령 권력의 핵심부인 아우구스트그라드로 전달했다. 이 탐색관이 알타라에서 실종된 유령의 흔적을 추적하는 사이 어떤 폭발이 일어났다고 했다. 유령이 발견되었는지, 아니면 이 탐색관이 폭발에서 살아남았는지도 확실하지 않았다. 노벰버 노바 테라는 홀러 대령의 해병 부대와 함께, 이 조난 신호에 대응하라는 명령을 받았다.

다른 상황이었다면 비교적 간단한 구조 및 조사 임무라 생각하고 준비했을 것이다. 하지만 이번에 실종된 유령을 비롯하여 지난 몇 달 간 적지 않은 유령이 흔적도 없이 사라졌고, 이건 불가능에 가까운 심각한 사건이었다. 유령은 만에 하나 조직을 떠나고 싶다는 충동을 느낀다고 해도, 신경 억제기와 정기적인 정신 소거를 통해 자치령에 대한 충성심을 유지했다. 일반적인 유령이라면 단순히 휴식 시간이 필요하다고 해서 무단이탈을 하는 일이 불가능했다. 그리고 탐색관들은 뭔가 심각하게 잘못된 일이 있지 않고서는 조난 신호를 보내지 않는다. 이와 더불어, 유령과 유사한 능력을 사용하는 일종의 특수 부대가 자치령의 전략 거점들에 테러를 가해 왔다는 보고가 반복되다 보니, 심각한 음모 이론이 부각되는 것도 당연했다.

노바는 자신만의 이유 때문에 유령이 되어 행복한 마음으로 자신의 모든 과거를 잊어버렸다. 과거를 전혀 기억하지 못하는 지금도 마찬가지였다. 그녀는 유령 전투복에 간직한 낡은 종이 조각을 더듬었다. 굳이 종이를 펼쳐 읽어 볼 필요도 없이 내용은 이미 잘 알고 있었다. 오래 전 타소니스 행운케이크에서 나온 점괘로, 노바 자신에게 보내는 일종의 메시지이자 경고였다.

때로는 지나간 일을 잊어야만 앞을 바라 볼 수 있다.

함교에 다가가면서, 그녀는 모두들 그저 알타라 행성으로 병력을 차례로 내려 보낼 준비를 하고 있을 거라고 생각했다. 하지만 문을 들어서기도 전, 주위에 온통 긴장감이 가득한 것이 느껴졌다. 또 무언가 다른 것도 느껴졌다. 거대한 기척이 다가오고 있었다. 마치 대규모 공연을 앞두고 관객들이 작은 목소리로 서로에게 속삭이는 듯한, 인간이 이해할 수 없는 외계 생물의 사고가 바다처럼 방대하게 연결된 존재….

저그.

함교 안에는 마치 전기처럼 지글거리는 긴장감이 가득했고, 병사들의 태도는 그녀가 이미 알고 있는 정보를 확인시켜주었다. 거대한 저그무리가 빠르게 다가오고 있었다. 전술장교와 함장의 머릿속에는 혼란과 공포가 뒤섞였다. 둘 모두 저그를 한 번도 본 적이 없었다. 자치령의 공식발표에 따르면, 저그는 휴면기에 들어가 몇 년 동안 누구의 눈에도 띈 적이 없었다. 물론, 노바는 그런 말에 속지는 않았지만, 이렇게 극도로 비인간적이고 피에 굶주린 존재를 가까이에서 느끼고 있노라니 자기도 모르게 몸이 움츠러들 수 밖에 없었다. 저그는 휩쓸고 지나가는 모든 생명체의 유전 정보를 섭취 또는 흡수했고, 그 결과 새롭고 더 위험한 변종들이 탄생했다. 유령을 포함한 그 누구도, 피할 수 있다면 굳이 저그와 전투를 벌일 이유는 없었다.

대체 저것들이 여기서 뭘 하는 거지?

잭슨 홀러 대령은 관측창에 서서 우주를 내다봤다. 우락부락한 두 팔은 뒷짐을 지고, 벗겨져가는 머리는 조명을 받아 빛났다. 이번 임무에서 노바가 배치된 함대의 수장이었지만, 아마 전에도 함께 일했던 적이 있었을 것이다. 물론, 유령 프로그램의 표준 규정에 따라 임무 후에는 기억 소거가 이루어지고, 또 많은 임무의 가상파일들이 최상위 보안등급으로 지정되면서 "관계자외 열람금지" 조항 때문에 실제로 확인할 방법은 없었다.

이 함대와의 과거를 그녀만 모른다는 건, 늘 그렇듯 불편한 구석이 있었다. 다른 이들에게서 자신과 함께한 시간에 대한 추억을 감지할 수 있는데, 오직 노바 자기만 모른다는 것이 문제였다. 그 때문에 대화가 어색해지는 일도 많았다. 이는 결국 유령들이 혼자있기를 좋아하고, 물리적인 측면 외에 정신적으로도 다른 선원들에게서 멀어지려고 하는 이유 중 하나가 되었다. 과거가 없다면 관계를 쌓아가기가 쉽지 않다.

물론, 그게 자치령이 선호하는 방식이기도 했다. 유령은 가능한 한 아무 일에도 방해 받지 않고 임무를 완수해야 했으니까.

별의 바다 가운데에서, 알타라 행성은 빠르게 커지는 붉은 점으로 보였다. 홀러는 그 모습에서 뭔가 심오한 의미를 찾기라도 하듯, 행성을 뚫어져라 바라보고 있었다. 도착까지 한 시간도 남지 않았다. 지금쯤 격납고로 내려가 해병과 수송선의 출격준비를 지휘하고 있어야 할 시간이었다. 아마도 갑작스럽게 나타난 저그 때문에 함장이 여기 왔을 것이다. 노바는 그의 초조한 마음을 감지할 수 있었다.

"얼마나 남았지?"

함장이 뒤를 돌아보지도 않고 물었다.

"20분 남았습니다, 함장님."

대답과 함께 전술장교는 버튼을 눌러 함교 중앙의 화면에서 레이더지도의 방향을 조정했다. 화면은 초록색으로 빛나다가 붉은색으로 바뀌며 저그 무리의 예상 이동경로를 표시했다.

"전속력으로 항해한다고 해도, 적이 최소 30분 이상 빨리 도착할 것으로 보입니다."

"놈들의 목표는 확실한가?"

"현재의 경로를 유지한다면 확실합니다."

전술 장교는 잠시 머뭇거린 후 말을 이었다.

"함장님, 한가지 여쭤봐도 되겠습니까? 저그는…."

홀러는 뒤로 돌아 관측대 난간을 두 손으로 잡았다. 위압적인 얼굴을 잔뜩 찌푸린 함장의 희끗희끗해진 염소수염이 분노로 부들부들 떨렸다.

"아니, 망할 질문 따위는 하지 마라. 대체 저 개자식들이 나타나는 걸 미리 탐지하지 못한 이유가 뭐냐?"

전술 장교의 얼굴이 붉어졌다.

"함장님, 저는…."

"확인할 틈이 없었습니다."

루크 대위가 사선의 중앙에 슬쩍 끼어들며 말했다. 날씬한 허리에 두 손을 얹은 모습에는 잘 드러나지 않았지만, 딱딱하게 굳어진 어깨를 보면 대령을 상대하느라 온몸을 긴장하고 있음이 분명했다. 노바는 한순간 그녀의 불쾌감도 엿볼 수 있었지만, 대위는 강철 덫이 덜컥, 하고 아가리를 닫아버리듯, 감정의 문을 봉쇄했다. 루크 대위는 무척 강인한 여성이었지만, 홀러 대령의 분노를 정면으로 마주하느라 다소 움츠러드는 듯했다.

"차원 이동을 마친 직후에 스캐너에 신호가 잡혔습니다. 하비가 저그의 출현을 예측할 방법은 없었습니다. 현재 상황에서 저희도 최선을 다하고 있습니다."

"일을 이따위로 망쳐 놓고 대충 얼버무리려 하지 마라, 대위. 놈들이 뭘 노리는 거지?"

"알 수 없습니다. 우연의 일치일 수도 있습니다."

노바가 끼어들었다.

"그렇지 않아요. 저그는 무언가에 이끌려 왔어요. 저도 느낄 수 있어요."

홀러는 노바를 보고 깜짝 놀라기라도 한 듯 몸을 돌려 그녀를 바라봤다. 하지만 함교에 들어선 순간부터 함장이 그녀의 기척을 눈치 채고 있었음을 잘 알고 있었다.

"X41822N 요원, 만나서 정말 반갑군. 그런데 지금쯤이면 낙하기에 타고 있어야 하지 않나?"

"최종 출동 명령을 아직 못 받았거든요."

홀러가 고개를 끄덕였다. 그리고 짧은 계단을 내려와 함교 중앙에 섰다.

"그래도 잘 왔다. 이제 간단한 구조 및 조사 작전이라는 건 물 건너갔어. 저 행성 표면에 거주하는 테란의 목숨을 구하는 일도 우선순위가 낮아졌고. 자네도 잘 알겠지만 알타라는 말 그대로 똥통이거든. 인구도 많지 않고. 하지만 그 탐색관하고 우리 유령을 구해내려면, 저 외계 생물들과 전투를 벌여야 할 수도 있겠어."

"네, 알겠습니다."

"놈들이 무언가에 이끌려 왔다는 건… 저기에 일종의 사이오닉 신호기라도 있다는 말인가?"

"모르겠어요."

저그는 실제로 강한 사이오닉 신호에 이끌린 상태였다. 하지만 사이오닉 신호기를 가동시키려면 유령이 필요하다. 그리고 그 점을 생각해 보면,

답하기 곤란한 질문들이 더 많이 생겨날 뿐이었다.

여전히 저그 무리를 마주한 전술 장교의 혼란과 공포가 느껴졌고, 노바는 그게 영 마음에 들지 않았다. 장교의 머릿속에서 저그는 날카로운 송곳니에서 피를 뚝뚝 흘리며 으르렁거렸다. 영화에서나 볼 법한 괴물의 모습이었다. 하지만 현실은 더욱 끔찍할 뿐이라는 끔찍한 생각이 떠올랐다. 홀러 함장이 이끄는 해병들은 구 테란 연방의 망명자들과 자치령의 재사회화된 병사들이었다. 이들 모두 저그와 싸운 경험은 별로 없었다.

노바가 홀러를 향해 말했다.

"제가 먼저 갈게요. 그동안 병사들에게 자세한 브리핑을 해 주세요. 제가 지형을 확인하고 정보를 보내드릴 테니, 약점을 찾아서 전술 지원을 부탁드려요."

대령은 고개를 저었다.

"해병 1개 대대가 있어도⋯."

"저 혼자서요⋯."

그녀는 깜빡 잊었다는 듯 다시 덧붙였다.

"대령님."

현재 상태에서 해병들은 그저 거추장스러울 뿐이라는, 부수적 피해가 아주 클 거라는 말은 굳이 덧붙이지 않았다.

그냥 날 보내 줘. 할 일을 하게 내버려 두라고.

홀러는 한참 동안 그녀를 바라보다가 고개를 뒤로 젖히고 껄껄 웃었다.

"간이 배 밖으로 나왔군. 그거 하나는 인정해 주지. 물론, 이미 그런 줄 알고 있었지만. 대위!"

루크 대위가 순간 차려 자세를 취했다.

"네, 함장님!"

"함선을 눈에 띄지 않게 빠른 속도로 진입시켜라. 저 악성 종기 같은 녀석들이 알타라 볼기짝 어디쯤에 내려앉는지 알아내야겠다. 함선을 놈들의 머리 위로 이동시키도록. 알겠나?"

대위가 고개를 끄덕이자, 홀러는 노바를 향해 돌아섰다. 함장의 진중하고 당당한 얼굴에서, 어느새 웃음기는 찾아볼 수 없었다.

"좋아. 네 소원을 들어주지. 지상에서 활동할 시간을 딱 한 시간 주겠다. 날 후회하게 하진 마라."

제2장

저그

알타라 행성 표면이 시야에 들어오기 한참 전부터, 뭔가 심각하게 잘못되어 있다는 것이 느껴졌다.

팔라틴호의 컴퓨터가 저그의 활동을 탐지해 보니, 녀석들은 한 바위 돌출물 주위에 몰려들어 있었다. 오아시스 시에서 수 킬로미터 가량 떨어진 곳이었다. 나쁘지 않았다. 적어도 민간인 희생자의 수는 최소한으로 제한될 테니까. 하지만 저그는 탐욕스러운 포식자였다. 유기적 생체 물질인 점막으로 마치 카페트처럼 지표면을 뒤덮으면서 단 며칠 동안에 행성 하나를 황폐화시키기도 했다. 외계 생물에 영양을 공급하는 역할도 하는 보라색 점막은 끈적끈적한 점액질이 두껍게 땅을 뒤덮는, 구역질나는 형태로 생성되었다. 파괴하는 방법은 오직 불태우는 것뿐이었고, 그렇게 없애도 다시 나타나곤 했다. 점막 종양이 지표면에 생성됐다면, 또 저그가 부화장으로 변이했다면, 알타라 행성의 소멸은 시간 문제였다.

하지만 가장 걱정되는 건 그게 아니었다. 보통은 붉은 모래로 가득 차 있던 대기가 어느새 기이하고 역겨운 초록빛을 띠었다. 낙하기를 타고 떨어지는 동안, 화면을 통해 이 낯선 물질이 안개처럼 소용돌이치는 모습을 볼 수 있었다. 함선의 스캐너를 통해 확인해 보니, 그건 지금까지 인간에게 알려지지 않은 물질이었다. 베스핀 가스와 화학적 조성이 비슷했지만, 실질적으로 다른 물질이었다. 그리고 저그와 관련이 있는 것 같지도 않았다. 행성 표면의 균열에서 흘러나와 서서히 흐르고 있었다. 그 지점이 바로 저그가 모여 있는 곳이자, 탐색관이 조난 신호를 보낸 지점이었다.

무엇인지 정확히는 알 수 없었지만 알타라 행성에서 일어난 폭발 때문에, 등불에 나방이 모여드는 것처럼 저그를 유인하는 물질이 방출되었다는 걸 노바도 느낄 수 있었다. 저 외계 생물의 존재감처럼, 그녀의 마음을 압박하고 쿡쿡 찔러왔다. 무시할 수 없는 사이오닉 신호였다.

노바는 낙하기의 여과 장치를 통해 그 이상한 가스를 일부 채취하여 간이 화학 분석을 했고, 그렇게 알아낸 정보를 팔라틴호의 통신 장교에게 전달하며 함선의 기술진에게 그 정체를 확인하는 일을 맡겼다. 그리고 저그가 가장 활발하게 활동하는 지역에서 오백 미터 정도 떨어진 지점에 낙하기를 착륙시켜 달라고 요청했다. 실종된 유령에 대해 생각하지 않을 수 없었다. 그녀도 이와 비슷한 경로를 통해 행성 표면으로 향했을 테니까. 기록을 보면 그 유령도 꽤나 경험이 풍부한 요원이었다. 낙하기가 착륙하기 직전에 그녀는 무슨 생각을 하고 있었을까? 얼마나 빨리 제압되었을까? 그리고 대체 무슨 일이 일어난 걸까?

낙하기의 통신 장치가 깜박이며 켜졌고, 화면이 잠시 떨리다가 홀러의 얼굴이 나타났다.

"출동 준비가 끝났다. 브리핑도 모두 마쳤고, 병사들은 당장이라도 강하할 수 있어. 주변을 탐지해 보니, 외계 생물의 규모는 정말 엄청나고, 모두 말벌 벌집을 뒤흔든 것처럼 윙윙거리며 날뛰더군. 지표면의 상황만 알려주면, 우리가 즉시 내려가겠다. 영웅이 되려고 하지 마라. 알겠나?"

"내 몸은 내가 지킬 수 있어요."

홀러는 눈살을 찌푸렸다.

"당연히 그래야 할 거다. 유령 프로그램 관계자들이 내 꽁무니를 쫓아와서는, 자기들이 아끼는 장난감이 부서졌다고 징징대는 꼴은 보고 싶지 않으니까."

함장의 모습이 다시 깜박거리다가 이내 사라졌다.

저 사람의 생각은 제대로 읽을 수가 없어.

착륙 준비를 하며 노바는 그렇게 생각했다. 텔레파시 능력자가 특별한 이유 없이 테란의 생각을 읽는 것은 자치령 규정에 따라 금지되는 사항이었다. 게다가 상대가 대령이라면, 그녀도 명시적인 허가 없이 능력을 발휘할 생각은 없었다. 하지만 신경 억제기를 사용하더라도 가끔씩 표면적인 사고가 새어 들어오는 것을 막을 수는 없었다. 사이오닉 지수가 최고 수치인 10에 이르는 노바는 현존하는 가장 강력한 유령 중 하나였다. 본의 아니게 사람들의 생각을 읽어야 했다. 노바가 경험한 바로는, 사람들은 대부분 자신의 진짜 모습을 감췄다. 자기 자신과 다른 이들의 결정에 대해 계속해서 의문을 제기하는 실체는 드러내지 않았다. 테란 사람들은 천성적으로 의심이 많았다. 하지만 홀러 대령과 함께 복무하는 동안, 노바는 오직 그의 표면적인 사고 외에는 그 무엇도 감지하지 못했다. 그는 훌륭한 군인이었다. 황제에게 충성하고, 부하들의 사랑을 받고, 자치령을 보호하기 위해서는 목숨까지도 버릴 수 있었다.

아무것도 몰랐다면, 저 사람이 나를 걱정하고 있다고 생각했겠는데.

낙하기의 컴퓨터가 곧 착륙한다는 경고를 표시했다. 잠시 후, 파괴되어 가는 낙하기를 등지고 그녀는 바짝 마른 모래투성이 황무지로 뛰어내렸다. 전투복의 은폐 장치가 가동되었지만, 근처에 저그 대군주라도 있으면 아무 소용이 없을 터였다. 그래도 그게 한순간 생과 사를 가를 수 있을지도 모른다.

유령 탐색관의 함선은 바위투성이 절벽 오른쪽에 있었다. 저그가 아직까지 우주선을 휩쓸어버리지 않았다고 해도, 녀석들은 조만간 덮쳐 올 테고, 그러면 함선에서 누군가를 구출할 수 있는 기회는 사라지고 만다. 노바는 C-20A 산탄 소총을 꺼내 들고 적대적인 환경에 홀로 맞섰다. 전투복의 컴퓨터를 사용하지 않아도 저그가 어디에 있는지 알 수 있었다. 이미 그 존재가 느껴졌다. 몸이 부르르 떨렸다. 홀러의 말이 맞았다. 괴물들은 잔뜩 흥분한 채 윙윙거렸고, 그 느낌은 마치 두뇌의 주름 구석구석을 외계 생물의 혀가 핥아대는 것처럼 불쾌했다.

시야로 확인하는 것을 모두 팔라틴호로 전송하면서, 노바는 소용돌이 치는 붉은 모래를 향해 빠르게 움직였다. 바람이 그녀에게 몰아치면서, 작은 돌멩이들이 전투복과 고글에 부딪혔다. 최근 이 행성에서 강력한 폭발이 있었음을 보여주는 흔적이 이렇게 멀리 떨어진 곳에서도 보였다. 찢겨지고 뒤틀린 금속 조각들이 검게 타버린 조각품처럼 땅 위에 튀어나와 있었다. 어찌나 크게 손상되었는지, 원래의 모습은 전혀 알아볼 수 없었다. 스캐너로 주위를 탐색해 보니, 멀리 보이는 절벽 면이 갈가리 찢어진 채 커다란 상처가 나 있었고, 그곳에서 초록색 가스가 솟아나왔다.

그녀는 뾰족한 바위를 타고 넘은 후, 움푹 들어간 땅을 가득 채운 붉은 모래를 헤치며 거친 땅을 가로질렀다. 목표에 가까워질수록 발밑의 땅은 점점 더 거칠어졌고, 붉은 모래가 머리끝부터 발끝까지를 모두 뒤덮었다. 사이오닉 에너지로 전투복을 진동시키며 계속 모래를 털어내야 했다. 그렇게 한참을 더 가서야 노바는 멈춰 섰다.

"저그 활동을 육안으로 확인했다."

앞쪽의 균열을 바라보며, 그녀는 통신 장치에 대고 말을 이었다.

"점막은 아직 여기까지 퍼지지 않았다. 내 말이 들리나?"

이백 미터도 떨어지지 않은 곳에서, 저그 무리는 마치 절벽 면에 달라붙은 거대한 다관절 괴수처럼 고동치며 꿈틀거렸다. 대군주 세 마리가 그 위를 떠돌았다. 커다랗게 부푼 몸체와 늘어뜨린 발톱은 마치 거대한 진드기 같았고, 갑각으로 이루어진 몸통 주머니에서 저글링과 히드라리스크를 계속해서 토해냈다. 일벌레들이 바위를 뒤덮고는, 저그가 작전 기지로 활용하는 유기 구조물들로 변이하는 중이었다.

"잘 들린다."

지직거리는 전술 장교의 목소리가 들렸다.

"탐색관의 흔적은 없다. 홀러 대령님께 기다리시라고 전해 줘. 상황이 좋지 않다. 조금 더 자세히 살펴봐야겠다."

노바가 높은 바위 위에서 뛰어내리는 순간, 소름끼치는 무장 수송선 소리가 지축을 울렸고, 그녀도 고개를 들어 하늘을 봐야 했다. 은폐 장치를 중지시키는 사이, 함선은 그녀의 머리 위를 지나 근처의 평평한 표면에 착륙했고, 엔진이 모래 소용돌이를 피워 올렸다. 화물칸의 문이 열리고, CMC-400 강화 전투복으로 완전 무장한 해병들이 내리기 시작했다. 유압식 외골격이 윙 소리를 내고, 묵직한 군화가 지면을 울렸다.

차라리 핵탄두를 폭발시키며 저그에게 자신들의 존재를 드러내는 편이 더 나았을 것이다. 고개를 들자 수송선 또 한 대가 착륙을 시도하는 것이 보였다. 노바는 다시 문을 활짝 연 첫 번째 수송선을 바라봤다. 이렇게 넓은 공간에서는 해병들이 절대적으로 불리했다. 누군가 손을 흔들었다. 전에 통로에서 스쳐 지나갔던 근육질 해병 고다드였다. 번쩍거리는 헬멧 안쪽에서 그의 얼굴이 활짝 웃고 있음을 알 수 있었다. 자신이 속한 부대와 자기 무기에 대한 자신감이 하늘을 찌르는 것도 느껴졌다. 그는 출동을 준비하는 사이 홀러가 들려준 격려의 연설을 머릿속에서 계속 반복했다. 그는 아무것도 두려워할 게 없다고 생각했다.

느낌이 좋지 않아.

"지금 뭘 하시는 거죠? 기다리라고 했잖아요."

그녀의 목소리는 잔뜩 거칠게 변해 있었고, 이번에는 지직거리는 홀러의 목소리가 들렸다.

"안 돼. 이제부터는 우리가 맡겠다. 넌 탐색관을 찾아."

"함장님, 해병들은 아직 저 괴물들을 상대할 준비가 안 됐어요. 제게 한 시간은 주겠다고 하셨잖아요. 뭔가 방법을 찾아볼 테니…."

"이미 했던 얘기 같은데. 우리 대대는 이 구역 최강의 병사들이다. 네가 그 녀석들을 보살펴야 할 필요는 없어. 아직 부화장도 없고, 지상의 저그도 걱정할 만큼 많지는 않다. 불곰과 전차도 내려가는 중이다. 워드 중위에게 보고하고 임무를 완수하도록."

"네, 알겠습니다."

노바는 은폐 장치를 다시 가동시켰다. 그리고 어깨 너머로 저그 떼를 돌아봤다. 병사들이 잔뜩 겁을 집어먹었다는 건 두말할 필요도 없었다. 사라졌다고 알려진 외계 생물이 다시 나타났다는 소식을 듣는 것과, 그 괴물들이 들끓는 모습을 실제로 보는 것은 전혀 다른 차원의 문제였다. 대군주는 수송선에 대해 아무런 관심을 보이지 않았지만, 어느새 일벌레의 수가 무척 늘어나 있었다. 수송선은 대공포와 미사일, B2-C 충격 폭탄으로 무장했지만, 늦기 전에 어떻게든 공중으로 떠오른다고 해도 너무 느리고 둔한 탓에 뮤탈리스크 무리의 상대가 되지 않았다. 게다가 그들을 보호해 줄 벙커도 없었다.

첫 번째 수송선에서 내린 해병과 의무병을 지휘하는 것은 체트 워드 중위였다. 술고래에 거만하기가 이를 데 없지만, 여러 차례의 테란 국지전을 승리로 이끈 정예 장교였다. 노바는 팔라틴호에서 그를 몇 번 만난 적이 있었지만, 그는 늘 적당한 거리를 유지했다. 그가 유령을 믿지 않는 데는 납득할 만한 이유가 있었다. 예전에 그가 허더스타운 식민지에서 술김에 한 여자를 목 졸라 살해하고 현장에서 달아났다는 소문이 돌았다. 그때는 한 농부의 십대 아들이 범인으로 몰려 사형 당했는데, 워드가 관련이 있었다는 걸 노바는 느낄 수 있었다.

이제 그 모든 건 아무 상관이 없지만, 그가 저그와 싸워본 적이 없다는 사실만은 상관이 있었다. 그는 저그를 과소평가하고 있을 가능성이 컸다. 노바는 은폐 상태로 워드의 오른쪽으로 다가가, 통신 주파수를 중위의 헤드셋에 맞추고 말했다.

"워드, 병사들을 고지대로 데려가서 가시지옥이 있는지 스캔해. 그리고 참호를 파고 들어가서, 엄호해 줄 탱크가 도착하길 기다리고. 난 탐색관을 찾아갈 테니까."

"난 유령의 명령 따위는 받지 않는다."

워드의 목소리는 차가웠다. 그는 주위를 둘러보며 노바의 모습을 찾았지만 소용이 없었다. 그의 불만스러운 마음을 감지할 수 있었다.

"그러다가는 죽고 말 거야…."

"넌 그냥 네 일이나 하시지. 나도 내 일을 할 테니까. 우린 기습 공격을 할 거야. 무슨 말인지 알아? 저 벌레들은 누구에게 공격받는지도 모를 거라고."

워드는 잔뜩 적개심을 드러냈지만, 두 명의 병사를 높은 바위 위로 올려보내 외계 생물들이 접근하는지 정찰하게 했다. 바람이 불어와 모래를 사방에 피워 올렸고, 워드는 나머지 병사들을 너른 평지에 전개시킨 후 바위가 갈라진 곳을 향해 전진하게 했다.

바위에 가까이 다가가자, 머리 위쪽에 있는 바위에서 떨어져 나온 작은 돌멩이들이 부스스 떨어지기 시작했다. 몇몇 해병들은 위를 올려다보며, 불안한 듯 제자리에서 빙빙 돌았다. 무기를 들어 올렸지만, 어디를 겨냥해야 할지는 몰랐다.

"보고해."

통신기를 통해 지직거리는 워드의 목소리가 들렸다.

"뭔가 알아낸 건 없나?"

정찰병들이 긴장한 목소리로 즉시 대답했다.

"움직임이 있지만 아직 명확히 구분할 수 없습니다. 적은 여러 지점에서 활동 중입니다. 망할 모래 때문에 잘 보이지가 않습니다!"

외계 생물이 내는, 신음과 비명의 중간쯤 되는 높은 소리가 황폐한 대지를 넘어 흘러들었다. 정찰병들이 소총을 발사하고, 그 중 한 명이 새된 비명을 지르자, 병사들의 긴장감도 한층 더 고조되었다.

대지가 흔들리기 시작했다. 적 무리가 멀리 떨어진 어떤 지점을 향해 몰려가는 것이 느껴졌다. 하지만 그보다 더 나쁜 소식이 있었다. 녀석들 중 일부가 이미 이곳에 있었다.

아, 안 돼.

저그가 잠복하고 있다. 땅의 떨림이 점점 더 심해지는 것을 느끼며, 그녀는 통신기에 대고 큰 소리로 외쳤다. 하지만 대응할 시간은 없었다. 해병들의 발 아래 바위투성이 대지가 폭발하듯 솟아오르며, 두꺼운 껍질에 둘러싸인 세 마리 거대한 바퀴가 차례차례 나타나는 순간, 모든 해병은 공포에 사로잡혔다. 바퀴들은 거대한 게처럼 다리를 뻗고 빠르게 앞으로 달렸다. 선두의 바퀴가 날카로운 이빨이 가득한 주둥이를 벌리고, 한 해병의 얼굴에 산성 체액을 내뿜었다. 그 끔찍한 물질은 신소재 강철 전투복을 뚫고 안쪽의 피부를 녹이기 시작했고, 그는 고통의 비명을 질렀다.

대응할 수 있던 병사들은 총을 발사했지만, 바퀴의 두꺼운 껍질은 뚫리지 않았고, 어느 정도의 피해는 순식간에 회복했다. 잠시 후, 저글링 떼가 발톱을 달각거리며 화강암 암반을 넘어 파도처럼 밀려들었고, 이내 더 많은 테란의 비명이 대기를 갈랐다. 해병들은 소총으로 첫 번째 무리를 쓰러뜨렸지만, 더 많은 저글링들이 동족의 죽어가는 몸뚱이를 뛰어넘어 달려들 뿐이었다. 전투복으로 완전 무장한 해병들도 공격해 오는 저그의 힘에는 압도되고 말았다. 큰 개만한 크기의 저글링들은, 날카로운 송곳니와 낫처럼 생긴 발톱을 이용하여 단 한순간에 인간의 배를 갈랐다. 저글링과 바퀴는 따로따로 만나더라도 무시무시한 적이기도 하지만, 지금처럼 둘이 함께 공격해올 때는 전차의 지원 사격이 있거나 벙커에 들어가지 않는 한 해병의 힘만으로는 막을 수가 없었다. 외계 생물 한 마리가 피를 흩뿌리며 쓰러지면 다른 한 마리가 그 자리를 채웠다. 나머지 병사들이 돌진해 오는 적을 향해 돌아서는 순간, 또 다른 저글링들이 머리 위의 바위에서 뛰어내렸다. 그 중 한 마리는 고다드 이병의 등에 뛰어내렸다. 그 해병은 균형을 잃고 쓰러지며 소총의 방아쇠를 당겼고, 탄환은 근처에 있던 동료 해병의 전투복을 꿰뚫고 팔꿈치를 잘라냈다. 다친 해병이 미친 듯이 몸부림치며 잘려 나간 팔을 붙잡는 동안 피가 분수처럼 쏟아졌고, 이내 전투 자극제가 투입되면서 전투복이 자동으로 팔의 잘린 상처를 봉합하자 그는 땅 위로 풀썩 쓰러졌다.

은폐 상태를 유지한 채, 노바는 앞으로 달려가며 빠르게 고다드의 등에 올라탄 저글링을 겨냥하고 총을 발사했다. 그 순간 해병이 다시 비틀거리자, 사이오닉 능력을 이용해 탄환을 조금 오른쪽으로 유도했다. 외계 생물의 머리가 폭발하고, 괴물은 꿈틀거리며 땅으로 떨어졌다. 달리는 속도를 늦추지 않고, 그녀는 저글링 사체를 뛰어넘어 바퀴의 단단한 껍질 아래쪽으로 열 발의 탄환을 박아 넣었다. 그리고 모래 위에서 꿈틀거리는 바퀴에게서 뿜어져 나오는 피를 재빨리 피했다. 바퀴가 상처를 재생하기 전에,

그녀는 유리알 같은 외계 생물의 눈을 마주보며 그 머릿속에 사이오닉 폭발을 일으켜 괴물을 즉시 처치했다.

해병들의 소총이 마구 발사되었다. 의무병은 이리저리 뛰며 부상자들을 살피려 했지만, 대부분이 죽고 얼마 남지 않은 의무병들은 피투성이가 되어 죽어가는 병사들에게 둘러싸여 어쩔 줄을 몰랐다. 노바는 병사들 사이를 달리면서 혼란스러워 하는 모두의 생각을 느꼈다. 공포의 냄새가 코로 느껴질 지경이었다. 은폐 장치는 그녀의 모습을 감췄고, 그렇게 저그 사이를 자유롭게 달리는 모습은 모래 바람 속에서 혼자 춤을 추는 것만 같았다. 노바는 사이오닉 에너지를 이용하여 거대한 바퀴 사체를 들어 올려 저글링 떼에 집어던졌고, 작은 괴물들은 단단한 껍질과 가시에 눌려 부서졌다.

하지만 그것으로는 충분하지 않았다. 그녀는 오직 자신만이 남아 있는 병사들의 대학살을 막을 수 있음을 깨달았다. 빨리 움직여야 했다.

"워드, 병사들 몇 명을 데리고 좌측 고지로 올라가서 기다려. 내가 신호를 보내면 지원 사격을 부탁해."

잔뜩 겁을 집어먹고 높아진 워드의 목소리가 지글거리며 통신 장치에서 들렸다.

"무슨 소리야? 이런, 넌 지금 어디 있는데…?"

"그냥 시키는 대로 해."

그렇게 말하는 노바의 왼쪽 다리에서 불과 몇 센티미터 떨어지지 않은 곳에서, 저글링의 날카로운 주둥이가 덜컥, 허공을 물었다. 그녀는 사이오닉 파동을 날려 괴물의 두개골을 썩은 과일처럼 폭파시켰고, 같은 방식으로 세 마리를 더 처리하며 주위를 정리했다. 그리고 노바는 은폐 장치를 끄고 잠깐 동안 가만히 서서 외계 생물들의 주의를 끈 후, 갈라진 바위 틈을 향해 달렸다. 여기서 다시 무기를 발사할 수는 없었다. 놈들을 해병들에게서 떼어 놓지 않으면 부수적인 피해가 생길 테니까.

미끼.

효과가 있었다. 저글링과 남은 바퀴들이 노바를 쫓기 시작했다. 바퀴는 빨랐다. 너무 빨랐다. 괴물이 내뱉은 체액이 아슬아슬하게 노바를 비켜가더니, 그대로 땅에 떨어진 곳의 지면을 녹였다. 바위 틈을 뛰어넘어 달리다가, 노바는 속도를 끌어올리면서 염력을 사용하여 마치 가파른 벽을 기어오르듯 이어진 오른쪽 화강암 암반 위로 올라갔다. 단 몇 초만에 꼭대기에 도착한 그녀는 뒤로 돌아 저그가 모여든 지점을 조준했다. 그리고 반대쪽에 대여섯 명의 병사와 자리를 잡은 중위를 보며 말했다.

"워드, 지금이야. 집중 사격! 절대로 멈추지 말고!"

해병들은 일제히 총을 발사했고, 탄환은 흩어지려는 외계 생물들을 갈갈이 찢었다. 남아 있던 해병들도 상황을 파악하고는 지원 사격을 시작했다. 불과 수 초 사이에 대부분의 저글링이 죽거나 상처를 입었고, 놈들의 피가 모래투성이 대지를 적셨다. 바퀴 두 마리 역시 재생 능력이 맹렬한 공격을 감당하지 못하는지 그 자리에 쓰러져서는, 꿈틀거리며 경련하다가 그대로 폭발했다. 괴물의 산성 체액은 김을 피워 올리며 바위를 녹였다.

병사들의 환호성이 헤드셋을 쩌렁쩌렁 울렸다. 노바가 그대로 모습을 드러낸 채 암반에서 내려가는 사이, 해병들이 남아 있던 저글링도 빠르게 처리했다. 갑자기 나타난 그녀의 모습에 다소 놀란 병사도 있었겠지만, 다들 영리하게 입을 다물고 그녀와의 거리를 유지했다. 노바는 그들이 불편해 하는 기색을 느꼈다. 테란은 대부분 유령을 보면 그와 같은 느낌을 받았다. 그건 마음을 읽을 수 있는 상대를 마주했을 때 자연스럽게 느끼는 기분이었다.

주변을 둘러보자 수많은 시체들과, 팔이 잘리는 등 중상을 입은 병사들이 보였다. 의무병들이 열심히 움직이고 있었지만, 해병 세 명은 이미 구할 수 없는 수준이었다. 저글링 발톱이 전투복의 취약한 지점을 꿰뚫어 과다 출혈 상태였다. 그들의 의식이 멀어져 가고 있었다. 이미 충격 때문에 텅 비어버린 그들의 마음은 깜박이는 전구처럼 점차 희미해지다가, 결국엔 완전히 어두워졌다. 노바는 한숨을 쉬었다.

지면으로 내려온 워드가, 그녀에게 다가서며 떨리는 손을 내밀었다.

"집중 사격이라… 유령 치고는 꽤 괜찮은 작전이었어."

"곧 저그가 더 몰려올 거야. 이번엔 저글링과 바퀴만이 아닐 테고. 해병 2중대가 잠시 후면 여기 도착할 테니, 모두 함선 근처에서 바위가 많은 곳을 찾아 봐. 지면이 단단해서 바퀴가 잠복할 수 없는 곳을 찾으라고. 그리고 방어선을 구축해. 난 탐색관을 찾으러 갈 테니까."

워드가 대답도 하기 전에 그녀는 은폐 장치를 가동시키고, 자신이 사라지는 모습을 보며 잠깐 충격에 빠지는 그의 모습을 즐겁게 지켜봤다. 그리고 뒤로 돌아 바위의 구멍을 향해 다시 달리기 시작했다.

몇 분 후, 그녀는 고르지 않은 지면을 통과하여, 저그를 주시하면서 절벽의 정면을 지나갔다. 이제 일벌레들 위에서 뮤탈리스크가 이리저리 날아다니다가 빠르게 강하하기를 반복했다. 그 거대한 가죽 날개를 펄럭일 때마다, 작은 회오리바람이 일어나며 모래가 피어올랐다. 균열에서 흘러나오는 정체를 알 수 없는 가스가 지금은 저그를 붙잡아 두고 있었지만, 놈들이 주의를 돌리기까지 시간이 얼마나 있을지는 짐작도 가지 않았다. 조만간 괴물들 중 일부는 노바를 뒤쫓고, 나머지는 해병들을 향해 달려갈 것이다.

탐색관의 우주선이 가까운 곳에 있다는 신호가 표시되었다. 또 다른 화강암 암반 위로 올라가자, 자연적으로 움푹 패여 형성된 지점에 착륙한 비행선이 보였다. 착륙 과정에서 함선이 미끄러진 자국은 어느새 모래에 덮여 한쪽 면만 보였다. 저글링들이 비행선의 파괴된 측면 주위를 이리저리 뛰어 다니다가, 발톱으로 신소재 강철을 마구 긁어대며 안으로 들어가려 했다. 달리 탐색관의 흔적은 없었지만 느낄 수 있었다. 그는 분명히 저 안에 있었다.

노바는 자리를 잡고 C-20A의 조준경을 들여다보며 재빨리 저글링 세 마리의 머리를 날렸다. 그리고 바위의 경사면을 미끄러져 내려가 우주선으로 향했다. 염력으로 자물쇠를 파괴하자 문이 쉬잇 소리와 함께 열렸고, 비좁지만 실용적인, 노바에게도 익숙한 내부가 나타났다. 그녀는 고개를 숙이고 안으로 들어갔다.

탐색관을 찾는 데는 그리 오랜 시간이 걸리지 않았다. 그는 조종사 좌석 뒤에 쓰러져 있었다. 덩치가 크고, 낡을 대로 낡아 여기저기 해진 긴 가죽 외투를 일반적인 탐색관용 전투복 위에 걸친 모습이었다. 그는 의식을 잃은 채 아무런 꿈도 꾸지 않았다. 그의 마음이 희미하게 고동치는 소리를, 노바 자신의 머릿속에서 뛰는 심장 박동처럼 느낄 수 있지 않았다면, 그녀도 관리자가 이미 죽었다고 생각했을 것이다. 우락부락하지만 나름 매력적인 얼굴에는 피가 말라붙어 있었다. 폭발 후 날아든 파편이 그의 오른쪽 허벅지를 베었지만 다행히 동맥은 건드리지 않았고, 그는 전투복의 진통제가 몸속에 투입되어 정신을 잃기 전에 고무호스로 상처 부위를 잘 묶어 두었다. 다른 부위에도 여기저기 베이고 멍든 상처가 생겼고 특히 머리가 심하게 부어 있었지만, 다행히 생명에 지장은 없었다.

그녀는 보관함에서 응급 치료 도구를 꺼낸 후, 암모니아 캡슐을 그의 코 밑에서 부쉈다. 그는 신음 소리를 내며 눈꺼풀을 떨었고, 폭발의 기억이 그녀의 머릿속을 스쳤다. 세상이 하얀 빛에 감싸이고 엄청난 충격파가 그를 뒤로 날려 버렸다. 갑작스러운 출혈에 쇼크가 찾아오고, 의식을 잃기 전에 힘겹게 비행선까지 기어 왔다. 그 이후로는 아무것도 없었다.

하지만 더 자세히 살펴볼 시간은 없었다. 저그가 다가오는 것이 느껴졌다. 지금 당장 그를 밖으로 끌어내야 했다. 그는 워드 중위와의 통신 채널을 열었다.

"지금 즉시 후송을 요청한다. 탐색관은 살아 있지만, 공중 지원이 필요하다. 현재 지점으로 수송선을 보내서 우릴…"

통신 장치에서 지직거리는 잡음이 들리다가, 곧 총성과 비명 소리가 뒤를 이었다.

"… 공격받고 있다… 다수의 적이… 공중에서… 지금 당장 지원이 필요하다. 더는 버틸 수…"

워드의 목소리가 띄엄띄엄 이어졌다.

뮤탈리스크가 더 나타났다고? 빌어먹을.

노바는 숨을 깊이 들이쉬며 통신 채널을 팔라틴호 쪽으로 변경했다. 홀러가 거친 목소리로 다짜고짜 말했다.

"상황은 이미 알고 있다. 공성 전차와 대공 무기가 도착할 때까지 조금만 버티라고 해. 자치령 해병대가 전력을 동원하면, 그걸 막아낼 수 있는 적은 이 우주에 아무것도 없다. 약속하지. 그 망할 놈들이 이 행성에 발을 디딘 걸 후회하게 만들어 주겠다. 탐색관은 확보했나?"

"네, 함장님."

홀러의 목소리는 부드럽게 누그러졌다.

"좋아. 처음 저그 공격을 막아내는 데 도움을 줬다고 들었다. 병사들의 목숨을 구해줘서 고맙군. 하지만 지금 네 최우선 임무는 그 탐색관이다. 어서 그 녀석을 데려와라."

홀러는 통신을 끊었다. 노바는 비좁은 조종석을 둘러봤다. 마지막으로 행성간 이동선을 조종해 본 건 벌써 오래전 일이었지만, 대충 필요한만큼은 기억하고 있었다. 이 우주선이 아직 비행할 수 있다면, 함께 떠날 수 있다.

그녀는 안전띠를 단단히 매고 우주선을 가동시켰다. 엔진이 살아나는 동안 그녀는 복잡하게 모여 있는 계기판을 살펴보며 손상된 장비는 없는지 확인했다. 모두 정상적으로 작동하는 것 같았다. 그녀는 왼쪽 엔진을 조정하여 모래 위에서 우주선을 똑바로 세운 다음 이륙했다. 탐색관이 그대로 있는지 흘긋 돌아봤다. 그는 꿈쩍도 하지 않았다.

화면에서 깜박이는 빛을 보니, 거대한 규모의 저그 무리가 다가오고 있었다. 또 다른 무리가 수송선이 있던 자리에 모여든 것도 보였다. 그녀는 지면 바로 위에서 기이한 초록색 가스가 더 짙게 모여 있는 곳을 통과해 비행하며, 최대한 눈에 띄지 않으려고 애썼다.

해병들을 남겨뒀던 지점으로 다가가는 순간, 왼쪽에서 괴성을 지르며 뮤탈리스크가 나타나 날개를 펄럭였다. 그녀는 급히 오른쪽으로 선회했고, 가죽 날개 아래쪽을 통과하는 동안 발톱이 금속을 긁는 소리가 들려왔다. 이제 노바의 우주선이 공격 대상이었다. 아래쪽에는 수송선에서 떨어져 나온 해병 2개 중대의 나머지 병사들이 보였다. 그들은 바위 뒤에 숨어, 하늘을 비행하며 앙상한 복부에서 쐐기 벌레를 마구 토해 내는 뮤탈리스크들과, 지상에서 다가오는 맹독충 무리를 향해 소총을 마구 난사하고 있었다.

맹독충은 산성 액체가 가득 찬 폭탄이었다. 가까이 접근하여 폭발하면 남은 병사들은 순식간에 사라지고 만다. 탐색관의 우주선 선체에는 가우스 포가 장착되어 있었다. 노바가 다시 선회하여 맹독충을 향해 공격을 퍼붓는 동안, 뮤탈리스크가 두 마리 더 나타났다. 그녀는 위쪽으로 올라가는 척하다가 급강하했고, 하늘을 나는 저그 두 마리는 조금 전까지 그녀의 우주선이 있던 지점에서 충돌했다. 쾅, 하는 굉음은 시끄러운 엔진 소리 위에서도 아주 잘 들렸다. 노바는 그 두 마리가 날개가 부러진 채 한데 얽혀 땅으로 떨어지는 모습을 지켜봤다.

탐색관은 조종석 쪽으로 굴러 와 있었다. 그를 잘 묶어 두지 않은 것이 조금 후회가 되었다. 설상가상으로, 뮤탈리스크의 발톱이 우주선을 손상시켰는지, 동력이 빠르게 떨어지는 중이었다. 이번 구출 작전에서는 자랑할 만한 게 없겠군. 아무래도 우주선을 착륙시켜야 할 것 같았다.

평탄한 공터를 발견하고, 노바는 털털거리며 죽어가는 엔진을 달래며 다행히 큰 충격 없이 우주선을 착륙시켰다. 왼쪽 날개에서 연기가 피어올랐다. 조종석의 안전벨트를 풀고 뒤로 돌아가자, 탐색관이 힘겹게 눈을 뜨고 신음을 하다가 그녀의 얼굴에 시선을 고정했다. 그는 노바를 알아보고 꽤나 충격을 받은 듯했다.

"노바."

잔뜩 갈라지고 거친 목소리였다.

"나를… 아세요?"

그녀는 탐색관의 곁에 웅크리고 앉았지만, 그는 눈이 다시 머리 뒤로 넘어가며 무의식의 세계로 미끄러져 들어갔다.

탐색관이 그녀의 이름을 아는 것이 무슨 의미인지는 생각하지 않으려 했다. 그저 기이한 우연일 수도 있고, 그가 약간의 텔레파시 능력을 지니고 있기 때문일 수도 있다. 사실 유령 프로그램의 탐색관으로 발령을 받으려면, 일반적인 테란보다 사이오닉 지수가 높아야 했다. 아니, 어쩌면 단순히 유령 프로그램의 파일 중 하나에서 그녀의 얼굴을 보았던 것일 수도 있다.

하지만 그렇다면 왜 유령 ID가 아니라 이름을 불렀을까? 유령은 대부분 자신의 옛 이름을 알고 있긴 했지만, 사관학교를 떠날 때쯤엔 모두를 번호로만 부르는 복무규정이 머릿속에 새겨지기 마련이었다.

주위에서 벌어지는 전투는 더욱 치열해졌다. 총성과 비명, 저그의 포효가 점점 더 커졌다. 이제 처음의 절반 규모로 줄어든 해병들이 다시 한데 모여 그녀의 착륙 지점으로 다가오고 있었다. 저그 무리도 접근했다.

너무 늦기 전에 탐색관을 팔라틴호로 후송할 방법을 찾아야 했다.

노바는 문을 열고, 염력을 사용하여 부드럽게 그를 들어 올린 후, 등에 업고 팔을 자신의 목에 둘렀다. 머릿속에서 계획이 그려졌다. 모래 구름 속으로 나가 워드를 찾았다. 그는 가까운 곳에서 해병 한 무리에 섞여, 여기저기 긁히고 망가진 전투복을 입고 가쁜 숨을 몰아쉬었다. 끔찍한 악취처럼 그에게서 풍겨 나오는 벌거벗은 공포가 느껴졌다. 해병 모두가 기진맥진하여 쓰러지기 일보 직전이었다. 저그와 테란의 피가 보안경을 뒤덮었고, 몇몇 해병은 이미 부상이 심각한 상태였다.

"그… 것들은… 끝없이 몰려들었어."

워드의 목소리는 거칠게 갈라졌다.

"빌어먹을 공성 전차는 어디 있어?"

"아마 안전한 거리를 두고 착륙했을 거야. 아직 오지 않았어."

이들을 구해내야 해.

"탐색관을 받아."

별다른 설명 없이, 그녀는 의식을 잃은 남자를 해병 중 하나에게 건네며 말을 이었다.

"내가 돌파구를 뚫을 테니 수송선으로 가. 5분만 기다려."

그녀는 다가오는 적을 향해 달렸다.

놈들을 찾기는 어렵지 않았다. 그는 조심스럽게 수많은 저그의 사체를 헤치고 고지로 올라갔다. 히드라리스크가 머지않은 곳에서 황폐해진 대지 위를 어슬렁거렸다. 갑주를 입은 거대한 벌레가 면도날처럼 날카로운 두 개의 낫을 길게 뻗고, 딱딱한 껍질을 둥글게 구부려 몸을 보호했다. 놈들의 꼬리 주위를 저글링들이 부산하게 뛰어다녔고, 머리 위에서는 뮤탈리스크가 날개를 펄럭였다. 그 뒤로는 기괴할 만큼 뚱뚱한 모습의, 살아 있는 액체 주머니인 맹독충이 어디로든 굴러 언제라도 폭발을 일으킬 준비를 마친 채 다가왔다.

맹독충은 엄청난 피해를 줄 수 있었다. 원거리에서 전차의 지원 사격이 없다면, 해병만으로는 도저히 상대할 수 없다. 외계 생물이 남은 병사들에게 접근하기 전에 해치워야 했다. 그녀는 소총으로 차분하게 적을 조준하고 발사했다. 그리고 염력으로 총알을 한 발씩 목표를 향해 날렸다. 맹독충은 연이어 폭발하며 바위투성이 지면에 흩어진 저그의 등 위로 산성 체액을 흩뿌렸다.

가까이 접근하여 살펴봐야 했다. 노바는 바위를 뛰어넘어 난장판 안으로 들어섰다. C-20A 소총을 작은 저글링들을 향해 발사하며, 동시에 염력으로 탄환을 적의 몸에서 가장 취약한 부분으로 유도해 모두 쓰러뜨렸다.

외계 생물들의 울부짖음과 신음 소리가 그녀의 머리를 가득 채우고, 선두의 히드라리스크가 고개를 숙여 그녀의 얼굴을 정면으로 마주봤다. 그리고 머리 뒤쪽의 단단히 뭉친 근육 사이에서 30센티미터 길이의 쐐기를 마구 발사했다. 이 쐐기는 그녀의 C-20A 탄환보다 더 빠른 속도로 300미터를 날아가, 가장 튼튼한 테란 방어구도 관통할 수 있었다. 하지만 그래도 맞추지 못하는 대상을 상처 입히지는 못한다. 노바는 짧고 강렬하게 사이오닉 파동을 내뿜어 쐐기를 모두 옆쪽의 바위를 향해 날려 버리고, 그 생물의 갈비뼈 바로 위 부드러운 부위에 소총을 발사했다.

히드라리스크는 상처 부위에서 피를 뿜으며 뒤로 밀려났다. 그녀는 놈의 눈을 향해 두 발을 더 발사하고, 쓰러지는 녀석의 머리를 향해 다시 한 발을 발사했다.

총성이 다른 저그의 주의를 끌었다. 돌아선 그녀를 향해 또 다른 히드라리스크가 달려들었다. 그녀의 머리를 몸에서 뽑아내려는 것처럼 입을 쩍 벌리고, 발톱 하나는 그녀의 가슴팍을 꿰뚫으려는 듯 꼿꼿이 쳐든 모습이었다. 그 생물의 이빨이 노바의 얼굴을 스치며 마스크를 한쪽으로 밀어내는 순간, 놈은 달려들던 모습 그대로 얼어붙었다. 염력을 모두 동원하여 히드라리스크를 공중에 붙잡아 둔 노바는 괴물의 근육이 긴장되고 뜨거운 입김이 그녀의 피부에 닿는 것을 느꼈다. 오직 파괴 외에는 아무것도 모르는, 외계의 분노가 그녀의 두뇌를 갉아먹었다. 적의 의도를 잘 알면서도, 너무나 아름다운 살육 기계의 모습에 감탄하지 않을 수 없었다. 단 하나의 목적을 위해 태어난 날것의 순수함. 어쩌면 그게 칼날 여왕을 최후의 운명으로 이끈 것인지도 모른다.

하지만 노바는 케리건의 운명을 거부하려고 했다. 그리고 괴물의 턱을 억지로 벌리기 시작했다. 먹먹한 두통이 관자놀이를 찔러오기 시작했다. 다른 사이오닉 능력자들과 마찬가지로, 능력을 과도하게 사용하면 머리가 아팠다. 힘을 더 많이 쓸수록 두통도 심해졌다. 그녀는 눈을 질끈 감고 집중했다. 히드라리스크의 뼈가 부러지고, 근육이 찢어지는 소리가 들렸다. 그녀는 그 생물의 머리를 둘로 쪼개고 다가오는 뮤탈리스크를 향해 하늘로 던져 올렸다. 육중한 두 육체가 공중에서 충돌했다. 쐐기 벌레가 폭발하며 뼈 조각과 핏덩이들이 온통 사방에 쏟아져 내렸다.

노바는 깊이 숨을 들이쉬며 쿵쾅거리는 고통이 가라앉기를 기다린 후 마스크를 고쳐 썼다. 하지만 뭔가 잘못됐다. 히드라리스크의 공격 때문에 필터가 손상된 상태였다. 행성 표면의 균열에서 가까운 지점이라, 앞서 보았던 초록색 가스가 사방에서 맴돌았다. 바람에 실려 오는 피 냄새 같은 금속성 악취가 꿈틀거리며 그녀의 폐를 파고들었다. 냄새는 노바의 심장 박동에 따라 고동쳤고, 꽃이 잔뜩 피어나는 듯한 분홍색 폭발이 시야를 가득 채웠다.

노바는 이를 떨쳐버리려고 고개를 좌우로 흔든 후, 워드와의 통신 채널을 열었다. 앞쪽은 이제 텅 비어 있었다. 수송선까지 안전하게 이어진 길이 열리긴 했지만 이제 시간이 많지 않았다. 그녀가 통신 장치를 향해 말했다.

"우측과 후방을 지켜. 좌측은 내가 맡을 테니까."

공포에 질린 해병들을 재촉할 필요는 없었다. 그들은 모두 앞으로 달려 나갔고, 부채 모양으로 흩어져 엄호 사격을 실시했다. 그녀도 자리를 잡고 병사들의 이동 경로를 지켰다. 워드가 더 빨리 움직이라고 소리치는 소리가 들렸다. 저글링이 파상 공격을 해 왔고, 노바는 C-20A로 막아내면서 뮤탈리스크가 다가오지는 않는지 하늘을 살폈다. 그 괴물들은 공중을 맴돌았지만 공격해 오지는 않았다. 그 이유가 궁금했다. 어쩌면 그녀가 조금 전 히드라리스크에게 가한 폭력을 목격하고 그녀와의 거리를 유지하는지도 몰랐다.

끔찍한 악취가 계속해서 그녀를 괴롭혀, 더는 정상적인 생각을 할 수 없을 정도였다. 해병들은 빠른 속도로 수송선에 탑승하고 엔진을 가동시켰다. 수화기에서 지직거리는 워드의 목소리가 들렸다.

"빨리 와. 네 차례라고! 움직여!"

노바는 우주선을 향해 돌아섰다.

"지금 간다."

히드라리스크들이 다가왔다. 주둥이를 쩍 벌리고 바위를 기어오는 놈들의 송곳니에서 타액이 뚝뚝 떨어졌다. 수십 마리였다. 놈들은 노바의 탈출 경로를 차단했다. 더 많은 히드라리스크가 다가오는 것이 느껴졌다. 수송선을 제압할 수 있을 만큼 가까운 곳이었다. 하늘에 뮤탈리스크까지 떠 있는 상황에서, 탈출에 성공할 가능성은 높지 않아 보였다. 이제 왜 놈들이 그저 하늘을 선회하고 있을 뿐인지 알 것도 같았다. 먼저 그녀가 탈출하지 못하도록 차단한 후, 두 대의 수송선에 총공세를 펼칠 생각이었다.

이제 선택의 여지가 없었다. 빠져나갈 방법은 하나뿐이었다.

모두 죽여 버려. 타소니스에서 그랬던 것처럼.

"지금 어디야? 오래 기다릴 수는 없다고."

잔뜩 긴장한 워드의 목소리가 들렸다.

"탈출해. 탐색관을 안전한 곳으로 데려가. 내가 저놈들을 유인할 테니까."

"그러면 넌 어떻게…."

"그냥 내 말대로 해. 알아서 할 테니까. 이렇게 생각하면 돼. 내가 돌아가지 못하면, 네가 허더스타운 식민지에서 무슨 짓을 했는지 아는 사람이 하나 줄어드는 거야."

잠깐의 침묵이 지나고, 워드는 헛기침을 했다. 그 순간 그녀는 워드에 대한 자신의 생각이 옳았음을 알 수 있었다.

"알았어. 먼저 간다. 조심해."

난 늘 조심한다고.

노바는 통신 장치를 끄고 잠시 마음의 준비를 했다. 온 몸이 뜨겁게 타올랐다. 무엇이든 한 대 후려갈기고 싶었다. 먼저 놈들을 모두 유인해야 했다. 어떻게 하지?

답은 발밑에 있었다. 그녀 앞쪽으로 땅이 가늘게 갈라진 틈에서 그 초록색 가스가 새어 나왔다. 그 아래에 훨씬 더 커다란 균열이 아가리를 벌리고 있는 것이 느껴졌다. 저그는 이 가스에 이끌려 이 행성으로 왔다. 지금 이곳의 가스에도 반응할지 모른다. 그녀는 정신을 집중하여, 등대가 빛을 내뿜듯 사이오닉 에너지를 내뻗었다. 괴수의 신음처럼 묵직한 소리와 함께 바위는 쪼개지고, 간헐천처럼 짙은 가스 구름이 뿜어져 나왔다. 그 즉시 저그들이 그녀를 향해 주의를 돌렸다. 하늘의 여러 뮤탈리스크도 선회하여 강하하기 시작했고, 지상의 저그들도 잔뜩 흥분한 채 그녀를 향해 달려왔다.

잠시 동안 놈들이 너무 빠른 건 아닐까 하는 생각이 떠올랐다. 하지만 포효하는 엔진 소리와 함께 회색 수송선들이 날아오르고, 함포를 발사하는 소리도 들려왔다. 유인은 성공이었다. 수송선은 모두 탈출했다. 그녀가 지금부터 하려는 일을 생각해 보면 그 편이 나았다. 무척 어려운 일이다 보니, 부수적인 피해가 발생할 가능성도 무척 높았다.

C-20A 소총으로 저글링 세 마리를 해치우고 가까운 언덕을 찾는 사이, 발밑의 바위가 흔들리기 시작했다. 무언가 다가오고 있었다.

소리가 나는 지점을 향해 돌아선 순간, 앞쪽에서 모래가 치솟으며 감염충이 튀어나와 휘발성 체액을 내뿜었다. 노바는 옆으로 몸을 날려 피하다가, 그 생물의 목구멍에서 어딘가 인간을 닮은 무언가가 튀어나오는 것을 목격했다. 그녀는 몸을 회전시키며 벌떡 일어섰지만, 감염충은 어느새 지면 아래로 잠복하여 빠르게 멀어졌다.

그 뒤를 쫓을 수도 있었겠지만, 앞을 가로막은 것 때문에 그럴 수 없었다.

한때 고다드 이병이었던 육체가 두 손으로 소총을 들고 서 있었다. 다 깨져버린 모래투성이 보안경 너머 영혼 없는 눈길이 멍하니 앞을 바라봤다. 고다드의 해병 전투복에서는 감염충의 타액이 뚝뚝 흘러 떨어졌고, 저그의 껍질 같은 가시가 어깨 보호대와 헬멧 뒤쪽에서 솟아나왔다. 그 옆에는 곤충처럼 가시 돋친 팔 두 개가 발톱을 달각거렸다. 그의 머릿속에서 고동치는 저그의 사고가 느껴졌다. 고다드의 목소리가 남아 있지만 그 불쾌한 소음 때문에 들리지 않는지, 아니면 완전히 소멸되어 지금 눈앞에 있는 건 저그에 감염된 껍질뿐인지 알 수가 없었다.

그가 고개를 돌려 노바를 바라보자, 그녀는 그의 눈을 통해 자신의 모습을 보고 깜짝 놀라 뒤로 물러나야 했다. 몇 시간 전만 해도 그 시선에는 애정이 가득했지만, 이제는 그저 낯선 외계 생물을 대하는 불쾌감 외에는 아무것도 없었다. 불현듯 어린 시절 타소니스의 시궁창 거리에서 페이긴이라는 마약 판매상과 함께 지내던 시절이 생생히 떠올랐다. 지금의 고다드와 똑같았던 그의 시선과, 포로처럼 붙잡혀 억지로 고문과 살인, 그리고 그보다 더 더러운 일을 하며 느꼈던 분노가 떠올랐다. 탐색관이 그녀를 구출해낸 후에야 모두 끝났던 삶이었다.

마지막으로, 외딴 시 행성에서 훈련병 시절 벌어졌던 저그와의 전투가 떠올랐다. 그들이 착륙하지 않았어야 하는 행성이었다. 저그도 테란도 그곳에 있지 않았어야 했다….

끔찍한 환각처럼 띄엄띄엄 터져 나오는 옛 기억에 노바는 숨을 헉 들이켜야 했다. 영원히 기억 속에서 지우려고 무던히도 애를 썼던 장면들이었다. 그리고 이 금속성 이물질은 계속해서 그녀의 몸속으로 파고 들어와, 뜨겁게 타오르며 혈관을 따라 흘렀다. 노바는 몸속에서부터 폭발이 일어날 것만 같은 기분이었다.

아버지, 어머니, 오빠가 피 웅덩이 속에 쓰러진 모습. 그리고 복수를 갈망한 그녀 자신의 끔찍한 행위로 인해 300여명의 사람들이 그 주위에 죽어 널브러진 모습.

지금 이곳에서, 노바가 다시 하려고 하는 그 행위로 인한 결과였다.

고다드가 그녀를 향해 소총을 들어 올리고, 셀 수도 없는 저그 무리가 다가왔다. 노바는 두 눈을 감고 두 팔을 좌우로 뻗으며 모래 위에 앉았다. 그녀의 분노가 사이오닉 에너지와 결합하고, 먹이를 향해 달려들려고 하는 뱀처럼 똬리를 틀었다. 그 힘이 몸속 깊은 곳으로부터 밖을 향해 뻗어나가는 순간, 그녀는 처음 맛보는 흥분과 공포, 그리고 지금 자신이 선 행성을 반으로 쪼개 버리고 싶은 욕망을 느꼈다. 그래서 고개를 들고 두 눈을 뜨며, 짐승처럼 포효했다.

노바 테라는 지옥의 문을 열었다.

제3장

캐스 툼

기억이 난다.

어린 캐스는 칼 브라이언트 위원회와 홀로그램 화상 회의를 하는 아버지의 무릎에 올라앉아 있었다. 티라도 행성제 시가 향이 그윽하게 방을 채웠다. 장난을 치는 동안에도 그녀는 아버지의 생각을 읽었다. 회사의 정치가 얼마나 지긋지긋한지, 또 지금 집이 아니라 비서의 침실에 얼마나 함께 있고 싶은지가 모두 느껴졌다. 그런 걸 알아내는 건 좋은 게 아니라고, 정상이 아니라고 아버지는 말씀하셨다. 의사에게 진찰을 받아야 한다고도 하셨다.

몇 년 후, 아버지는 같은 방을 이리저리 서성였다. 지금은 9번 구역이라는 프로그램을 통해 자치령을 배신했다는 비난을 받는 중이었다….

유령처럼 나타나 그녀에게 악몽을 선사하는 이 기억들은 옳지 않았다.

아빠는 프라이드워터 행성에서 멀리 떨어진 곳에서 돌아가셨는데.

캐스 툼은 화들짝 놀라 숨을 헉, 하고 들이쉬며 잠에서 깨어났다. 어둡고 음침한 방에는, 끔찍한 흉터가 가득한 아버지의 얼굴이 생생한 영상으로 남았다. 두 볼이 눈물로 축축했다. 마지막으로 본 아버지의 모습이 하늘을 가르는 번갯불처럼 환하게 떠올랐다. 고통스러워하는 모습을 생각하자 배 속이 뒤틀리는 것만 같았다. 아버지에게 무슨 일이 일어났던 걸까? 사고라도 난 걸까? 9번 구역은 뭐지? 무척이나 중요한 일이었지만, 아무리 애를 써도 나머지 기억은 돌아오지 않았다.

팔다리를 움직일 수 없다는 사실을 깨닫자 극심한 공포가 그녀를 뒤덮었다. 그녀는 어딘가 평평하고 차가운 표면에 묶인 채, 얇은 천 한 장을 덮고 있었다. 벌거벗은 느낌에 자신이 얼마나 연약한 존재인지를 새삼 느껴야 했다.

어둠 속에서 여러 가지 형체가 어렴풋이 보였다. 기계들이 삐삐 소리를 내며 작동했다. 오른쪽 팔에는 정맥 주사가 꽂혀 있었고, 관자놀이는 지끈지끈 아팠다.

알타라 행성.

동굴에서 공격을 받았던 기억이 밀려들고, 캐스는 본능적으로 구속끈을 끌어당기며 일어나 앉으려 했다. 그녀가 움직이면서 동작을 감지하는 전등이 켜지고, 방은 깜박이는 불빛과 함께 깨어났다. 고개를 돌려 주위를 둘러보자 파도처럼 현기증이 덮쳐왔다.

그녀는 4제곱미터를 넘지 않는 좁은 의무실에서 일종의 수술대 위에 묶여 있었다. 옆에 있는 신소재 강철 쟁반에는 메스와 피 묻은 거즈가 보이고, 붉게 얼룩진 로봇 팔이 맥없이 그 위에 멈춰 섰다. 한쪽 벽에는 사체 보관소처럼 보이는 1미터 높이의 철문이 줄지어 있었는데, 중앙에 작은 창문이 달려 있다는 점이 조금 특이했다.

… 사지가 뜯겨진 해병이 영안실을 가득 채우고, 캐스 툼은 텅 빈 함선

을 떠돌았다….

또 한 번 번개처럼 이 장면이 머리를 스쳤고, 그녀는 비명을 지르지 않으려고 이를 악물어야 했다. 그게 진짜 기억인지 꿈인지도 알 수 없었고, 한순간 이렇게 미쳐 버리는 건 아닐까 하는 생각이 들었다. 캐스는 고개를 절레절레 저어 그 모습을 지웠다. 집중해야 했다. 훈련을 떠올려야 했다. 그리고 여기서 빠져나갈 방법을 찾아야 했다.

하지만 유령 전투복과 함께 무기도 모두 사라져 버렸다.

X52735N 요원, 생각 좀 해 봐.

그녀는 잊혀진 행성에서 테러리스트 조직에 대해 조사하고 있었다. 황제의 칙령이었다. 아니, 적어도 그녀는 그렇게 생각했다. 하지만 지금 생각해 보면, 오히려 함정이었던 것 같다. 갈라진 바위틈으로 새어 나오던 가스의 금속성 냄새가 떠올랐다. 누가 그녀를 여기로 데려왔을까? 알타라에서 공격해 왔던 검은 옷을 입은 괴물인가? 만약 그렇다면, 그 이유는? 그리고 그녀에게 무슨 짓을 한 걸까?

캐스는 구속끈 사이로 손목을 앞뒤로 움직여 봤다. 거친 캔버스 천을 잘라 붙인 끈의 왼쪽에는 날카로운 솔기가 있어 피부가 따가웠다. 간단한 일이었다. 그녀는 거칠게 끈을 당기고 손목을 비틀어, 솔기에 베인 팔에서 피가 나게 했다. 그리고 팔을 앞뒤로 움직여 캔버스 천이 미끄러워질 때까지 충분히 적신 후, 엄지손가락을 손바닥 쪽으로 오므리고는 그대로 손목을 빼냈다.

그와 함께 재빨리 다른 팔도 풀어내고, 그 다음 가슴을 묶은 구속끈과, 마지막으로 발목을 묶은 끈을 풀었다. 팔에서 바늘을 뽑아내자, 주사 관에서 맑은 수액이 흘러내렸다. 다리를 바닥으로 내리고 덮고 있던 천을 벌거벗은 몸에 두르자 팔다리가 얼얼했다. 희미하게 계속되는 진동이 온몸으로 느껴졌다. 여긴 우주선 내부였다.

자리에서 일어나 위를 쳐다보자, 히드라리스크가 쉬익, 하는 소리를 내며 달려들었다. 날카롭게 드러난 송곳니에서는 타액이 뚝뚝 떨어졌다. 캐스는 비명을 지르며 뒤로 물러나다가 수술대에 부딪혔다. 쟁반이 쨍그랑, 하고 바닥에 떨어지고, 그녀가 눈을 깜박이자 히드라리스크는 한순간에 사라져 버렸다. 아무것도 없었다. 헛것을 본 모양이었다. 이제는 주위를 둘러싼 모든 것이 실제인지, 아니면 제자리를 벗어난 기억의 조각인지 알수 없어서, 썩은 치아를 혀끝으로 조심스럽게 더듬는 때처럼 다가가기가 두려웠다.

그녀는 작은 문이 즐비한 벽으로 달려가, 두꺼운 유리창 너머를 들여다봤다. 테란의 맨발이 보였다. 그 작은 보관소에 담긴 것이 산 자인지 죽은 자인지도 알 수가 없었다. 소리를 치며 문을 두드렸다. 손목에서 흐른 피가 유리에 얼룩을 남겼다. 하지만 아무것도 달라지지 않았고, 안쪽의 발도 움직이지 않았다. 손잡이를 돌려 보려고도 했지만 모두 잠겨 있었다. 어떤 생각도 느낄 수 없었다. 살아 있는 정신의 박동이 전혀 느껴지지 않았다.

캐스는 흐느끼며 바닥으로 쓰러져 내렸다. 다리를 가슴팍에 끌어안고 앞뒤로 몸을 흔들었다. 어느새 다시 어린 캐스 툼이 되어, 칼 브라이언트 채광 연합 지도부의 아이들과 놀고 있었다. 아니, 아이들은 이제 아무도 그녀와 놀지 않았다. 그녀는 언제나 친구들이 어디에 숨었는지 알았고, 누가 얘기해 주기도 전에 홀로그램 카드에 적힌 숫자를 맞췄다. 가장 친한 친구의 엄마가 다른 엄마에게 귓속말을 했다. 귀에 들릴 만큼 가까이에서는 아니었지만, 그렇다고 충분히 멀지도 않았다.

저 꼬마, 정말 기분 나빠. 꼭… 유령 같아.

뭔가 소리가 들려 고개를 들었다. 거대한 형체가 문 앞에 나타났다. 떡 벌어진 어깨가 문을 가득 채웠다. 여러 가닥으로 굵게 꼰 머리카락이 어깨 언저리까지 내려왔다. 왠지 낯이 익었다. 그가 방 안으로 한 걸음 들어서자, 캐스는 주먹을 꽉 쥐고 황급히 자리에서 일어났다.

가까이 오지 마!

하지만 그는 다가왔다. 기이한 백색의 눈이 검은 피부와 강렬한 대조를 이뤘다. 잘생긴 얼굴이었지만, 마지막으로 봤던 때보다 나이가 꽤 들어 보였다. 남자가 누구인지 기억은 나지 않았고, 살아오며 어느 때에 알았던 사람인지 떠올릴 수도 없었다. 하지만 남자의 얼굴은 자신의 얼굴을 보는 것처럼 익숙했고, 그를 보자 마음 속 깊은 곳의 무언가가 꿈틀거렸다. 혼란스러운 감정의 파도가 그녀를 휩쓸었다. 몸속 깊은 곳에서부터 떨림이 더욱 거세졌다.

캐스는 사체 보관소에 등을 대고 기다렸고, 남자가 그녀를 향해 손을 뻗었다. 그녀는 물 흐르는 듯한 단 한 번의 움직임으로 그의 앞으로 다가갔다. 상대의 팔을 붙잡고 몸무게를 역으로 이용하여 그를 쓰러뜨리고, 팔꿈치로 명치를 가격한 후 손날로 목을 치면 때려눕힐 수 있을 것이라고 예상하면서.

하지만 그의 팔을 잡으려는 순간, 남자는 이미 캐스의 움직임을 예상하고 그녀의 두 팔을 잡아 몸에 꽉 붙였다. 그녀는 상대를 할퀴려고 했지만, 통나무 같은 근육이 불거진 남자의 힘은 그녀를 압도했다. 이마로 그의 코를 부숴 보려고도 했지만, 그녀가 채 몸을 움직이기도 전에 그는 상대의 의도를 알아챈 듯, 그녀를 품 안에서 빙글 돌리고 벽에 밀어붙인 후, 양 손목에 수갑을 채웠다.

그녀는 흐느끼며 가만히 서 있어야 했다. 그녀에게 달라붙은 남자의 체온이 팔다리를 통해 퍼지고, 그의 숨결이 머리카락을 간질였다. 그 남자의 생각이 그녀의 머릿속에서 메아리쳤다. 설레는 동시에 공포스러운 이야기였다.

싸우려 하지 마, 캐스. 난 가브리엘 토시야. 네가 아는 사람이고. 이제 곧

네가 여기 게헤나에 왜 오게 되었는지 알게 될 거야. 모든 것을 기억해 내게 될 테고. 팀 블루가 다시 하나가 되는 거야. 넌 이제 자유야.

그녀는 다시 저항했지만, 수갑은 더욱 깊이 파고들 뿐이었다. 뒤쪽 어딘가에서 쉬익, 하고 가스가 새어 나오는 소리가 났다. 익숙한 금속성 냄새가 났다. 번쩍이는 빛이 눈앞을 스쳤다.

잠시 후, 주사 바늘이 따끔하게 팔을 찌르는 것이 느껴졌다. 소리를 한번 지를 새도 없이, 캐스는 어둠 속으로 빠져들었다.

제4장

맬 켈러키안

"깨어나는군요."

노바 테라는 눈부시게 하얀 빛 속에서 눈을 깜박이다가 고개를 돌렸다. 누군가 머리를 드릴 착암기로 때리기라도 하듯, 골치가 쾅쾅 울렸다. 구역 질이 났다. 다시 눈을 질끈 감고 마지막으로 어디에서 무슨 일이 있었는지 떠올리려 애썼다.

(괴물)

(우리한테도 그런 짓을 할지 모르니 차라리 정신을 차리지 못하는 게 낫 겠어)

(미쳐 버렸으면 어떡하지)

(이제 저 여자가 갈 곳은 게헤나 뿐이야)

정신을 집중하려 했지만 하나도 말이 되지 않았다. 셀 수 없이 많은 테 란의 생각이 사방에서 그녀를 폭격했고, 노바는 보이지 않는 것들을 밀쳐

내기라도 하듯 두 손을 들어올렸다. 누군가 부드럽게 그 손을 붙잡아 내려주었다.

여긴 어디지?

"팔라틴호의 의무실입니다. 긴장 푸세요. 이제 괜찮습니다."

루크 대위군. 노바가 물었다.

"어떻게 된 거죠?"

어렵사리 눈을 뜨자, 대위가 자신을 내려다보고 있는 모습이 보였다.

"당신이 모두의 생명을 구했습니다. 그것뿐이에요. 일종의 정신 폭발이었죠. 그런 건 정말 처음 봤습니다. 저그 무리를 몽땅 쓸어 버렸다니까요. 당신도 살아 있는 게 기적이에요."

루크는 전장의 모습을 직접 봤고, 그녀의 생각에 감응한 노바도 그 모습을 머릿속에서 생생히 볼 수 있었다. 놀라운 광경을 보고 느낀 대위의 경외심도 함께 전해졌다. 사방에 널린 저그 사체의 눈에서는 피눈물이 흐르고, 뜨겁게 달아오른 그 몸뚱이에서는 김이 피어올랐다. 뮤탈리스크도 모두 떨어져 산더미같이 쌓여 있었다. 엄청나게 무거운 대군주들은 추락 과정에서 뾰족한 바위에 찔리며 썩은 계란처럼 터져버렸고, 눈길이 닿는 모든 곳에 피와 살점을 흩뿌려 놓았다. 낯익은 모습이었다. 그와 비슷한 장면이 떠올랐다. 다른 정신 폭발로 더 많은 저그들이 죽었던 모습. 하지만 그곳이 정확히 어딘지, 또 무슨 일이 일어났던 건지는 알 수 없었다.

그와 함께 타소니스와, 부모님이 목숨을 잃었던 때의 기억이 되살아났다. 이미 오래 전 머릿속에서 소거되었어야 할 기억이었다. 그 모든 게 사실이었을까? 만약 그렇다고 해도, 기억이 왜 이렇게 갑자기 돌아온 걸까?

노바는 자리에서 일어나려고 하다가, 움직이는 기척을 느끼고 시선을 돌려 루크의 어깨 너머를 바라봤다. 고다드 이병이 그녀를 지켜보고 있었다. 두 눈은 붉게 충혈되고, 관자놀이에는 외계 생물의 딱딱한 껍질이 뾰족하게 솟아난 모습이었다. 그녀는 몸을 움츠렸지만, 어느새 고다드는 사라지고 팔라틴호의 수석 의무관인 쇼 박사의 앙상한 얼굴이 나타났다.

"아무래도… 제가 환각을 보는 것 같아요. 뭔가 잘못됐어요. 방금 전에도 해병 하나가 보였다고요. 고다드 이병이요."

루크가 답했다.

"고다드는 돌아오지 못했어요. 죽었습니다."

"알아요. 저도 봤어요… 감염된 모습을."

쇼가 앞으로 나서며 끼어들었다.

"신경계에 큰 충격을 받았습니다. 정신 폭발이라니 놀랍군요. 그런 능력이 있다는 소문은 들었지만, 실제로 가능할 거라고는 생각도 못 했습니다."

박사는 그녀의 몸 상태를 확인하고 양 눈에 각각 빛을 비춰 본 후, 애매하게 헛기침을 했다.

"물론 그곳에는…."

그는 흠칫 놀라며 말을 끊고는, 다시 한 번 헛기침을 하고 고개를 돌렸다. 하지만 그의 생각은 소리 내어 말한 것만큼 명확하게 들렸다.

(살인자)

노바가 다시 말을 했다.

"기억이… 나요… 타소니스에 대한 기억이에요. 그곳에서 무슨 일이 일어났어요. 제… 부모님이… 살해되었나요?"

쇼 박사는 침대 옆에서 뭔지 모를 일을 바삐 하며 대답했다.

"저도 그곳에서 얼마 동안 살았었습니다. 테러리스트들의 끔찍한 공격이 있었고, 사람들이 많이 죽었죠."

"그게 전부가 아닌 것 같아요. 하지만 그런 기억도 제겐 남아 있지 않아야 해요. 유령 사관학교에서 졸업할 때 과거의 기억을 모두 소거했어요.

정말이에요. 제게 뭔가 문제가 생겼다고요."

그녀의 자리에서는 잘 보이지 않았지만, 쇼는 정신없이 무슨 일인가를 하며 다시 대답했다.

"그건 오히려 잘 된 일 아닌가요?"

"박사님, 저는 모든 걸 잊으려고 유령 프로그램에 입교했어요."

혼란과 낯선 공포의 감정이 밀려들어 온몸이 따끔거렸다. 왜 부모님에 대한 기억이 남아 있는 거지? 알타라 행성에서 그녀의 마음이 들춰낸 게 모두 정말 있었던 일일까? 그녀는 손을 뻗어 박사의 팔을 붙잡고 억지로 자신을 바라보게 했다.

"노벰버 테라는 죽었어요. 난 테란 자치령의 X41822N 요원이라고요. 다른 사람이 되고 싶은 생각은 없어요."

(손대지 마, 이 괴물아)

"휴식을 취하셔야 합니다."

쇼 박사의 말에 노바는 몸을 벌떡 일으켜 자리에서 앉았다.

"아니, 알타라 행성의 그 가스… 그게 뭔지 알아내야 해요. 혹시 내가…."

"저희가 조사하고 있습니다."

"그러면 그 행성에서 무슨 일이 있었던 건지 정확히 알아야겠어요."

루크가 대신 말을 받았다.

"정말 그렇게 침상에서 내려오고 싶다면, 지금 당신을 만나고 싶다는 사람이 있어요. 사실, 아까부터 고집스럽게 기다리고 있었죠. 안 된다는 말은 들으려고도 하지 않던데요. 옛 친구라던가?"

"누군데요?"

루크는 고개를 저으며 말했다.

"직접 보세요."

루크는 노바를 옆 의무실로 데려갔다. 알타라에서 구출한 탐색관이 의자에 앉아 허공을 바라보고 있었다. 환자복 위에 낡은 가죽 외투를 걸친 모습을 보니, 루크의 반응을 확인할 필요도 없이, 그가 고집스럽게 그 옷을 입고 세탁은커녕 손도 못 대게 했음을 알 수 있었다. 왠지 몰라도 그리 놀랍지 않았다.

노바가 방으로 들어오는 모습을 보고, 그는 자리에서 벌떡 일어나 무릎을 털었다. 둘은 치열한 전투의 여파에서 회복하는 중이 아니라, 테라스에서 함께 술잔을 기울이던 사이 같았다.

"정말 이상한 꿈을 꿨지. 지옥 같은 외딴 행성에 추락을 했는데, 글쎄 정신을 차려 보니 노바 테라가 무릎을 꿇고 날 내려다보고 있는 거야. 그 얼굴이 꼭 천사 같아서, '아, 난 이렇게 죽는구나!' 하고 생각했어. 그런데 네가 이렇게 나타나다니… 정말 오랜만이야, 노바. 루크, 잠깐 우리끼리 얘기 좀 할게."

루크 대위가 입을 열었지만, 그냥 조용히 고개만 끄덕였다. 아무래도 남자가 정신이 나간 모양이라고 생각하는 게 분명했지만, 탐색관과 유령이 말다툼을 벌이는 건 쉽지 않은 일이라고 결정을 내린 듯했다. 남자의 얼굴을 물끄러미 바라보던 루크가, 무뚝뚝하고 거칠긴 하지만 충분히 매력적이라고 느끼는 것이 언뜻 노바에게도 전해졌다. 대위는 애써 감추려 했지만, 그 생각은 따스한 온기가 되어 그녀에게 번졌다. 그리고 대위는 조용히 방을 나서며 문을 닫았고, 노바도 더는 그녀의 생각을 읽을 수 없었다.

"앉아."

탐색관이 의자를 가리키며 말했다.

"그냥 서 있겠어요."

남자는 키득키득 웃었다.

"넌 늘 괴팍하다니까. 그런데 노바, 무슨 일이야? 꼭 유령이라도 본 것 같아."

"당신을 알아요."

"그래, 아주 잘 알지."

그는 손을 내밀며 말을 이었다.

"맬 켈러키안. 이래 뵈도 아주 괜찮은 탐색관이야. 몇 년 전에 타소니스에서 네 목숨을 구한 적이 있었는데, 이번 일은 네가 빚을 갚은 걸로 치자고."

무너져 내리는 건물 안에서 쪼그리고 앉은 노바를 맬 켈러키안이 감쌌다. 탐색관이 만들어 낸 역장 덕분에 무너져 내리는 벽의 잔해가 그들을 덮치지 않았고⋯.

둘의 과거에 대한 기억이 불현듯 떠올랐다가, 또 하늘을 가른 뒤 희미해지는 번개처럼 빠르게 사라졌다. 정신을 다잡고, 노바는 배 속이 뒤틀리는 걸 느끼며 말했다.

"당신이⋯ 나를 유령 프로그램에 입교시켰죠."

그녀는 그의 손을 붙잡았다. 맬의 손이 닿은 곳으로부터 전기 충격과 같은 느낌이 팔을 타고 올라왔다. 이윽고, 그는 필요 이상으로 오래 붙잡은 손을 놓으며 말했다.

"아, 이런. 기억이 부분적으로 돌아왔다는 얘길 들었는데. 아무래도 네 기억을 소거한 친구들을 다시 만나서 서비스를 한 번 받아야겠는걸."

주기적인 검사를 위해 의료로봇이 다가오자, 그는 파리를 쫓는 것처럼 손을 흔들었다. 로봇은 의무실 구석의 자리로 돌아가, 꼭 낙담하기라도 한 듯 조용히 움직임을 멈췄다. 그는 다시 의자를 향해 손짓을 했다.

"자, 그러면 이제 좀 앉아 주겠어?"

이번엔 그녀도 자리에 앉았다. 켈러키안은 침대 가장자리에 걸터앉았다. 계속해서 그녀를 바라보며 미소를 짓는 그 모습이 은근히 불편했다.

"저 아래에선 꽤 힘들었지? 지금은 괜찮아?"

"그냥 그래요. 당신은 어때요?"

"여기저기 긁히고 멍이 좀 들었어. 가벼운 뇌진탕 증세도 있고. 그래도 생명에 지장은 없다더군. 아무래도 내 운이 다 되지는 않았나 봐. 하마터면 화강암 위의 로르샤흐 패턴(스위스의 정신의학자인 헤르만 로르샤흐가 고안한 성격 요인 검사 방식. 좌우 대칭의 잉크 반점을 일정 순서로 보고 얼룩이 무엇처럼 보이는지 대답하는 방식으로 이루어진다. ─옮긴이 주)으로 남을 뻔했는데 말이지. 다행히 기절하기 전에 우주선으로 돌아갔던 모양이야. 머리를 꽤나 세게 부딪힌 것 같았는데."

그의 눈은 친절해 보였다. 퉁명스럽고 약간 어색해 보이는 겉모습 뒤에 상냥함이 숨어 있었다.

"처음 만났을 때 제게 잘해 주셨죠?"

"그랬다고 생각하긴 하는데, 사실 누군가를 유령 프로그램에 입교시키는 건 무척 잔인하고 끔찍한 처벌이라고 생각하는 사람도 많아. 물론 넌 스스로 가고 싶어 했지만. 모든 것을 잊고 싶었어? 네가 누군지, 네가 어떤 일을 했는지도…."

그는 한숨을 쉬고는 말을 이었다.

"그런데 지금은 이렇게 기억이 돌아오고 있으니…."

때로는 지나간 일을 잊어야만 앞을 바라볼 수 있다.

"아직은 부분적이에요. 순서도 뒤죽박죽인 데다가 통제할 수도 없고, 이해할 수도 없고요. 왠지 감각이 강해진 것 같아요. 게다가 환각이 보여요. 알타라에서 무슨 일이 있었던 모양이에요. 맬, 아무래도 오염된 것 같아요."

"뭐에 오염됐다는 거야?"

그녀는 고개를 가로저었다.

"몰라요. 폭발 지점에서 새어 나오던 가스와 뭔가 관련이 있을 것 같아요."

맬이 미친 소리는 그만두라고 할 것만 같았다. 하지만 그는 그저 고개를 끄덕였다.

"지옥도가 펼쳐지고 증거가 될 것들이 모두 날아가 버리기 전에 내가 직접 본 바로는, 누군가가 그 물질을 채취하고 있었어. 그게 베스핀 가스와 비슷하다는 것 하나만은 확실해. 하지만 연료는 아닌 것 같았고. 놈들이 그 물질로 뭘 하려고 했을까? 그게 문제지."

그는 두 손을 펼치며 알 수 없다는 표정을 지었다.

"맬, 그러는 당신은 그 행성에서 뭘 하고 있던 거죠? 유령이 실종되었다는 건 알아요. 하지만 그것 말고 또 무슨 일이 일어나고 있는 거죠?"

"나도 그걸 알았으면 좋겠다고."

그는 자리에서 일어나서 문 앞으로 걸어가, 창문을 통해 밖을 내다봤다. 지금 누군가 엿들을까봐 걱정한다는 것을, 또 이 문제가 멩스크 황제의 일급 비밀 칙령과 관계가 있다는 사실을 노바는 감지할 수 있었다. 그녀는 맬의 생각을 더 깊이 읽어내지 않으려고 노력했지만, 오늘은 왠지 평상시보다 능력을 억제하기가 어려웠다.

(자꾸 쿡쿡 질러대지 마, 노바)

돌아선 그는 다시 웃고 있었다.

"머릿속에서 네가 느껴진다고. 그래서인지 두통이 더 심해지네. 난 지금 저글링도 재울 수 있을 만큼 진통제를 많이 맞았어. 물론 너도 이미 알고 있겠지만."

그는 다시 침대에 앉아, 은밀한 비밀을 털어놓으려는 듯 몸을 앞으로 숙였다.

"내가 알고 있는 건 모두 얘기해 줄게. 유령이 한 명만 사라진 게 아니야. 적어도 십여 명이 실종됐어. 모두 흔적도 없이 사라졌다고. 일 년 전부터 그런 일이 발생하고 있지만, 유령 프로그램에서 쉬쉬하고 있을 뿐이야."

"신경 삽입물은 어떻게 됐는데요?"

"전부 실종 직후에 신호가 끊겼어. 유령이 모두 죽고 사체가 타버렸거나, 삽입물이 비활성화 되었다는 뜻이야. 추적할 수가 없어."

켈러키안은 손바닥을 외투에 문질렀다. 갑자기 생생히 기억이 났다. 그건 맬이 긴장할 때 나오는 버릇이었다.

"X52735N 요원은 UED 테러리스트 조직이 활동한다는 소문을 확인하러 알타라로 출동했다가 실종됐어. 당시 22 해병 대대의 지원을 받았고."

"파멸자들?"

"맞아. 옛 친구들이지?"

"난 몰라요…."

"그 당시에 대한 기억은 없는 모양이지? 내가 시궁창 거리에서 널 끌어냈을 때, 난 그 친구들과 함께 있었어. 그냥 그 때 조금 문제가 있었다고만 생각하자고. 다행히 에스메랄다는 오래 전에 떠났고, 스폴딩 대위가 지휘를 맡았어. 아, 이제는 소령이지만. 어쨌든 유령들은 사라지고 스폴딩은 아무것도 모른다고 하니, 멩스크가 대체 무슨 망할 일이 벌어진 건지 확인하라며 내게 1급 우선순위의 임무를 준 거야. 처음 알타라에 도착해서는 먼저 오아시스를 돌아다녀 봤어. 정말 굉장한 도시더라고. 마약 중독자에, 범죄자에, 그보다 더 심한 녀석들도 가득해. 당연히 나한테 얘기를 해주려는 사람도 거의 없었는데, 물어물어 다니다 보니 대부분은 그 끔찍한 도시에서 멀지 않은 곳에 정제소가 있다는 사실을 아예 모르고 있더라고. 그래서 우주선을 타고 문제의 지점으로 가서 육안으로 직접 확인했어. 정제소는 작동하고 있더라고. 작업자들도 있었는데, 아무래도 짐을 싸서 황급히 떠나려는 것 같았지."

"그게 유령들이 사라진 일과 관계가 있다고 생각해요?"

"내가 착륙하자마자 그 녀석들이 공격해 왔으니, 아무래도 그럴 가능성이 클 거야. 잘 훈련되고 무장도 제대로 갖춘 조직이었어. 아마 예비역 군인들이겠지. 한동안 교전을 했는데, 아마 그 과정에서 정제소의 핵이 손상되었나봐. 핵폭발이 일어난 것처럼 모조리 날아가 버렸으니까."

"그건 도무지 말이 안 되잖아요."

켈러키안은 볼에 까칠하게 난 수염을 벅벅 긁었다.

"알아. 그리고 한 가지 더 있어. 거기 도착하고 나서 5분쯤 지나니까, 머리가 깨질 것처럼 아프더라고. 텔레파시 능력자가 근처에 있을 때 느껴지는 두통이었어. 그곳에서 일종의 사이오닉 활동이 이루어지고 있었던 게 분명해. 처음엔 실종된 유령이 근처에 있는 게 아닐까 했는데, 다른 흔적은 전혀 없었고 그 유령도 내게 텔레파시를 보내진 않아서 말이야."

"의식을 잃고 있었는지도 모르잖아요."

켈러키안은 어깨를 으쓱했다.

"그럴지도 모르지. 하지만 아닐 것 같아. 지금껏 겪어본 것 중에서 가장 끔찍한 두통이었거든. 뭔가 달랐어. 내가 그것과 비슷한 아픔을 느꼈던 건, 네가 염력으로 난리법석을 떠는 근처에 있었던 때뿐이었어. 하지만 그때도 이번과 같은 수준은 아니었고."

"그 당시에 너무 아프게 했다면 미안해요."

"아냐, 난 그냥 꾹 참았어. 누구나 희생해야 할 때가 있는 거니까. 그나저나 넌 완전히 다른 사람이 됐는데? 정확히 뭐라고 말할 순 없지만, 어딘가 변했어."

"어른이 됐죠."

그의 눈은 정말 따뜻했다.

"그뿐이 아니야. 조금 덜 닫혀 있다고 할까? 난 항상 네가 좋았어. 연합의 구 가문에서 자란 부잣집 아가씨가, 이 끔찍한 우주가 줄 수 있는 최악의 패를 손에 들고도 얌전히 물러서지 않으니 말이야. 예쁜데다가 정신력도 강했지. 시궁창 거리에서 햅(유명한 마약의 일종. 갈색 물질이다. - 옮긴이 주) 중독자와 크랩(신경 억제 성분이 포함된 마약의 일종. 대량 또는 장기적으로 사용해도 위험성이 적다. - 옮긴이 주) 판매상들과 함께 지낼 때도 그랬고. 처음부터 그런 줄 알았지만, 역시 내 생각이 맞았던 것 같아. 지금 네 모습을 보라고. 정말 내가 봤던 중에서 가장 멋진 유령이야."

그는 고개를 절레절레 저었다.

"당신도 달라진 것 같은데요."

"어떻게?"

"전엔… 덩치가 더 크지 않았나요?"

켈러키안은 고개를 뒤로 젖히고 큰 소리로 웃었다.

"살이 좀 빠진 것 같긴 해. 타소니스 전투에서 부상당한 후 재활 치료와 근육 자극제를 사용한 덕분에 다시 싸울 수 있는 몸매가 됐지. 요즘은 저 탐색관 옷이 더 잘 맞는다니까."

"기억이 좋을 때도 있네요. 다시 만나서 반가워요, 맬."

그는 미소를 지었다.

"나도 마찬가지야, 꼬마 아가씨. 다시 만나서 반가워."

문을 가볍게 노크하는 소리가 난 후, 쇼 박사가 의무실 안으로 고개를 들이밀었다.

"루크 대위가 두 분 모두 함교로 오시랍니다. 지금은 안정을 취해야 한다고 얘기하긴 했는데, 꼭 오셔야 한다고 하네요."

켈러키안과 노바는 시선을 교환했다.

흘러.

대답은 켈러키안이 했다.

"환자복 갈아입을 시간은 있을까? 이걸 입고 있으면 왠지 힘이 빠져서 말이야."

"글쎄요. 빨리 하세요."

이 남자, 왠지 좋은데.

좁고 구불거리는 통로를 따라 함교로 가며 노바는 생각했다. 둘 모두 다시 전투복을 입고 있었다. 누군가를 절반만 기억한다는 건 기분이 이상했다. 우연히 만난 옛 친구와 예전에 무언가를 공유했다는 사실은 알지만 그 전부가 떠오르지는 않는다는 건, 마치 중요한 장면을 빼고 영화를 보는 것 같았다. 하지만 지금 알고 있는 것만으로도 맬은 충분히 친근한 느낌이었다.

그렇게 오랜 시간 홀로 살아오고, 자신 이외에는 누구에게도 의지하지 않는 훈련을 받은 노바가 누군가를 '좋아한다는' 사실에 기분이 더욱 이상했다. 한 임무에서 다음 임무까지 언제나 자치령을 위해 살고, 임무를 마치면 기억을 소거한 후 새출발하는 것. 그것이 유령의 역할이었고, 그녀가 잘하는 일이었다. 다른 사람에게 애정을 느낀다는 건 자신을 약하게 만들 뿐이고, 그건 유령이 누릴 수 없는 사치였다. 다른 이들은 노바가 무자비한 살인자라고, 단 하나의 목적을 위해 만들어진 기계라고 생각했다. 겉모습만 보고 노바가 매력적이라고 생각하는 남자들도(그들에게서 스쳐 지나가는 생각을 수없이 감지했기 때문에, 그런 남자가 아주 많다는 사실은 그녀도 잘 알고 있었다) 감히 그녀에게 다가오지는 못했다. 노바도 그 편이 좋았다. 그 무엇에도 얽이지 않고, 더는 잃을 것도 후회할 것도 없이, 자신이 아끼는 무언가 혹은 누군가를 빼앗기는 순간의 고통을 다시는 겪을 필요가 없는 삶은 나쁘지 않았다.

함교에는 홀러와 워드, 하비, 그리고 노바가 모르는 몇몇 사람들이 모여 있었다. 물론, 그녀는 한순간에 그들의 이름과 계급, 아침 식사로 무엇을 먹었는지까지 감지해야 했다. 모두 행성 표면에서 채취한 가스의 견본을 조사하기 위해 모인 연구원들이었다. 여러 테란의 수많은 생각이 사방에서 쏟아져 들어왔다. 신경 억제기를 사용하고 있었지만 잡음을 차단하기가 점점 더 힘들어졌다.

"오래도 걸렸군."

홀러는 기다리던 사람들을 향해 돌아서며 말했다.

"보고해."

연구원들을 이끄는 칼 리라는 남자가 분자 홀로그램을 꺼내 손가락으로 조작하며 새롭게 알아낸 사실을 설명했다.

"지금껏 알려지지 않은 성분입니다. 우선은 그 구조를 분리시켜 놓았습니다만, 자연적으로 발생하고 베스핀 가스와 무척 유사한 물질입니다. 일부 흔치 않은 유기 성분이 포함되어 있고요. 하지만 그 가스를 채취하는 이유는 아직 분명하지 않습니다. 베스핀처럼 인화성이 있는 것도 아니고, 뭔가 다른 값어치 있는 성분도 없어요. 딱 한 가지만 빼고요."

그가 전술 장교를 향해 돌아서자, 장교는 화면에 우주 지도를 띄웠다.

"스캔에 저그 무리가 감지된 지점을 표시했습니다. 바로 여기가…."

리는 저그의 이동 경로가 갑작스럽게 바뀐 지점을 가리키며 말을 이었다.

"폭발이 발생한 시점입니다. 그 순간 저그는 알타라로 방향을 틀었습니다."

노바는 지난 번 함교에 들어서던 때, 저그가 다가오는 것을 느꼈던 일을 떠올리며 말했다.

"사이오닉 신호기처럼… 그 가스가 일종의 신호를 보냈군요."

켈러키안이 말을 받았다.

"대체 어떤 가스가 숨어 있던 저그까지 불러낸다는 겁니까? 그 괴물들은 지난 4년 동안 이 근방에서 코빼기도 보이지 않았다고요."

홀러가 말했다.

"저그가 왜 나타났는지는 아무런 상관이 없다. 놈들을 모조리 쓸어버리고 다시는 돌아오지 못하게만 하면 된다."

켈러키안이 다시 질문을 던졌다.

"정제소에서 저를 공격했던 병사들의 정체는 뭡니까? 켈모리안 연합 세력이었나요?"

그 말에 홀러가 답했다.

"알타라에서 뭔가 채굴했다는 기록은 없다. 그 시설을 무단 점유한 녀석들이었겠지. 아니면 아바돈에서 그랬듯 UED 보병대가 남아 있었거나."

"자치령에서 알타라에 유령을 보냈던 건, 테러리스트 조직이 활동한다는 소문 때문이었습니다."

"그런 놈들이 있었다고 해도 이제는 사라졌다. 유령도 마찬가지고."

통신 채널에 귀를 기울이고 있던 장교가 자리에서 돌아서며 말했다.

"함장님, 죄송합니다만 코랄에서 발신된 일급 비밀 교신이 접수되었습니다. 멩스크 황제께서 X41822N 요원과 켈러키안 씨와 즉시 접견을 요청하셨습니다."

홀러는 투덜거리며 말했다.

"내 숙소에서 받겠다."

통신 장교는 공포에 질린 목소리로 답했다.

"죄송합니다, 함장님. 황제께서 두 분만 참석하라고 말씀하셨습니다."

홀러는 짐짓 아무렇지 않은 듯이 말했다.

"그것 참 끝내주는군. 좋아, 기다리는 동안 내가 커피나 내리고 너희 숙소 청소라도 해 주지. 아, 안마 서비스도 예약해 줄까? 그래, 끝나는 대로 즉시 여기로 돌아와라."

제5장

멩스크 황제

　　.

　　노바와 맬 켈러키안은 통신실의 홀로그램 투사기를 통해 통신 채널을 열었다. 통화 상대의 이름을 듣자, 방 안에 있던 해병들은 목덜미에 히드라리스크의 축축한 숨결이 와 닿기라도 한 듯 황급히 방을 빠져나가며 문을 꼭 닫았다.

　　통신실 안에 둘만 남자, 켈러키안은 아우구스트그라드의 황궁에 통신을 연결했다. 잠시 후, 투사기 위로 홀로그램이 청록색으로 반짝이며 아크튜러스 멩스크 황제의 인상적인 모습이 나타났다. 텁수룩한 갈기 같은 머리카락과 잘 다듬어진 수염은 통신실의 희미한 조명 아래에서 유달리 사나워 보였다. 멩스크는 모순적인 인물로, 사람들의 애정과 증오를 한 몸에 받고 있었다. 잔혹한 전쟁 지도자인 동시에 달변의 국가 원수인 그는, 전장에서 활약하는 것도 호화로운 황궁에서 생활하는 것도 모두 잘 어울리는 사람이었다.

인류 연합으로부터 권력을 빼앗은 후, 멩스크는 테란 자치령을 설립하고 철권통치를 시작했다. 그는 재기 넘치는 정치인이었다. 그에 대해 어떤 감정을 갖고 있든지, 함께하는 자리에서 황제의 매력에 마음을 빼앗기지 않는 사람은 거의 없었다.

홀로그램 속 멩스크가 웃으며 입을 열었다.

"탐색관과 유령이라… 너희 활동에 대해 홀러 대령의 보고를 받았다. 정말 놀라운 아이러니라는 건 인정해야겠어. 오래 전 탐색관이 구했던 소녀가, 유령이 되어 자신을 발견했던 탐색관을 구출하다니… 범인은 이해할 수 없는 우주의 질서를 보여주는 것 같군. 저 높은 곳에서 맺어진 관계랄까. 켈러키안 요원, 적들에게… 제압당하기 전에 실종된 유령의 행방을 알아내는 데 실패했다고 생각해도 되겠나?"

"흔적도 없었습니다. '폐하'."

마지막 단어에 살짝 힘을 주는 것만으로도 노바는 맬 켈러키안이 멩스크에 대해 느끼는 감정을 알 수 있었다. 아주 잠깐 동안 황제의 얼굴에 그늘이 스치는 듯했지만 그는 이내 쿡쿡, 소리 내어 웃었다.

"네 그런 점이 마음에 든다니까, 켈러키안 요원. 누구에게도 감정을 숨기는 법이 없어. 그래서 널 믿을 수 있을 테고. 거긴 너희 둘 뿐인가? 긴히 논의해야 할 문제가 있다."

"네, 그렇습니다."

그렇게 대답한 노바는 여전히 멩스크가 직접 대면을 요구한 이유를 짐작하려고 애쓰는 중이었다. 그들을 질책하려 할 생각이었다면, 아마 완전히 다른 방식을 택했을 것이다. 일반적으로는 유령 지휘관 셀서스가 새로운 지시 사항을 전달했겠지만, 알타라 행성에서의 구출 임무를 시작한 뒤로는 아무 얘기도 듣지 못했다. 홀러도 아무런 내막을 몰랐다.

이상한 점은 또 있었다. 처음 봤을 때는 황제의 모습이 평상시처럼 당당한 것만 같았지만, 지금은 홀로그램을 통해서도 눈가와 입가에 자글자글한 주름이 보였고, 낯선 긴장감까지 팽팽하게 느껴졌다. 멩스크는 지금까지 전투가 한창인 상황에서도 언제나 냉철하고 자신감 넘치는 모습만 보여왔다. 그런데 지금은 어딘가 조금씩 흐트러진 듯했다. 어쩌면 그 모든 것이 노바의 상상일 뿐인지도 모르지만.

(골칫거리)

켈러키안이 노바를 흘긋 바라봤다. 분명히 그도 눈치를 챘다.

"자세한 얘기를 하기 전에, 알타라 행성에서 무엇을 발견했는지부터 듣고 싶군."

먼저 켈러키안이 조사를 시작한 순간부터 폭발이 일어나던 때까지의 모든 것을 상세히 설명했다.

"정제소는 가동 중이었습니다. 경비도 삼엄했고요. 하지만 UED 세력과 관련지을 건 하나도 찾지 못했습니다. 오아시스에도 그 일에 대해 아는 자는 전혀 없었습니다. 적의 잔존 세력으로 구성된 테러리스트 조직이, 본거지에서 그렇게 멀리 떨어진 곳에서 활동하려면…."

그는 어깨를 으쓱하고 말을 이었다.

"보급품이 필요했을 겁니다. 그리고 그랬다면 마을에도 그곳의 일에 대해 아는 사람이 있었을 테고요."

멩스크는 딱히 놀란 표정은 아니었다.

"알겠다. 다른 건 없나?"

"함정 같았습니다. 놈들은 절 기다리고 있었어요. 생각하면 할수록, 그 시설은 전부 조작됐던 것 같습니다. 정제소의 핵이 그렇게 용융되려면 우리 부대와의 교전 중에 정말 심각한 피해를 받아야 합니다. 그리고 설사 그렇다 해도, 그렇게 대규모 폭발이 일어날 수 있었다고는 생각하지 않습니다. 제 컴퓨터로 시뮬레이션을 돌려 봤는데, 예상되는 잔해 분포 역시 실제와는 많이 달랐어요."

노바가 물었다.

"왜 자기네 정제소를 폭발시킨 걸까요? 당신을 죽이려는 사람이 있어요?"

"많지. 그런데 이렇게까지 수고를 무릅쓰는 녀석은 없을 것 같은데."

멩스크가 다시 입을 열었다.

"네가 목표는 아니었을 거다. X52735N 요원을 의도적으로 유인했으니까."

"어떻게 그럴 수가 있어요? 황제 폐하의 칙령이 유령 지휘관을 통해 직접 전달되었을 텐데요."

"나도 모른다. 하지만 한 가지는 확실해. 난 그런 명령을 내리지 않았다. 알타라에서 UED 테러리스트 조직이 발견되었다는 보고는 받은 일이 없어. 그리고 그 일을 조사하라고 유령을 보낸 적도 없다."

깜짝 놀란 노바와 켈러키안이 시선을 교환했다.

"행정부 내에 적 세력이 활동하고 있다는 말씀이십니까?"

"그건 불가능해. 하지만 누군가가 최고 등급의 자치령 정부 통신을 가로챘다. 잠깐 다른 이야기를 하지. 최근 자치령 요새들에 일련의 테러가 있었다는 말은 들어 봤겠지?"

켈러키안이 대답했다.

"네, 하지만 그다지 눈길을 끄는 건 없었습니다. 한 건은 얼마 전 UNN에서 보도가 되기도 했죠. 록웰 기자였는데, 테러 시도가 실패했다던데요."

"흐음, 사실은 일이 조금 더… 복잡하다."

(진실이 너를 자유케 하리라)

노바는 다시 켈러키안 쪽을 바라봤지만, 그는 시선을 돌리려 하지 않았다. 그녀가 입을 열었다.

"제가 들은 건 조금 달랐어요. 미확인 최정예 특수 부대가 조직적으로 여러 차례 공격해 왔다고 합니다. 일부는 극히 뛰어난 암살자들이었다고 하고요. 사이오닉으로 추정되는 능력을 목격한 경우도 있었습니다."

멩스크가 고개를 끄덕였다.

"그쪽이 조금 더 정확하군. 뭐, 마음을 읽을 수 있으니 당연한 일이겠지만. 사실, 지난 몇 개월 동안 다수의 주요 군사 및 경제 요충지가… 가동 불능 상태가 됐다. 핵심 인사들도 여럿 목숨을 잃었고, 보급망이 파괴되었다. 얼마 되지 않는 생존자들은 세뇌된 듯 했지. 그런데 그 중 한 명이, 검은색 복장의 무자비한 전사들이 나타났다가 한순간에 사라졌다는 얘기를 하더군."

(마치 유령처럼)

켈러키안이 물었다.

"믿을 만한 정보인가요?"

"이번 사건이 있기 전까진 그랬지. 그런데 시험해 본 결과, 생존자들은 신경 재사회화와 유사한 과정을 겪었다고 한다. 그 처리 과정이 훨씬 더 야만적이긴 했지만."

멩스크는 고개를 절레절레 젓고 말을 이었다.

"모두 잘 알겠지만 나는 그런 원시적인 행위를 혐오한다. 자치령에서 드물게 사용하는 방식은 안전성을 충분히 시험한 후 면밀한 통제 하에 시행된다. 재사회화는 매우 섬세한 작업이야. 주택 지하실에 대충 꾸려 놓은 장비들로 어떻게 할 수 있는 게 아니라고."

맬 켈러키안은 재사회화 과정에 대해 잘 알고 있었고, 그래서 노바도 자치령의 그런 활동에 대해 그가 어떻게 생각하는지를 명확히 느낄 수 있었다. 맬이 뭔가 후회할 만한 말을 해버리기 전에, 그녀가 재빨리 끼어들었다.

"암살자들이 실종된 유령과 관계가 있다고 생각하시는군요."

"그래, 일부 실종 사건은 자치령에 대한 공격과 관련이 있다. 이번 건도 그럴 테고. 실종된 유령이 알타라로 유인된 거라면, 아마 그녀를 손에 넣으려는 수작이었을 거다. 사이오닉 능력이 사용되었다는 소문은, 가능성이 높진 않지만 그런 추측의 증거라고 할 수 있겠다. UED의 짓으로 보이지는 않아, 물론 UNN에서는 그렇게 보도했지만. 공격자들은 매우 빠른 속도로 이동하고 재집결했고, 우리 정보원 중 하나는 어딘가에 매우 강력한 우주 기지가 운용되고 있다는 통신을 감청했다고 한다. 물론 기지가 있다는 지점을 스캔해 봐도 아무것도 걸리지 않았지만 말이야."

켈러키안은 어깨를 으쓱했다.

"UED는 이렇게 눈길을 끌지 않습니다. 말씀하신 대로 이번 일도 그자들의 소행이 아닐 겁니다. 알타라에서 제가 맞닥뜨린 병력은 분명히 잘 훈련된 조직이었지만, 사이오닉 암살자들은 없었습니다. 하긴, 은폐 상태였다면 제가 못 본 것도 당연하겠죠?"

멩스크는 미소를 지었지만, 그 눈에 따스함이라고는 전혀 보이지 않았다.

"마이클 리버티. 그 전직 기자가 이 이야기를 물고 해적 홀로그램 방송을 통해 퍼뜨리고 있더군. 아직까지는 테러리스트라는 측면에서만 냄새를 맡는 중이고, 우리도 가능한 한 녀석의 정보원을 차단해서 사건을 억제하고 있다. 하지만 이제 그 녀석이 숨겨진 진짜 이야기를 밝혀내서, 여론에 악영향을 미칠 만큼 많은 사람들에게 알리는 것도 시간 문제다. 무척 실망했다고밖에 할 수가 없다. 우린 한때 친구였는데 말이야. 동맹이었지."

황제는 고개를 가로저었다.

"그런데 내가 자기를 배신했다고만 생각하더군. 난 항상 그 녀석이 애국자라고 생각했는데. 대의를 볼 줄 아는 녀석이라고."

"배신당했다고 생각할 만한 이유가 있는 건 아닐까요."

켈러키안이 대뜸 말하자, 멩스크가 곧바로 쏘아붙였다.

"마음대로 지껄이지 마라. 설사 무슨 일이 있었다고 해도 그건 낡은 과거의 역사일 뿐이다. 앞으로 나아가려면 미래에 집중해야 해."

"저희가 어떻게 도와드리면 될까요?"

탐색관이 무덤을 더 깊이 파기 전에 노바가 물었다.

"현 상황에는 즉각적으로 대응해야 한다. 민감한 사건인 만큼, 일상적인 지시 체계를 믿고 명령을 내릴 수도 없어. 앞서 말했듯이, 배신자가 있을 수도 있다. 우리 부대의 최상위 방어 조직이자 이 구역 역사상 가장 효율적인 전사인 유령들이 사라지고 있다는 사실이 새어 나가면 이 자치령이 어떻게 될지 상상이나 할 수 있겠나? 이제는 마이클까지 발을 들였으니⋯."

황제는 두 사람을 차례로 바라봤다.

"너희는 지금 내가 잡은 최고의 패다. 그리고 난 도움이 필요하다. 지금 최고 우선순위의 임무를 주겠다. 너희가 지닌 모든 재능을 마지막 한 방울까지 사용해야 할 거다. 사라진 유령을 찾아라. 그리고 이 테러리스트들을 찾아내서, 놈들이 다음에 무슨 짓을 할지 알아내라. 이 반란에 종지부를 찍어라. 홀러 대령과 팔라틴호가 너희를 지원하고, 자치령과 사이오닉 작전처 전체가 도와줄 거다."

노바는 고개를 끄덕였다.

"예, 폐하."

멩스크의 눈은 그녀의 두개골까지 파고드는 것만 같았다.

"유령들을 찾아내라, X41822N 요원. 찾아내서 집으로 데려와라."

황제가 통신을 종료하자 홀로그램이 깜박이며 사라졌다. 노바와 켈러키안만이 어둠 속에 남았다. 두 사람 다 잠시 동안 아무 말도 하지 않았다. 황제의 말이 남긴 충격이 아직 주위를 맴돌았다.

침묵 끝에 켈러키안이 퉁명스럽게 내뱉었다.

"이거 참 대단하지 않아? 멩스크가 유령을 별로 안 좋아했던 거 기억 나? 그렇게 잘 써먹으면서도 신뢰하지는 않지. 그런데 지금 우리가 어떻 게 됐는지 봐. 내가 임무 하나를 제대로 말아먹어서, 그보다 더 중요한 임 무를 맡게 될 거라고 누군들 생각이나 했겠어? 아무래도 앞으로는 모든 일을 이렇게 망쳐야겠는데."

그는 문을 향해 걸어가며 말을 이었다.

"어디, 홀러가 커피를 맛있게 끓였는지 가서 보자고. 아무래도 커피가 많이 필요할 것 같아."

제6장

가브리엘 토시

캐스 툼이 두 번째 깨어났을 때는 상황이 무척 달랐다.

잘 꾸며 놓은 방 안, 희미한 빛이 드리운 침대에 누워 편안한 옷을 입고, 상처는 잘 소독하고 붕대를 감은 상태였다. 구속되지도 않았고, 머리를 쾅쾅 울리던 두통은 몸속을 흐르는 진통제 때문에 부드럽고 멍한 느낌으로 바뀌었다.

조심스럽게 자리에서 일어나 머리에 감긴 붕대를 만졌다. 누군지는 몰라도 잘 보살펴 준 모양이었다. 물론 아직 그녀가 정확히 어떤 치료를 받은 건지는 알 수 없지만, 처음 깨어났을 때와는 전혀 달랐다. 하지만 유령 전투복이나 무기는 찾아볼 수 없었고, 문도 잠겨 있었다. 포로. 그게 무슨 의미인지는 생각하고 싶지 않았다.

섬광처럼 번쩍이는 기억이 해일처럼 그녀를 덮쳐 왔다. 유령 사관학교 시절부터 최근에 이르기까지, 조각조각 나뉜 장면들이었다. 배가 뒤틀렸다. 갑자기 온몸이 잔뜩 긴장했다.

난 가브리엘 토시야. 네가 아는 사람이고. 팀 블루가 다시 하나가 되는 거야. 넌 이제 자유야.

캐스는 분명 그 남자를 알고 있었다. 떡 벌어진 어깨 위로 밧줄처럼 흘러내리는 긴 머리와, 초콜릿색 피부의 준수한 얼굴은 구석구석 기억 속에 생생했다. 캐스는 그의 동료이자, 친구이자, 연인이었다. 유령 프로그램에 함께 들어가, 함께 훈련을 받고, 자신의 힘을 다스리고 자치령의 뜻에 따라 싸우는 법을 함께 배웠다. 매섭고 불가능에 가까운 교관들의 지시를 따라 전투 시뮬레이션에서 로봇과 싸웠고, 팀원들과 어울리는 법을 배웠으며, 모두가 함께 보낼 수 있는 미지의 미래를 준비했다. 실제로 그들을 기다리는 건 텅 빈 백지처럼 마음을 비운 유령 암살자의 삶이었겠지만.

둘은 캐스의 아버지가 자살한 사건을 함께 조사하기도 했다. 그들은 무언가 알아내긴 했지만, 자세한 내막은 밝혀내지 못한 채 그녀의 기억이 소거되었다.

그리고 가브리엘 토시는 죽었다.

비밀 임무에서 그가 사망했다는 보고서를 읽었던 기억이 떠올랐다. 가슴 깊은 곳이 긁아내듯 아팠다. 캐스는 방구석에 쪼그리고 앉아 온몸을 얻어맞는 듯한 생생한 고통을 느꼈다. 그녀는 다시 침대에 앉아 흐느꼈다. 실제든 아니든 그 기억을 견뎌낼 수 없었고, 그로 인해 남은 구멍은 아직도 아가리를 벌린 채 그녀를 뒤흔들었다. 감당할 수 없었다. 그녀는 약점을 드러내는 걸 싫어했다. 평상시에 바위처럼 단단한 감정의 벽에 조그만 금이라도 생기는 것을 원치 않았다. 유령은 감정을 내보이지 않는다. 그런데 지금은 도저히 감정을 지워버릴 자신이 없었다. 정체는 알 수 없지만 캐스의 몸에 들어온 것은 지금 정신에도 영향을 줬다. 그녀를 무너뜨리고, 자제력을 잃어버리게 했다. 균형이 끔찍하게 무너졌다.

하지만 이건….

알 수 없는 힘이 온몸을 타고 흐르며 팔다리를 간질였다. 시체매에 이온 추진기를 장착해 업그레이드하고, 으르렁대는 엔진을 가동시켜 언제든 발진할 준비를 마친 상태와 같았다. 텔레파시 능력이 증폭되어 셀 수 없이 많은 신호를 동시에 받아들일 수 있게 되었는지, 수많은 목소리가 귓가에서 속삭이는 듯했다.

그녀에게 무슨 일이 일어나고 있는 걸까?

문에서 소리가 들려, 그녀는 고개를 들었다. 이번에도 토시가 나타나 통로의 불빛을 막고 선 채로 그녀를 바라봤다.

불가능해.

"불가능하지 않아, 캐스. 나야."

토시는 따뜻한 미소를 지었다. 그가 자신에게 한 일 때문에 분노하면서도, 캐스는 그를 다시 한 번 품에 안고 싶은 마음에 가슴이 저릴 정도였다. 토시는 몇 걸음 다가와서 방 가운데에 멈춰 섰다. 팔을 뻗으면 닿을 수 있는 거리였다.

"아까 일은 미안해. 나도 그러고 싶지는 않았어. 사실, 너는 내 여왕님이니까 말이야."

"가까이… 오지 마."

(축축하게 땀에 젖은 침상 위, 팔다리에 끈적하게 감겨드는 홑이불 사이에서 다급한 숨을 헐떡이며)

전율이 그녀의 온몸을 훑었다. 토시의 미소가 더욱 커졌다.

"나도 기억이 나. 정말 오래 전 일이지. 넌 지금 그 어느 때보다 아름다워."

그는 한 손을 내밀다가, 그냥 아래로 내려뜨렸다.

"지금은 테라진을 어떻게 다뤄야 하는지 배우는 단계야. 저항하지 마. 시간이 걸리겠지만, 조만간 그렇게 떠오르는 기억들을 통제할 수 있을 거야. 그러면서 다른 모든 것들, 그러니까 테라진이 무엇을 할 수 있는지도 알게 될 거야. 그 힘이 네 영혼을 해방시켜 줄 거라고. 이제는 자치령의 포로로 남을 필요가 없어. 놈들이 애국심이라는 미명 아래 너와 네 가족에게, 또 우리 모두에게 했던 일을, 이제는 참지 않아도 돼."

"난 유령으로 사는 게 좋아."

토시는 고개를 저었다. 그의 두 눈에 어둠이 드리웠다.

"꼭두각시처럼 조종당하면서 남들의 더러운 일을 대신해 주는 게 좋다고? 노예로 사는 게? 넌 지금 아무것도 모르는 거야. 연합이건 자치령이건 중요하지 않아. 다 똑같은 놈들이니까. 널 쥐어짜고 때리고 걷어차서 마음대로 주무를 수 있는 장난감으로 만들고, 기억을 모두 소거한 후 처음부터 다시 시작하는 거지. 넌 그저 기계에 불과해. 놈들은 네 속에 아무것도 남지 않을 때까지 널 이용할 뿐이야. 이제 테라진으로 그 모든 게 달라질 거야. 아직은 이해하지 못하겠지만, 곧 알게 되겠지."

(테라진?)

토시는 미소를 지으며 마치 살아 있는 것처럼 피어오르고, 퍼지고, 휘도는 가스 구름을 마음속에 그려 보냈다. 그것은 햅 마약처럼 그를 환하게 밝히고, 그의 마음을 확장시켜 우주의 끝까지 다다르게 했다. 토시에게는 마법과도 같은 물질이었지만, 캐스에게는 억지로 자신의 몸속을 파고드는 침입자였다.

"모두 네가 꾸민 거지? 알타라에서 일어난 모든 일이, 다 이걸 위한 거였어?"

그녀가 속삭이듯 말했다.

"자유롭다는 게 어떤 의미인지 보여주고 싶었어, 캐스. 너에 대한 사랑을 보여주고 싶었어. 아니, 모든 유령에 대한 사랑을 말이야. 우린 특별해. 자유를 누릴 자격이 있어. 누구에게도 복종할 필요 없어."

"하지만 날… 아프게 했잖아."

알타라의 동굴 속에서 있었던 일의 기억이 선명히 떠올랐다. 어둠 속을 더듬거리면서 쫓기고, 조롱당하고, 공격받았던 일.

내가 간다.

"대체 왜?"

토시의 얼굴에 그늘이 스쳤다. 그가 무겁게 입을 열었다.

"잘못된 일이었어. 그런 일이 있길 바라지도 않았고."

그는 가까이 다가와, 다시 한 번 팔을 뻗어 캐스의 얼굴을 어루만졌다. 움직일 수 없었다. 온몸의 근육이 얼어붙은 채 비명을 질렀고, 그녀는 그것이 토시의 능력 때문인지, 아니면 몸이 자신을 배신하는 건지 알 수가 없었다.

어렴풋이 느껴질 만큼만 살며시 닿은 손가락이 그녀의 볼을 더듬었다. 그가 얼마나 부드러운 남자였는지 아직도 잘 기억하고 있었다. 그렇게 강력한 남자가 이렇게 상냥하다니. 그는 관자놀이를 묶은 붕대로 손길을 옮기고, 한 귀퉁이를 들어 올려 상처를 살폈다.

"신경 삽입물을 제거했어. 이제 추적당할 일은 없어. 보고 싶었어, 캐스. 얼마나 그리웠는지 넌 아마 모를 거야."

"난…."

문 쪽에서 소리가 나자 토시는 빙글 돌아섰다. 한 여자가 서 있었다. 짧은 머리카락 뒤에서 복도의 빛이 비추는 모습이 꼭 후광이 드리운 것만 같았다. 그녀가 입을 열었다.

"깨어난 모양이네. 검사를 하러 왔…."

토시는 믿을 수 없을 만큼 빠르게 움직였다. 나중에 돌이켜 생각해 봐도, 캐스 툼은 실제로 그의 움직임이 눈에 보였는지 알지 못했다. 그가 품은 힘은 놀랍고도 두려웠다. 그는 여자의 목을 붙잡고 그대로 들어 올려

벽에 밀어붙였다. 선반을 가득 채웠던 수건과 침대보가 떨어져 내렸다. 30센티미터 이상 공중에 뜬 여자는 숨이 막힌 채 침을 튀기며 발길질을 해 댔지만, 그의 손아귀에서 벗어날 수는 없었다. 그녀의 얼굴에서 몇 센티미터 떨어지지 않은 곳에서 토시가 말했다.

"저 아이를 다치게 했겠다. 그건 계획에 없었을 텐데. 그리고 삽입물을 제거한다고 저 예쁜 이마를 다 파헤쳐 놨더군. 내가 조심스럽게 대하라고 하지 않았던가? 그녀가 아프면 내가 아픈 거야. 알겠어?"

숨을 쉬려고 발버둥 치는 여자의 눈이 툭 불거져 나왔다. 그녀는 토시의 팔뚝을 마구 긁어 댔지만, 그의 팔은 통나무처럼 꿈쩍도 하지 않았다.

(그냥 장난 좀 친 거야 가브리엘 많이 아프게 하지 않았어 지금은 괜찮 잖아 내려줘 제발 숨을 쉴 수가 없어 제바아아알…)

"미안하다고 말해."

(숨을 쉴… 수가….)

"말하라고."

여자는 가까스로 고개를 돌려 캐스를 바라봤다. 자비를 구하는 마음이 두 눈에 가득 서렸다. 그녀의 입에서 쉬잇, 하고 바람이 빠지는 소리가 나고 입술이 파랗게 변했다.

"여자를 놔줘."

캐스가 침대에서 일어나며 말했다. 휘청거리는 다리를 움직여 조심스럽게 두 사람에게 다가가는 그녀의 온 신경이 찌릿찌릿 울렸다. 토시에게서 쏟아져 나오는 분노가 생생하게 느껴졌다.

"난 괜찮아, 가브리엘."

"이 여자가 알타라에서 널 공격했어. 그것도 너무 거칠게."

그는 고개를 저으며 말을 이었다.

"벌을 받아야 해."

캐스는 손을 뻗어 그의 어깨에 얹었다.

"아냐. 난 싫어. 제발 그냥 놔줘."

토시는 캐스를 흘긋 보며 말했다.

"날 무서워할 필요는 없어. 네가 두려워하는 마음이 느껴지는데, 난 널해치지 않아. 절대로."

(나 딜라나야 유령 사관학교에서 팀 레드였어 너도 알잖아 캐스 도와줘제발.)

캐스는 그 여자를 바라봤다. 돌아온 기억의 주먹에 한 대 얻어맞은 듯한 기분이었다. 훈련을 마친 후 지금 눈앞의 이 여자가 자신의 팀원들을 죽게 했다며 노바 테라에게 소리를 질러댔고….

(팀 블루, 넌 팀 블루였잖아)

… 캐스도 그 당시에는 여자의 말에 동의했었다. 노바가 팀원 모두를 죽게 했다. 훈련이었기에 망정이지, 실제 작전 중에 그와 같은 일이 발생했다면 어떤 결과가 뒤따랐을지 상상도 하고 싶지 않았다.

그 후 노바는 정신을 차리고 팀워크의 중요성을 배웠다. 그리고 다들 친구가 되어 영원히 함께하기로 맹세했다. 비록 졸업하자마자 모두의 정신이 소거될 것임을 다들 잘 알고 있었지만….

노벰버 테라, 리오 트라브스키, 알 시슬러, 델타 엠블럭, 가브리엘 토시. 사관학교에선 모두 팀 블루 소속이었다.

캐스는 두 손으로 머리를 붙들고 바닥에 주저앉은 상태에서 정신을 차렸다. 그리고 눈물로 얼룩진 얼굴을 들었다. 토시는 딜라나를 내려놨고, 여자는 목을 비비며 기침을 하고 있었다.

캐스는 비명을 질렀다.

"어떻게 된 거야? 내게 무슨 짓을 한 거야?"

토시는 힘겹게 할 말을 고르는 듯, 한동안 그녀를 바라봤다. 분노와 애정, 좌절과 조바심에 이르기까지, 그에게서 쏟아져 나오는 다양한 감정을 캐스도 보고 느낄 수 있었다. 한참이 지난 후, 토시가 입을 열었다.

"너도 이제 우리와 하나야. 악령으로 사는 것에 익숙해지는 게 좋을 거야."

그는 그대로 몸을 휙 돌리고 방을 떠났다.

제7장

암흑칼날 프로젝트

가브리엘 토시는 우주 기지의 거칠고 울퉁불퉁한 통로를 정신없이 달렸다. 힘과 아드레날린과 수치심에 붉게 충혈된 얼굴로, 두근대는 심장을 가라앉히려 애를 썼다. 빠른 속도로 우주를 질주하고 있었기에, 발밑에서 거대한 엔진이 고동치는 것이 느껴졌다. 그렇게 외로움에 젖어 쪼그리고 앉아 있던 캐스의 모습은 너무나도 약해 보였다. 한때 그녀는 그 누구보다 당당하고 강인한 여자였다. 캐스를 품에 안고 싶은 마음에 가슴이 아렸지만, 지금이라면 그녀가 토시를 거부할 것이다. 아직 때가 아니다.

유령이 해일처럼 몰려오는 기억을 받아들이기가 얼마나 어려운지는 그도 잘 알았다. 캐스의 아버지에게 일어났던 일과, 9번 구역을 조사하며 드러난 진실을 생각해 보면, 지금의 모든 건 그녀에게 훨씬 더 민감한 상황이었다.

그녀는 받아들여야 할 것이, 이해해야 할 것이 너무도 많았다.

하지만 그는 모든 것을 이해했다. 테라진을 소량의 조류와 결합하여 강화하면, 예전에는 상상도 못했을 만큼 정신을 맑게 하고, 프로토스에 비견될 만한 수준으로 사이오닉 능력을 고양시켰다. 토시는 자신의 삶의 목적이 유령 프로그램을 구원하고, 우주의 질서를 회복시키는 거라고 믿었다. 악령은 선택받은 자들이었다. 어떤 정부나 기관의 통제도 받지 않고 오직 자신의 뜻에 따라 행동했다. 유령이 인간을 초월했다면 악령은 신에 더욱 가까웠고, 그와 같은 힘에는 다른 이들을 통제하고 그들에게 영향을 주어야 하는 책임이 따랐다. 그 반대가 될 수는 없었다.

할머니께서 아직 살아 계셨다면 그의 말에 고개를 끄덕이셨을 것이다. 가끔씩 그를 부르는 할머니의 목소리가 들리곤 했다. 예전에 할머니는 그의 사이오닉 능력이 일종의 부두 주술과 같은 거라고 말씀하셨고, 오랫동안 토시도 그 말을 믿었다. 할머니는 가족뿐 아니라 주변 모두의 존경을 한 몸에 받는 분이셨다. 하지 행성에서 자란 그에게 교육이란 받을 기회도 없고 딱히 쓸모도 없는 것이었으며, 그건 할머니도 마찬가지였다. 그래도 늘 손자를 사랑하고 아껴주셨으며, 혹시 마음속으로는 그를 두려워했다고 하더라도, 할머니는 그런 마음을 그 누구에게도 드러내지 않았다. 다른 테란은 대부분 하지 못한 일이었다.

얘야, 가브리엘, 어서 집으로 뛰어가렴. 날이 어두워지는 모양새가 곧 무서운 폭풍이 닥칠 것만 같구나.

가브리엘 토시는 20년 동안 집으로 돌아간 적이 없었다. 두꺼운 근육이 툭툭 불거진 그의 목에는, 구슬로 엮은 줄에 작은 인형 모양의 물체가 매달린 부적이 걸려 있었다. 한 평생을 함께해 온 유품이자, 할머니의 기억이 담긴 유일한 물건이었다.

모퉁이를 지나고 나니 불빛이 어두워지고 깜박거렸다. 커다란 눈망울과 귀가 유난히 눈에 띄고, 머리카락이 없는 작은 꼬마 아이가 두 팔을 벌리고 서 있었다. 아이는 초조해 하는 모습을 감추지 못했다.

리오.

그가 정신을 차리려고 고개를 좌우로 흔들고 나자 아이는 사라졌다. 물론, 실제로 그곳에 있었던 것도 아니었으니 당연했다. 하지만 토시는 깜박거리는 불빛이 신호라는 걸 알고 있었다. 리오는 지금 말하고 싶은 모양이었다.

토시는 다음 갈림길에서 왼쪽 통로로 들어섰고, 조금 더 걸어가자 함교로 통하는 계단이 나왔다.

함교에는 웅웅거리며 깜박이는 컴퓨터 화면들을 제외하고는 아무것도 없었다. 리오와 함께 개발한 진보된 프로그램을 여럿 구동시키는 이 장비들은 이 기지가 최소한의 선원만으로 운용될 수 있게 하는 기반이었다. 필요하기만 하다면, 리오의 도움을 받아 토시 혼자서도 이 거대한 기지를 조종할 수 있었다. 토시는 가까이에 있는 단말기에 다가갔고, 그러자 화면이 저절로 켜졌다.

딜라나에게 뭘 한 거야?

토시는 하려는 말을 입력했다.

"알려줘야 할 게 있었어. 누구도 캐스에게 그런 짓을 해서는 안 돼. 여긴 사관학교가 아냐. 우린 모두 한 팀이라고."

너무 거칠었어, 가브리엘.

"나한테 이래라 저래라 하지 마. 넌 이 함선만 움직이라고. 나머진 내가 걱정할 테니까."

화면이 깜박거리다가 잠시 꺼졌다. 리오가 짜증을 내는 나름의 방법이었다. 그는 사망한 후에 물리적인 육체를 떠나 인공지능 핵에 자리를 잡았고, 그 덕분에 사이오닉에 기반한 존재는 그대로 남았다. 그는 언제나 사람보다는 기계와 더 잘 어울렸고, 리오 자신도 그걸 잘 알고 있었다. 기계가 그의 진짜 가족이었다. 그의 영혼이었다. 토시는 계속해서 입력했다.

"내가 이곳의 지휘관이야, 리오. 그게 싫으면 어디 다른 시스템에나 침투해."

화면은 다시 초록색으로 깜박였다.

난 여기가 좋아. 내가 만들었으니까.

"알아. 그래서 고맙다고 생각하고 있어."

토시는 한숨을 내쉬고, 두툼한 수염을 문지르면서 화면에서 고개를 돌렸다. 솔직히 말해, 리오는 변했다. 늘 자신감이 없던 모습은 사라졌다. 그는 인간이면서 동시에 인간이 아니었다. 따라서 이제 물리적인 세계는 그저 호기심의 대상일 뿐이었다. 하지만 이렇게 새로운 형체의 존재가 되어서도 리오는 팀 블루의 핵심 구성원이었다. 아니, 오히려 이전보다 더 긴요했다. 여러 면에서 그는 팀 내의 누구보다 강한 힘을 지녔었다. 그래서 자치령에 쫓기던 시절 토시의 목숨도 구할 수 있었다. 리오는 이제 컴퓨터 네트워크 속의 1과 0으로 이루어진 존재가 되어, 테라진 없이도 감각을 확장시킬 수 있었고, 햅과 같은 마약이 없어도 마음을 가라앉힐 수 있었다. 그는 어느 누구도 갈 수 없는 장소에 가고, 어느 누구도 상상조차 할 수 없는 일을 했다. 혼자서 우주 정거장을 조종하고, 적의 네트워크에 침입하여 무력화시키거나 통신을 감청하기도 했다. 그와 좋은 관계를 유지할 필요가 있었다. 지금까지는 크게 어려운 일이 아니었지만, 리오의 불 같은 성질을 생각해 보면 이제는 그것도 달라질지 몰랐다.

"딜라나와 캐스는 괜찮을 거야. 걱정하지 마. 너무 많은 게 걸린 문제라 실패해서는 안 돼. 내가 그렇게 내버려 두지 않겠어."

잠시 동안 그는 리오가 대답하지 않을 거라고 생각했다. 하지만 곧 화면이 다시 깜박거렸다.

교신 요청이 들어왔어. 또 그 남자야.

"연결해 줘."

벽면의 화면이 깜박이며 켜지고, 낯익은 얼굴이 나타났다.

"그래, 지금쯤 연락을 받을 줄 알았지. 아직 살아는 있는지 궁금하던 참이다."

"신입 요원을 구하고 몇 가지 일을 처리해야 했습니다, 장군님. 일정엔 아무 문제가 없습니다."

"그럴 수도, 아닐 수도 있지. 폭탄과 저그가 알타라의 정제소를 완전히 파괴하지는 못했다."

"상관없습니다. 테라진은 거의 모두 빼냈으니까요. 감시하는 자가 있어서 위장을 해야 하긴 했지만, 자치령에선 쓸모 있는 건 하나도 찾아내지 못할 겁니다. 이제 테라진과 조류을 한동안 쓸 수 있을 만큼 충분히 확보했습니다. 함정도 제대로 먹혔고요. 리오가 멩스크의 이름으로 메시지를 보내니까 캐스가 바로 찾아왔죠. 우린 필요한 걸 손에 넣었습니다."

"그렇게 단편적인 문제가 아니야."

장군은 뒤쪽에 희미하게 불이 들어와 있는, 자치령의 요새와 교역 거점이 표시된 지도를 향해 손짓을 하며 말을 이었다.

"악령의 숫자가 늘어난 것 외에도, 계획했던 대로 우리의 공격에 사람들의 이목을 집중시켰고, 또 멩스크의 지지 기반도 약화시키고 있다. 또 때가 되면 마이클 리버티를 이용해서 우리의 뜻을 전파할 수도 있지. 하지만 알타라에서 있었던 사건 때문에 상황이 바뀌었다."

"무슨 얘깁니까?"

"멩스크 자신이 관심을 갖기 시작했다. 정보원을 통해 확인한 사실인데, 지금 가용한 유령 요원들은 모두 알타라로 가고 있다. 노바 테라와 그 탐색관이 수사를 지휘한다고 하고."

"그래서요? 어차피 이제 노바도 끌어들여야 할 때가 됐습니다. 아주 조금 서두르기만 하면 됩니다."

"동맹들이 우려하고 있다. 노바는 다른 유령들과 달라, 토시. 훨씬 더 위험하다고."

"그만큼 더 가치가 있습니다. 우리 쪽으로 돌아서기만 하면."

장군은 잠시 동안 이 말을 곱씹는 것 같았다. 토시는 가만히 기다렸다. 사실, 그는 이미 노바의 뒤를 쫓을 준비를 마친 후였다. 그와 리오가 아직 찾아내지 못한 건 델타 한 명뿐이었는데, 델타가 예지 능력을 활용하여 누구의 눈에도 띄지 않게 몸을 숨긴 탓이었다. 그러나 이제 캐스까지 합류한 이상, 팀 블루를 다시 하나로 합치는 계획도 거의 끝난 거나 마찬가지였다. 그는 기회만 있다면, 이번 임무의 중요성을 강조하면서 노바를 대의에 따르도록 설득할 수 있다고 확신했다. 멩스크가 시 행성의 마지막 "구가문"들에게 저지른 짓의 진실을 알게 되면, 노바의 참을성도 한계를 넘을 것이다. 그와 리오는 모든 내막의 증거를 갖고 있었다.

하지만 우선은 그녀를 적절한 방식으로 다뤄야 했다. 토시와 노바, 두 사람 사이에는 과거가 있었다. 토시의 온 세계가 지옥으로 떨어지고 캐스를 사랑하게 되기 전, 그는 노바를 그만큼 치열하게 사랑했었다. 노바가 기억을 소거당해 둘 사이의 일을 기억하지 못한다고 해도, 그만은 모든 걸 정확히 기억했다. 테라진이 효과를 발휘하기 시작하면, 그녀에게도 기억이 돌아올 터였다.

결과적으로는 노바도 이해하게 될 것이다. 하지만 노벰버 테라에게는 그 누구도, 그 어떠한 일도 강요할 수 없다는 사실을 토시는 잘 알고 있었다. 모두 그녀가 선택한 일이어야 했다.

가까이에 있던 화면이 깜박거리다가 초록색으로 빛났다.

그녀를 끌어들여서 증명하고 싶은 거지. 네가 그녀보다 낫다는 사실을.

가브리엘 토시는 리오를 무시하는 척했다. 하지만 어느 정도 일리는 있었다. 요즘 리오의 말은 대부분 맞았다.

오랜 침묵 끝에 장군이 입을 열었다.

"좋아. 우리의 궁극적인 목표는 아크튜러스 멩스크가 반역자이자 사기꾼이라는 사실을 노출시키는 거고, 그럴 가능성을 높이려면 테라를 확보하는 게 좋겠다. 준비할 시간이 조금 더 있었다면 좋았겠지만, 그래도 우린 지금까지 무성한 풀밭을 누비는 뱀처럼 오랫동안 몸을 사렸다. 악령의 수도 스무 명이 넘었고, 병력 확보도 거의 끝났고, 우모자의 친구들이 적당한 무기도 공급해 줬지."

"듣던 중 반가운 소식이군요."

장군은 빙그레 미소를 지었지만, 기쁜 표정은 아니었다.

"이제 본격적으로 모습을 드러내서 자치령 국민들에게 공포를 심어 주고, 멩스크에게는 제국이 그의 손아귀에서 벗어났다는 사실을 알려줘야 할 때가 됐다. 그 과정에서 테라도 우리 쪽에 합류시키고. 어떻게 해야 할지는 잘 알고 있겠지?"

토시는 고개를 끄덕이고 통신을 끊었다. 장군의 말이 옳았다. 움직여야 할 시간이 이미 지났다. 그들이 계획한 작전을 수행하기만 하면 유령들을 알타라에서 끌어내고, 악령들이 그 행성에 남은 흔적을 모두 파괴하고, 또 노바를 사로잡을 기회를 붙잡을 수 있었다.

그는 휴대용 테라진 통을 입술에 대고 한 모금 깊이 빨아들였다. 초신성이 폭발하듯 그의 모든 신경이 깨어났다. 이미 그들을 막을 자는 아무도 없었다. 노바까지 합류하고 팀 블루가 다시 하나가 되면, 잘못된 일을 모두 영원히 바로잡을 수 있었다. 모든 것은 그가 생애 최고의 시간을 보냈던 사관학교 시절로 돌아갈 것이다.

토시는 준비를 마쳤다. 암흑칼날 프로젝트도 마지막 단계에 접어들었다. 이제 자치령에 그들의 힘을 보여줄 때가 왔다.

제8장

오아시스

"우모자? 그건 말이 안 되잖아."

켈러키안과 노바는 오아시스 시의 비좁고 울퉁불퉁한 도로를 걸어 내려갔다. 유난히 바람 한 점 없는 무더운 날이었다. 노바는 도로 양쪽으로 늘어선 판자집들의 깨진 유리창도 조심스럽게 살폈다. 불을 피워 요리를 하는 냄새와 땀 냄새가 주위를 떠돌았다. 집 안에 숨어 그림자 속에서 그들을 바라보거나, 그보다 조금 더 안 좋은 일을 하는 사람들의 생각이 그녀에게 흘러들었다. 백여 개의 서로 다른 통신 채널을 한꺼번에 듣는 것 같았지만, 그녀는 뭔가 이번 조사에 도움이 될듯한 것에는 항상 주목했다.

하지만 아쉽게도 오아시스의 시민들에게서는 쓸 만한 정보를 전혀 얻을 수 없었고, 대부분 아무것도 몰랐다. 그래도 지금까지 노바와 켈러키안은 몇 가지 흥미로운 정보를 접했고, 그 중 한 밀수업자에게서 들은 정보에 의하면 몇 주 전에 우모자의 첩자 하나가 이 도시에 나타났다고 했다.

"그자의 생각을 읽은 거예요. 진실이었어요. 아니, 적어도 그 사람은 그렇게 생각했다고요."

켈러키안이 말했다.

"흐음… 그 녀석이 상대가 우모자 첩자인지 아닌지 어떻게 알았겠어?"

"전에 밀수 일을 하던 때 만났던 사람이라고 했어요. 술집에 보급품을 구하러 들어왔는데, 얼굴을 알아봤다고 하고요."

"솔직히 이 사람들은 자기 어머니 얼굴도 못 알아볼 것 같긴 하지만, 일단은 그 녀석 말이 맞다고 해 보자고. 우모자 첩자가 여기서 뭘 하는 건데?"

"나도 모르죠. 그래도 분명히 그 정제소와 뭔가 관련이 있을 거예요."

그들은 시 외곽에 도착했고, 집결 지점에서는 수송선이 기다리는 중이었다. 천막처럼 생긴 구조물들과, 땅에 구멍을 파고 철판으로만 덮어 놓은 피난처 근처였다. X72341R 요원이 이미 그곳에 도착해 주전자로 물을 마시고 있었다. 그는 머리카락과 눈이 검고, 키는 크고 빼빼 마른 남자로, 멩스크의 지시가 있은 후 가장 먼저 팔라틴호에 도착한 유령이었다. 지금까지 남자 넷과 여자 둘, 총 여섯 명의 요원이 찾아왔다. 셋은 오아시스에서 정보를 수집하는 중이었고, 나머지 셋은 홀러의 병사들과 함께 정제소의 뒷정리를 하고 있었다.

그 외에도 몇 명의 요원이 이 구역으로 오는 중이었지만, 도착하기까지 며칠 정도 시간이 걸릴 터였다. 이렇게 긴급한 명령을 통해 확보할 수 있는 인력은 이 정도가 한계였다. 사이오닉 능력 자체도 희귀했지만, 유령의 기대 수명은 그리 길지 않았다. 이를 최근 여러 차례의 실종 사건과 결합해 보면, 요원들의 수가 눈에 띄게 줄고 있음은 분명했다.

X72341R은 생존자였다. 일급 비밀로 관리되는 그의 이력에 따르면, 그는 멩스크의 반란(아크튜러스 멩스크가 주축이 된 코랄의 후예들이 구 테란 연합에 맞서 봉

기했던 전쟁–옮긴이 주)에 함께했던 정예 요원이었다. 특히 남모르게 심문하는 능력이 뛰어났는데, 이는 마음을 잘 읽을 뿐만 아니라 억압된 기억이나 깨끗하게 소거된 지식처럼 심문 대상 자신도 모르는 무의식 속의 정보를 끌어내는 데 탁월하다는 뜻이었다. 노바와 맬이 다가오는 것을 보고 요원이 말했다.

"UED가 활동한 흔적은 없어. 그나저나 이 도시는 제대로 똥통인데."

그는 모래투성이 땅에 침을 퉤 뱉고는, 켈러키안에게 주전자를 건네주고 말을 이었다.

"빌어먹을 오아시스는 무슨. 오늘 하루 동안 내가 마음을 읽은 놈들 중에서 더러운 새끼들 숫자가 지난 6개월 동안 만났던 놈들을 모두 합친 것보다 더 많아. 살인범이 일곱, 지명 수배된 밀수업자가 열다섯, 매춘부가 스물셋, 도둑과 마약 공급책은 셀 수도 없고. 이제 건물 두 채만 확인하면 돼. 그러면 대충 끝날 거야."

한숨을 쉬는 그를 향해 노바가 말했다.

"꼼꼼히 확인해 줘요. 밀수꾼들이 몰래 만들어 놓은 출입구나 감춰진 방이 없는지도 확인해야 해요. 이상한 점이 있으면 꼭 컴퓨터에 기록해 두시고요. 한 곳도 놓치지 않고 조사했으면 좋겠어요."

"알았어."

그 유령은 고개를 끄덕이고는, 다시 거리로 나섰다. 은폐 장치를 가동시키자, 그의 모습이 깜박이다가 시야에서 사라졌다.

"저 친구랑 전에 일해 본 적이 있었어?"

켈러키안은 벌컥벌컥 물을 마시고, 입을 닦으며 주전자를 노바에게 건넸다. 그녀는 고개를 가로저었다.

"모르겠어요. 낯이 익지는 않은데. 그런데 어차피 지금 내 기억이 그렇게 믿을 만한 상태는 아니라서요."

"그래도 한 가지 얘기는 옳았지. 어서 이 모래투성이 쓰레기통을 떠나 버리자고."

"홀러의 병사들이 지금쯤 저그의 흔적을 치워 놓았을 테니, 정제소에 다시 가서 자세히 살펴보고 싶어요. 어쩌면 뭔가 놓친 게 있을지도 모르니까."

켈러키안은 대수롭지 않게 말했다.

"그럴지도 모르지. 그래도 내 우주선은 회수했던데. 좀 낡긴 했지만 아직 괜찮아. 물론 이번엔 발톱 자국도 좀 나고, 저그 침도 묻긴 했지만. 엔진만 교체해 주면, '우모자'라는 말이 끝나기도 전에 날아오를 수 있을 거야."

그는 얼굴을 찌푸리고, 허리띠의 버튼을 눌러 진통제를 방출하며 투덜거렸다.

"이 주변에 망할 유령이 너무 많은 모양이야. 머리가 쪼개질 것 같네."

노벰버 테라.

노바는 빙글 돌아섰다. 머리 속에서 들린 목소리는 옆에 선 누군가가 말한 것처럼 명료했지만, 거리에는 아무도 없었다.

알타라에서 대기 중에 떠돌던 독소에 노출된 이후로 그녀가 어떻게 달라졌는지, 지금까지 차분하게 생각해 볼 시간이 없었다. 다행히 그 성분이 무엇이든 지금은 사라졌다. 하지만 그 이후로 부분적인 과거의 기억이 계속해서 떠올라 신경을 곤두서게 했고, 혈관을 따라 전류가 흐르는 듯한 느낌과 함께 이미 일반적인 기준을 훌쩍 뛰어넘은 그녀의 사이오닉 능력이 한층 고조된 상태가 지속되었다. 그런데 그보다 더 두려운 건, 정체를 알 수 없는 그 성분에 대한 갈망이 생겨났다는 점이었다. 마치 오랫동안 물을 마시지 못한 사람처럼, 알 수 없는 갈증이 계속해서 찾아왔다.

"좀 예민한 거 아냐?"

켈러키안이 가만히 그녀를 살폈다.

"무슨 소리를 들은 것 같아요."

"의무실에서 깨어난 이후로 나도 계속해서 이상한 소리가 들려. 대부분 누군가 속삭이는 소리 같은데, 무슨 내용인지는 알아들을 수가 없고. 머리에 충격을 받아서인지 뭔가 좀 더 꼬인 것 같아."

노바는 뙤약볕 아래 기울어져 가는, 금방이라도 쓰러질 것만 같은 초라한 집을 바라봤다. 뜨거운 바람이 지나가면서 붉은 모래 회오리가 피어올랐다. 스산한 기분과 함께 목덜미의 털이 곤두섰다.

"그래도 가스는 사라졌잖아. 그 가스 때문인지 전에는 가벼운 편두통 정도였던 게 이제는 망치로 머리를 두드리는 듯이 아파. 이번 사건에 대해 아무것도 몰랐다면, 나를 못살게 굴려고 특별히 개발한 성분이라고 생각했을 거야…."

그의 목소리가 차츰 잦아들었다.

"혹시 지금 뭐라고 말했어?"

노바는 맬의 말을 듣고 있지 않았다. 근처에 누군가 있었다. 다닥다닥 달라붙은 너저분한 주택 안에 숨은 자들과는 그 느낌이 달랐다. 강한 힘이 집중되어 환하게 빛나며 경계를 늦추지 않는, 뭐라고 쉽사리 설명할 수 없는 존재감이었다.

(브라켄에서 만난 프로토스가 저랬었지)

어느새 그녀는 빽빽하게 우거진 밀림에서 달리고 있었다. 은폐 장치는 손상되어 아무 쓸모가 없었고, 가쁜 숨을 몰아쉬는 사이 다른 자들이 접근했다….

여기 왜 온 거지?

다시 의식이 멀어지려 하기에 그녀는 고개를 흔들었다. 생생하게 살아나는 기억, 그리고 덮쳐오는 현기증과 싸워야 했다. 그녀는 분명히 브라켄에 간 적이 있었다. 왜, 언제 갔었는지는 알 수가 없었지만. 그때도 상상했던 것보다 훨씬 강력한 능력을 갖춘 다른 생물의 존재를 감지하고 지금과 똑같은 느낌을 받았다.

"누군가 우리를 지켜보고 있어요."

켈러키안이 대수롭지 않게 답했다.

"아마 스무 명쯤 될 걸. 거지에 사기꾼, 도둑들까지… 모두 기회만 있으면 우리 심장을 도려낼 준비를 하고 있다고."

"아니, 그 사람들 말고요."

그녀는 가까운 건물의 창문을 올려다봤다. 가슴 속에서 두 번째 박동이 느껴졌다. 그녀가 조심스레 말을 이었다.

"설명하긴 어려운데… 여기 있는 모든 사람들을 느낄 수 있어요. 내뿜는 숨결 하나하나와 생각하는 것까지 전부. 그 어느 때보다 강렬한 느낌이에요. 하지만 제가 말한 그 한 사람에 비하면 모두 흐릿한 회색일 뿐이에요. 누군지 몰라도 환하게 노란색으로 빛난다고요. 혹시 느껴져요?"

"그렇게 강하진 않지만, 얘기를 듣고 보니 그런 것 같아. 내 머리는 정말로 폭발할 것 같고."

창문을 올려다보던 노바의 눈에 재빠른 움직임이 보였다.

까꿍.

머릿속에서 웃음소리가 들렸다. 그녀가 모래에 뒤덮인 2층 창문을 바라보는 사이, 눈이 없는 가면 같은 얼굴이 잠시 나타났다가 이내 사라졌다. 노바는 그곳을 향해 손짓하며 말했다.

"맬, 저기예요! 제가 안으로 들어갈 테니, 뒤쪽으로 돌아가서 막아요."

노바는 대답을 기다리지 않았다. 가슴 속에서 심장이 천둥 같은 소리를 내며 뛰었다. 그녀는 가까이에 있던 문을 향해 달리면서 손을 뻗었고, 염력으로 문을 밀어붙여 경첩에서 뜯어냈다. 몸 안으로부터 힘이 솟구쳤다. 그 느낌이 어찌나 달콤한지 하마터면 비명을 지를 뻔했다. 문이 내동댕이쳐졌지만, 평상시에 느꼈던 두통도 전혀없었다. 손목을 돌리는 것만큼 쉬운 일이었다. 함정일지도 모른다는 생각이 들었지만, 전혀 상관하지 않았다. 그 무엇도 노바 자신을 다치게 할 수 없을것만 같은 기분이었다. 지금이라면 혼자서 저그 군락 전체를 파괴해도 땀 한 방울 흘리지 않을 자신이 있었다.

고개를 숙이고 안으로 들어갔을 때, 오른쪽에서 무언가 움직였다. 노바가 공격을 퍼붓기 직전에, 탁자 밑에서 덜덜 떨고 있는 한 소녀가 눈에 들어왔다. 소녀는 공포와 죽음에 대한 생각만으로 머리 속이 가득했고, 달리 아는 것도 없었다. 노바는 여러 방을 지나 뒤편의 층계참을 향해 계속 달렸고, 정신을 뻗어 회색의 바다 속에서 그 밝은 노란색 점을 찾았다. 하지만 이미 사라진 듯 느껴지지 않았다. 계단을 한 번에 세 칸씩 올라가며 좁다란 위층에 다다른 그녀는, 다시 짧고 어두운 통로를 지나 조금 전 그 얼굴을 보았던 방으로 향했다.

문을 부수고 들어간 노바가 여기저기 모래에 뒤덮이고 창을 통해 희미한 붉은 햇살이 드리운 텅 빈 방을 마주하는 사이, 그녀는 더는 자신을 믿을 수 없겠다는 생각이 들었다. 지금까지 계속해서 절반의 현실이자 절반의 꿈처럼 느껴지는 기억의 조각들을 경험하고 있지 않았던가. 그 얼굴도 그와 마찬가지로 무의식이 의식을 침략해 들어오는 과정의 산물일지도 모른다. 돌아온 기억들이 자신의 정신 상태에 악영향을 미치고, 자신감을 갉아먹고 있다는 사실을 그녀도 잘 알았다. 그녀가 느꼈던 기척은 이미 사라졌고, 눈앞의 텅 빈 공간에 담긴 것은 창가에 놓인 외로운 의자 하나뿐이었다. 갈라지고 뒤틀린 의자의 모습은 이 저주 받은 마을을 뒤덮은 부패와 절망을 상징적으로 표현했다.

그 모든 것이 그녀가 헛것을 보았다고 생각하게 만들 뻔했지만, 발자국이 남아 있었다.

바닥을 덮은 모래 속에 장화 한 켤레의 자국이 분명히 남아 있었다. 창

가로 다가가서 맴돌다가, 다시 그녀가 있는 쪽으로 똑바로 돌아온 흔적. 발자국은 유령 전투화와 유사했다. 그리고 약 1미터 앞 지점에서 끝나있었다.

충격에 휩싸여 바라보는 그녀의 눈앞에, 새로운 발자국이 한 발짝 다가왔다.

그녀는 뒤로 공중제비를 넘으며 발을 뻗었다. 전투화에 무언가 단단한 물체가 부딪히며 만족스럽게 묵직한 충격이 느껴졌다. 그녀는 두 손으로 바닥을 튕기며 똑바로 일어섰고, 다시 방 안을 바라봤지만 여전히 아무것도 없었다. 아무것도 느껴지지 않았다.

대체 어떻게 된 거지?

맹렬한 강타가 노바의 머리 측면에 꽂혔다. 열린 문 밖으로 밀려나는 그녀에게 이번엔 분명히 웃음소리가 들렸다. 소리가 느껴진 지점을 향해 정신을 집중하고, 그녀는 정신을 뻗어 강하게 밀었다. 누구인지, 아니 무엇인지 알 수 없는 상대는 빠르게 벽을 향해 날아갔고, 벽이 부서지는 소리와 함께 웃음소리는 뚝 그쳤다.

나쁘지 않군, 노바. 하지만 실력을 좀 더 발휘해야 할 거야.

아직 맨눈에는 보이지 않는 형체가 움직이는 주위로 모래가 맴돌았다. 노바는 권총을 꺼내 들고 앞으로 달려들었지만, 상대는 너무 빨랐다. 총을 들어 올리는 사이 옆구리에 다시 강한 충격을 받고, 그녀는 바닥에 쓰러져야 했다.

그녀는 재빨리 몸을 굴려 자리에서 일어났지만, 상대가 벌써 계단을 내려가는 소리가 들렸다. 그녀는 계단을 뛰어내려 첫 번째 방까지 달렸고, 건물 뒤쪽으로 빠져나가려 하는 상대의 발소리를 뒤쫓았다. 쿵, 하는 소리와 함께 누군가 비명을 질렀고, 노바는 좁은 뒤편 통로를 지나 뒷문으로 나왔다.

총을 들고 사격 준비를 마친 채 붉게 물든 햇살 속으로 나선 그녀의 눈에, 두 개의 건물 사이에 X72341R 요원이 큰 대(大)자로 누워 입에서 피를 흘리는 모습이 보였다.

"대체 뭐였어?"

그는 조심스럽게 자리에서 일어나 두 손가락으로 흐르는 피를 만져본 후, 다시 턱이 부서지진 않았는지 더듬으며 말했다.

"꼭 바윗덩어리에 얻어맞은 것 같네. 움직일 시간도 없었어."

"어디로 갔는지 봤어요?"

"아무것도 못 봤지. 여기 서서 건물 뒤쪽을 감시하고 있었는데, 한순간 쓰러져 버렸다니까."

"맬은 어딨죠?"

상대 유령이 고개를 저었다.

"글쎄. 눈앞에 별이 보여. 이렇게 강한 공격을 전혀 예상하지 못하고 맞은 건 처음이거든. 손도 쓰지 못했으니까."

노바는 이미 그의 말에 신경도 쓰지 않고, 모래 위에서 아까와 같은 발자국을 뒤쫓았다. 그 자국은 골목길을 따라 3미터 정도 나아간 후, 왼쪽으로 돌아 옆 건물 벽에 다다라서는 그대로 사라졌다.

곁에 다가온 X72341R 요원이 발자국을 보며 말했다.

"온데간데없이 사라졌어? 이렇게 이상한 일은 정말 처음 보는데. 그대로 벽을 통과하기라도 한 거야? 내 곁에 몰래 접근한 걸 보면 뭔가 은폐 장치를 쓴 것 같긴 한데 말이야."

"어떤 은폐 장치인지는 몰라도 생각까지 차단했어요. 처음엔 뭔가 느껴졌는데, 곧 사라졌으니까요."

노바는 골목길을 위아래로 훑어봤다. 발자국이 또 나타나지는 않을까 기다려 봤지만, 아무 일도 없었다.

"다들 괜찮아?"

오른쪽 길에서 켈러키안이 나타났다.

"아까 그 방에서 누군가를 발견했어요. 누구였는지는 몰라도 빠져나갔고요. 당신 곁을 지나간 사람 없나요?"

켈러키안은 고개를 저었다.

"아무도 보지 못했는데."

혹시 놈들이 아직 여기에 남아 있는데, 그저 우리가 모르는 건 아닐까?

"유령."

갑자기 들린 작은 목소리에 셋 모두가 홱 돌아섰다. 탁자 밑에 숨어 있던 소녀가 골목으로 통하는 문간에 서 있었다. 작고 여린 어깨는 혼쭐이 날 것을 예상하는지 잔뜩 움츠린 채였다. 열 살이나 되었을까? 하지만 때가 잔뜩 낀 얼굴과 영양실조에 걸린 듯한 몸을 보고는 나이를 짐작하기 힘들었다. 다 해진 옷을 입고 신발도 신지 않은 그녀의 발은 빼빼 말랐지만 잔뜩 부어 있었다.

노바는 손바닥을 위로 한 손을 앞으로 내밀고 소녀에게 다가갔다. 아이는 반걸음쯤 물러서며 건물 안쪽으로 들어섰다. 소녀의 두려움이 경보음처럼 퍼져 나오는 것이 느껴졌다. 혼란과 공포, 외로움이 머릿속을 가득 채웠다.

안 돼 안 돼 안 돼 저리 가 무서워 괴물 날 해치지 마….

노바가 소녀에게 말을 걸었다.

"괜찮아. 다치게 하지 않을 거야. 약속해."

소녀가 달아나지 않을 정도로만 긴장을 푸는 것이 느껴졌다. 노바는 문바로 앞에 쪼그리고 앉아 친절한 표정을 지으려 애썼다. 그녀는 아이를 대하는 것이 서툴렀다….

(델타 꼬마, 델타 엠블록)

그녀는 다시 사관학교에 돌아와 있었다. 팀 레드의 딜라나가 모의 전투에서 자신의 팀을 죽게 했다고 노바를 비난했다. 부끄럽고 화가 나서 노바도 팀 블루와 다른 동료들을 뒤로 했다. 그리고 도서관으로 숨어 들어가는 형체를 발견하고, 그 뒤를 쫓아가 맞춤법 공부를 하는 꼬마를 만났다. 그 아이는 이름이 델타라고 했다….

노바는 묻고 싶은 게 많았다. 델타 엠블록은 사관학교의 어린 신입생이었다. 그게 노바가 기억하는 전부였다. 그 외에는 분명한 게 하나도 없었다. 이런 기억은 난데없이 나타나 그녀를 다른 시간, 다른 세계로 이끌었다. 그러면 그녀가 자신을 보호하기 위해 만들어 낸 단단한 정신의 껍질이 언제라도 깨질 것만 같았다.

기억에서 빠져나왔을 때, 소녀는 어느새 노바를 바라보고 있었다. 날카로운 광대뼈와 넓은 이마 사이, 원래도 컸던 소녀의 눈이 한층 더 커졌다. 아이는 가만히 입을 열었다.

"악령."

그리고 골목길을 향해 손을 뻗었다.

"암흑칼날."

"모르겠습니다. 딱히 다른 말은 들을 수 없었거든요. 아이 생각도 읽어 봤지만, 계속 같은 것만 보였습니다. 눈에 보이지 않는 공포스러운 존재, 그러니까 유령이나 괴물 같은 게 아이를 잡으러 왔다고 했어요. '악령'이라고 부르더군요. 그리고 '암흑칼날'이라는 말도 했고요."

노바의 말을 듣고, 잭슨 홀러 대령은 정갈하게 다듬은 수염을 긁적거렸다.

"아이의 부모는 찾았나?"

"흔적도 없었습니다."

두 사람은 아이를 바라봤다. 시큼한 악취가 희미하게 풍겨 오는 오아시스의 외곽에 착륙한 수송선에서, 소녀는 열린 화물 출입문에 걸터앉아 있었다. 그저 먼 곳만 바라보는 아이는 모래 위를 쿵쿵거리며 오가는 화염방사병들에게 신경도 쓰지 않았다. 병사들의 화염방사기가 식어가며 치직, 하는 소리를 냈다. 대부분 저그와의 전투 현장에서 막 돌아온 참이라, 여전히 외계 생물의 육체가 타들어가는 냄새를 풍겼다. 앞서 홀러 대령은 정제소가 폭발한 지점에서 누출되는 가스의 위험성을 고려하여 이 행성 전체를 격리시키려고도 했지만, 매장된 가스는 이미 고갈된 것 같았고, 사고 지점이 시가지에서 워낙 멀리 떨어진 곳이라 호기심 많은 염탐꾼들이 나타날 일도 없었다.

"세뇌되었나… 정체가 뭔지는 몰라도, 아이 머릿속에 이상한 이름을 집어넣고 또 무슨 짓을 한 모양인데."

"함장님도 이런 곳에서 자랐다면, 저렇게 되셨을지도 몰라요."

홀러는 어깨를 으쓱했다.

"그래. 아이를 풀어 줘도 될 것 같군. 어차피 뒷정리도 끝이 났다. 황제 폐하의 칙령에 따라 저그와 관련된 증거도 모두 없앴고. 정제소 잔해에서도 건질 건 별로 없었어. 짐 싸서 팔라틴호로 돌아가자."

그는 워드를 찾으러 가고, 노바는 소녀에게 다가갔다. 노바는 홀러 대령에게 모든 것을 털어놓지는 않았다. 돌이켜 생각해 보면 충격적인 일이었다. 지금까지 받은 훈련과 신경 삽입물의 역할을 고려하면 그녀는 함장에게 그 무엇도 감출 수 없어야 했다. 그래도 노바는 소녀의 생각 속에서 읽은, 중요한 정보 중 일부를 밝히지 않았다. 어쩌면 이것도 그 가스의 또 다른 영향인지도 몰랐다….

열두 살 소녀의 이름은 라일라였다. 프라이드워터 행성의 부유한 가문 출신인 그 아이는 테러리스트의 공격으로 부모를 모두 잃고, 노예로 팔려가 강제로 마약 햅에 중독됐다. 그리고 마약으로 흐릿해진 기억 속에서 몇 년 간 여기저기 떠돌다가 어떻게인지 이곳까지 흘러들었다. 그렇게 오마라는 노파와 함께 살던 그녀의 작은 집에 며칠 전, 한 남자가 침입하여 돈을 빼앗고 총을 쏘기 시작했다. 간신히 달아난 아이는 두려움 때문에 집으로 돌아갈 생각도 하지 못했다. 그녀와 오마의 집에 누군가 침입한 것은 처음이 아니었지만, 이번엔 상황이 더욱 나빴고 결국 오마도 죽어 버렸다.

이 모든 일은 아무래도 이번 조사와 관련이 없는 것 같아, 노바는 소녀의 사생활을 지켜 주고 싶었다. 아이에게는 낯익은 구석이 있었다. 델타와의 기억이 돌아왔기 때문만은 아니었다. 그보다 더 개인적인 이유였다. 가족을 잃은 어린 소녀가, 자신을 이용하려고만 하는 사람들, 그리고 필요하다면 단 한순간의 망설임도 없이 그녀를 죽여버릴 사람들을 피해 끊임없이 달아나야 하는 삶. 이 세계는 가혹하고 위험한 곳이었다. 그녀도 경험을 통해 잘 알고 있었다.

적어도 나는 시궁창 거리에 홀로 남았을 때, 날 지켜 줄 사이오닉 능력이라도 있었잖아. 이 아이에게는 아무것도 없어.

아니, 그건 사실이 아닐 수도 있다. 이 소녀에게는 뭔가 이상한 점이 있었다… 노바는 아이 앞에서 걸음을 멈추고 소녀가 고개를 들 때까지 기다렸다. 라일라의 커다란 눈이 노바의 얼굴에 초점을 맞췄지만, 아이는 표정을 바꾸지 않았다.

(배고파)

"뭐 좀 먹을래, 라일라?"

그제야 아이에게 반응이 있었다. 여전히 커다래진 눈으로, 라일라는 고개를 끄덕였다.

(생각을 읽을 수 있어요?)

"그래. 하지만 꼭 필요한 때가 아니면 그러지 않으려고 해. 누구나 사생활은 지켜줘야 하거든. 여기서 잠깐만 기다려."

노바는 고개를 숙이고 수송선 안으로 들어가 해병 전투 식량과 여과된 물 한 통을 꺼냈다. 그리고 밖으로 나와 소녀에게 먹을 것을 건넸다.

"맛은 그냥 밀가루 덩어리 같겠지만, 몸에는 아주 좋아."

라일라는 전투 식량 봉투를 후다닥 찢더니, 며칠 동안 음식은 구경도 하지 못한 사람처럼 게걸스럽게 먹었다. 낡은 옷가지 위로 갈비뼈가 다 드러난 모습을 보면, 정말 그런지도 몰랐다.

노바는 소녀를 만난 건물을 향해 손짓하며 말했다.

"저기에서 얘기했던 거 기억나? 조금만 더 자세히 알고 싶은데. 암흑칼날이라고 했었지. 그게 뭐니?"

입에 먹을 것을 잔뜩 물고, 소녀는 그대로 얼어붙었다. 아이는 이리저리 눈을 굴리며 정신없이 주위를 살폈지만, 노바의 얼굴만은 쳐다보지 못했다.

(안돼 안돼 안돼 안돼)

노바는 손바닥을 위로 하고 손을 내밀며 말했다.

"괜찮아. 여긴 안전해. 난 그저 널 이렇게 두렵게 하는 사람을 찾고 싶은 거야. 그게 혹시… 네가 '악령'이라고 불렀던 사람들 중 하나니?"

아이는 노바를 흘긋 보고 다시 시선을 돌렸다. 커다랗고 검은 형체가 그녀의 마음을 가득 채웠다. 어찌나 빨리 움직이는지 눈으로 쫓기도 쉽지 않은 자였다. 라일라는 이 존재를 볼 수 있었지만, 마을의 다른 사람들은 그러지 못했다. 전에 오마에게도 이야기를 한 적이 있었지만, 노파는 그저 악몽일 뿐이라고, 멋대로 움직이는 상상의 산물일 뿐이라고 무시해 버렸다.

"네가 그런 이름을 붙였니?"

(그 사람들이 서로를 그렇게 불렀어요)

아직 이해할 수 없는 게 많았지만, 노바는 소녀에게서 더 자세한 이야기는 끌어낼 수 없음을 잘 알았다. 소녀의 심장 박동은 빨라졌고, 호흡이 얕고 잦아졌다. 머릿속에서 날뛰는 영상이 아이를 압도했다.

노바는 재빨리 결정을 내리고 말했다.

"우리랑 같이 갈래? 우리 함선에 타고서 말이야."

(무서워요)

"무서워할 필요 없어, 라일라. 여기 군인 아저씨들은 조금 나쁜 사람처럼 보이기도 하지만, 사실 다 내 친구들이야. 코랄에서 살기 좋은 집을 찾아 줄게. 학교도 다닐 수 있을 거야."

(여기가 집인데)

"지금 어떤 기분인지 나도 잘 알아. 하지만 여긴 너무 위험해. 도둑이나 살인자 따위가 없는 곳에서 살면 더 좋을 거야."

(그런 사람은 어디에나 있어요 언니도 착하지만 무서워 나도 알 수 있거든요 가끔은 나도 마음을 읽을 수 있으니까)

소녀는 눈을 깜박였다. 커다란 눈이 모래 때문인지 뜨거운 열기 때문인지, 조금 촉촉해졌다. 노예 상인들이 도둑질을 하는 데 그녀의 하급 텔레파시 능력을 써먹었고, 오마도 여기 알타라에서 같은 일을 했음을 노바도 이제 알 수 있었다. 라일라는 평생 착취를 당해 왔지만, 아직까지도 오마가 자신을 원한 것에는 다른 이유가 더 있다고 믿었다. 그 여인이 자신을 사랑했다고 믿고 싶어 했다. 그런데 이제는 그런 오마까지 무의미한 폭력에 죽임을 당하고, 라일라는 혼자 남고 말았다.

(나도 언니처럼 되고 싶어요)

그리고 소녀는 벌떡 일어나 달아났다. 망아지처럼 날쌔고 긴 다리를 빠르게 움직이며 멀어진 아이는 그대로 두 개의 좁다란 건물 틈새로 사라졌다.

노바는 소녀가 달아나게 내버려 두었다. 슬픔과 상실감이 뱃속을 가득 채웠다. 사실, 그녀를 코랄까지 안전하게 데려다 준다고 약속할 수는 없었다. 그리고 설사 그곳에 가더라도 아이가 어떻게 될지는 아무도 몰랐다. 라일라의 사이오닉 지수가 정말 평균 이상이라면, 유령 사관학교로 보내져 추가 시험을 거칠 것이다. 오래 전이었다면 노바도 주저하지 않고 그런 운명을 받아들였겠지만, 지금은 일이 조금 더 복잡해 보였다. 그녀의 마음에는 낯선 감정과, 오랫동안 무의식 깊은 곳에 묻혀 있던 기억들이 소용돌이쳤다. 어떻게 대처해야 할지 도저히 알 수가 없었다.

하지만 뱃속이 불편한 이유는 그게 다가 아니었다. 라일라는 도망치면서 노바를 향해 훨씬 명료한 생각을 전했다. 온통 검은 옷을 입고 얼굴 전체에 검은 마스크를 착용한 그 형체는 위협적일 뿐 아니라 악랄해 보였다. 그리고 그와 함께 수수께끼의 단어가 다시 나타났다.

암흑칼날.

그게 무슨 의미인지는 전혀 알 수 없었다. 하지만 머지않아 알게 될 거라는 느낌만은 분명했다.

제9장

파멸자들

몇 시간 후, 그들은 팔라틴호로 돌아와 샤워를 하고, 옷을 갈아입고, 식사를 했다. 노바와 맬은 숙소에서 몇 분 동안 소중한 숙면까지 취하고 다시 함교에서 홀러를 만나 임무에 대해 브리핑을 했다.

루크와 여섯 명의 다른 유령도 모두 모였다. 노바는 자신과 함께할 새로운 팀을 둘러봤다. 노바와 맬은 그들의 이력을 자세히 읽어보며 각각에 별명을 붙이기도 했지만, 모두가 한 곳에 모인 건 이번이 처음이었다. 텔레파시를 이용한 심문이 특기인 빼빼 마른 유령이자 오아시스에서의 조사를 도와주기도 했던 본즈. 맨손 전투 전문가인 예쁜 아가씨는 리셀. 사관학교를 갓 졸업한 건방진 젊은이로, IQ가 150이상이라고 하는 룩. 희끗희끗한 머리카락이 분위기 있어 보이는, 가장 나이가 많고 경험이 풍부한 암살자는 베테랑. 박박 민 머리와 울퉁불퉁한 근육이 돋보이는 여자는 립. 그리고 마지막으로 명사수이자 무기 전문가인 건스가 있었다.

그들은 지금까지 알아낸 사실을 모두 다시 한 번 확인했다. 가장 최근에 알게 된 우모자 첩자가 목격되었다는 사실부터, 노바가 모습을 감춘 수수께끼의 존재와 맞닥뜨린 일까지. 그리고 '악령'과 '암흑칼날'이 의미하는 바가 무엇일지 논의했다. 누구도 그 퍼즐 조각들을 하나로 맞추지 못했다. 홀러가 무거운 입을 열었다.

"유령들이 실종된 사건의 배후에 있는 자는 군사 훈련을 받았다. 근래의 임무들에서 얼마나 면밀한 계획을 세우고 실행에 옮겼는지를 보면 분명히 알 수 있어. 놈들은 유령을 납치하려고 철저하게 계획을 세우고 시험도 해 봤을 거다."

루크가 대꾸했다.

"결국 UED의 소행인지도 모릅니다. 충분히 가능성이 있어요."

맬은 고개를 저었다.

"놈들이 관련되었다는 정보는 확인된 바 없습니다. 유령을 함정으로 꾀어 내기 위해 심어진 정보를 제외하면요. UED 조직이라면 보급품도 필요할 테고, 그걸 공급해 줄 거래선도 있을 거예요. 그렇다면 서류상 흔적이 남아야 합니다."

"납치 사건과 자치령 시설에 대한 테러가 실제로 관련이 있다는 건 사실일까요? 우연의 일치일 수도 있습니다. 유령들이 집단으로 무단이탈하는 건지도 모르잖아요."

그 말에는 노바가 답했다.

"관련이 있어요. 유령은 신경 삽입물이 주입된 상태에서는 무단이탈을 할 수가 없어요. 공격자들이 사이오닉 능력을 사용하는 걸 목격했다는 사람도 있고요. 그것만큼은 분명해요. 이제 우리가 할 일은 간단해요. 놈들이 왜 이런 짓을 하는지 알아내고, 실종된 유령들을 찾아내기만 하면 됩니다."

"다른 문제도 있습니다."

맬은 홀로그램 투사기를 향해 돌아서, 지도를 불러내며 말을 이었다.

"납치 사건과 테러리스트의 공격이 있었던 지점을 모두 기록하여 어떤 패턴은 없는지 확인했습니다. 조금 재미있는 사실을 발견했는데요, 다들 여기를 보십시오."

그는 코프룰루 구역에 표시된 빨간색과 초록색 점을 가리켰다. 두 가지 색깔의 점은 대부분 한 쌍을 이루며 모여 있었다. 납치 한 번에 공격 한 번. 하지만 노바에게 가장 눈에 띄는 건 그게 아니었다. 점들의 분포는 전체적으로 직선을 그리고 있었다. 노바가 말했다.

"놈들은 이동하고 있군요. 본거지에서 가까운 지점을 공격하는 듯한데, 그 본거지가 어떤 행성이나 우주 정거장이 아니라, 움직이는 기지인 모양이에요."

맬은 함교를 둘러보며 말했다.

"바로 그거야. 놈들은 전 병력과 무기를 모두 수송할 만큼 크면서도, 남들의 눈에 띄지 않을 만큼 작은 무언가를 이용하고 있습니다."

"그건 불가능하다. 그런 게 있었다면 우리가 탐지할 수 있었을 거야."

홀러의 말에 함교 전체가 침묵에 잠겼다. 모두들 같은 생각이었지만 아무도 인정하려 하지 않았다. 모두들 애써 조사한 보람도 없이 단서는 거의 없었다. 통신 장교의 목소리가 함교의 침묵을 깨뜨렸다.

"함장님, 전투순양함이 접근 중입니다. 식별 부호는 22 해병사단입니다. 244번 통신 채널로 접촉하여 탑승 허가를 요청하고 있습니다."

맬이 투덜거렸다.

"스폴딩과 파멸자들이군. 조금 전까지만 해도 상황이 더 나빠질 일은 없다고 생각했는데."

"놈들이 원하는 게 뭐지?"

홀러도 언짢은 표정으로 말을 이었다.

"탑승을 허가한다고 전해. 혹시라도 날 화나게 굴면, 엉덩이를 걷어차서 자기네 우주선으로 날려보내겠다. 나머지는 돌아가도 좋아."

30분 후, 둥글납작한 주먹코가 잔뜩 붉어지고 콧수염은 분노로 파르르 떨리는 스폴딩 소령이 함교를 앞뒤로 거닐었다. 타소니스가 무너질 당시 상사로 복무했고, 이제는 '파멸자' 부대의 2인자가 된 빈센트가 그와 함께 나타나, 지금은 소령 뒤쪽의 문가에 서서 팔짱을 끼고 못이라도 씹어먹을 듯한 표정을 짓고 있었다. 스폴딩이 입을 열었다.

"왜 나는 이번 작전에 대해 아무 얘기도 듣지 못한 거지? 알타라 행성에서 사라진 건 내 유령이었어. 그러니 무슨 일이 일어났는지 알아내는 것도 내 책임이라고. 켈러키안, 무슨 말인지 알겠어? 너한테 얘기하는 거야, 지금."

노바는 마음을 다스리려 애를 써야 했다. 온몸이 덜덜 떨릴 지경이었다. 자꾸만 떠오르는 이상한 환영이 이제는 견디기 힘들 지경에 이르렀고, 스폴딩과 빈센트가 나타나면서 또 다른 기억들이 파도처럼 밀려들었다. 좋은 기억은 하나도 없었다. 전쟁에서 잔뼈가 굵은 그들의 강경한 얼굴은 노바의 마음속에 분노와 공포, 슬픔이 하나로 뒤섞인 감정을 불러 일으켰고, 그와 함께 마약 판매상과 범죄 조직의 우두머리인 페이긴의 밑에서, 지금은 생각만 해도 몸서리쳐질 듯한 일들을 억지로 해야 했던 타소니스에서의 길고 험한 날들이 생생히 떠올랐다. 스폴딩과 '파멸자'부대는 그녀를 구한 영웅이 될 수도 있었지만, 그와 에스메랄다는 노바를 버린 채 말 그대로 그녀의 머리 위로 건물을 무너뜨렸다. 맬이 전투복의 보호막으로 지켜주지 않았다면, 노바의 생은 타소니스의 마약굴이 무너진 잔해 속에서 그대로 끝을 맺었을 것이다. 무척 오랜만에, 그랬으면 더 좋지 않았을까 하는 생각이 떠올랐다.

그리고 또 하나 이상한 점이 있었다. 역시 시궁창 거리에서 지내던 시절, 페이긴과의 불편한 관계를 떠올리게 하는 것이었다. 스폴딩의 마음은 전혀 읽을 수 없었다. 함교에 도착했을 때, 그가 사이오닉 차단막을 쓰고 있기 때문이었다.

맬이 스폴딩에게 답했다.

"그러면 애초에 잃어버리지를 말았어야죠. 그런 생각은 안 해봤습니까?"

"너 이 개새…."

스폴딩이 앞으로 나섰지만, 홀러 대령이 옆으로 팔을 뻗어 그를 막아서며 말했다.

"여긴 내 함선이다. 이번 명령은 황제 폐하께서 직접 내리셨다. 노바와 켈러키안이 지휘하고, 우린 그들의 임무가 성공할 수 있게 모든 수단을 동원해 지원해야 한다. 그게 끝이야. 마음에 들지 않으면, 황제 폐하께 직접 말씀드려라."

"아무래도 그래야 할 것 같군요."

스폴딩은 그렇게 답했지만, 두 눈에서 이제 화난 기색은 찾아볼 수 없었다. 오히려 홀러의 근육질 팔을 보고 위축되는 것만 같았다. 켈러키안이 불쑥 물었다.

"차단막은 왜 쓴 겁니까? 나이가 드니 편집증이 생겼나요?"

"난 저 여자를 믿지 않는다."

스폴딩은 노바를 향해 손짓하며 말했다. 한 손이 무심코 귀 뒤쪽의 차단막을 건드리고 다시 내려왔다.

"아니, 너희 둘 다 믿지 않아. 이번 일은 아직 끝난 게 아니다. 그거 하나는 내 약속해 주지."

소령은 그 말을 남기고 뒤로 돌아 쿵쾅거리며 함교를 빠져나갔다. 빈센트 대위가 그 뒤를 따랐다. 문이 미끄러져 닫히는 사이 빈센트의 생각이 노바의 머릿속에 메아리쳤다.

(저년에게는 나중에 본때를 보여줘야겠어)

훌러가 중얼거렸다.

"뭣 때문에 저렇게 흥분한 거지?"

켈러키안이 자리를 떠난 소령의 뒷모습을 바라보며 대답했다.

"악연이 좀 있었습니다. 우린 그의 지휘관이었던 에스메랄다와 사이가 좀 안 좋았는데요, 스폴딩은 그녀가 죽은 게 저와 노바 탓이라고 생각하는 것 같습니다. 이유는 저도 모르겠습니다. 제가 듣기로는 저그와 싸우는 동안 그녀가 탄 수송선이 추락했다고 하니까요."

"분명히 말해 두지만, 난 그런 일에는 신경을 쓰지 않는다. 모든 문제를 내 함선 밖에서 처리하기만 한다면."

훌러는 노바를 향해 고개를 돌리며 말을 이었다.

"멩스크 황제께서 너와 탐색관에게 이번 일을 책임지라고 하셨다. 그 사실은 내가 스폴딩에게도 분명히 알려 줬지만. 자, 잘난 친구들, 이제 뭘 하면 되지?"

"저는…."

노바는 눈을 깜박이며 초점을 맞추려 했지만, 도무지 쉽지 않았다. 훌러 대령 뒤에는 줄리우스 안트완 데일, '페이긴'이 빡빡 깎은 머리를 함교의 불빛에 반짝이며 서서 미소 짓고 있었다. 익숙한 모양으로 뾰족하게 갈아 놓은 치아가 드러나고, 손을 푸는 동안 팔의 근육이 꿈틀거렸다.

우리 꼬마 아가씨를 만날 때가 됐다고 생각했는데 말이야… 네가 할 일 이 좀 있어. 아마 마음에 들 거야.

노바는 이를 악물고 터져 나오려는 비명을 삼켰다. 잠시 시선을 돌리자 페이긴은 사라졌다. 실제가 아니었다. 그녀도 알고 있었다. 하지만 그렇 게 오랜 시간이 지났음에도, 그를 다시 보는 건, 그의 명령에 따라 겪어야 했던 그 모든 고통과 공포와 끔찍한 범죄를 다시 떠올리는 건… 지금 당장이라도 미쳐 버릴 듯한 기분이었다.

"난… 잠깐…."

함교에 함께 있던 다른 사람들의 시선을 무시하며 그녀는 비틀비틀 통로로 빠져 나갔다. 금방이라도 다리가 무너져 내릴 것만 같았다. 통로가 텅 비어 있어서 다행이었다. 혹시라도 해병 하나가 그녀를 위아래로 훑어보며 온갖 상상을 하기라도 했다면 어땠을지 생각하기도 싫었다.

그러나 애써 자신을 다잡으려는 순간 전등이 깜박였고, 어둑해진 통로 안쪽에서 페이긴의 부관인 마커스 레일리언이 나타났다. 피투성이 얼굴은 이리저리 찢기고, 머리카락에는 벽돌 가루가 잔뜩 엉겨 붙어 있었다. 한쪽 볼 가죽이 벗겨져 치아와 턱뼈가 모두 드러난 모습으로 그는 말했다.

네년이 그를 죽였다. 방아쇠를 당긴 건 내 손이었을지 몰라도, 날 그렇게 만든 건 너였어. 그걸 기억해 둬라.

그는 한 손을 들어 노바를 가리켰다. 잔뜩 충혈된 눈이 희미한 불빛을 받아 빛나고, 겉으로 드러난 턱뼈는 마치 지워지지 않는 미소를 짓고 있는 것만 같았다.

노바가 애써 말했다.

"넌 진짜가 아니야. 넌 죽었어."

그럴지도 모르지. 하지만 난 언제나 네년의 머릿속에 머무를 거다. 나와 페이긴, 그리고 네가 해친 사람들 모두 다. 네가 타소니스에서 그 잘난 정신 폭발로 죽인 사람들은 기억하나? 삼백 명쯤 한 번에 죽였던가? 그것 참 대단한 기록이군. 페이긴도 그렇게 많은 사람을 죽이진 않았던 것 같은데. 넌 그 이후로도 계속 사람을 죽였어. 그걸 다 잊고 도망치고 싶어서 유령 프로그램에 들어갔겠지만, 결국 이렇게 제대로 훈련 받은 암살자가 돼서 또 사람들을 죽이고 있군 그래. 네가 잘하는 건 그것뿐이지? 겉모습은 천사 같은

지 몰라도, 그 속의 넌 공허한 시체나 마찬가지다. 우리와 다를 게 없어.

노바는 해일처럼 밀려오는 감정에 압도되었다. 이 모든 것이 실제로 일어나는 일이 아님은 그녀도 잘 알았지만, 너무 현실적인 느낌이었다. 지금까지 그녀가 누구였는지, 또 어떤 일을 했었는지, 그런 과거의 흔적을 모두 지우려고 그렇게 힘겨운 투쟁을 해왔다. 하지만 이제 그런 기억이 모두 돌아오고 있었다. 그 말이 맞았다. 노바의 내면은 이미 오래 전부터 죽어있었다. 부모님이 모두 살해된 모습을 목격하고, 오빠마저 눈앞에서 목숨을 잃는 것을 지켜봐야 했던 그 순간부터, 단 한 번도 의심한 적 없었던 어머니의 가장 친한 친구에게 가족 모두가 배신당했던 그 순간부터 줄곧 그랬다. 고통에 사로잡힌 노바가 사이오닉 파동을 내뿜어 반경 백 미터 내에 있던 모두를 죽인 그 날이었다.

유령이 되는 것은 그녀가 보고 행한 일들로부터 달아나는 길이었다. 하지만 그것도 이미 너무 오래전의 일이었다. 한때 그녀에게 조금이라도 의미가 있던 것들은 모두 눈앞에서 사라졌다. 구 가문은 사라졌고, 테란 연합은 무너졌다. 그녀는 모든 면에서 유령이었다. 부패와 폭력의 바다에서 떠돌며, 언젠가 홀몸으로 파멸을 맞고 잊힐 존재였다.

"노바, 괜찮아?"

맬 켈러키안이 걱정 가득한 표정을 하고 다가왔다. 노바는 자신이 바닥에 누워 울고 있었다는 걸 깨달았다. 말을 하려 했지만 목에 커다란 덩어리가 걸린 듯한 기분에 침을 꿀꺽 삼켜야 했다. 이렇게 여린 모습을 드러내는 것에는 익숙하지 않았다. 물론 마음속은 인정하고 싶지 않을 만큼 자주 약해지곤 했지만. 다른 모든 사람의 눈에 자신이 어떻게 보이는지, 노바도 잘 알고 있었다. 그녀는 바위였다. 얼음장처럼 차가운 암살자이자 자치령의 막강한 군사력 속에서도 가장 돋보이는 무기였다. 하지만 노바의 내면은 아직도 시궁창 거리의 길 잃은 외톨이 소녀였다. 인공지능 광고판 뒤에 숨어, 그저 모든 것이 예전으로 돌아가기만을 바라는 여린 아이였다.

"자, 아무 일도 없어. 진정해."

맬이 그녀의 팔을 붙잡아 일으켜 세웠다. 그 부드럽고 친절한 목소리에, 노바는 한순간 자신이 유령 요원이라는 사실도 모두 잊고 그의 품에 축 늘어졌다. 잠시라도 누군가가 그 모든 일의 무게를 대신 짊어져 주는 것에 마음이 놓였다.

그는 노바의 눈을 바라보며 그녀가 정신을 차리게 도왔다.

"어떻게 된 거야?"

"맬, 나 정말로 이상해진 것 같아요."

그녀는 부들부들 떨면서 숨을 크게 들이킨 후, 다시 천천히 내뱉고 말을 이었다.

"지금 당장 쇼를 만나야 해요."

"흐음…."

쇼 박사는 모니터를 이리저리 조작한 후, 막대기 모양의 검진기를 노바의 관자놀이에 가져다 댔다.

"신경 삽입물은 정상적으로 작동하고 있습니다. 인지 및 신체 기능 검사 결과도 모두 정상이고요… 다른 점이 한 가지 있다면, 아무래도 모든 기능이 기존보다 강해진 것 같아요."

그는 검진기를 내려놓고 가만히 뒤로 물러났다. 아무도 눈치채지 못할 만큼 조심스러운 동작이었지만, 쇼에게서는 불편하고 두려워하는 기색이 온통 퍼져 나왔다. 노바에게 그의 생각은, 이마에 커다랗게 써 붙이기라도 한 듯 분명히 보였다.

(가까이 오지 마 가까이 오지 말라고)

그녀는 한숨을 쉬고 고개를 돌려 구석에 앉은 맬을 바라보며 말했다.

"헛것이 보여요. 진짜 있는 건 아니지만, 제게는 거기 있는 당신만큼 현실적으로 느껴져요. 이미 소거되었어야 하는 과거의 일들이 떠올라요. 그게 어떻게 정상이라는 건지 얘기 좀 해 줘요."

그 말에 쇼가 반응했다.

"가끔은, 너무 극심한 스트레스를 받으면…."

맬이 의사의 말을 끊었다.

"헛소리는 집어 치워, 박사. 노바는 이것보다 훨씬 더 심각한 지옥도 거쳐 왔다고. 그래도 환각을 본 적은 한 번도 없었고. 여기 우리 친구는 지금 많이 아프고, 뭔가 해결책이 필요한 거야. 스트레스가 아니라니까. 이거 당장 보고해야 해."

노바는 고마운 표정으로 그를 바라봤다. 정말 오랫동안 누군가 그녀를 아껴 준 적이 없었던 것 같았다. 노바가 다시 의사에게 물었다.

"정제소에서 채취해 온 가스 검사 결과는 어떻게 됐어요? 다른 실험을 더 해 봤나요?"

쇼는 망설이고 있었다.

"가스가 꽤나 불안정했어요. 우리가 받은 견본도 금방 비활성 상태가 되어서, 뭔가를 더 알아내기는 힘들었어요…."

(말하면 안 돼)

"뭘 말하면 안 된다는 거죠?"

쇼는 다시 한 걸음 물러섰다.

"제 머릿속에 맘대로 들어오지 말아 주셨으면 합니다. 무슨 예의나 규칙 같은 게 있지 않나요?"

맬이 그 말을 받아쳤다.

"규칙 따위는 개나 주고, 지금 노바가 질문을 했잖아."

쇼의 눈이 맬에게서 노바에게, 그리고 다시 맬에게 빠르게 움직였다.

"지… 지금 상황에서 가스의 영향에 대해 얘기해도 괜찮을지 모르겠네요."

"괜찮아, 박사. 내가 허가해 줄 테니까. 어서 털어 놔. 아니면 노바에게 심문을 하라고 할까?"

쇼는 한숨을 쉬며 희끗희끗하게 난 수염을 문질렀다.

"아직 초기 실험 결과라는 걸 양해해 주세요. 지금 겪고 계신 증상들이 대부분 가스의 효과라는 걸 확인하긴 했지만, 그 이상은 추정할 수 없습니다. 살아 있는 뇌세포에서 화학 성분을 분리해 내서 시험해 봤는데, 기억 소거와 같은 과정에서 입은 손상을 복원하는 기능을 하더군요. 연구실 환경에서는 신경 세포가 재생하는 모습도 나타났고요. 그게 사실이라면….."

쇼는 고개를 끄덕이고 말을 이었다.

"환각을 보는 이유를 설명할 수 있죠."

노바가 대꾸했다.

"그뿐이 아니잖아요."

(그녀도 알고 있잖아)

"내가 뭘 안다는 거죠?"

"뇌에서 사이오닉 능력의 활성화와 관계가 있다고 추정되는 부분에서도 활동이 나타나더군요. 잠재적인 사이오닉 능력을 강화하는 효과가 있을 수도 있어요."

쇼가 빠르게 말하자, 맬이 다시 물었다.

"그게 무슨 소리지? 일반인들도 다른 사람의 생각을 들을 수 있게 된다는 건가?"

"사이오닉 지수가 일반인 정도인 경우에는 눈에 띄는 효과를 보지 못할 겁니다. 하지만 낮은 수준의 텔레파시 사용자나, 유령 프로그램 대상자로 분류되는 사람의 경우에는 그 능력을 크게 강화시킬 수 있어요. 사이오닉 지수가 1이상 상승할 가능성도 있고요."

맬의 전화벨이 울리는 소리와 함께 쇼가 말했다.

"그 전화 받지 그래요? 전 부상자들을 돌봐야 합니다. 저그와의 전투에서 많은 병사들이 부상을 당했는데, 안타깝지만 그 중에는 중상자도 있어요. 곧 돌아오겠습니다."

"지금 할 얘기가 있…."

"정말로 가야 합니다. 나중에 얘기하시죠."

쇼는 그 말과 함께 돌아서 거의 도망치듯 방을 빠져나갔다. 그 모습을 보고 노바가 말했다.

"뭔가 감추고 있어요. 저 사람 생각에서 다른 건 읽지 못했지만요. 꽤나 애를 써서 생각이 드러나지 않게 억누르고 있네요. 하지만 전부 다 털어놓지 않은 것만은 분명해요."

"나도 그렇게 생각해. 그런데 말하지 않은 게 뭘까? 그리고 감추는 이유는?"

좋은 질문이네.

노바가 맬을 흘긋 바라보는 사이에 전화벨이 다시 한 번 울렸다.

"그거 안 받으실 거예요?"

맬은 고개를 끄덕이며 전화를 들어올렸다. 통화를 하는 그의 눈이 커다래졌다.

"암호화된 메시지야. 몇 분 전에 멩스크 황제가 직접 녹음해서 보낸 거고. 잘 들리진 않지만…."

귀를 기울이느라 그의 목소리가 잦아들었다.

"아, 이런 젠장."

"무슨 일이에요?"

"아우구스트그라드가… 공격 받고 있어."

제10장

게헤나

모두 떠났다. 아니, 아직 살아 있던 모두가 떠났다. 그녀는 시체들 속에 홀로 남았다.

그 말이 모두 사실은 아니라고, 캐스 톰은 바위투성이 감옥과도 같은 통로를 걸어가며 생각했다. 사실 남은 이들이 죽었을 거라고 생각하지는 않았다. 일종의 정지장에 들어가 있을 뿐이겠지만, 그 정확한 이유도 알 수 없었다. 처음 그 작은 방에서 깨어났을 때 봤던 보관소들이 떠올랐다. 중앙에 30센티미터 정도 크기의 창문이 달린 작은 강철 문이 줄지어 있고, 그 안쪽에는 움직이지 않는 테란의 발이 보였다. 적어도 스무 명이 각각 보관소 안에 들어있지만, 아무리 창문을 힘껏 두드려 봐도 다들 미동도 하지 않았다. 작은 문은 모두 잠겨 있었다. 단단히 보강된 작은 관. 몸 하나 누일 공간뿐이지만 생명 유지 장치가 완벽하게 갖추어져 있다. 강화된 벽은 핵 공격이라도 견뎌낼 수 있게 튼튼했다.

가브리엘 토시를 비롯하여 다른 동료들(마음 속 목소리는 '악령'이라는 이름을 제대로 불러 주라고 고집스럽게 속삭였다.)은 몇 시간 전에 떠났다. 토시는 떠나기 전, 그녀가 할당받은 숙소에 찾아와 다음 임무에 대해 얘기해 주었다. 그리고 전과 마찬가지로 모두가 누려야 할 자유, 그리고 자신의 삶을 살아갈 권리에 대해 이야기하며, 이 폭정을 끝내야 한다고 강경하게 주장했다. 구체적인 목표가 무엇인지는 말하지 않았지만, 그녀에게 함께 가겠냐고도 물었고, 그녀는 그 제안을 거절했다. 토시의 열정은 유혹적이었지만 조금 불편하기도 했다. 신의 손길이 자신을 어루만지고 있다고 주장하는, 젊고 정열적인 전도사에게서 느끼는 감정과도 같았다. 말하는 동안 그는 온몸을 부들부들 떨었고, 자신의 말에 대한 확신과 열정은 전염성이 상당했다. 그것만큼은 캐스도 부인할 수 없었다.

토시의 육체 역시 저항할 수 없을 만큼 매력적이었다. 사관학교에서 그가 유령 전투복을 입은 모습을 처음으로 보았던 때, 그 꿈틀거리는 근육과 지금처럼 굵지 않았던 레게머리를 뒤로 질끈 묶은 모습을 보았던 때와 똑같은 기분이었다. 그때는 지금보다 조금 날씬했지만, 그래도 충분히 인상적이었다. 캐스는 처음부터 그를 원했다.

아무래도 너에 대해서 좀 자세히 알고 싶은데.

같은 팀이 되고 나서 토시가 말했었다. 그의 반짝이는 두 눈을 보며, 캐스는 그도 자신과 같은 기분을 느낀다는 것을 알았다. 그 눈은 지금처럼 기이한 우윳빛으로 변하기 전에도 최면을 거는 듯한 힘이 있었다. 그녀는 처음부터 그 눈에 빠져들었다. 물론 토시와 노바의 관계가 한창 뜨거웠던 동안에는 아무렇지도 않은 척하려 무던히도 노력해야 했지만.

캐스 자신이 이 모든 것을 기억한다는 사실 자체가 충격적이었다. 콕 집어 설명하기는 어려웠지만 그건 오래전 헤어졌던 쌍둥이 자매를, 서로 다른 기억과 시각을 지닌 채 성장한 후에 다시 만나는 듯했다. 기억이 돌아올 때마다 가슴 속에서 일종의 기시감이 느껴져, 온몸이 부르르 떨리고 기운이 빠졌다. 게다가 기억이 돌아오는 데는 어떤 규칙이나 이유가 없었다. 모두 온전한 기억도, 그렇지 않은 기억도 있었다. 게다가 그 중 일부는, 아예 기억이 아니라 그녀의 과거로부터 되살아난 환각이 지금 여기, 그것이 속하지 않은 장소에 구체화되는 현상일 뿐이었다.

유령은 갖은 훈련을 통해 오직 '자치령을 섬기기 위한'기계로 만들어졌다. 개인적인 목표, 꿈, 가족, 기억은 신병으로 채용된 이후 매 순간 조금씩 사라졌다. 캐스가 지금 겪고 있는 환각은 그렇게 조심스럽게 쌓아 올린 벽을 무너뜨리고 있었다.

그녀는 친구와 우정을 나눴었다. 한 남자를 사랑했었다. 다시 또 한 번 그럴 수 있을지도 모른다.

이 모든 것이 테라진 때문이었다. 캐스는 토시가 밤마다 그 가스를 방에 투입하는 것이 틀림없다고 생각했다. 늘 끔찍하고도 생생한 꿈을 꾸었고, 깨어나면 입술에 쇠 맛이 남았다. 하지만 그런 꿈보다 더 끔찍한 일이 일어나기 시작했다. 캐스 자신이 테라진을 갈망하기 시작한 것이다. 오후 늦은 시간이 되면, 다시 테라진을 맛볼 수 있게 어서 침대에 들고 싶은 마음 뿐이었다.

다시 악령들, 아니 그녀가 악령이라고 생각하는 사람들이 들어 있는 정지장 보관소가 떠올랐다. 누군가에게 물어보진 않았지만, 그녀는 보관소 안의 사람들이 모두 악령 신병이라고 생각했다. 그녀와 토시 사이에 과거가 없었다면 그녀도 그 철문 안에 있었으리라. 하지만 그녀는 특별했고, 그래서 그는 캐스에게 이곳 운영을 맡겼다. 그녀는 이것이 토시가 나름의 방식으로 그녀가 자유로운 인간임을, 자신이 가는 길이 옳음을 보여주는 거라고 추측했다. 그러나 모두 공허할 뿐이었다. 그녀가 어디로 갈 수 있단 말인가? 우주선도 없고, 이곳을 떠날 방법도 없었다.

툼은 그 냉동 창고 같은 보관소에 대해서도 돌이켜 봐야 했다. 자유를 위한 혁명을 이끈다고 하면서, 신병들을 감옥에 가두고 약물에 취해 혼수상태에 빠지게 해도 되는 걸까? 말이 되지 않는 건 그뿐이 아니었다. 어쩌면 토시의 말이 옳은지도 모른다. 어쩌면 자치령도 구 연합보다 나을 것이 없고, 맹스크는 자신이 한때 저항했던 그 힘에 취한 독재자인지도 모른다. 그들이 모두 자유롭게 풀려난다면, 이 우주도 달라질지 모른다.

그녀가 걷던 통로는 다른 통로와 교차하며 끝이 났다. 바위에 박힌 신소재 강철 문이 눈앞에 나타났다. '기계실'이라는 작은 표식이 붙어 있었다. 그녀는 마음을 뻗어 이곳에 자신이 혼자가 아니라는 흔적을 찾았다. 아무것도 없었다. 그런데 지금 이곳은 어딜까? 기이한 함선이라도 되는 걸까? 움직인다는 느낌은 있었다. 간헐적으로 엔진의 진동이 발아래에서 느껴지기도 했다. 하지만 바위투성이 벽은 오히려 동굴에 가까운 모습이었다. 전혀 이치에 맞지 않았다. 어디인지는 몰라도 이 시설은 거대한 행성 같은 규모이면서도 우주를 비행하고 있었다. 그건 불가능했다.

그렇게 갈림길에 서서 가벼운 면 가운이 맨살에 스치는 것을 느끼며, 캐스는 이곳이 저주받은 장소라고 확신했다.

손잡이를 돌리자 잠겨 있지 않은 신소재 강철 문은 빙글 돌아 열리고 어두운 방이 나타났다. 여러 장비들 사이에 놓인 컴퓨터 모니터에서 나오는 초록색 불빛만이 방을 비췄다. 방이 뒤쪽으로 어디까지 이어지는지는 보이지 않았다. 그저 무척 크다는 것만 느낄 수 있었다. 수많은 기계, 스위치, 파이프, 그녀의 손목만큼 두꺼운 전선들이 줄지어 방을 가로질렀다.

어떻게 이와 같은 시설이 사람 하나 없이, 아니, 눈에 띄는 인공지능 장비 하나 없이 운영될 수 있을까? 그녀는 방으로 한 걸음 들어서 전등 스위치를 찾았지만, 어디에도 보이지 않았다. 끝없이 늘어선 모니터들과 낮게 웅웅거리는 전류 때문에 으스스한 기분이 들었다. 뒤쪽에서 문이 쾅 소리를 내며 닫혀, 캐스는 화들짝 놀라고 말았다.

여기 들어온 건 실수였다. 그렇게 방을 떠나려는 순간, 가장 가까이에 있는 꺼져있던 모니터가 켜졌다.

그리고 초록 바탕에 흰 글씨로 왠지 눈에 익은 문자열이 표시되었다.

캐스 툼? 나야 나, 리오 트라브스키.

충격을 받은 툼은 한참을 그렇게 가만히 서서, 계속해서 옆으로 움직이는 그 한 줄의 문자열을 거듭 읽었다. 한 남자의 모습이 떠올랐다. 소년 티를 갓 벗은, 젓가락처럼 빼빼 마른 대머리 남자. 귀가 접시처럼 커다랗고, 얼굴을 계속 씰룩거리고, 입 한 구석으로 계속해서 침을 흘리던 사람. 옆에 줄지어 놓인 장비 뒤에서 그가 멋쩍은 듯 걸어 나와, 그 서툴고, 수줍고, 어색한 웃음을 지었을 때도 그녀는 크게 놀라지 않았다.

대답해, 캐스. 우리 얘기 좀 해야 해.

"리오?"

그녀는 그렇게 중얼거리며 아주 조금 앞으로 나섰다. 그를 향해 손을 뻗자, 사관학교에서 그들이 함께 보낸 시절의 기억이 밀려들었고, 알 수 없는 끔찍한 슬픔이 가슴을 먹먹하게 채웠다.

소년 같은 남자는 한순간에 사라졌다. 그리고 텅 빈 공간과 장비 선반, 이리저리 얽힌 두꺼운 전선들만 남았다. 지금까지 환각을 보고 있었던 모양이었다. 정지장 보관소가 가득 들어찬 곳에서 홀로 깨어나 히드라리스크가 다가오는 모습을 봤던 이후 익숙해진 일이었다. 그녀는 가까이 다가가 모니터를 톡톡 두드리며 글씨도 사라져 버리지는 않을까 생각했다. 어쩌면 이것 역시 환각인지도 모른다.

아야 아야 아야.

그녀는 자기도 모르게 미소를 지었다. 그게 상상 속에서 일어난 일이라면, 꽤나 재치 있는 일이었다. 게다가 화면에 표시된 글자에서 사람의 냄새를 느낄 수 있다고 한다면, 그건 정말이지 리오다운 말이었다. 그녀는 입력 장치를 찾아 두리번거리다가, 홀로그램 키보드를 사용하여 메시지를 입력했다.

"정말 리오 너 맞아?"

잠시 후, 바로 옆에 있던 모니터가 켜졌다.

아직 살아 있어. 조금 다른 방식이지만.

여전히 웃으며, 그녀는 다음 메시지를 입력했다.

"어떻게 된 거야? 난 기억하지 못하는 게 많아."

그러자 그녀 양쪽에 있는 모든 모니터가 한꺼번에 켜지고 모두 같은 메시지를 표시했다.

설명하기는 좀 어려워. 난 데이터의 흐름 속으로 들어왔고, 이제는 기계와 하나가 됐어. 난 내가 창조해 낸 피조물 안에 존재해. 프로그램 속 프로그램이라고 할까.

이런 일은 있을 수 없다고 생각됐다. 하지만 리오는 언제나 그런 면에서 특별했다. 기계의 마음을 읽고 생각만으로 손쉽게 조작하여, 보안 시스템을 회피하고 순식간에 코드를 다시 짜 넣었다. 짧은 시간 동안이었지만 그런 시스템 속으로 사라져서 육신의 껍질만을 남겨놓기도 했다….

그를 떠올리자 왜 슬퍼졌었는지, 그 이유가 갑자기 떠올랐다. 사관학교에서의 끔찍했던 재사회화와 중독 치료 과정이 생각났다. 그가 다시 현장에 복귀했을 때, 치유의 과정이라고만 생각했던 것이 사실은 얼마나 치가 떨리는 학대였는지 깨달았던 기억도 다시 돌아왔다. 그리고 그 이후 인공지능 스파키와 전투로봇들로부터 사관학교를 되찾기 위해 싸웠던 그 끔찍한 전투가 생각났다.

조금 전까지도 빼앗겼던 기억이었다. 그녀는 그 기억의 힘에 몸을 움츠리며 눈살을 찌푸렸다. 너무 끔찍했다. 더는 견딜 수 없었다. 그녀는 촉촉해진 눈시울을 훔치며 입력했다.

"아, 리오, 정말 미안해."

잠깐 동안의 침묵. 그리고….

그러지 마. 난 이제 육체의 한계에서 벗어났어. 내가 원하는대로 자유롭게 살 수 있어. 이게 바로, 궁극적으로 모든 테란이 따라야 할 운명이야.

"하지만 넌 혼자잖아, 리오. 그 누구도 혼자여서는 안 돼."

이번에는 1분 정도 화면에 아무것도 표시되지 않았다.

외로움은 인간의 문제야. 네가 나를 알았던 때, 나는 그저 부서진 세계에서 어떻게든 헤쳐 나가려고 발버둥 치던 문제아였을 뿐이었어. 난 진실을 이해하지 못했던 거야.

"그게 무슨 얘기야?"

툼이 그렇게 입력했지만, 리오는 아무런 반응도 보이지 않았다. 그녀는 잠시 동안 기다렸다. 커다란 방에서 온통 초록색으로 빛나는 모니터들 사이에 가운만 입고 선 자신의 모습에 불안해지기 시작했다. 몸이 떨렸다. 유령은 이런 기분을 느껴선 안 된다. 사랑과 욕망과 슬픔과 공포. 이렇게 짧은 시간에 훈련을 통해 익숙해졌던 자신의 모습에서 얼마나 멀어졌는지를 믿기 힘들 정도였다. 그리고 이제야 비로소 자치령이 그들에게 무슨 짓을 하는지, 토시가 지금까지 털어놓았던 이야기가 이해되기 시작했다.

그녀는 다시 일반적인 테란의 감정을 느꼈다. 좋아해야 할지 싫어해야 할지 알 수가 없었다. 그녀는 다시 모니터를 바라보며 입력했다.

"리오, 사관학교에서 그들이 우리에게 무슨 짓을 한 거야? 이제 난 내가 누군지도 모르겠어."

다시 또 1분여 가량 아무 반응이 없었다.

그들이 네 삶을 빼앗아 갔어. 세뇌시키고, 학대하고, 이용했지. 언젠간 내키는대로 버려버리고 말 거야. 캐스, 정부가 백성을 그렇게 다룬다는 건

있을 수가 없는 일이야. 그건 국가에 대한 충성도, 봉사도, 애국심도 아냐. 그저 노예의 삶일 뿐이지.

그의 말이 옳을지도 모른다는 생각이 들었다. 하지만 그녀는 너무 오랫동안 대의를 위한 맹목적인 헌신만 알아 왔기 때문에, 그걸 벗어난 길은 생각하는 것만으로도 속이 울렁거렸다. 누구나 전쟁이 다가오고 있음을 알았다. 전쟁이란 끝나는 법이 없었다. 저그와 프로토스, 그리고 다른 테란을 비롯하여 저 우주에 존재할 미지의 위협으로부터 국민을 보호하기 위해 병사들이 필요했다. 캐스는 최고의 병사 중 하나였고, 언제나 옳은 편을 위해 싸우고 있다는 사실에 기분이 좋았었다.

그러나 그 순간, 구 연합이 무너진 자리를 자치령이 차지한 후 유령 프로그램에 어떤 일이 일어났었는지가 떠올랐다. 항상 연합의 악행에 대해 이야기하던 자치령이 유령들을 어떻게 다뤘는지가 떠올랐다. 멩스크는 결국 유령 프로그램을 그대로 도입했고, 그때까지도 살아남아 새 황제에게 충성을 맹세한 유령들은 세뇌된 후 자치령을 위해 싸웠다. 사관학교에서 그들이 받아야 했던 극단적인 처치 과정은 그대로이거나 오히려 더 악화되었다.

가브리엘은 테라진이 그녀의 눈을 뜨게 해줄 거라고 약속했었다.

덜덜 떨리는 몸으로 거기 그렇게 서 있는 동안, 리오의 메시지가 다시 화면에 표시되었다.

캐스, 너한테 보여주고 싶은 게 있어. 사관학교 인공지능 안에 들어갔을 때, 기억 소거를 비롯한 여러 가지사항들과 관련된, 그 누구도 보지 못한 일급비밀 홀로비드 파일에 접근했었어. 그들이 내게 무슨 짓을 했는지, 네게 보여주고 싶어.

화면이 깜박인 후, 왼쪽 홀로그램 투사기가 윙 소리와 함께 켜지고 수술대 위에 누운 형체 하나가 나타났다. 머리가 벗겨지고 벌거벗은 아이. 리오는 강철 수갑으로 손발이 묶여 있었다. 다른 형체가 탁자에 나타났다. 수술복을 입고, 끝에 둥근 판이 달린 막대 두 개를 든 그 사람은 카메라 밖의 누군가에게 뭐라고 말하며 웃고 있었다. 그리고 수술대 위에 누운 소년의 관자놀이에 두 개의 판을 가져다 댔다. 며칠 전 식당에서 있었던 일에 대해 계속해서 누군가에게 이야기하며, 그는 엄지손가락으로 막대의 스위치를 켰다. 리오의 몸은 격렬하게 튀어 올랐고, 무섭게 경련하다가 다시 수술대에 떨어졌다.

수술복을 입은 남자는 리오의 입가에서 흘러내리는 침을 천으로 닦고, 뇌파의 형태를 보여주는 화면을 잠시 살펴본 후, 카메라 밖의 누군가가 한 말에 고개를 끄덕였다. 그리고 그가 다시 스위치를 켜자, 리오는 비명을 지르기 시작했다.

캐스 툼은 눈물로 얼룩진 시선을 돌렸다.

내가 재사회화를 받던 과정의 일부야. 햅 중독자와 독립심이 강한 병사에 대한 사관학교의 과격한 대응 방식이기도 하고.

"얼른 꺼."

리오가 그 말을 들을 수 있는지 알 수 없었지만, 홀로그램은 사라졌다. 그녀는 각종 기계들 사이에 그렇게 서서 지금 본 것에 대한 해답을 찾으려 했지만, 아무것도 이치에 맞는 게 없었다. 동물도 그렇게 다룰 수는 없었다. 물론, 유령도 그렇게 학대할 수 있었을 것이다. 어차피 기억이 소거되면, 영상 속 일에 대한 기억도 전혀 남지 않을 테니까. 일반적으로 사람들은 대부분 사이오닉 능력을 지닌 사람을 불신했고, 때로는 반감을 갖기도 했다. 적절한 안전장치가 갖춰지지 않으면, 누군가를 학대하는 과정은 빠른 속도로 악화되기 마련이었다.

멩스크는 그런 모든 문제를 해결했어야 한다. 그는 우주에 고통이 아닌 평화를 가져왔어야 한다. 이건 아니다.

그녀는 눈물을 닦고 숨을 깊이 들이쉰 후, 다음 메시지를 입력했다.

"리오, 이제 어떻게 할 생각이야?"

가브리엘이 팀 블루를 다시 모으는 일을 도와달라고 했어. 우리가 유령 프로그램을 점령하고 모두를 자유롭게 할 수 있게.

"그래서 좋다고 했어? 왜? 복수하려고?"

난 이제 복수 같은 감정엔 전혀 관심이 없어. 그래도 호기심은 여전하지. 그건 아마 내 인간성의 마지막 흔적일 거야. 난 원인과 결과를 알아내는 데 흥미가 있고, 인간의 진화가 다음 단계에는 어떤 방향으로 흘러갈지 알아내고 싶어. 그게 여기서 시작되는지도 몰라. 마음을 확장시키는 이 약물의 도움을 받아서 말이야. 어쩌면 우리가 그와 같은 변화를 촉진시키고 있는지도 몰라. 아니, 난 그렇다고 생각해.

"테라진 얘기구나. 모두에게 가스를 주입할 생각이고."

테란은 대부분 아직 나와 같이 우주를 이해할 능력이 없어. 어떻게든 방법을 찾아내지 못하면 결국엔 멸종하고 말 거야. 아직 네게 보여줄 게 많아. 유령 프로그램과 각종 의학 실험, 이종 교배와 처형, 그리고… 조금 더 개인적인 일도 있고.

네 아버지에 대한 얘기.

감정의 소용돌이가 그녀를 집어삼켰고, 툼은 다시 한 번 심호흡을 하며 고동치는 심장을 달래려 애썼다. 아버지? 아버지는 죽었다. 자세한 일은 아직 잘 기억이 나지 않았지만, 그게 무슨 상관인가?

리오가 대체 뭘 보여주려는 걸까?

그녀는 이제 무엇이 옳은 건지, 누구를 믿어야 하는지도 알 수가 없었다. 손의 떨림이 멈추지 않았다. 캐스는 다시 메시지를 입력했다.

"미안해, 리오. 이제 가야 해."

그녀는 그대로 키보드에서 멀어져 문으로 향했다. 하지만 문 앞에 다다르자, 철컥 하고 잠금 장치가 잠기는 소리가 들렸다. 그녀는 손잡이를 당겨 보았지만, 문은 꿈쩍도 하지 않았다.

그녀는 돌아섰다. 모니터에 리오의 메시지가 보였다.

캐스? 네 감정을 다스려봐. 네가 아직 알아야 할 게 너무 많아….

"아무것도 알고 싶지 않아."

그녀 안에서 예상치 못한 분노가 솟아올랐다. 너무도 갑작스러운 일이라 숨을 헉, 하고 들이쉬는 동시에 정신의 힘을 밖으로 뻗었고, 그러자 자물쇠가 터지는 소리가 들렸다. 깜짝 놀라 어안이 벙벙한 채 서 있는 사이, 문은 빙글 돌아 열리며 그녀를 스치듯 지나가 안쪽 벽과 충돌했다. 그녀는 생각했다.

내가 한 거야. 내게… 염력이 있어?

그건 불가능했다. 캐스는 자신의 사이오닉 지수를 잘 알았고, 그 힘이 이와 같은 수준에 이른 적은 단 한 번도 없었다. 게다가 힘은 마치 숨을 쉬듯이 너무나도 자연스럽게 그녀에게 찾아왔다.

뭔가 다른 것이었던 게 분명하다. 어쩌면 리오가 어떻게든 한 건지도 모른다. 하지만 그녀도 이미 마음 깊은 곳에서부터 진실을 느끼고 있었다.

그녀는 염력 능력자였다.

손가락이 간질거리고 온몸에 불이 붙은 것 같았다. 테라진에 대한 갈증에 입이 바짝 말랐다. 공기가 뜨거워졌고, 사방의 벽이 가까이 다가왔다. 여기서 나가야 했다.

모든 모니터가 한꺼번에 켜지고 깜박이기 시작했다. 홀로그램 투사기도 마찬가지였고, 바깥 통로의 불빛도 깜박이다가 환하게 타올랐다. 리오가 그녀의 주의를 끌려고 했다. 하지만 그녀는 화면을 바라보기를 거부했다. 너무 많은 일이, 너무 빠르게 일어났다. 그녀는 통로로 빠져나가 오른쪽으로 달렸다. 그녀가 가는 길을 따라 불빛이 차례로 켜지고 꺼졌다.

툼이 방향을 바꿔 연결된 다른 통로로 들어서자, 청소 로봇이 멈춰 서더니 딸깍, 하는 소리와 함께 방향을 바꿔 빠르게 그녀의 뒤를 쫓았다. 모터가 한계까지 가동되면서, 그 납작하고 작은 몸체가 덜덜 떨렸다. 캐스가 스쳐 지나간 환풍구에서는 배관 청소기들이 나타나 작은 금속 거미처럼 종종걸음으로 바위를 넘어 그녀를 따랐다. 미친 듯이 또 다른 통로로 뛰어들자, 벽에 붙은 감시 카메라가 빙글 돌아 그녀를 바라봤다. 오한이 느껴졌다. 리오는 모든 것을 보내 그녀의 일거수일투족을 감시했다. 도망칠 곳은 없었다.

그녀는 통로 끝의 계단을 통해, 청소 로봇을 남겨두고 다른 층으로 갔다. 캐스의 앞에 나타난 격납고는 개조된 밴시 한 대와 골리앗 하나를 제외하곤 텅 비어 있었다. 여러 정비 로봇과 인공지능 광고 로봇만이 돌아다니고, 누구의 흔적도 찾을 수 없었다. 광고 로봇은 그녀의 흥미를 끌 요소를 찾기 위해 계속해서 모습을 바꿨다. 아침 식사로 시리얼을 먹는 어린 소녀에서 수면제를 먹는 성인 여성으로, 그리고 마지막으로는 캐스의 아버지 모습으로 변했다. 그녀의 어린 시절 아버지가 아니었다. 끔찍하게 불타 뒤틀린 숯 더미가 되고, 머리카락이 모두 사라져 버린 머리에서 연기가 피어오르는 모습이었다.

깜짝 놀란 그녀는 자리에 멈춰 서서 그 형체를 바라봤다. 이건 자동화된 프로그램이 아니었다. 검은 남자가 입을 열었다.

"애야, 제발 내 얘기 좀 들어주렴. 나에 대해, 우리에 대해, 9번 구역에 대해 해줄 말이 정말 많단다. 난 회사의 돈을 횡령하지도 않았고, 우모자에게 자치령의 비밀을 팔아넘긴 적도 없어. 알 시슬러와 그 애비가 날 함정에 빠트린 거야. 그자가 진짜 범죄자였어. 아무도 날 믿지 않았지만, 난 내 손으로 목숨을 끊을 수밖에 없었고."

"당신은 우리 아빠가 아냐. 내 무의식 속의 뇌파를 읽고 내 머리 속으로 들어와, 보고 싶은 걸 보여줄 뿐이야!"

"칼 브라이언트 채광 연합과 그들이 벌인 일에 대해, 그리고 9번 구역에 대해, 네게 해줘야 할 얘기가 너무 많단다. 가브리엘토시는 모두 알고 있어."

인공지능 광고 로봇이 이번엔 리오의 모습으로 변했다. 깜빡이는 홀로그램은 니드호그 거리의 비렁뱅이처럼 그녀를 향해 손을 내밀었다.

"난 너희 아버님께 무슨 일이 있었는지도 알아. 아버님께서 무죄였음을 증명할 증거도 있고."

눈물이 가득 차올라 툼의 볼 위로 흘러내렸다.

"아빠는 자살했어. 난… 난 아직도 기억해. 온갖 비난을 받다가 결국 차원 이동 장치의 엔진 속으로 뛰어들었다고, 사람들이 얘기했어. 이젠 누구도 어쩔 수 없어."

"아버님은 배신당했어. 칼 브라이언트의 일급비밀 프로그램인 9번 구역이 몰락한 책임을 뒤집어쓴 거라고. 진실을 알아낸 후엔 다른 방법이 없었어. 자치령이 아버님을 자살하게 만든 거야. 너와 가브리엘은 사관학교를 졸업하기 전에 그 사실을 모두 밝혀냈지만, 기억이 모두 소거되고 말았어. 그래서 아무것도 기억하지 못하는 거야. 하지만 이제는 너희 가문의 명예를 되찾을수 있어, 캐스."

광고 로봇이 가까이 다가왔다.

"탐색관이 그분의 품에서 널 빼앗아 유령 프로그램에 집어넣었어. 아버님께서는 널 되찾으려고 싸우셨지만, 그자들이 허락하지 않았고, 그 얘기는 들은 적 없지?"

그녀는 고개를 절레절레 저으며 홀로그램에서 멀어졌다. 견딜 수 없을 만큼 부담스러웠다. 한꺼번에 너무 많은 정보가 쏟아졌다. 마치 캐스 자신에게 아버지가 돌아오는 순간, 다시 빼앗기는 듯한 기분이었다.

"날 내버려 둬. 정말이야. 생각할 시간이 필요해!"

그리고 그녀는 다시 마음의 힘을 밖으로 밀어냈다. 그 느낌에 조금씩 익숙해졌다. 난생 처음 사용해 보는 근육이 조금씩 풀리는 것과 비슷했다.

결과는 꽤 만족스러웠다. 광고 로봇에 불꽃이 튀며 털털거리는 소리가 나다가, 모터가 연기에 휩싸이며 이내 불길이 솟아올랐다. 리오의 홀로그램도 순식간에 사라졌다.

그러나 다른 로봇들이 캐스를 둘러싼 채 계속해서 다가왔고, 그녀는 뒤쪽에 있는 첫 번째 문을 선택했다. 나중에 이 상황을 돌이켜 볼 때, 어쩌면 그녀는 한 마리 양처럼 이곳으로 유인된 건 아닐까 하는 생각도 들었다. 고개를 숙이며 안으로 들어섰을 때, 거기엔 분명히 가브리엘 토시가 그녀에게 보여주고 싶어 했을 것이 있었다.

그곳은 악령의 집결 장소였다. 반대쪽에는 보관함이 줄지어 있었고, 그 위에는 각각 주인의 얼굴이 홀로그램 영상으로 표시되었다. 절반 정도는 빈 상태였다.

하지만 그녀의 얼굴이 표시된 칸은 그렇지 않았다. 캐스는 방을 가로질러 보관함에 걸려 있는 검은 전투복을 어루만졌다. 그 옷의 섬유는 유령 전투복의 근섬유와 비슷했지만, 훨씬 두껍고 짜임이 더욱 촘촘했다. 아래쪽 의자에 놓인 헬멧은 다소 위협적으로 보였다. 그것도 만져 보았다. 그 부드러운 곡선을 손가락으로 더듬으며, 그녀는 지금 가브리엘이 어디에서 무엇을 할지 생각했다.

캐스 툼은 조용히 서서 전투복을 입어 볼까 생각했다.

제11장

아우구스트그라드

인류 연합이 코랄 행성을 파괴하고 거의 소멸시킬 뻔한 사건이 있은 후, 멩스크의 봉기를 거치며 다시 세워진 도시 아우구스트그라드는 자치령의 부와 영향력을 보여주는 상징물이었다. 사막 지대의 평원에 넓게 펼쳐진 이 화려한 도시는 북쪽의 높은 산맥과 남쪽의 구불거리는 강물에 둘러싸인 채 뜨거운 햇살 아래 반짝였다. 그 중심을 차지한 초고층 건축물들은 마치 거대한 히드라리스크의 가시뼈처럼 하늘을 향해 뻗었고, 그 안을 오가는 사람들은 모두 목적 의식을 갖고 일했다. 조용한 공원과 사색의 공간이 북적거리는 도로와 엉켜 있었고, 머리 위로는 바이킹과 공중 부양 차량들이 질주했다.

이 도시는 멩스크의 확고한 의지와 국가적 복표를 고스란히 보여줬다. 황궁 출입구 밖의 어둠 속에 몸을 감춘 가브리엘 토시도 그것 하나는 인정해야 했다. 이곳은 또한 전 우주에서 가장 경비가 삼엄한 요새이기도 했다. 코랄은 구 연합에 의해 건설된 최초의 핵심 거주 구역 중 하나였다. 근본적으로 살기 좋은 환경을 지닌 행성이었기 때문에, 이 구역의 다른 어떤 행성보다 빠른 속도로 테란의 식민지화가 이루어졌고, 따라서 이곳의 정착민들은 더할 나위 없이 번성했다. 하지만 인류 연합의 세력이 지나치게 강대해지면서, 코랄은 저항의 중심지로 변해갔다. 그리고 결국엔, 핵 공격과 함께 바다는 사막으로 변하고, 모든 식물군이 몰살되었으며, 수백만 명의 사람이 목숨을 잃었다.

권력을 차지하고 구 연합을 붕괴시킨 후, 잿더미 속에서 테란 자치령이 되살아나는 동안 멩스크는 코랄을 다시 세웠다. 하지만 예전의 그 푸르고 따스하던 세계가 아니었다. 아우구스트그라드는 이전의 도시와는 상반된 모습으로, 행성의 파괴된 흔적을 그대로 간직한 땅 위에 세워진 경이로운 신소재 강철과 유리 구조물이었다.

하지만, 이제는 다른 세계가 태어나는 축제의 장이 될 거라고, 토시는 생각했다.

황궁은 수많은 경비병과 삼엄한 방어 시설이 지키고 있었지만, 이번 임무에 참여한 토시와 다섯 명의 악령은 황제의 거처 정문 앞까지 누구에게도 들키지 않고 잠입했다. 검문소와 각종 비밀번호, 그리고 방어 포탑과 카메라에 이르기까지 리오가 도움을 준 덕분이었다.

딜라나, 슬론, 케일럽, 자라, 칼. 예전엔 유령의 일련번호로만 불리던 그들은 지금 기억이 복원되고 자유인이 되어 있었다. 모두 강인하고 적극적인 전사들이었고, 흔쾌히 조직의 대의를 받아들였다. 지금은 악령의 상징인 검은 전투복을 입었지만, 노란색 옷을 입었다고 해도 달라질 건 없었다. 이 구역 최고 성능의 스캐너라고 해도 은폐된 그들의 존재를 탐지할 수는 없었을 테니까.

토시는 무슨 일이든 할 수 있을 것만 같은 기분이었다. 하지만 이번 임무의 목표는 악령의 힘을 보여주는 것이 아니었다. 아직 자치령의 모든 병력과 전면전을 치를 준비는 되지 않았다. 그의 팀은 순식간에 패배하고 말 것이다.

하지만 자치령과 정면으로 맞설 생각은 애초부터 없었다. 이번 임무는 병사들의 결의와 자신감을 약화시키는 거친 선언문이다. 지도자에 대한 신념을 뒤흔들어서 이 사회가 안전하다고 생각하는 사람들의 믿음을 무너뜨리고, 혁명의 씨앗을 뿌려야 한다. 그들은 날카로운 비수가 되어 한 순간에 자치령의 목을 가르고 빠져나와 썩은 피를 쏟아낼 것이다.

또한 개인적인 복수이기도 했다. 멩스크가 가까이에 있다. 토시는 황궁의 벽에 남겨진 독한 얼룩과도 같은 황제의 기척을 느낄 수 있었다. 멩스크가 세운 새로운 정부의 이름으로, 사관학교 교관들이 그를 살인 기계로 바꿔놓기 위해 가했던 정신적, 육체적 고문의 매 순간이 생생하게 떠올랐다.

토시는 목표에 접근하는 동안 내내 다른 악령들에게 정신을 똑바로 차리라고 주의를 줘야 했다. 딜라나가 가장 문제였다. 캐스의 방에서 토시에게 모진 대접을 받았지만 아직 반성의 기미가 없었다. 딜라나는 전기가 통하는 전선처럼 윙윙거리며 날뛰었고, 그 무엇도 그녀를 진정시키지 못했다. 테라진과 조률은 모두에게 조금씩 다른 영향을 줬는데, 그녀가 실패 사례에 가까워 보였다. 시간이 지나면 알게 되겠지만, 아직은 그녀가 필요했다.

황궁 입구 안쪽의 정원을 순찰하는 황실 경비병을 지켜보는 동안에도 토시의 마음속에는 거듭 캐스가 떠올랐다. 지금 눈앞의 일에 집중하려고 아무리 노력해도 소용이 없었다. 그녀를 게헤나에 남겨두고 싶지는 않았지만 캐스는 아직 준비가 안 됐고, 토시도 그녀를 압박하고 싶지는 않았다.

그녀의 향기가, 그 피부의 감촉이 떠올랐다. 예전과 똑같이 둘 사이에 흐르는 전류에 배 속이 저릿해졌다. 캐스는 하나도 변하지 않았다. 오랜 시간이 흘렀음에도 그 아름다운 모습은 흐려지지 않았다. 그의 할머니라면, 캐스에게서 영혼의 축복을 받은 사람만이 지닌 빛이 보인다고 말씀하셨을 것이다. 토시는 하지 행성의 부두 주술을 모두 믿지는 않았지만, 그것 하나만큼은 인정해야 했다.

토시는 캐스가 그의 곁에 남아 다시 팀 블루에 합류하기를 바랐지만, 그녀는 악령들 대부분이 처음에 그랬던 것처럼, 아직 유령 프로그램에 헌신해야 한다는 마음가짐을 떨쳐버리지 못한 상태였다. 두 사람은 이미 예전에도 이 문제를 한 번 겪었었다. 사관학교가 그녀의 기억을 깨끗이 소거하고, 둘이 함께 밝혀냈던 그녀 아버지의 죽음에 대한 진실이 다시 한 번 어둠 속에 묻혔을 때, 그는 온몸이 산산이 조각나는 고통을 느껴야 했다. 두 사람이 그렇게 힘들게 알아냈던 모든 것이 사라지자, 토시는 모든 것을 버리고 달아났다. 자신이 혼자가 되었다는 사실을 마주하기보다는 캐스의 곁에서 떠나는 쪽을 택했다.

하지만 이번에는 테라진이 그녀의 감각을 확장시키고 눈을 뜨게 해 준만큼, 캐스도 영원히 그와 같은 편에 설 것이다. 토시는 이미 한 번 그녀를 설득했었으니, 다시 할 수도 있었다. 그건 기다릴 만한 가치가 있는 일이었다.

토시는 목에 매달린 작은 물체를 만지며 행운을 빌었다. 고개를 들었을 때, 할머니가 대여사제의 의복을 입고 그의 앞에 앉아 있었다. 주름진 갈색 피부는 환하게 빛나고, 두꺼운 밧줄 같은 은색 머리카락은 토실토실한 뱀들처럼 어깨 위로 흘러내렸다. 그는 자기도 모르게 몸을 부들부들 떨었다.

무서운 폭풍이 오고 있다고 얘기했었지 않니.

할머니의 목소리에는 힘과 지혜가 가득했다. 언제나 아이들을 모여들게 하고, 할머니 앞에서 움츠러들게 하는 그런 목소리였다. 할머니는 마치 발톱처럼 굽은 손가락을 뻗어 모래 위에 주술의 기호를 그렸다. 입 한 쪽으로 혓바닥이 삐죽 나오고, 그녀는 정신을 집중하면서 침을 뱉었다.

폭풍은 네가 이해하지 못할 힘을 불러 온단다. 이 로아는 강대하고, 어둠에 빠져 있어.

토시는 태연한 척 하려고 무척 애를 썼다. 할머니가 진짜가 아니라는 것, 할머니가 믿는 종교가 이미 오래 전에 멸종하고 사라져 버렸다는 것은 그도 잘 알았다. 하지만 그를 보는 할머니의 눈은 잘 연마된 보석처럼 빛났고, 그 웃음소리는 아직도 가슴 깊은 곳에 묵직한 울림을 주었다.

두려워하지 마라, 꼬마 가브리엘. 그녀가 원하는 건 제물이니까, 너무 늦기 전에 그 바람을 들어주는 게 좋아. 너와 네 몸에 지닌 부적이 동료들을 이끌겠지만, 먼저 그녀에게 제물을 주어야 한단다.

토시는 시선을 돌렸다. 심장이 쿵쾅거렸다. 다시 바라본 자리에 할머니는 없었다. 하지만 그의 발치에, 그 땅을 덮은 모래 위에는 주술의 기호가 남아 있었다. 그는 황급히 손바닥으로 문질러 기호를 지웠지만, 그건 토시의 홍채에 새겨지기라도 한 듯 유령같은 흔적으로 남았다.

할머니가 믿는 신들이 정말 존재한다면, 지금 그에게 말을 건넨 것은 그 신들일 터였다. 그들이 어떤 제물을 원하는지 토시는 알지 못했지만, 멩스크가 모든 죄악의 대가를 치르게 할 수만 있다면 그는 무슨 짓이든 할 준비가 되어 있었다.

딜라나가 어둠을 뚫고 가까이 다가왔고, 다른 악령들도 그 뒤를 따랐다. 그녀는 사실 은폐된 토시의 모습을 볼 수는 없었지만, 어떠한 기계보다 정확하게 감지할 수 있었다. 그녀가 토시에게 말했다.

"무슨 문제 있어요? 움직여야 할 시간이에요. 명령을 내려 주세요."

"나한테 이래라저래라 명령하지 마."

토시는 벌떡 일어서며 그렇게 말했지만, 뜨거운 열정을 보이는 그녀 모습에 미소를 짓지 않을 수 없었다. 그는 지시를 기다리는 악령들을 둘러보며 그들을 향한, 또 모두가 마음에 품은 대의를 향한 사랑이 샘솟는 것을 느꼈다. 토시는 이들 모두를 고향으로 데려가려는 자애로운 지도자였다.

그는 정신을 뻗어 악령들에게 차례로 접촉했다.

한때 우리는 모두 유령이었다. 주인의 명령을 충실히 따르고, 그들이 원하는 대로 소모되고, 깨끗이 닦여 다시 창고로 들어가는 기계였어. 하지만 이제는 우리 모두 자유다. 그리고 과거의 실수로부터 많은 것을 배웠지. 우리 뿌리를 되찾았고, 눈을 떴고, 지금까지 상상도 하지 못했던 힘을 손에 넣는 축복을 받았다. 이제 나머지 우리 동료들을 어둠 밖으로 끌어낼 시간이 됐다.

모두에게서 소리굽쇠를 망치로 때린 것만 같은 떨림이 발산되어, 토시의 뼈 속까지 스며들었다.

이번 전쟁에서는 희생자가 생길 수 있다. 하지만 너희가 정의의 편에 서서 싸우고 있다는 사실을 잊지 말고, 너희가 흘리는 피가 헛되지 않음을 기억해라.

토시는 그들을 향해 다시 미소를 지으며 고개를 끄덕였다. 괜찮은 연설이었고, 악령들도 힘을 얻었다. 그는 공중으로 뛰어올라 강인한 한 손으로 문을 붙잡았고, 한없이 넘쳐흐르는 힘을 느끼며 몸을 끌어올렸다. 그리고 몸을 웅크리고 공중제비를 돌아 치명적인 레이저 철조망을 피한 후, 다리를 뻗어 황궁 내부의 석재 통로에 가볍게 내려앉았다.

다른 악령들도 그의 뒤를 따랐다. 딜라나는 토시처럼 우아하게 내려왔지만, 나머지는 조금 서툴렀다. 캐스를 데려오기 전에 마지막으로 합류시켰던 케일럽은 레이저 사이에서 발을 헛디디는 바람에, 착지하면서 작은 소리를 냈다. 마침 거대한 건물 옆쪽으로 돌아가고 있던 두 명의 경비병이 흐릿한 불빛 속에 멈춰 서더니 무기를 들어올렸다. 하지만 잠시 동안 아무것도 보이지 않고, 리오 덕분에 감지기들도 전혀 동작하지 않자, 둘은 다시 무기를 내리고 멀어져 갔다. 각종 탐지기, 레이저 철조망, 자동 포탑이 자신들을 지켜줄 거라고 생각한 모양이었다.

토시는 잠입 부대를 이끌고 탁 트인 정원을 가로지르다가, 분수대 앞에서 멈춰섰다. 그곳에는 멩스크의 동상이 돌아온 영웅과 같은 모습으로 뒷짐을 지고 서 있었다. 지금의 더러운 살인자 같은 모습은 찾아볼 수 없었다. 토시는 그 동상의 머리를 잘라내서 황궁의 창문 안으로 던져버리고 싶은 충동이 일었지만, 그저 묵묵히 황궁 정면의 계단을 올라갔다. 그리고 건물의 옆쪽으로, 앞서 경비병들이 지나간 길을 따라갔다. 이곳이 이번 공격에서 가장 어려운 지점이었다. 황궁의 경보를 울리지 않고 안으로 들어가야 했다.

하인과 배달부들이 이용하는 옆문이 있었지만, 그쪽 지붕 위에는 자동 포탑과 탐지기가 아직 작동하는 중이었다. 해가 지평선 너머로 떨어지고 황궁 벽의 그림자가 길어지는 사이, 토시는 원격 콘솔을 꺼내 입력했다.

"다시 경보 장치 좀 해제해 줘. 황궁 정면의 오른쪽 사분면에 있는 옆문이야. 내가 신호를 보낼게."

잠시 텅 비어 있던 화면에 글자가 나타났다.

준비됐어.

토시는 딜라나와 슬론을 보내 문의 양 옆에 자리 잡게 했다. 다른 악령들은 부채꼴 모양으로 퍼져 주변을 경계하며 그들이 돌아오기를 기다렸다. 다른 경비병들이 또 정원을 가로질러 다가오고 있다는 사실이 케일럽을 통해 느껴졌다. 시간이 얼마 없었다.

"리오, 지금이야."

알았어. 가.

토시가 정신으로 신호하자 딜라나가 문을 돌려 열었다. 셋은 조용히 안쪽으로 들어갔고, 슬론은 다시 희미한 딸깍 소리와 함께 문을 닫았다. 토시는 무기에 맞설 준비를 했지만, 작은 접견실은 제복을 입은 한 명의 병사를 제외하면 텅 비어 있었다. 그 병사는 문이 저절로 열렸다 닫히는 모습을 입을 떡 벌린 채 지켜봤다. 그리고 그가 미처 움직이기도 전에, 딜라나가 재빨리 다가가 그의 머리를 붙잡고 비틀어 목을 부러뜨렸다. 사체는 맥없이 바닥으로 무너져 내렸다.

지금 이 시점부터 일이 조금 더 복잡해질 것이다. 리오가 중앙 컴퓨터에서 이 건물 도면을 열람하고 멩스크의 숙소를 찾아냈다. 그리고 지금 황제가 이 건물 안에 있다는 사실도 확인했다. 방금 죽인 경비병이 발견되기 전에 황제를 찾아내야 했다.

토시는 잠시 동안 가만히 서서, 그들이 멩스크의 요새 안에 들어왔다는 사실을 음미했다. 믿기 힘들었다. 게다가 모든 것이 너무 쉬웠다….

하지만 시간을 낭비할 수는 없었다. 그들은 닫힌 문이 몇 개 있는 넓은 복도로 나섰다. 일꾼 두 명이 수다를 떨며 그들을 향해 다가왔다. 슬론은 벽에 몸을 바짝 붙이고 섰지만, 딜라나는 그들에게 달려들었다. 그녀는 손날을 매섭게 휘둘러 그 중 한 명의 울대뼈를 부수고, 뒤이어 남은 한 명의 뒷목을 부러뜨렸다. 일꾼들은 충격 받은 표정을 얼굴 가득 떠올린 채, 아무 소리도 내지 못하고 바닥에 쓰러졌다.

가브리엘 토시의 가슴 속에 분노가 타올랐다. 누구의 눈에도 띄지 않고 잠입하는 일이 얼마나 중요한지에 대해 그렇게 오랫동안 얘기해 왔는데, 황궁에 들어온 지 얼마 되지도 않아서 벌써 세 구의 시체가 나왔다. 이건 그들이 발각될 확률만 계속해서 높이는 꼴이었다.

딜라나는 모두가 그렇게도 조심스럽게 준비해 온 모든 것을 파괴하는 중이었다. 사관학교에서는 토시가 팀 블루의 지휘관이었고, 그녀는 팀 레드의 지휘관이었다. 두 팀이 마지못해 연합을 맺기 전까지는 자연스럽게 서로 경쟁하는 처지였다. 딜라나가 그를 원했고, 그래서 토시와 캐스, 그리고 다시 토시와 노바 사이의 관계를 질투했었다는 사실은 그도 이미 알고 있었다. 하지만 그 모든 것은 까마득한 옛 일일 뿐이었다. 지금 와서 다시 그에게 도전하는 걸까? 그런 문제가 계속되다가는 팀 전체가 와해될 것이다. 그렇게 내버려 둘 수는 없다.

에너지 파동이 그의 피부를 간지럽혔고, 이제는 익숙해진 테라진에 대한 갈증이 다시 돌아왔다. 그는 은폐 상태인 딜라나를 붙잡아 끌어당겼다. 두 눈으로 그녀를 직접 볼 수는 없었지만, 그 초조함과 난폭함이 생생하게 느껴졌다. 그녀는 사냥의 열기에 전율하는 짐승과 같았다. 그리고 지금, 그와 슬론에게만 보이는 푸르스름한 기운이 그녀를 둘러싸고 빛났다.

조용히 해, 이 멍청한 년아, 너 때문에 우리가 발각될 거야.

"뭔가 보여."

딜라나는 그의 품 안에서 꿈틀거리며 말했지만, 토시는 그녀를 더욱 단단히 붙잡았다.

"저쪽에 프로토스가 있어. 느껴져?"

멍청한 년. 넌 지금 제정신이 아냐. 입 닥치고 당장 이 난리를 수습하지 않으면, 나도 단단히 화를 낼 거야.

"피가 사방에 흥건해. 내 손에도. 없어지지 않아."

딜라나는 그의 말을 듣고 있지 않았다. 화가 났다. 테라진에 대한 갈증이 분노와 뒤섞여 점점 더 커졌다. 그는 그녀의 마음을 더듬어 약점을 찾아내서는, 그곳에 특정한 파장을 꽂아 넣고 진동시켰다. 그녀의 두뇌를 머릿속에서 그대로 끓여버렸다. 그녀도 물론 저항했지만, 그 힘은 토시와 비교도 되지 않았다. 그가 놓아주려 하지 않자, 딜라나의 난폭함은 점차 공포로 변해갔고, 둘 사이의 에너지는 마치 전자기 폭풍처럼 커져만 갔다.

그녀는 작은 소리로 비명을 질렀다. 슬론이 그의 팔을 붙잡는 것이 느껴졌지만, 딜라나를 놓아 주지는 않았다. 복잡한 감정과 함께 힘과 자유의 달콤한 맛과 살인을 향한 욕정이 맹렬하게 차올랐다. 그는 그 감정에 굴복했고, 무시무시하게 거대한 사이오닉 에너지의 파동이 토시의 팔과 다리를 타고 흘러내렸다.

그만해, 가브리엘.

눈을 뜨자 할머니가 그를 바라보고 있었다. 공포로 온몸이 얼어붙었다. 그는 할머니의 목을 조르고 있었지만, 할머니는 차분했다.

때가 되면, 마망 테레스가 알려 줄 거다. 그리고 로아는 어떤 제물이 필요한지 정확히 보여 줄 테고. 이건 옳은 길이 아니란다. 아직 아니야.

토시가 손을 놓자, 그녀는 숨을 헐떡이며 바닥에 쓰러졌다. 이제는 할머니의 모습이 아니었다. 딜라나를 감싼 기운이 탁한 핏빛 붉은색으로 고동치는 것이 보였다. 그는 고개를 돌리고 천천히 심호흡을 하며 마음을 달랬다.

진정해.

그는 테라진 병을 입에 대고 다시 한 모금 들이키고는, 그 성분이 온몸을 가득 채우며 마음에 평화를 가져오기를 기다렸다. 딜라나는 제물로 바칠 가치도 없었다. 시간낭비였다. 토시는 그저 이번 임무의 지휘관이 누구인지를 보여주려 했고, 그건 이 정도면 충분했다.

시체 두 구는 여전히 바닥에 쓰러져 있었고, 이 모든 사건이 일어나는 데는 1분도 채 걸리지 않았다. 토시는 시체들의 다리를 잡아끌어 접견실의 다른 시체 곁으로 가져다 놓았다. 그리고 문을 닫고 자물쇠를 녹여 부쉈다. 딜라나는 어느새 일어서 있었고, 토시는 그녀에게서 뿜어져 나오는 분노를 생생히 느낄 수 있었지만, 그녀는 아무 소리도 내지 않았다. 슬론이 그녀를 치료하는 중이었다. 토시는 둘을 무시하고 원격 콘솔을 꺼내 황궁의 설계도를 불러내려 했다.

하지만, 리오가 보낸 메시지를 보고 모든 것을 멈춰야 했다.

개인 회선을 통해 온 메시지. 암호화되어 있어서 해독할 수가 없어.

문구는 초록색으로 반짝이다가 사라졌다. 토시는 심호흡을 하면서, 갑자기 끓어올라 다시 넘치려 하는 분노를 삭이려고 애썼다. 그런 건 리오를 상대하는 데 아무 도움도 되지 않는다. 어차피 어쩔 수 있는 것도 없었다. 리오는 순수한 에너지로만 이루어진 존재였으니까. 토시는 이렇게 입력했다.

"모든 메시지를 차단한 줄 알았는데. 어디서 온 거야?"

멩스크의 개인 거처에 있는 유령 탐색관 전용 채널이야. 구조 요청인지도 몰라. 자기 방으로 직접 통하는 카메라 화상이 있어서, 너나 시체를 봤을 가능성도 있고. 그 이후로 모든 통신 내용은 내가 뒤죽박죽으로 만들었는데, 처음 메시지를 누군가 온전히 수신했는지도 모르겠어.

리오가 겉보기와는 달리 전지적인 존재가 아니었거나, 그냥 좀 게으름을 피우고 있는 모양이었다. 아니면, 나름의 이유가 있을지도 모른다. 그게 더 골치 아픈 문제였다. 이 전쟁의 많은 요인이, 리오가 자발적으로 참여해 준다는 전제에 달려 있었다. 이 문제에 대해서도 추후 다시 생각해 봐야 하겠다.

하지만 우선은 집중해야 했다. 리오의 감시망을 빠져나간 메시지가 모든 계획을 망쳐 놓을 수도 있다. 이 도시의 보안 체계가 경보를 울렸는지 여부는 알 수 없지만, 어떻게든 그랬을 거라고 가정해야 했다. 그리고 누군가 그들이 나타났다는 사실을 알아차렸다면, 자치령의 모든 우주 함대와 해병 병력이 황궁 정문에 몰려드는 데도 그리 오랜 시간이 필요하지 않을 터였다.

그건 그들 모두에게 아주 끔찍한 일이다.

"시간이 얼마나 있지?"

토시가 입력했지만 잠시 동안 답이 없었다. 그리고….

모르겠어. 작전을 취소해야 할 수도 있어.

토시는 장군과 이야기해볼까도 잠시 생각해 봤지만 그러지 않기로 했다. 다음 단계를 어떻게 가져가야 할지를 놓고 말다툼만 하게 될 것이다. 최근 부쩍 그런 일이 많았고, 지금 다시 그랬다가는 소중한 악령들의 세력 기반만 흔들리는 꼴이 된다. 사실 이번 임무의 지휘관은 토시였고, 아직 임무를 완수할 시간이 있었다. 그러나 서둘러야 했다. 자치령 병력이 들이닥친다면 악령들을 기다리는 건 죽음뿐이다.

멩스크 황제가, 가브리엘 토시 자신과 그가 사랑하는 사람들에게 온갖 끔찍한 만행을 저질러 온 바로 그 자가 손 닿는 곳에 있었다.

가브리엘 토시는 복도를 성큼성큼 걸어 황제의 숙소에 다가갔다. 다른 두 악령이 따라오든 말든 신경도 쓰지 않았다. 목 뒷덜미를 간지럽히는 서늘한 기운도 무시했다. 테라진이 폐를 가득 채우고 그의 혈류에 녹아들면서 힘이 솟구쳤다. 정신이 육체를 벗어나 황궁 너머 사방으로 퍼져 나갔고, 그는 모든 것을 보고 들었다. 수없이 많은 사람들이 중얼거리는 소리가 쏟아져 들어왔다.

그는 자신의 피조물을 굽어보는 신이 되었다. 이제 누구도 그를 막을 수 없다. 멩스크는 어떻게 해서든 죗값을 치를 것이다. 그리고 암흑칼날 프로젝트가 우주에 모습을 드러내며, 자치령은 무릎을 꿇을 것이다.

제12장

악령

팔라틴호가 우주를 질주했다. 루크 대위는 전투순양함의 엔진 성능을 한계까지 밀어붙였다. 관측창을 통해 우주를 바라보며, 노바 테라는 코랄이 얼마 남지 않았다고 생각했다. 그녀는 이미 전투복을 모두 갖춰 입고, 어서 수송선에 올라 행성 표면으로 내려가고 싶어 안달이었다. 다른 여섯 명의 유령도 그녀 곁에서 조용히 서로 이야기를 나눴다. 스폴딩과 파멸자 부대는 별도의 함선에 탑승하고 팔라틴호의 뒤를 따랐다.

누구도 인정하지 않았지만, 함교의 모든 사람들 사이에서 흐르는 팽팽한 긴장감이 느껴졌다. 군 보급소를 공격하는 것은 범죄였고, 유령을 납치하고 심지어 살해하기까지 하는 것은 끔찍한 만행이었다. 하지만 자치령 권력의 핵심부인 아우구스트그라드를 직접 공격하고 황궁에 침입하는 것은 한계를 가늠할 수 없는 광기였다.

그녀는 자신이 아는 모든 것을 홀러에게 설명했다. 물론 그래 봐야 얼마

되지는 않았다. 맬의 전화로 수신된 멩스크 황제의 메시지는 알아듣기 어려웠다. 해석할 수 있는 내용만 봐서는, 황제가 일종의 비상 대피실로 도망쳐 들어간 모양이었다. 지금 당장은 안전하지만, 황궁의 경비 체계가 완전히 무너졌고, 통신까지 양방향 모두 중단된 상태였다. 황제도 개인 연결망으로만 메시지를 전할 수 있었던 모양이고, 지금은 그마저도 차단되었다. 하비와 팔라틴호의 통신 장교도 온갖 수단을 동원했지만 현재의 상황도 전혀 파악하지 못했고, 코랄에 도착하기 전까지는 딱히 다른 방법도 없었다.

그렇게 그들은 모두 두 눈을 감은 채 말벌이 부글거리는 벌집을 향해 날아가는 중이었다. 맬이 그녀의 팔에 손을 대며 말했다.

"잠깐 얘기할 시간 있어?"

그녀는 고개를 끄덕였고, 둘은 조용한 자리를 찾았다. 그가 굳이 입을 열지 않아도, 노바는 무슨 말을 하려고 하는지 알 수 있었다.

"함정일지도 모른다고 생각하는 거죠?"

"당연하지. 내가 생각하기에, 적이 아우구스트그라드를 공격할 이유는 두 가지뿐이야. 자치령의 그 누구도 안전하지 않다는 선언을 하고 싶거나, 아니면 우리가 서둘러 달려들게 유도해서 하나씩 처리하는 거. 둘 다 마음에 들지 않아."

"저도 그렇게 생각해요. 하지만 선택의 여지가 없잖아요."

"목표는 바로 너라고."

"어디 덤벼 보라고 하죠."

그는 한숨을 쉬며 손바닥을 외투에 문질렀다.

"다른 유령들도 자기 몸은 자기가 지킬 수 있다고 생각했을 거야. 하지만 모두 그러지 못해서 이제는 상대 편에 합류했거나, 아니면 다 죽었을지도 몰라. 내가 하고 싶은 말은, 우린 지금 아무것도 모른다는 거야. 빌어먹을, 지금 무슨 일이 일어나고 있는 건지 전혀 모른다고. 그리고 이럴 때는 싸움터에 뛰어들지 않는 게 좋아."

'먼저 적을 알아라.' 물론 맬의 말이 옳았지만, 그녀는 신경을 쓰지 않았다. 유령의 존재 이유는 오직 한 가지, 자치령을 지키는 것뿐이다. 이 생각은 신병 시절부터 매일같이 머릿속에 주입되었다. 오랜 시간 동안 계속된 피 튀기는 싸움을 종식시키고 코프룰루 구역에 안정을 가져온 정부의 생존이 그 누구의 생명보다도 중요했다. 멩스크는 현명하고 카리스마 있는 지도자이자 군 전략가였다. 사람들이 그에 대해 뭐라고 생각하든, 지금의 연약한 평화를 지켜내려면 황제가 살아남아야 했다. 황제를 보호하기 위해서라면, 노바는 기꺼이 죽음도 피하지 않을 것이다.

하지만….

그녀는 다른 유령 사관생도들과 함께 낡은 전투함에 탑승했다. 팀 블루와 팀 레드가 하나로 부대로 묶였다. 이번 일은 모두의 팀웍을 키우는 단순한 훈련 임무였다. 하지만 뭔가 잘못됐다. 뭔가 끔찍한 일이 일어나고 있었다.

구 가문의 아이들이 비명을 질렀다.

노바는 화들짝 놀라며 현재의 시간으로 돌아왔다. 맬의 묘한 시선을 느끼며, 그녀는 황급히 변명을 했다.

"사관학교 시절… 기억이 떠올랐어요. 계속해서 조금씩 다가오는 것 같은데, 아직 정확히 뭔지는 모르겠어요. 꽤나 철저히 소거된 모양이에요."

"네가 원하던 게 그거잖아? 모든 걸 잊고 과거에서 영원히 벗어나는 거. 기억 소거 덕분에 그 바람을 이룬 거고."

"그런데 지금 그 기억이 돌아온다니까요! 한 번에 조금씩, 그 모든 걸 다시 겪고 있어요. 모든 게 다 끝났는데, 이제 와서 다시 떠올리게 될 줄은 몰랐는데."

그녀는 한숨을 쉬고 말을 이었다.

"게다가… 뭔가 중요한 일이라는 느낌이 들어요. 그게 정확히 뭔지는 모르겠지만…."

함교의 문이 열리고 전투복을 입은 워드 중위가 최종 브리핑을 하러 들어왔다. 헬멧의 차광판을 들어올리고, 강철 바닥에 군화를 쿵쾅거리며 나타난 그와 함께 퀴퀴한 시가 냄새가 밀려들었다. 이번 임무에서 해병 지원 부대를 지휘하는 것이 그의 임무였다. 중위가 알타라에서의 불명예를 씻으려고 잔뜩 독이 올랐음을 노바는 느낄 수 있었다. 홀러는 그를 호되게 꾸짖은 후, 지금은 아주 면밀히 지켜보는 중이었다. 워드는 어렵게 얻은 명예회복의 기회를 다시 걷어차 버리고 싶은 생각은 없었다.

노바와 워드의 눈이 마주쳤고, 그의 시선과 함께 불신과 분노의 감정이 밀려왔다. 저그와의 전투 이후로, 둘은 허더스타운 식민지에서 그가 저지른 일에 대해 다시 이야기를 나눈 적은 없었지만, 중위는 줄곧 노바가 그 일을 누군가에게 알리지 않을까 두려움에 떨었다. 워드가 그녀의 곁을 스쳐 지나가는 사이, 노바는 그의 머릿속에서 또 한 가지 범죄를 읽고 오싹한 기분을 느꼈다.

그건 이중 살인 혐의겠는데, 워드.

노바가 이런 생각을 매섭게 그의 머리에 꽂아 넣자, 깜짝 놀란 그의 눈이 휘둥그레졌다.

(내 머리에서 나가 이 미친년아 넌 아무것도 몰라)

이제 그녀가 네 아이를 임신한 상태였다는 것도 알았으니, 네가 여자를 죽인 게 확실하겠는걸. 그냥 네 할 일이나 해. 그러지 않으면 앞으로는 쓸데없는 걱정을 할 일이 없게 될 거야. 내가 널 죽여 버릴 테니까.

홀러의 거친 목소리에 다툼은 뚝 중단되었다. 그는 함교의 위쪽 단상에서 불쾌한 듯 말했다.

"다들 상황 보고해. 헌트 일병, 통신 상태는 어떤가?"

일병의 손가락은 제어판 위에서 춤을 췄고, 그녀는 고개를 들지도 않고 대답했다.

"아직 작업 중입니다, 함장님. 아우구스트그라드에서는 아무 소식도 없고, 본 함선에서 다른 어딘가로 메시지를 보낼 수도 없습니다."

그녀는 잠시 머뭇거리다가 말을 이었다.

"통신 시스템 내에 일종의 버그가 침투한 모양입니다, 함장님. 지금껏 본 적이 없는 형태입니다. 마치…."

홀러는 손으로 난간을 내리치며 고함을 쳤다.

"머뭇거리지 말고 말해라, 일병. 시간이 없어."

"꼭 제가 하려는 걸 저보다 먼저 알고 있는 것 같습니다. 제가 무엇을 하든, 미리 움직여서 막습니다."

"바이러스랑 체스를 하고 있는 건가. 아주 잘하고 있다, 헌트. 어디 계속 해 봐."

홀러는 워드를 향해 돌아서며 말했다.

"중위, 병사들은 출동 준비를 끝냈나?"

워드가 말했다.

"네, 준비 완료됐습니다. 대원들은 모두 수송선에 탑승했고, 출발 신호만 기다리고 있습니다. 다들 좀이 쑤시는 모양입니다."

홀러는 고개를 끄덕였다.

"좋아. 무슨 일이 있을지 모르니 단단히 준비해야 한다. 하지만 첩보에 따르면 코랄에 대규모 적 병력이 침투한 건 아니다. 일부 사이오닉 암살자의 테러인 것으로 보인다. 사관학교에서 훈련 받은 우리 옛 병사들인지도 모르지. 만약 그렇다면, 바퀴벌레처럼 찾아내기도, 처리하기도 어려울 것이다. 우리도 같은 능력으로 반격해야 한다. 유령이 먼저 들어가고, 해병이 뒤를 따른다. 다른 함선들도 곧 도착할 것이다. 도시 외곽에서 기다리면서 유령 요원들의 지원 요청을 기다려라."

워드가 그 말에 반박하려 했다.

"하지만, 함장님, 그래서는⋯."

홀러는 단칼에 말을 자르며 노바를 가리켰다.

"이 유령이 이번 작전의 책임자다. 노바에게 보고하도록. 알겠나?"

워드는 고개를 끄덕이며 노바를 흘긋 바라보고는, 이내 시선을 돌렸다.

"네, 함장님."

루크가 함선의 통신 장비를 통해 말했다.

"10분 내로 코랄의 공전 궤도에 진입합니다. 모든 요원, 전투 준비."

맬이 노바의 어깨에 손을 얹었다. 다시 한 번, 전투복 위로 그의 손길이 닿은 곳에서 짜릿한 전기가 흘러 그녀는 자기도 모르게 몸이 움츠러들었다. 그와 함께 맬의 따뜻한 마음이 느껴졌다. 아주 구체적이지는 않아서 조금 혼란스러운 그런 마음. 제대로 이해하는 데 시간이 조금 걸렸지만, 그건 맬이 무척이나 그녀를 아끼는 마음이었다.

"다시 얘기하자. 알았지?"

노바는 고개를 끄덕였다.

"고마워요. 이제 탑승하러 가야겠어요."

다른 요원들이 그녀를 바라보고 있었다. 맬은 얼굴이 붉게 상기된 채 노바의 어깨를 꼭 쥐었다. 그가 손을 내리고 돌아서자, 그의 손길이 닿았던 곳에 간질거리는 느낌이 남았다. 그 기분이 지금 현실의 것인지, 오래 전 사라진 유령 같은 기억의 잔류물인지는 알 수 없었다.

스러지는 하루의 마지막 빛이 뾰족한 마천루 숲의 끄트머리를 짙은 핏빛 붉은색으로 물들이던 때, 수송선은 아우구스트그라드 외곽에 그들을 내려놓았다.

외딴 건물 한 채가 마치 거대한 강철 딱정벌레처럼 평평한 대지 위에 내려앉아 있었다. 검고 텅 빈 건축물 아래로 드넓게 펼쳐진 도시는 이제 황혼의 빛을 받아 빛나기 시작했다.

팀원들을 불러 모으며 노바가 바라본 그 도시는 막 잠에서 깨어나려는 것만 같았다. 그 핵심에 보이지 않는 암세포가 번져가고 있다고는 생각되지 않았다. 황제는 황궁 어딘가로 도망쳐 숨었고, 적은 그곳을 찾아 들어가려고 한다. 하지만 황궁의 벽 너머에서는 사람들이, 마치 아무 일도 없다는 듯이 일상을 이어갔다. 누구도 자치령 전체가 혼돈의 가장자리에서 비틀거리고 있음을 알지 못했다.

나머지 여섯 명의 유령도 불안해하고 있었다. 이곳에서 마주하게 될 상대에 대해 그들이 아는 건 오직 최악의 상황을 대비해야 한다는 것뿐이었다. 모두들 그녀와 맬이 했던 것과 같은 생각을 하는 중이었다. 지금 그들은 멍청하게 거미줄을 향해 날아들고 있으며, 결국엔 흔적도 없이 사라질 거라는 생각이었다. 그들은 아직 함께 보낸 시간이 적어서 한 팀으로서 제대로 움직이거나 서로를 전적으로 신뢰할 수도 없었고, 이번 임무는 그런 위험을 감수하기에는 잃을 것이 너무 컸다.

"빨리 들어가죠. 공격적으로 움직여야 해요. 적들이 대응할 시간을 주지 말고요. 우리가 왔다는 사실을 아직 모르고 있을 거예요."

날씬한 몸매에 검은 머리가 어깨까지 내려온 여성 유령, 리셀이 말했다. 노바는 자신과 맬, 두 사람만이 멩스크와 함께 나눴던 대화를 떠올리며, 조직 내부에 배신자가 있을 수 있다는 말을 되새겼다.

민감한 사건인 만큼, 일상적인 지시 체계를 믿고 명령을 내릴 수도 없어. 앞서 말했듯이, 배신자가 있을 수도 있다.

황제는 그렇게 말했었다. 노바가 리셀에게 대답했다.

"솔직히 난 적이 이미 알고 있을 가능성이 높다고 생각해. 우선 조심스럽게 목표 지점을 탐색하고, 상대의 위치를 파악해야 해. 물론, 가능하면 들키지 않아야 하고. 전투를 시작하기 전에 우리 적이 누구인지 모든 것을 알아내고 싶어. 황제 폐하의 목숨이 거기 달려 있으니까."

"놈들이 황제를 죽이러 왔다고 생각하는 모양이지?"

본즈의 말은 질문이 아니었다. 그는 곧바로 말을 이었다.

"그랬다면 벌써 죽었을지도 몰라."

"그럼 우린 시간 낭비를 하는 거겠지."

노바는 자신의 C-20A소총을 점검한 후 어깨에 걸쳐 메고, 전방 표시 장치가 정상적으로 작동하는지 확인했다. 유령들은 은폐 장치를 가동시켰다. 반짝이는 초록색 점 여섯 개가 눈앞에 표시되면서, 그녀 앞에 선 나머지 유령들의 위치를 보여줬다.

"아주 민감한 상황이야. 그리고 저 안에서 무슨 일이 일어난 건지 우린 아무것도 모르는 상태고."

그녀는 도시 지도를 유령들에게 전송하고, 황궁 주위에 각자의 구역을 표시했다.

"전에 이 녀석들 중 하나를 상대한 적이 있어. 다들 내 보고서를 읽어 봤겠지만, 놈들은 고성능 은폐 장치를 사용하기 때문에 감지되지 않아. 하지만 우리를 감지할 수는 있고. 그러니 뭔가 우리가 우위를 점할 수 있는 부분을 찾아내야 해."

본즈가 말을 받았다.

"나도 한 놈과 싸운 적이 있어. 알타라에서 네가 만났던 것과 같은 녀석이겠지만 말이야. 놈은 날 한 방에 때려눕히고 사라져 버렸다고. 아무 예고도 없이. 그런 녀석들과 어떻게 싸워야 하지? 아니, 젠장, 찾아낼 방법은 있는 거야?"

"우선은 사체나 침투 지점, 발자국, 피 같은 부수적인 피해가 발생한 지점을 찾아. 경비병들의 머릿속을 조사해 보고. 누구든 이상한 걸 본 사람은 없는지 찾아내. 상대는 게임을 하길 좋아하니까, 그걸 우리가 이용해야 해. 놈들이 너희 머릿속에 침투하려고 하면, 아니 어떤 기척이라도 느껴지면, 그냥 없애버려. 주저하지 말고. 놈들도 우리와 똑같이 육체와 피로 이루어진 사람이야. 가차 없이 죽여. 놈들도 총에 맞으면 피를 흘릴 거야."

"그들이 우리 동료면 어떻게 하죠? 실종된 유령들이면요?"

룩이 불쑥 말했다. 청년의 탄탄한 몸에서는 자신감이 퍼져 나왔다. 노바는 그의 사이오닉 지수가 이 유령들 중에서 가장 높다는 사실을 떠올렸다. 그리고 불과 3년 전까지 사관학교에서 자신의 팀을 지휘하고 있었다.

"그들이 한때 유령이었다고 해도 이제는 아니야. 자치령을 공격하는 반역자라고. 거기에 의문을 제기할 필요는 없어."

노바는 유령들을 차례로 바라본 후 말을 이었다.

"적은 지금 심리전을 펼치고 있어. 겁을 먹으면 이미 지는 거야. 우리는 자치령 최고의 전력이야. 어떻게 해야 하는지 다들 잘 알고 있겠지? 자, 가자."

십 분 후, 그들은 도시의 장벽 안에서 덜덜거리는 시체매를 버리고 걷기 시작했다. 은폐 장치 덕분에 사람들의 눈에는 전혀 띄지 않을 수 있었다. 황궁은 지금 폐쇄된 상태였고, 노바는 혹시 시간이 부족하지 않을까 하는 마음에 모두를 이끌고 걸음을 늦추지 않았다. 행성 전체에 대한 감시가 계속되는 상황에서도 코랄의 대기권을 벗어나는 함선은 단 한 척도 탐지되지 않았기 때문에, 테러리스트들은 아직 이곳에 있는 게 분명했다. 하지만 황궁을 오가는 통신은 여전히 차단된 상태였고, 현지 경찰에는 이 위협을 알릴 수 없었다. 경찰들이 무기를 휘두르며 황궁을 향해 달려가는 모습은 상상만 해도 끔찍했다. 게다가, 그들도 이번 사태에 관련되었을 수 있다.

그런 위험을 감수하기에는 현재 상황이 너무 심각했다.

평일 이 시간, 환하게 불이 밝혀진 거리는 무척 조용했다. 거주민 대부분은 가족의 품으로 돌아가 저녁 식사를 하거나, 잠잘 시간을 앞두고 홀로비드를 시청했다. 유령들이 잠시 멈춰서 시민들이 지나가기를 기다리는 동안, 공중부양 자동차와 소형 비행선이 조용히 머리 위로 미끄러져 가고, 광고로봇들은 청량음료부터 실내장식 용품까지, 각종 물품의 다채로운 모습으로 형체를 바꾸며 사람들의 눈에 들려고 노력했다. 아우구스트그라드는 우주에서 몇 안 되는, 누구도 겁낼 게 없는 장소였고, 이곳 주민의 삶은 규칙에 지배되었다. 전쟁과 핵폭발이 코랄 IV를 초토화시킨 후 다시 일어선 이 도시는 기술 연구, 교육, 제조업의 중심지이자, 군 지도자와 그 가족이 선호하는 거주지였다. 이들의 소득 수준 역시 평균을 훨씬 상회했고, 그런 점은 번쩍이는 거리와 매끈한 모습으로 새로 건설되는 중인 현대적 건물들, 작지만 잘 다듬어진 정원을 갖춘 콘도, 분수대와 공원이 들어선 공용 공간에서 아주 잘 드러났다.

이 도시는 멩스크가 자신의 고향에 바친 제단이자, 그의 지배 아래에서 진정한 평화와 번영이 이루어질 수 있음을 모든 사람들에게 보여주기 위한 전시물이었다. 그리고 이젠 그가 최후를 맞을 장소가 될지도 모른다.

노바는 황궁 정문으로 이어지는 넓은 진입로에 도착해서는, 잠시 동안 시청 청사의 그림자 아래에서 기다리며 문제가 발생할 여지는 없는지 살폈다. 아무것도 보이거나 느껴지지 않았다. 적의 기척도 전혀 없었다. 도시 외곽에 접근한 이후로 계속해서 머릿속에 들려왔던 아우구스트그라드 거주민의 왁자지껄한 목소리 외에는 아무 생각도 느껴지지 않았다. 경보가 울리지도 않았다. 황궁 경비대가 그들의 코밑에서 일어나는 일을 알고 있다는 흔적은 전혀 없었다.

어쩌면 이미 모두 죽었는지도 모른다.

그 생각에 등골이 서늘해졌다. 황궁 벽 위로 치솟은 여러 탑과, 두 개의 늑대 머리로 이루어진 멩스크 가문의 휘장이 박힌 정문을 보는 순간, 불현듯 익숙한 다른 건물이 떠올랐다. 천장이 6미터 높이에 이르는 대리석 현관을 지나, 드넓은 무도회장과 갓 구운 딸기케이크 향이 가득한 주방을 뒤로 하고, 엘리베이터를 타고 올라 줄지어 있는 침실 문을 지나면, 반짝이는 수영장과 연못, 그리고 도시 전체의 야경이 내려다보이는 소녀의 방이 가만히 잠자는 곳. 타소니스에 있던 그녀의 집. 수 세대를 이어 온 그 마천루는 전쟁과 혁명에 휘말려 폐허가 되었다.

어서 와, 노바.

어머니가 거기 서서 그녀를 향해 미소지었다. 두 눈 옆으로 번져가는 주름살에는 기뻐하시는 어머니의 마음이 온전히 드러났다.

보고 싶었단다.

그 기억은 다른 기억에 의해 산산이 조각났다. 훨씬 불편한 기억이었다. 그녀와 동료 유령 훈련병들은 황폐한 시 행성의 땅을 달리고 있었고, 수많은 저그 무리가 그 뒤를 바짝 따랐다. 연합 구 가문의 마지막 후손들은 도와 달라며 비명을 질렀고, 압도적인 공포와 절망이 그녀를 뒤덮었다. 외로운 싸움에 나선 훈련병들을 지원하는 건 파괴된 전투순양함뿐이었다.

어째서?

지금 그런 걸 생각할 시간은 없었다. 노바는 깜짝 놀라 현재로 돌아왔다. 물끄러미 그녀를 바라보는 본즈의 입가에는 희미한 유령 같은 미소가 걸려 있었다.

노바는 거친 목소리로 말했다.

왜 은폐를 푼 거야? 들킬 수도 있어.

그는 아무 말도, 아무 생각도 하지 않고, 그저 조금 전과 같은 희미한 미소와 함께 고갯짓으로 황궁의 정문 쪽을 가리켰다. 그리고 본즈는 다시 시야에서 사라졌다. 전방 표시 장치에 그의 위치가 표시되었다. 그녀를 둘러싼 다섯 개의 초록색 점 중 하나였다.

생생하지만 조각난 과거의 환영 때문에 혼란스러워진 마음을 부여잡고, 노바 테라는 황궁 정문을 향해 움직이기 시작했다. 그녀가 내내 은폐 상태였음에도 본즈는 마치 노바를 볼 수 있는 것처럼 행동했다는 사실을 깨달은 건 너무 늦은 후였다.

대피실은 가브리엘 토시가 생각했던 것보다 훨씬 뚫기 힘들었다.

그는 바닥에 책상다리를 하고 앉아 곰곰이 생각했다. 반짝반짝하게 광을 낸 자단 책상과 두 개의 소파가 놓이고, 굳은 피와 같은 색깔의 부드러운 비단 융단이 석재 타일 위에 깔린 사무실이었다. 책상 뒤에는 두 개의 나무 패널을 황급히 치운 자리에 육중한 신소재 강철 문이 보였다.

물론 이런 방이 있을 것임은 예상했었다. 멩스크라면 자신의 안전을 위해 이런 장소가 필요했을 것이다. 오래 전 그의 아버지, 어머니, 어린 여동생을 암살하는 데 주요한 역할을 했던 유령을 진짜로 믿지는 않았을 것이다. 그 유령 중 하나인 사라 케리건은 그의 아버지 앵거스의 머리를 무슨 섬뜩한 전리품이라도 되는 것처럼 가져갔었다. 멩스크는 누구보다 실리를 중시하는 사람이었기에, 케리건의 재능을 자신의 뜻을 이루는 데 활용하다가 결국엔 그녀를 배신하고 저그 무리의 한가운데에 버렸다. 그리고 구 연합의 유령 프로그램을 직접 자신의 것으로 만들었다. 하지만 토시는 황제와 유령의 불안정한 관계를 눈치채고 있었다. 유령을 대할 때 멩스크의 태도는, 살상 훈련을 받은 투견을 대할 때와 같았다. 집을 지키는 데는 유용하다고 생각했지만, 자기 자신도 절대 등을 보이지 않았다.

일이 이렇게 될 줄은 토시도 몰랐다. 무슨 일이 일어나는 건지 황제가 미처 알아차리기 전에 그를 붙잡는 것이 원래의 목표였다. 딜라나의 무모

한 행동 때문에 그런 목표는 이미 물거품이 되었고, 이제는 더 많은 멩스크의 개인 경비병들이 피 웅덩이에 누워 있었다. 경보가 울리면서 그 탐색관에게 암호화된 메시지가 전송된 것이 분명했다. 게다가 멩스크는 대피실 안에 단단히 틀어박혀 있었다. 사이오닉 보호막이 쳐진 그 대피실에는 물리적으로건 정신적으로건 침투할 방법이 없었다. 리오는 황궁으로 통하는 모든 통신을 차단했고, 바깥의 악령들은 침입의 흔적을 발견한 사람들을 모두 없애버리거나 세뇌하는 데 성공했지만, 지금 상황은 그리 오래 이어질 수 없었다. 시간이 없었다.

리오, 서둘러. 암호를 깨줘.

잠시 동안 원격 콘솔에 아무것도 표시되지 않았다. 그리고 리오의 메시지가 화면에 나타났다.

내부에서 수동 자물쇠로 잠갔어. 팔라틴호가 도착했고… 자치령 병력이 접근하고 있어. 아주 많아.

젠장. 토시는 주먹을 꽉 쥐었다. 또다시 가슴 속에서 분노가 차올랐고, 어딘가 그걸 풀어낼 곳이 필요했다. 그는 엄청난 힘으로 바닥을 내리쳐, 타일 하나를 반으로 쪼개며 먼지를 잔뜩 피워 올렸다. 그리고 다시 뒤로 돌아서 문을 바라봤다. 그는 기이한 흰색 눈을 가늘게 떴고, 쏟아져 나오는 그의 분노와 함께 뜨거운 열기가 피어올랐다.

두꺼운 문이 끼익 소리를 내며 아주 조금 구부러졌지만, 그 이상 움직이지는 않았다.

문은 그의 힘으로도 어쩔 수 없을 만큼 튼튼했다. 하지만 곧 달라질 것이다. 익숙한 갈증이 배 속 깊은 곳을 파고들었고, 그는 가스 용기를 입에 대고 테라진을 한 번 더 삼키며 딜라나에게 냉혹한 시선을 던졌다. 그녀는 소파 하나에 걸터앉아 불안한 듯 다리를 떨며, 박자를 맞춰 발로 바닥을 두드리고 있었다. 딜라나는 토시의 눈을 피하는 중이었는데, 무척 다행스러운 일이었다. 둘의 눈이 마주쳤다면 토시가 달려들어 그녀의 눈알을 뽑아버렸을지도 몰랐다. 앞서 그의 거칠었던 행동 때문에 그녀가 무척 화가 나 있다는 사실은 토시도 잘 알았지만, 별다른 신경을 쓰지는 않았다. 딜라나는 그런 대접을 당해도 쌌다.

슬론은 아직 은폐 상태로 사무실 밖에서 망을 보며, 해병이 나타나면 언제든 움직일 준비를 하고 있었다. 케일럽과 자라, 칼은 지금도 황궁 바깥을 정찰하는 중이었다. 그는 모두를 불러들여 대피실의 60센티미터 두께 강화벽을 뚫는 일에 집중하기로 결정했다. 모두 함께라면 충분한 압력을 가해 문을 부수고 멩스크를 끌어낼 수 있을지도 모른다.

황제는 그 죄의 대가를 치러야 한다.

유령이 아우구스트그라드에 도착했어.

토시는 고개를 숙여 새로운 메시지를 바라봤다. 드디어 왔군. 그는 놀라지 않았다. 사실, 왜 이렇게 오래 걸렸는지가 궁금할 정도였다. 알타라에 심어 둔 첩자는 맡은 일을 성실히 수행했고, 조사가 이루어지는 동안 그 행성의 모든 정황을 그에게 알렸다. 이제 그 첩자도 황궁의 정문에 도착했으니, 다시 악령들과 합류할 시간이었다. 그리고 새로운 악령 후보자들 여섯 명이 나타났다. 게다가 더 많은 수가 지금도 이곳으로 향하고 있을 터였다. 모두 악령 부대의 규모를 적당한 크기의 사이오닉 특공대로 키워줄 후보생들이었다.

그리고 그 중 한 명은 바로 노바 테라였다.

그 생각에 절로 미소가 떠올랐다. 너무나도 오랜 시간 기다려 온 순간이었다. 노바는 유령 프로그램 내에서 가장 강력한 유령이었고, 역사상 가장 재능이 뛰어난 요원이었다. 그녀만 합류하면 악령은 누구도 막을 수 없는 세력이 될 것이다. 하지만 그게 전부가 아니다. 토시와 노바, 두 사람은 그의 첫 번째 '죽음' 이전에 친구보다 훨씬 가까운 사이였기에, 노바와 함께

한다는 것은 그에게 무척 특별한 의미가 있었다. 물론, 그런 감정은 모두 과거의 일이긴 했지만.

그녀를 설득하는 것은 무척 힘든 과정이 될 것이다. 그녀도 처음에는 저항할 게 분명했다. 하지만 사실, 그녀는 그가 손에 넣은 새로운 힘에는 상대도 되지 않았다. 그리고 노바도 진실을 알게 되면 생각을 바꿀 것이다. 이미 테라진에 노출된 이상, 시 행성에서 구 가문의 아이들에게 무슨 일이 일어났는지, 그리고 저그의 침략과 그 이후 사건을 은폐하는 데 있어 멩스크가 어떤 역할을 했는지 기억해 내는 것도 시간 문제였다.

그러면 노바도 마음을 바꿀 것이다. 토시가 반드시 그렇게 되게 하리라.

혹시 다른 유령들이 저항한다면, 달리 방법이 없었다. 아쉽지만 황궁 내에 살아 있는 다른 사람들과 함께 모두 없애버려야 한다. 유감스러운 부수적 피해가 되겠지만, 그 전리품이 노바라면 받아들일 수 있다.

토시는 일어서서 문을 향해 걸었다. 대피실을 지키는 것은 딜라나의 몫이었다. 어떤 대가를 치르든, 암흑칼날이 멈춰서는 안 된다.

노바는 그들의 일원이 될 것이다. 그러지 않으면 지옥이 펼쳐지리라.

제13장

아우구스트그라드 전투

다른 유령들을 이끌고 정원을 둘러싼 울타리에 도착하자마자, 노바는 황제가 맬에게 보낸, 황궁이 공격받고 있다는 메시지가 진짜임을 알았다.

지금 이 순간까지도 그녀는 UED 테러리스트에 대한 정보가 X52735N 요원을 알타라로 불러들였듯, 이 모든 것이 그들을 함정으로 유인하기 위한 속임수가 아닐까 하는 걱정을 하고 있었다. 하지만 황궁의 정원은 지나치게 조용했다. 평상시 같으면 적지 않은 왕실 경비대가 이곳을 지키며 정기적으로 순찰을 돌고, 그들 외에도 황궁 직원들도 쉴 새 없이 들락거려야 했다. 그러나 그녀를 정말 불편하게 하는 건 그게 아니었다. 가녀린 바람에 실려 오는 다른 무언가에 이유를 알 수 없이 온몸이 따끔거리고, 그렇게 그녀는 잔뜩 신경이 곤두서서 한껏 긴장해야 했다. 오아시스의 텅 빈 방들 사이로 이어졌던 광란의 추격전과, 그 직전에 모래투성이 창문에 낯선 얼굴이 나타났을 때 느꼈던 기분이 다시 떠올랐다. 흐릿한 회색빛에 둘러싸인 마을 주민들 사이에서 환한 노란색으로 빛나던 자의 기척이 생생히 되살아났다.

무언가, 아니 누군가가 여기서 그녀를 지켜보고 있다.

주위를 둘러보던 중에, 근처 보도의 한 지점이 유난히 노바의 눈에 띄었다. 그녀는 그 곁에 쪼그리고 앉아 흙먼지 위에 그려진 기이한 도형을 바라봤다. 외곽선은 희미했지만 아직 알아볼 수 있었기에, 컴퓨터를 통해 스캔하고 선명도를 높인 후 데이터베이스로 전송했다. 잠시 후 그와 일치하는 항목의 정보가 전달되었다. 그 부두 주술의 도형이 뜻하는 것은 죽음의 신, 마망 테레스였다.

그녀 안의 깊은 곳에서 무언가 꿈틀거렸다. 구슬을 엮어 만든 줄에 작은 인형이 매달린 목걸이, 그리고 그걸 목에 건, 거대한 남자 하나가 보였다. 하지만 그 남자에 대해서는 그 무엇도 떠오르지 않았다. 진실은 손이 닿지는 않으면서도 애가 탈 만큼 가까운 곳에서 흔들거렸다.

까꿍.

노바는 빙글 뒤로 돌았고, 웃음소리가 그녀의 머리를 가득 채웠다. 다른 유령들도 당황한 듯 술렁거리기 시작했다. 전방 표시 장치의 지도에는 초록색 점이 하나 부족했다. 그제야 조각났던 진실의 아귀가 들어맞았다. 오아시스의 건물에서 노바가 뒤쫓던 존재가 사라지자마자 본즈가 나타났던 일, 그가 그녀에게 보였던 묘한 웃음, 그리고 노바가 은폐 상태였을 때도 그는 그녀를 볼 수 있었던 것까지.

내 진짜 이름은 탈렌 홀트, 자유인이지.

본즈, 아니 자신이 홀트라고 말하는 자가 한 순간에 방벽 반대편에 나타났다. 그의 야윈 체구와 검은 머리는 어둠 속에서 잘 보이지 않았지만, 그의 기척만은 눈앞에서 노란색으로 환하게 빛났다. 그리고 그는 다시 깜박이며 사라졌다.

왜 이렇게 생각이 짧았을까? 노바는 그에게서 아무런 위험도, 수상쩍은 어떤 생각도 감지할 수 없었다. 그리고 그의 이전 기록은 티 없이 깨끗했다. 그가 지난 몇 개월 사이에 실종되었던 유령 중 하나라면, 누군가 그의 기록을 조작하여 그런 사실을 감췄거나, 아니면 비밀리에 그를 고용한 후 아무도 모르게 다시 작전에 투입했을 것이다. 후회해도 소용은 없었다. 이미 걷잡을 수 없는 피해를 받았다. 그는 지금껏 내내 노바의 코앞에서, 유령들의 모든 움직임을 적에게 전해줬을 테니까.

그는 그녀를 바보 취급했다.

하얗게 타오르는 분노가 노바의 안에서 분출했다. 그녀는 주위 다른 유령들이 혼돈에 빠진 채 지금 벌어지는 모든 일을 이해하려 애쓰고 있음을 느꼈다. 하지만 설명할 시간이 없었다. 게다가 은밀하게 접근한다는 계획도 이미 물거품이 되었다. 홀트가 이미 적에게 그들의 위치를 알렸거나, 지금 당장이라도 그럴 것이다. 그리고 멩스크 황제가 아직 살아 있다면, 남은 시간은 얼마 없었다.

어떤 대가를 치르든 그를 막아야 했다. 그로 인해 아우구스트그라드의 모든 경찰력이 이곳으로 달려오는 사태가 발생한다고 해도.

힘이 차올랐다. 그녀는 강렬하게 정신을 내뻗어 방벽을 폭파시켰다. 방벽 위쪽을 연결하는 레이저 철조망이 빠직거리며 튀어올라, 파란 색으로 타오르는 호를 그리며 날아갔다. 노바는 그대로 뚫린 방벽 안으로 달렸고, 나머지 유령 다섯 명도 그녀의 뒤를 바짝 따랐다. 그만한 힘을 발휘해도 두통이 전혀 느껴지지 않는다는 사실을 깨닫고 그녀는 깜짝 놀랐다. 사실, 그 어느 때보다 강한 힘이 온몸에 흘렀다. 그와 함께 묘한 희열과 무엇에도 굴하지 않을 듯한 자신감이 느껴졌다. 이 자리에서 대지를 반으로 쪼개고 저그 군단 전체를 한 번에 없애버릴 수 있을 것만 같았다.

달리는 동안 그녀는 황궁의 자동 포탑이 그녀의 기척에 반응하지 않는다는 사실을 깨달았다. 테러리스트들이 이 모든 것을 어떻게 정지시킬 수 있었을까? 정말로 들키지 않고 이렇게 높은 수준의 일을 처리할 수 있는 누군가를 내부에 심어 둔 걸까? 불가능해 보였지만, 그것 외에는 다른 방법이 생각나지 않았다.

홀트의 광기 어린 목소리가 머릿속에 메아리쳤다.

그게 전부냐, 노벰버 테라? 방벽을 무너뜨리는 게 다야? 실망이야. 너에 대한 얘기를 참 많이 들었는데 말야.

놈은 가까이에 있다. 대체 어디지? 그의 위치를 밝혀낼 때까지 계속 말을 시켜야 했다.

난 겉보기와는 다르다고, X72341R.

그녀가 유령요원의 번호를 부르자 상대가 불쾌해 하는 것이 느껴졌다.

탤렌이라니까. 넌 아직 네 진짜 힘을 전혀 모르고 있어. 조만간 알게 될 거야. 네가 우리 편이 된다면 말야.

그럴 일은 없어.

노바는 주위를 둘러봤다. 멩스크의 석상이 서 있는 거대한 접시 모양 분수가 정원의 중앙을 가득 채웠다. 물줄기가 하늘 위로 솟아오르고, 다시 부드러운 쉬익, 소리와 함께 땅으로 떨어졌다.

오아시스의 작은 먼지투성이 방에서 그를 처음 만났던 순간이, 발자국이 그의 위치를 드러내던 순간이 떠올랐다. 그 순간 좋은 생각이 났다.

정말 좋은 생각이야, 노바. 그렇게 하라고. 나도 샤워나 하려던―

단 한 번의 부드럽지만 강렬한 염력으로 노바는 물을 옆으로 날려 정원 주위로 넓게 뿌렸다. 왼쪽으로 약 4.5미터 정도 떨어진 곳에서, 물은 보이지 않는 존재에 부딪혀 떨어졌고, 마른 돌 위로 그의 몸 형태가 그대로 그려졌다.

그의 생각은 미처 완성되지 않았다. 노바가 무엇을 했는지, 그리고 왜

했는지를 깨닫고 그는 처음으로 경계심을 느끼기 시작했다. 하지만 그 순간 노바는 이미 그가 서 있는 곳을 강하게 밀어붙였다. 그녀의 분노가 맹렬한 염력의 파도가 되어 쏟아져 나왔고, 그 기세에 놀란 노바는 숨이 턱 막혔다.

홀트는 비명을 질렀다. 그 소리가 귀에 들렸는지, 머릿속에만 울렸는지는 알 수 없었다. 그리고 그가 노바의 힘을 밀어내는 것이 느껴졌다. 이미 그의 두뇌를 태우고 있는 힘의 파동을 막아 보려는 미약한 발버둥이었다. 그녀는 잠시 흔들렸다. 홀트의 염력이 어떻게 이렇게 강해졌지? 유령 시절 그의 사이오닉 지수는 6에 불과했었다. 그래도 지금 그는 노바의 상대가 되지 않았다. 무언가 돌 위로 떨어지는 소리가 들렸다. 그와 함께 홀트의 모습이 다시 눈에 들어왔다. 한쪽 다리가 몸 아래에 깔린 채 널브러진 모습이었다. 밝은 노란색으로 느껴졌던 그의 존재감이 단 한 번 깜박이더니, 서서히 흐려지고, 결국 깜깜한 방을 한 순간 밝힌 빛의 잔상처럼 잦아들었다.

난… 그럴 생각이….

그의 경계심은 놀라움으로 변했다. 지금 실제로 일어나고 있는 상황을 아직 받아들이지 못하는 것 같았다. 그 순간 불현 듯 노바와 탈렌 사이에 예상하지 못했던 강한 연결이 이루어졌고, 그에게서 뿜어져 나온 감정 때문에 그녀는 부들부들 떨어야 했다. 그가 지금까지 무슨 일을 해 왔든, 탈렌은 자신의 역할과 행동이 정의로운 것이라고 굳게 믿고 있었다. 그래서 그 모든 것이 이런 결과를 초래했다는 사실을 이해하지 못했다.

그는 그렇게 사라졌다.

"이런 젠장, 대체 뭐가 어떻게 된 거죠?"

룩이 그녀 곁으로 다가서며 소리 내어 말했다. 그나마 그런 행동을 한 것도 한 사람뿐이었다. 이 모든 일이 끝나기까지 30초밖에 걸리지 않았고, 다른 유령들은 정원에 1미터쯤 들어온 상태에서 얼어붙은 듯 가만히 서 있을 뿐이었다.

"놈이 배신자였어. 어쩔 수 없었지."

홀트의 눈과 귀에서 피가 흘러내리고, 분수의 물과 섞여 돌바닥을 붉게 물들였다. 노바는 피가 옅은 분홍빛으로 바뀌어 가는 모습을 바라봤다. 그 광경에 만족감을 느낄 거라고 생각했었지만, 이상하게도 길을 잃은 듯 혼란스러운 기분과 함께 그 어느 때보다 짙은 외로움만을 느꼈다.

유령 사관학교에서 졸업한 이후, 그녀의 세상은 언제나 옳고 그름, 흑과 백으로만 이루어졌다. 자치령을 지지하지 않는 자는 모두 적이었다.

하지만 이번 일은 어떤가? 노바가 이해할 수 없는 전혀 다른 색이었다.

귀 속에서 지직거리는 통신 장치가 띄엄띄엄 소리를 냈다.

"… 브리핑… 22대대는… 돌격 위치에…."

홀러 대령의 목소리 같았지만 확신할 수는 없었고, 컴퓨터도 메시지의 출처를 확인하지 못했다. 스폴딩과 파멸자 부대가 오고 있다는 말인가?

"다시 한 번 말해 줘."

그녀는 통신 장치를 귀에 붙이며 얘기했지만 아무 소용이 없었다. 현재 전파를 지배하는 존재가 누구인지, 아니 무엇인지는 몰라도 당분간 물러날 것 같지는 않았다. 전투에서는 통신이 필수적이므로, 이 상황은 아마 해병들에게도 골치 아픈 문제일 것이다. 어쩌면 홀러가 병력을 투입할 수 있게 현장 상황을 설명해 달라고 얘기하는 것이었는지도 모른다. 함장이 해병들을 지금 출발시킨다면, 눈을 가리고 비행을 하듯 작전 성공 확률도 크게 줄어들 것이다. 이 테러리스트들과 같은 중무장한 소규모 게릴라와 맞닥뜨리면, 제멋대로 모습을 드러내고 사라지는 적들과 싸우느라 해병들은 서로를 향해 총을 난사할 테고, 결국 이번 작전은 분명히 자치령의 끔찍한 재앙으로 끝나고 말 터였다.

하지만 지금은 더 시급한 문제들이 있었다. 멀리서 비상차량들이 접근하며 내는 사이렌 소리가 들렸다. 아마 방벽이 날아가던 시점에 경보가 울렸을 것이다. 이제 더는 시간을 낭비할 수 없었다.

노바는 다른 유령들에게 자신을 따라오라고 신호하고, 분수의 왼쪽으로 돌아 중앙 출입구로 향했다. 가능한 한 빨리 멩스크 황제에게 달려가고 싶었지만, 무언가 그녀에게 조심하라고 말하고 있었다. 너무 조용했다. 사람들이 모두 어디로 간 건지 궁금했다. 건물 전체를 스캔해 봐도 황궁은 텅 빈 채 아무런 움직임도 감지되지 않았다. 지금은 사람들이 대부분 집으로 돌아갔을 시간이지만, 그래도 경비병의 기척을 포함하여 어느 정도의 움직임은 있어야 했다. 왕실 경비대는 최정예 병사들로 이루어져 있으므로, 지금쯤 정원에서 발생한 소란의 원인을 파악하러 이곳으로 달려왔어야 한다. 마치 누군가가 왁자지껄한 평상시 황궁의 흔적을 모두 없애고, 영화 촬영장의 모형으로 바꿔 놓은 것만 같았다.

"이거 영 마음에 들지 않는데. 아무것도… 느껴지지 않아."

사이보그가 노바 곁으로 다가오며 말했다. 그녀에게서 짙은 긴장감이 퍼져 나왔다. 그 말에 동의하려던 순간, 노바는 꼭 그렇지만은 않다는 사실을 깨달았다. 설명할 수 없는 어떤 기척이 느껴졌다. 그러나 어느 한 지점에 집중되어 있지는 않았다. 마치 고압선 주위를 가득 채운 따끔따끔한 느낌처럼 주위에 퍼져 있었다. 그들이 처음 황궁에 도착했을 때 느꼈던 따끔거리는 느낌보다는 훨씬 강했다. 노바가 말했다.

"놈들이 여기 있다. 무기를 들어."

움직임은 보이지 않았다. 하지만 다른 유령들이 황궁의 계단을 올라 노바 주위에 방어 대형을 구성하는 동안 일어난 산들바람이 서로의 얼굴을 간지럽혔다. 각자 C-10소총을 들어올리고 보이지 않는 적에게 맞서 전투 준비를 했다. 다른 병사와 맞서는 것은 아무것도 아니었다. 강력한 무장을 갖춘 대규모 전투 대대와 맞설 때는 유령으로서 계획을 세우고 전투를 준비할 수 있었다. 심지어 저그도 눈에는 보였다. 하지만 이번 공격은 그들 모두에게 완전히 새로운 영역이었다. 그래서 그렇게 오랜 훈련을 거쳐온 유령들의 자신감도 고개를 숙였다.

노바가 유령들에게 안으로 진입하라는 명령을 내리려는 찰나, 그들 주위의 세계가 폭발했다.

여섯 명의 유령이 황궁 출입구에 다가오는 모습을 지켜보던 가브리엘 토시는 기대감에 온몸이 근질거리는 기분을 느꼈다. 마지막으로 맞은 테라진이 그의 감각을 그 어느 때보다 높이 고조시켰다. 유령들은 모두 은폐 장치를 가동했지만, 토시는 그들이 스포트라이트를 받고 있기라도 한 듯 생생히 볼 수 있었다. 심지어 오라 색으로 유령들을 하나하나 구분할 수도 있었다. 할머니라면 그가 아직도 영혼에 씐 거라고 말씀하시겠지만, 토시는 진실을 알고 있었다. 그에게는 재능이 있었다. 그리고 그 재능을 바탕으로 구원자가 되어 잃어버린 영혼들을 빛으로 이끄는 것이 그의 운명이었다.

그 과정에서 이들 중 일부가 죽어야 한다는 건 조금 안타까운 일이었다.

토시는 주위의 케일럽, 자라, 칼을 둘러봤다. 모두들 계단 꼭대기에 맹금처럼 웅크리고 앉아서 목표를 내려다보고 있었다. 그들은 나머지 경비원들과 황궁의 일꾼들을 모두 처치했고, 그 사체는 통로 여기저기에 그대로 널려 있었다. 그 후 이곳으로 나온 그들은 때마침 노바와 불운한 첩자였던 탈렌 홀트가 격돌하는 모습을 목격할 수 있었다.

동료를 잃고 분노하는 그들의 감정이 생생하게 느껴졌다. 하지만 일이 너무 빨리 제어할 수 있는 범위를 벗어나지 않게, 그런 감정을 다스려야 했다. 물론 토시도 화가 나 있었다. 그러나 그의 분노가 향하는 상대는 노바가 아니었다. 자신을 지키려던 그녀의 행동을 탓할 수는 없었다. 그런 식으로 노바와 장난을 칠 수 있을 거라고 생각했던 홀트에게 화가 났다. 그리고 빨리 움직이지 않아 그 사태를 막지 못한 자신에게 화가 났다. 노바는 마치 상처 입은 동물 같아서, 구석에 몰릴 때는 더 위험했다. 먼저 그녀를 차분히 설득해서, 악령들의 편에 서는 것이 옳은 일이라는 확신을 줘야 했다.

그러나 혹시라도 다른 자들이 싸우기를 선택한다면 소모품이라고 생각해도 무방했다. 그는 정원의 유령들을 내려다봤다. 적들은 원을 그리며 방어 대형으로 섰다. 그들 너머에는 바닥에 널부러진 홀트의 시체 주위로 포석의 갈라진 틈을 따라 피가 흘렀다. 유령들은 삼엄한 경계 태세를 취했다. 마땅히 그래야 했다. 놈들은 이제부터 마망 테레스의 분노를 맛봐야 할 테니까.

토시는 팀원들에게 말했다.

적의 전투복을 먼저 파괴하고, 밝은 곳으로 끌어다 놔. 그래도 죽이진 마라. 먼저 적에게 우리 능력을 보여주자.

그가 머릿속에 떠올린 영상을 각 악령에게 전달하자, 자라와 칼이 고개를 끄덕이고 자리에서 뛰어올라 유령들의 양쪽으로 각각 6미터 떨어진 지점에 조용히 착지했다. 그와 케일럽은 똑바로 유령들을 향해 걸어가며 무기를 풀어 들었다.

공격은 아무런 경고 없이 시작됐다. 아직 원형으로 서 있던 유령들 중 두 명이 보이지 않는 손에 의해 거칠게 뒤쪽으로 끌려갔고, 집중된 에너지 파동이 유령 모두를 휩쓸었다.

곁에 있는 세 명의 유령과 함께 가만히 서 있던 노바의 유령 전투복이 빠직, 하는 소리를 내며 은폐 장치가 갑자스럽게 차단되었다. 전방 표시 장치도 꺼지면서 다른 유령들의 위치도, 황궁의 전체 구조도 확인할 수 없었다. 노바는 이제 귀찮은 짐으로 전락한 헬멧을 벗어 옆으로 던졌다.

이제 자신의 사이오닉 능력에만 의존하여 상황을 파악해야 했다.

그녀는 C-20A소총을 정원의 왼쪽에서 오른쪽으로 움직이며 제압사격을 했다. 그녀 곁에서 갑자기 모습이 드러난 다른 유령들도 총을 발사하기 시작했다. 긴장과 흥분이 고조되는 와중에도 훈련을 통해 새겨진 몸의 기억이 되살아났다. 사이보그와 베테랑이 뒤쪽에서 힘겹게 저항하고 있었지만 돌아볼 시간이 없었다. 누군가 그녀의 마음과 몸을 계속해서 찔러왔다. 누군지는 몰라도 무척 강한 자였다.

유령들은 무기를 내려라. 다치게 하고 싶지는 않다. 하지만 저항하려 하면 끝장을 봐야 할 거다.

그 목소리는 천둥처럼 노바의 머릿속에 울렸다. 다른 유령들의 반응을 보면 모두 그 말을 들은 것이 분명했다. 그와 동시에 그녀를 찔러대던 힘이 더욱 강해지고, 그녀의 근육을 따라 흐르며 신경계를 장악하려 시도하는 것이 느껴졌다. 그녀는 거세게 저항하며 자신을 붙잡는 힘을 떨쳐냈지만, 다른 유령들은 그러지 못하고 제자리에 얼어붙었다. 모두의 무기도 갑자기 침묵했다. 자신들을 억누르는 정체 모를 힘에 저항하면서 유령들이 공포에 사로잡히는 것이 노바에게도 생생히 느껴졌지만, 아무도 그 힘에서 벗어나지 못했다.

소총 사격으로는 아무것도 맞추지 못했다. 보이지 않는 것을 공격하는 것은 불가능하다. 좌절감에 비명을 지르고 싶어졌다. 단 한 번의 빠르고 단호한 움직임으로, 테러리스트들은 그들의 전투복을 비활성화하고 유령들을 극도로 불리한 상황에 빠뜨렸다. 어떻게든 이 싸움을 공평하게 바꾸어 놓을 방법을 찾아야 했다.

생각해, 노바.

적이 명백히 우위를 점했지만, 아직 치명타는 날리지 않았다. 그들은 자신감이 지나쳤고, 자신감은 대개 약점으로 이어진다. 그 틈을 노리면 유령들에게도 단 한 번의 기회가 있었다.

사이보그와 베테랑은 물리적으로 공격당했다. 그러니 적어도 공격자 두 명이 조금 전까지 어디에 있었는지는 알 수 있었다.

노바는 몸에 익은 단 한 번의 부드러운 움직임으로 빙글 돌아서며 돌바닥 위에 가만히 누워 있는 두 명의 유령을 찾았고, 그와 동시에 전방으로 크게 도약하여 테러리스트가 서 있을 것으로 보이는 지점을 걷어찼다. 발이 무언가에 부딪히는 만족스러운 느낌을 만끽하며, 그녀는 한 손으로 베테랑의 위쪽 두 번째 지점을 향해 C-20A를 발사했다. 그리고 다시 사이오닉 에너지를 휘두르며 사이보그의 반대편으로 내려앉아 무엇이든 이용할 게 없는지 찾았다.

노바의 전투화와 격돌했던 지점에 다른 색깔이 피어났고, 누군가 울부짖는 소리가 그녀의 마음 속에도 퍼졌다. 그와 함께 두 명의 유령은 구속에서 풀려나 벌떡 일어섰다. 하지만 그 순간, 마치 추락하는 수송선이 덮쳐오기라도 하는 듯 무언가 그녀를 강타했고, 노바는 옆으로 나가떨어질 수밖에 없었다. 귀가 윙윙 울리고 눈앞에는 온통 별이 가득했다.

잠시 후 노바가 애써 정신을 차리자, 본격적인 전투가 벌어지고 있었다. 그녀의 공격을 시발점으로 유령들이 테러리스트의 정신 지배를 벗어났던 모양이었다. 그녀의 C-20A소총은 한 테러리스트의 전투복을 파괴했고, 그 덕분에 그의 모습은 일부라도 눈에 보였는데, 이제는 쓸모없어진 그의 팔을 따라 피가 흘러내리는 중이었다. 그는 온통 검은색 일색인 일종의 적대적 환경 전투복을 입고 낯선 소총으로 무장하고 있었지만, 그 총은 지금 발밑의 돌바닥에 나뒹굴었다.

베테랑이 제압사격을 하는 사이 세 유령이 그 적을 포위하고 땅에 쓰러뜨리는 모습이 보였다. 다른 보이지 않는 적과 격렬하게 싸우는 리셀은 자신의 몸에 박히는 총알을 보며 적의 위치를 파악하고 반격했다. 그녀는 체구는 작았지만 놀랍도록 빠르고 감이 좋았고, 지금도 적의 공격을 당당히 견뎌내고 있었다.

하지만 이제는 그런 모든 것이 중요하지 않았다. 노바는 자신이 공격자들을 감지할 수 있다는 사실을 깨닫고 깜짝 놀랐다.

물론 테러리스트들이 다른 사람들에게는 은폐 상태를 유지하더라도 서로를 감지할 방법이 있으리라는 건 짐작할 수 있었다. 하지만 적들의 주위에 희미하게 빛나는 오라는 지금까지 노바의 눈에도 전혀 보이지 않았었다. 그녀의 힘이 계속 강해지고 있거나, 아니면 알 수 없는 이유로 그들이 모습을 드러내기로 결정한 모양이었다.

이유는 상관없어. 어서 움직여.

노바는 C-20A소총을 들어 올린 후, 리셀과 장난을 치기라도 하듯 움직이는 형체에게 조준하고는 그대로 방아쇠를 당겼다. 총탄은 일직선으로 빠르게 날았고 둘 사이의 거리는 9미터도 채 되지 않았지만, 적은 무언가를 감지했는지 마지막 순간에 말도 안 되는 각도로 상체를 뒤쪽으로 구부려 피했고, 노바가 염력으로 조종하는 탄환도 미처 그 뒤를 쫓지는 못했다.

그래도 원래 적의 관자놀이를 꿰뚫어야 했을 총탄은 상대의 가면을 찢고 코와 위턱을 부쉈다.

테러리스트는 얼굴을 움켜쥐고 무릎을 꿇었다. 피와 하얀 뼛조각을 뱉어내며 부글거리는 숨을 토하는 동안 그의 은폐 장치가 작동을 멈추고, 적은 갑자기 모두의 눈앞에 모습을 드러냈다.

리셀이 그의 목을 걷어차 숨통을 부쉈고, 적은 그대로 조용히 쓰러져 내렸다.

둘 끝났고.

영혼 없는 분노의 외침이 노바의 머리를 꿰뚫었다. 그리고 또 한 명의 테러리스트가 전장에 뛰어들어서는, 리셀의 목을 붙잡고 그대로 들어올렸다. 그녀는 격렬하게 저항했지만 이내 온몸이 축 늘어졌고, 결국 단 한 차례 경련한 후 두 눈과 입에서 피를 흘리기 시작했다. 노바는 소총을 발사하고 탄환을 움직여 목표를 노렸지만, 테러리스트는 높이 도약하여 멀리 이동했다. 적은 비상경보를 듣고 사이렌을 울리며 달려온 경찰 병력에게 달려들어, 순식간에 저항하려는 상대를 모두 잔인하게 죽였다.

잠시 후 누군가 그녀의 손에서 C-20A소총 빼앗아 정원 저편으로 집어던졌다. 다른 존재가 다시 그녀의 정신을 찔러오는 것을 느끼고 노바가 고개를 들자, 황궁으로 올라가는 계단 아래 서 있는 형체가 보였다. 그 모습은 희미했지만, 오라는 창백한 초록색으로 빛나고 있었다. 그는 전투가 어떤 방향으로 흘러갈지 지켜보는 것 같았다. 그의 목소리가 노바의 머릿속에 침입했다.

테라진이 네 안에서 활동하고 있어. 너도 알타라에서 노출된 모양이군. 우릴 볼 수 있겠지?

그 남자가 깜짝 놀라는 것이 느껴졌다. 또 한 가지 일이 네 계획대로 풀리지 않은 거겠지, 라고 생각하며 노바는 아주 조금 만족스러운 기분을 느꼈다.

넌 누구냐?

가브리엘 토시. 아마 너도 나를 기억하고 있을 텐데.

그 이름을 듣자마자, 노바는 까마득한 예전의 시간 속에서 눈을 떴다.

… 식당에서 나머지 팀원들과 함께하던 때, 토시는 노바의 어깨에 팔을 두르고 리오가 한 말에 껄껄 웃으며 굵은 레게머리를 흔들었고….

… 둘은 부드러운 입맞춤을 나누며….

… 장교 후보생으로서 훈련 임무를 위해 시 행성으로 떠났던 그들은 어

느새 저그의 한가운데에 내몰려 진짜 전투를 벌여야 했고, 그렇게 구 가문의 마지막 혈통은 치명적인 위험에 처했다. 가브리엘 토시가 몸을 피하는 순간, 노바는 거대한 정신 폭발을 일으켜 저그를 휩쓸어버렸다….

… 기억이 소거된 후, 노바는 자치령이 시 행성에 의도적으로 저그를 끌어들였다는 토시의 말을 절대로 믿으려 하지 않았다. 구 가문의 아이들을 데려간 후, 멩스크가 비밀리에 그들을 모두 사라지게 하고 그 모든 일을 아무도 모르게 묻어 버렸다는 말도 믿을 수가 없었다….

… 그리고 언젠가 토시가 일급비밀 임무를 수행하던 중에 사망했다는 소식이 들려왔다….

노바는 고개를 흔들며 회상에서 깨어났다.

아니, 사실이 아냐. 넌 죽었어. 그런 일은 일어나지 않았어.

토시가 머릿속 영상을 보냈다. 시 행성의 황량한 대지를 달리던 그는, 저그 무리가 몰려드는 모습을 보며 자신이 제시간에 빠져나가지 못할 것임을 알았다. 하지만 그 순간 정신 폭발과 함께 순수한 에너지 파동이 휘몰아치며 저글링들은 바닥에 쓰러져 피눈물을 흘리며 죽었고, 토시는 공중으로 내던져졌다.

정말 일어난 일이야. 네가 정신 폭발로 놈들을 모두 파괴하던 그날, 나도 변했어. 네가 날 어떻게 한 건지는 모르지만 나도 바뀌었다고. 그 이유는 몰라도 어쨌든 그날 이후로 나는 달라졌어. 사관학교가 내게서 소거하려 했던 모든 것이 기억났지. 내가 허락하지 않는 한 누구도 내 생각을 읽을 수 없었고. 난 그 어느 때보다 강해졌어. 모든 것이 훤히 한 눈에 들어왔어. 그래서 나는 놈들이 유령들에게 하는 짓을, 멩스크가 그 아이들에게 하는 짓을 볼 수 있었고… 도망쳐야 했어. 그러지 않았다가는 놈들이 날 죽였을 테니까.

왜 우리에게 말하지 않았어?

그러려고 했어. 하지만 그날 저그와의 전투 이후 너흰 모두 기억을 소거 당했고, 날 믿으려 하지도 않았어. 하지만 그 과정도 내게는 소용이 없었 어. 나는 그저 묵묵히 기억 소거 과정을 견뎌내야 했지. 더는 그곳에 남아 있을 수 없었어. 그래서 무단이탈했고, 놈들은 내가 어디선가 멍청하게 죽 어 버렸다고 네게 말했을 거야. 그때도 자치령은 나를 추적하고 있었어. 알겠어? 놈들은 자신들의 목적을 위해서라면 무슨 짓이라도 해. 멩스크는 구 가문들의 마지막 핏줄을 없애기 위해 시 행성에 저그를 불러들였어. 우 리는 그 지옥에 뛰어들었던 거고. 어떻게든 우리가 그 전투에서 승리하고 나자, 그는 우리 기억을 소거하고 구 가문을 그냥 모두 없애버렸어. 그 모 든 일은 멩스크에게 그저 하나의 실험인 거야. 하나의 게임일 뿐이라고.

그럴 수는 없….

아니, 모두 사실이야. 그리고 나는 그 신념을 위해 살고 있어. 네 정신 폭발이 내 눈을 뜨게 했어. 자치령이 우릴 모두 노예로 만들었던 거야. 너 희는 우리 악령들을 테러리스트라고 부르지만, 정말 지독한 악당은 바로 멩스크란 말이야.

악령?

그래, 맞아. 노바 테라, 이제 나머지 유령들이 죽기 전에 그만 둬.

그녀는 주위의 전투가 잠시 중단되었음을 깨달았다. 계속해서 충격적 이고 혼란스러운 기억이 불러오는 압도적인 감정에 사로잡힌 채, 노바는 온몸을 부들부들 떨어야 했다. 알타라에서 만났던 꼬마 라일라와, 그 아이 가 했던 '악령'이라는 말을 떠올리자, 온몸의 피가 차갑게 식어가는 것만 같았다. 토시의 말은 사실일 수 없었다. 구 가문은 이미 멸망한 것이나 마 찬가지였다. 타소니스는 황폐화되었다. 노바의 가족도 영원히 사라졌다. 남은 이들은 멩스크에게 아무런 위협이 되지 않았다. 그런 짓을 했을 리가 없었다.

아냐.

그녀는 고개를 가로저었다. 그녀가 가브리엘 토시를 마지막으로 만났던 이후에 무슨 일이 일어났는지는 모르지만, 그는 제정신이 아닌 것이 분명했다. 자치령을 공격하는 독사 같은 토시의 행동은 질병과도 같았다. 역병이 널리 퍼지는 것을 막으려면, 그 머리를 잘라내야 했다.

"나는 X41822N 요원이야. 노바 테라는 죽었어."

그녀는 자신이 누구의 명을 따르는지 모두에게 알려주기라도 하듯 소리내어 말했다. 어쩌면 그건 노바 자신에게 하는 말이었을 수도 있었다.

그녀는 오른쪽을 흘긋 보며 분수대 속 6미터 높이의 멩스크 석상을 향해 정신을 집중했다. 그리고 분수대에서 그 석상을 뜯어내, 온 힘을 다해 토시에게 던졌다. 크기와 무게가 공성 전차와 같은 석상은 온 몸이 떨려오는 엄청난 소리를 내며 황궁의 계단과 충돌했고, 이후 위로 튀어올라 기둥 하나를 꿰뚫고 거대한 정문을 날려버렸다. 돌과 플라스크리트(테란의 건축자재. 플라스틱에 콘크리트를 더했다. – 편집자 주)가 쏟아져 내리고, 석상은 황궁의 벽 안쪽에 1미터 깊이로 파묻혔다.

먼지가 거대한 구름처럼 피어오르고, 잔해가 그녀 주위로 비 오듯 쏟아졌다. 노바는 먼지 구름에 몸을 감추고 숨을 멈춘 채 달렸다. 누군가 뒤쪽에서 총을 발사했다. 윙윙 소리와 함께 다가오는 총알들을 그녀가 조금씩 몸을 움직여 피하자, 탄환은 그대로 황궁의 정면에 맞아 튀어올랐다. 노바는 다시 염력으로 석상을 치워, 문이 있던 자리에 생긴 커다란 구멍을 노출시켰다.

토시는 건물 안쪽으로 사라졌다.

멩스크도 아직 안쪽 어딘가에 있었다. 원래 임무를 떠올려야 했다. 황제를 찾아내고 어떤 대가를 치르더라도 지킬 것.

노바는 부서진 계단 위를 달려 정면 입구로 뛰어들었다. 먼지가 잦아들고, 총탄은 계속해서 바깥쪽 돌 벽에 쏟아졌다. 노바는 기둥과 대리석으로 가득 찬, 너무 거대해서 소리가 울리는 현관에 들어와 있었다. 안쪽의 자동 방어 시설도 전혀 작동하지 않았다. 문에서 6미터 안쪽에 있는 초소는 텅 빈 채였다. 위험한 것은 없는지 스캔해 봤지만, 아무것도 느껴지거나 보이지 않았다. 그래도 만일을 대비하여 보조 무기를 꺼내고, 그녀는 황제의 집무실이 어디에 있었는지 생각해 내려 애썼다. 기억이 정확하다면 집무실은 이 건물의 중앙이었고, 그 주위를 회의실과 사무실, 식당 등이 몇 겹으로 둘러싸고 있었다. 대피실은 그 근처일 것이다.

그녀는 값비싼 유화 작품이 줄지어 늘어선 커다란 방을 또 하나 지나고, 짧은 통로 끝에서 왼쪽으로 돌아선 후 멈췄다. 다음 방에는 두꺼운 양탄자가 깔린 바닥에 사체가 널려 있었다. 모두 눈과 귀, 입에서 피를 흘리는 모습이었다.

이런 제기랄.

대학살이었다. 그 모습에 속이 거북해졌다. 그녀도 시체는 수없이 봤지만, 이곳에는 민간인도 섞여 있었다.

나도 좋아서 그러는 건 아냐, 노바. 네가 나타나지만 않았다면 우리도 금방 떠났을 거고, 이렇게 사람이 많이 죽을 일도 없었어. 네가 우릴 이렇게 만들었다고.

그녀는 좌우를 스캔하며 머릿속에 들리는 목소리가 어디서 나오는 건지 찾으려 했다. 하지만 방은 텅 비어 있었고, 이 방으로 통하는 문도 모두 닫힌 채였다.

어디 있는 거야, 토시? 이리 나와서 남자답게 싸워 봐.

너와 싸우고 싶진 않아. 그냥 내 말 좀 들어 줘. 친구로서 말이야.

넌 내 친구가 아냐. 이런 짓을 한 놈을 친구라고 할 수는 없어.

그녀는 사체를 지나고 방 반대쪽에 있는 문으로 빠져나가 황궁의 심장

부로 향했다. 이제 목표에 가까이 다가왔으니, 그녀도 더 조심스럽게 움직였다. 토시가 곧 행동을 취할 것이다.

전쟁에서는 희생자가 생기기 마련이야. 멩스크와 자치령은 부패했어, 노바. 넌 그런 남자를 위해 네 삶을 모두 바쳤다는 사실을 받아들이지 못하고 있는 거야. 그리고 넌 놈들이 우리에게 한 짓을 기억하지 못해. 그걸 기억했더라면, 이미 그 총을 내려놓고 내 곁으로 왔을 테니까.

식당을 지나 들어선 접견실은, 멩스크의 주 집무실로 통하는 객실처럼 보였다. 책상은 비어 있었지만, 그 뒤로 불쑥 뛰어나온 여자의 발과 피 웅덩이가 보였다. 책상 뒤쪽의 문은 닫혀있었다.

발아래 바닥이 조금 떨렸고, 황궁 외부에서 소란스러운 기척이 느껴졌다.

해병들이 도착했다, 토시. 비상 경찰 병력의 신호도 들어오고 있어. 넌 도망칠 수 없어. 지금 포기하면 살려는 주겠다.

큭큭대는 토시의 웃음소리가 노바의 머리를 가득 채웠다.

넌 현재 상황을 전혀 파악하지 못하고 있어. 이건 혁명이야. 해병을 아무리 많이 쏟아부어 봐야 혁명을 막을 수는 없어.

나와 유령들이 널 막을 거야.

너도 조만간 나와 함께하게 될 거야. 다른 사람들처럼 진실을 받아들이기만 하면 돼. 지금 게헤나 기지에는 캐스도 있고, 리오도 나와 함께야. 너만 들어오면 옛 팀이 다시 살아나는 거야.

그녀는 우뚝 멈춰섰다. 또 과거의 기억이 그녀를 채웠다. 사관학교의 동료 훈련병들, 전우, 형제 자매들, 자치령을 위해 함께 싸우던 그들.

캐스는 황제를 배신하지 않아. 그리고 리오는 세상을 떠났어… 죽었다고.

아냐, 리오는 죽은 게 아니라 데이터의 흐름 속으로 들어간 거야. 그는 뭔가… 다른 존재가 되었어. 더 강한 힘을 지니게 됐지. 내가 설명해 줄게, 노바.

그러기엔 너무 늦었어.

그녀는 책상 주위를 빙 돌아 지나가면서 비서의 시체를 내려다봤다. 너무 많은 사람이 죽었다.

그리고 노바는 경첩을 부수고 문을 떼어낸 후, 안쪽 방으로 들어섰다.

기대했던 것보다 훨씬 큰 방이었다. 타일을 깐 바닥과 가죽 소파, 값비싼 융단, 게다가 한쪽 벽면은 귀한 술이 가득한 호사스런 바였다. 이곳 황궁의 중앙에는 창문이 하나도 없었고, 그래서 여기와 그 너머의 공간은 더욱 안전했다.

황제의 책상 뒤로, 대피실로 통하는 묵직한 강철 문이 있었다. 평상시에는 옆으로 밀어 여는 벽면에 가려져 있던 문이었다. 다소 충격을 받긴 했지만 문은 아직 무사했다. 멩스크는 아직 무사했다.

그런데 그 모습을 보고 어째서 실망스러운 기분이 드는 거지?

노바는 공격이 이루어지기 직전에 상대의 행동을 감지할 수 있었고, 그래서 다행히 앞으로 풀쩍 뛰어 몸을 굴릴 시간은 있었다. 탄환은 그녀의 심장에서 불과 몇 센티미터 떨어진 곳을 지났고, 그녀의 어깨 위를 스치며 타오르는 불의 강을 남겼다. 다시 자리에서 일어나 돌아선 노바 앞에 한 여자가 나타났다. 은폐 상태에서 벗어난 그 악령은 이제는 익숙해진 검은색 전투복을 입고, 입가에 잔뜩 일그러진 미소를 띤 채 그녀 앞에 섰다.

그녀는 통 하나를 들고 말했다.

"깊이 들이쉬어. 그리고 빛을 바라봐."

그녀는 통 안의 내용물을 노바의 얼굴에 뿌렸다.

노바는 그 기이한 가스가 다시 한 번 그녀의 몸 안으로 침투하려 애쓰는 것을 느꼈다. 금속과도 같은 비릿한 피 맛이 끈적하게 혀를 감았다. 구역질이 날 것 같은 기분과 동시에, 그녀가 이 물질에 대해 얼마나 타는 갈증을 느꼈었는지가 실감되었다. 알타라에서 저그와 싸운 이후로 계속 그 맛을 갈망해 왔다. 아주 작은 불꽃놀이처럼 그녀의 눈앞에서 여러 가지 색깔이 폭발했고, 방은 희미하게 멀어져 갔다. 수많은 군중이 서로에게 속삭이기라도 하는 것처럼, 수많은 목소리가 사방에서 밀려들었다. 누군가 또 다른 사람이 멀리서 그녀를 향해 소리를 지르는 것 같았다. 하지만 그 사람이 무슨 말을 하는지는 전혀 이해할 수 없었다.

피투성이 손들이 안개를 뚫고 그녀에게 다가와, 유령 제복을 붙잡으며 핏자국을 남겼다. 그녀는 맹목적으로 팔을 휘둘러 밀어내려 했지만, 그 손아귀들은 한줄기 연기처럼 부서졌다가도 다시 촉수와 같이 둥글게 뭉쳐 다가왔다. 그녀가 몸을 움츠리자, 안개 속에서 여러 얼굴이 형체를 갖추기 시작했다. 큰 충격과 함께 깨달음이 찾아왔다. 그 얼굴들은 모두 페이긴의 앞잡이로 살았던 시절, 그리고 그 이후 유령 암살자로 활약한 시절 동안 노바가 죽인 사람들이었다. 무단이탈한 해병들과 황제에 대한 반역자와 UED 지도자와 첩자들이었다. 그 모든 것이 그녀에게 밀려들었다. 유령 프로그램을 통해, 또 멩스크 자신이 직접 그녀에게 전달했던 일급비밀 임무의 목표들이 보였다.

안개가 걷혔다….

아그리아 행성 빈민가, 어느 건물의 다 썩어 삐걱거리는 뒷계단을 노바는 조용히 기어올랐다. 비는 금속 지붕을 두드리고는 갈라진 홈을 타고 흘러내려와 그녀의 머리 위에 떨어졌다. 무기를 꺼내 든 그녀는 위쪽 아파트에서 들려오는 소리에 귀를 기울였다. 노바의 목표, 즉 전쟁 중에 자치령의 새로운 무기에 대한 정보를 용병단에게 넘겼다는 혐의를 받고 있는 예비역 하사관이 저녁을 먹고 있었다. 그는 때때로 목소리를 높이며 부인에게 욕을 퍼부었고, 여인은 정신없이 오가며 남편에게 치즈와 삶은 고기를 대접했다. 하지만 아무리 빨리 움직여도 남편을 만족시킬 수는 없었다. 노바에게도 퀴퀴한 음식 냄새가 풍겨왔다. 남자의 생각을 읽는 동안 그의 혀에서 느껴지는 음식 맛까지 같이 느낄 수 있었다. 아파트 내에서 또 다른 테란의 기척이 느껴졌지만, 그는 알파파 수면 장치에 연결되어 있어 아무런 위협이 되지 않았다. 그래서 그녀는 계속해서 조용히 위로 올라갔다.

노바는 층계참 위에서 귀를 기울이며 잠깐 기다린 후, 문을 박차고 들어가 C-10소총을 앞세우고 방을 살폈다. 총구는 식탁 뒤에 숨은 남자에게 고정한 상태였다. 상의에는 온통 음식을 흘린 자국이 가득하고, 오랫동안 계속된 나태한 생활에 배가 잔뜩 나왔으며, 빨갛게 충혈된 두 눈이 맹목적인 공포에 사로잡힌 보잘것없는 사내였다. 자그마한 원숭이 애완 로봇이 끼익, 하는 소리와 함께 의자 뒤로 숨었다. 한때 어린아이가 좋아했을 만한 장난감이었겠지만, 이제는 털이 다 해져 금속 몸통이 드러나고, 관절이 온통 녹이 슬면서 모터에서도 덜컥거리는 소리가 났다. 끔찍한 곰팡내와 시가 연기가 방을 가득 채웠다.

부인이 소리를 질렀다.

"안 돼, 쏘지 말아요! 남편은 아무 잘못도 없다고요!"

하지만 노바는 명령을 수행해야 했기에, 전방 표시 장치로 목표를 확인했다. 그리고 그녀는 망설이지 않았다.

폭발은 남자의 가슴에 주먹만 한 구멍을 남겼고, 의자에 앉아 있다가 뒤로 날아간 그는 바닥에 모로 떨어졌다. 그가 가슴을 움켜쥐었지만 피는 계속 솟구쳤고, 헐떡이던 남자는 이내 숨을 거뒀다. 여자는 제정신이 아닌 듯 계속해서 비명을 질렀고, 그녀의 머리 속으로 들어간 노바는 절망에 빠진 상대의 고통을 고스란히 느꼈다. 그녀는 남편이 없이는 살 수가 없다고 확신했다. 비록 그가 술에 취하면 부인을 폭행하고, 침대에서도 주먹으로 때리고 깨물기를 좋아하던 망나니였지만.

원숭이는 빠르게 방을 가로질러 달렸다. 문가에 움직임이 느껴졌다.

C-10소총의 총구를 빙글 돌린 노바의 눈앞으로 어린 소년 하나가 걸어 나오는 모습이 보였다. 눈이 부신지 한 손으로 얼굴을 문지르고, 다른 손에는 원숭이의 앞발을 붙잡고 있었다. 아이의 금발머리는 온통 헝클어져 부스스했고, 잠에 취했던 두 눈은 어느새 충격으로 동그래졌다. 하마터면 노바의 손가락이 방아쇠를 당길 뻔했지만, 가까스로 힘을 빼서 총이 발사되는 걸 막을 수 있었다.

아이는 비명을 지르며 방을 가로질렀다.

"아빠! 아빠, 왜 그래? 피가 나는 거야?"

그리고는 엄마를 보며 말했다.

"아빠 아파. 의사 선생님을 불러야겠어. 엄마, 빨리빨리!"

하지만 엄마는 아이를 바라보지 않았다. 그녀는 노바에게 달려들어 주먹으로 유령의 가슴을 치고, 머리보호구를 할퀴며 흐느꼈다. 정신없이 쏟아지던 분노는, 노바가 개머리판으로 부인의 관자놀이를 때려 쓰러뜨린 후에야 겨우 멈췄다.

아이는 다시 비명을 질렀다. 노바는 뒷걸음질치며 아파트를 빠져나가 층계참으로 돌아왔고, 은폐 장치를 가동한 후 계단을 한 번에 세 개씩 뛰어 내려왔다. 지금 이 상황에 뭔가 잘못된 것이 있음을 감지했지만, 그게 정확히 무엇인지는 알 수가 없었다. 그녀의 목덜미에 서늘한 비가 떨어지고, 노바는 진흙투성이 거리로 내려와 사람들의 시선에서 사라졌다. 늘 그렇듯 희생자들만을 뒤에 남겨 두고, 또 다른 죽음을 불러들인 유령은 밤의 어둠 속으로 사라졌다.

마음 속에 머물고 있던 어린 소년의 모습이 알타라의 소녀 라일라로 변했다. 공포에 질려 창백해진 소녀의 얼굴을 보자 속이 뒤틀렸다. 노바는 뒤로 돌아 도망치려 했지만, 페이긴이 앞을 막아섰다. 그는 그녀를 흘긋 보며 말했다.

"그래, 넌 그런 남자를 위해 일하고 있어. 널 보내 더러운 일을 처리하게 하고, 구원을 받을 기회도 주지 않고 사람들을 처형하지. 네가 죽인 남자가 첩자가 아니란 사실은 너도 알고 있잖아. 빌어먹을, 넌 그 남자의 생각을 읽었어. 그런 정보를 접시에 담아 건네줘도 아무것도 하지 못할 사내라는 건 너도 알고 있었어. 그는 구 연합의 한 장군의 동생이었어. 낮은 등급의 텔레파시 능력자였고. 멩스크는 유령이 그를 직접 죽이게 해서 특별한 메시지를 전하고 싶었던 거야. 매듭을 짓겠다는 거지. 알아? 전쟁이 끝났으니, 적은 모두 밟아 죽여야 하는 거니까. 그 녀석에게는 모든 게 체스 한 판에 불과했어. 그래서 이제 그 꼬마는 아버지 없는 아이로 자라고 있는 거야."

그는 한 걸음 다가와 피투성이 손을 그녀를 향해 뻗고는, 그녀의 팔을 따라 손가락을 움직였다.

"넌 내가 나쁜 놈이라고 생각했었지. 네 엄마가 그 일에 대해선 뭐라고 할까? 자기 딸이 공정한 재판도 없이, 무죄를 증명할 기회도 주지 않고 사람들을 죽여버린다는 사실을 알게 되면? 테라 가문은 그렇게 살지 않았을 텐데? 아니, 원래 그랬을 수도 있지. 어쩌면 네 안에는 살인자의 피가 흐르는지도 몰라."

노바는 페이긴을 향해 주먹을 휘둘렀다. 그녀의 손은 어느새 자욱하게 고여 휘도는 안개를 갈랐지만, 아무것도 맞히지 못했다. 페이긴은 이미 사라진 후였다.

회상에서 깨어난 그녀는 자신이 바닥에 누워 있다는 사실을 깨달았다. 검은 옷을 입은 여자가 노바를 내려다봤다. 상대는 한 손에는 가스통을, 그리고 다른 손에는 노바의 소총을 들고 있었다. 그 모든 공격이 이루어진 건 겨우 몇 초에 불과했지만, 겁에 질린 라일라의 얼굴은 계속해서 그녀의 마음속에 남았다.

여자의 불타는 듯한 붉은 머리카락이 눈에 들어왔다. 딜라나 오킬. 노바도 기억하는 얼굴이었다. 사관학교에서부터 알던 사이였다. 두 팀으로 나뉘어 훈련 내내 티격태격하다가, 결국 힘을 합쳐 시 행성에서 저그와 싸워야 했던 사이.

이제 그 말을 다 믿고 있는 거야? 그렇게 쉬운 거였어?

한 가지는 확실했다. 노바는 그 당시에도 딜라나를 싫어했지만, 지금은 더 싫었다.

뒤쪽 문간에 토시가 보였다. 그도 은폐 상태가 아니었다. 기억 속 모습보다 레게 머리가 더 길고 더 굵었다. 더욱 건장해진 몸매는 전투복 아래로 무척 단단한 근육을 감추고 있었다. 그리고 또 달라진 게 있었지만, 무엇인지 알아내는 데는 시간이 다소 걸렸다. 그녀가 토시를 마지막으로 본 이후로, 그의 두 눈은 우윳빛으로 변해 있었다. 그 눈은 마치 불운한 사고로 인해 앞을 보지 못하게 된 것만 같은 불편한 모습이었지만, 토시는 그 어느 때보다 확신에 찬 움직임을 보였다.

앞서 받은 공격 때문에 노바의 등은 여전히 뜨거웠고, 축축한 액체가 손목을 따라 흘러 떨어지는 것이 느껴졌다. 생생했던 환각 때문에 여전히 떨리는 몸을 진정시키며, 그녀가 말했다.

"내 머리 속에 나타난 건 페이긴이 아니었군. 바로 너였어. 지금 네가 보여주고 싶은 기억을 내게 주입하는 거 아냐?"

"난 그렇게 할 필요가 없어. 네가 본 기억이라면, 그건 모두 실제로 일어났던 일이야."

토시는 한 걸음 다가와 말을 이었다.

"네가 아직 떠올려야 할 게 많아. 너 자신을 이해하려면 꼭 필요한 기억들이야. 멩스크는 죗값을 치러야 해. 우리 같이 놈을 대피실에서 끌어내자. 그리고 우리와 함께 가자. 영원히 자유인이 되는 거야."

"넌 여기서 빠져나갈 수 없어."

토시는 쿡쿡 웃으며 목이 쉰 듯이 걸걸하고 낮은 목소리로 말했다.

"내가 뭘 할 수 있는지 넌 몰라, 노바. 테라진 덕분에 나는 꿈도 꾸지 못했던 힘을 손에 넣었어. 내가 처음에 그랬던 것처럼, 너도 모든 일에 의문을 품게 될 거야. 그리고 결국엔 돌아오는 기억들과 타협을 하게 되겠지. 유령에게는 쉬운 일이 아니란 걸 나도 잘 알고 있어. 넌 너무 오랫동안 기억을 소거당해서, 이제는 사실이 무엇인지도 모르는 거야. 내가 여기에 온 건, 이게 평화를 향해 가는 길이 아님을 보여주고 싶어서야. 이런 황궁 안에서 살고, 군부대를 더 크게 키우고, 사람들을 등 뒤에서 찔러 죽이면서, 부관들을 시켜 외곽 행성에 고문실을 짓고, 식민지인들을 말려 죽이는 일은 있어서는 안 돼."

토시는 고개를 가로저었다. 레게 머리가 뱀처럼 꿈틀거렸다. 그리고 다시 말을 이었다.

"가장 능력이 뛰어난 병사들을 살인 기계로 만들고, 마음껏 부려먹다가 껍질만 남으면 쓰레기처럼 버려버리는 일은 있어서는 안 된다고."

아냐, 난 이걸 원했어.

노바는 눈을 감았다. 유령 프로그램에 입학하겠다고 마음먹었을 때, 그건 완벽한 탈출구처럼 보였다. 사이오닉 능력을 지닌 많은 테란들이 마치 도살장에 들어서는 송아지처럼 발버둥치며 사관학교에 끌려가는 모습을 봐 왔지만, 노바 테라는 달랐다. 그녀에게 유령이 된다는 것은 축복과도 같은 망각을 맞이할 기회였고, 머릿속에서 끊임없이 울리며 결코 그녀에게 휴식을 허락하지 않는 목소리들을 잠재울 마지막 수단이었다.

그 목소리들이 다시 돌아왔고, 이제는 그 수가 더 늘었다. 더 많은 목소리가 추가되었다. 거듭된 기억 소거로 침묵에 잠겼던 목소리들이 이제는 노바에게 더 큰 목소리로 아우성을 쳤다.

촉촉해진 눈을 뜨자 악령 둘이 조용히 그녀를 바라보고 있었다. 마치 대답을 기다리는 것 같았다.

"이게 조금이라도 나은 것 같아? 주위를 둘러봐. 넌 혁명이라는 이름으로 사람들을 살해하고 있어. 다들 어쨌든 죽는 거야. 누가 죽였는지가 중요할 것 같아?"

토시는 한숨을 쉬고는, 손 안에서 삑삑 소리를 내기 시작한 원격 콘솔을 내려다봤다.

"리오야. 해병들이 정문을 통과했다고 하네. 시간이 별로 없어. 네가 도와준다면 대피실을 열 수 있을 거야."

그는 그 묘한 시선을 노바의 얼굴에 고정시켰고, 그녀는 상대가 부드럽게 그녀의 마음을 더듬으며 그녀의 진심을 찾으려 하는 것을 느꼈다.

넌 처치할 수도 있었겠지만, 우린 너와 함께하길 바랐어. 넌 우리 계획의 열쇠야. 우리가 모였을 때 얼마나 괜찮은 팀이었는지 난 아직도 기억해. 다시 한 번 그렇게 될 수 있어. 이번에는 우리가 큰 의미가 있는 행동을 하게 되는 거야.

딜라나의 시선이 노바와 토시 사이를 오갔다. 그녀는 온몸을 부들부들 떨고 있었고, 총을 어찌나 꽉 쥐었는지 손 관절이 하얗게 변했다. 딜라나가 입을 열었다.

"그 녀석은 마음을 고쳐먹지 않을 거야. 난 알아. 노바가 꼭 필요한 건 아니잖아."

그녀가 다시 노바를 향해 돌아섰고, 딜라나의 두 눈은 번득였다.

"저년이 우리 동료들을 죽였어. 차라리 지금, 기회가 있을 때 노바를 없애 버리자고."

"어디 한번 해 보시지."

노바가 자리에서 일어서며 말했다. 몸을 움직이는 게 고통스러웠다. 그녀는 총을 향해 손짓했다. 오른손 손가락에서 피가 방울져 바닥으로 떨어졌다.

"거기 내 총을 갖고 있는 것 같은데, 돌려줘."

딜라나가 대답했다.

"돌려줄 거야. 물론 넌 그 방법이 마음에 들지 않겠지만."

건물 전체가 흔들렸다. 책상 위에 있던 유리 모형이 바닥으로 떨어져 산산이 깨졌다. 딜라나가 대피실 문을 가리키며 다급하게 말했다.

"놈들이 오고 있어. 네가 도와주든 말든, 우린 저 안으로 들어갈 거야. 그러니 이제 우리 앞에서 꺼져. 안 그러면 내가 두 동강을 내줄 테니까."

그만해!

가브리엘 토시의 목소리가 둘의 머릿속에서 천둥처럼 울렸다.

이래서는 안 돼. 우리가 서로를 적대시해서는 안 된다고. 딜라나, 가자. 지금은 노바와 싸우지 않겠어. 다음에 또 기회가 있을 거야.

"하지만, 정말 거의 다 끝났는데…."

노바는 토시의 눈을 바라보며 말했다.

"널 보내줄 순 없어. 너도 알잖아."

"마음대로 해봐."

그렇게 말한 그는 천정을 올려다보며 웃었다. 그리고 은폐 장치를 가동시키며 뒤로 돌아 그 방을 떠났다. 그 자리에 남은 건, 서서히 사라져 가는 그의 오라가 노바의 눈에 남긴 잔상뿐이었다.

딜라나가 총을 노바의 발치에 던지며 말했다.

"조만간 다시 만나자. 우릴 쫓아올 생각은 하지 마. 그랬다가는 좋은 꼴을 보지 못할 테니까."

돌아서는 그녀의 모습도 깜빡이며 사라졌다.

왜 저들의 뒤를 쫓지 않는 거지?

그렇게 생각하면서도, 노바는 몸을 움직일 수 없었다. 갑자기 너무 피곤했다. 황제는 안전했고, 그게 그녀가 이곳에 온 목적이었다. 목표를 완수한 지금, 싸움을 계속한다는 것은 그녀에게 너무 벅찬 일이었다. 그 둘과 맞서 싸우면 상대가 될 수 있을까?

어쩌면 토시의 말이 맞을지도 몰라. 난 그저 진실을 마주할 자신이 없는 건지도 몰라.

상처에서는 계속해서 피가 흘러내렸다. 그녀는 신소재 강철 문에 등을 기대고 천천히 미끄러져 내리다가 주저앉았다. 그리고 해병들이 나타나기만을 기다렸다.

제14장

대피실

노바는 자신이 얼마나 오랫동안 그렇게 앉아 있었는지 알지 못했다. 영원처럼 느껴졌지만 아마도 한 순간에 불과할 시간이 지나고, 육중한 전투 장비를 갖춰 입은 해병이 쿵쾅거리는 발소리와 함께 들이닥쳤다. 해병은 자세 제어 장치를 윙윙거리며 거대한 총 뒤에 도사린 매서운 눈으로 방 전체를 훑었다. 노바를 발견하자 총구는 우뚝 멈춰서며 그대로 그녀의 머리를 겨냥했다. 해병이 소리쳤다.

"너, 움직이지 마!"

"X41822N, 자치령 요원이다. 황제 폐하는 무사해."

그리고 그녀는 정신을 잃었다.

노바는 부모님 소유의 마천루 바깥의 장원을 달렸다. 태양이 내리쬐어 정수리를 뜨겁게 달궜고, 그 열기 속에 근처 분수의 물이 아른거리며 빛났다. 누군가 그녀를 쫓고 있었다. 아마 늙은 유모일 것이다. 노바가 아주 어린 꼬마였을 때 종종 하던 놀이였다. 일종의 숨바꼭질 같은 놀이였지만, 이걸 할 때면 유모는 항상 신경질을 내곤 했다.

노바는 유모가 기쁜지 슬픈지 항상 알 수 있었다. 모든 사람의 기분을 항상 알아버렸다. 아버지 콘스탄티노는 그걸 감정이입의 재능이라고 불렀다. 아버지에게서 물려받은 것이었다.

고개를 숙이고 건물 안으로 들어가서 엘리베이터로 향하는 동안 지금의 상황이 이해되기 시작했다. 상대는 유모가 아니었다. 나이가 너무 많았다. 그녀의 뒤를 쫓는 건 사람이 아니라 끔찍한 공포였다.

그녀는 막 열다섯 살이 되었고, 부모님은 그녀를 티라도 9행성에 있는, 건방진 부잣집 아이들을 위한 리조트에 보내려 하고 있었다. 코랄 행성에 대한 공격에 보복한다는 이유로 타소니스의 구 가문들을 노리는 저항 세력으로부터 딸을 보호하기 위한 조치였다. 구 연합을 전복시키는 것이 이들 세력의 궁극적인 목적이었다. 몇몇 가문의 구성원들이 끔찍한 방식으로 처형당했고, 노바 아버지의 호버바이크 공장도 며칠 전 공격을 받았다. 여객선에 탑승한 다른 아이들은 길고 평화로운 휴가를 보내러 떠난다는 생각에 그저 기뻐할 뿐이었고, 노바가 기뻐하지 않는 이유를 이해하지 못했다. 그러나 노바는 공포에 사로잡혀 여객선을 빠져나와야 했다. 집에 남은 부모님이 공격을 받고 있는 것이 느껴졌다. 이건 단순한 직관이 아니었다. 그녀가 직접 목격하기라도 한 듯한 진실이었다. 어떻게든 해야 했다. 너무 늦기 전에.

건물은 지나치게 조용했다. 엘리베이터를 타고 펜트하우스로 올라가는 동안 공포는 점점 커져만 갔다. 노바는 이곳에서 일어난 일을 이미 한 번 겪었었다. 이제 무엇을 보게 될지 벌써 알고 있었다.

엘리베이터 문이 열리고 그녀의 가장 끔찍한 악몽이 눈앞에 펼쳐졌다.

어머니와 아버지가 모두 죽고, 오빠는 무릎을 꿇었다. 몇몇 하인들이 벽을 등지고 줄지어 섰고, 일련의 무장한 사람들이 그 주위를 둘러쌌다. 어머니가 믿었던 친구, 에드워드 피터스도 그 무장 세력 중 하나였다. 그녀가 보던 에드워드는 차갑고 지루한 사람이었다. 그래도 어떻게 이런 짓을 할 수 있을까?

방에 들어서는 순간, 노바의 분노와 공포는 고동치는 괴물로 살아나, 그녀의 두뇌를 마구잡이로 할퀴며 내보내 달라고 애원했다. 에드워드가 구스타보 맥베인에게 오빠의 머리를 날려버리라고 명령했을 때, 그리고 다시 에드워드가 노바를 향해 총을 겨눴을 때, 그녀는 고통에 찬 비명을 지르며 그 괴물을 풀어놓았다….

"노바."

낯익은 목소리였다. 그 목소리에 기운을 얻은 노바는 괴물의 꿈틀거리며 타오르는 꼬리를 붙잡고, 다시 자기 안으로 끌어들였다. 몸이 덜덜 떨리고 한숨이 새어 나왔다. 공포가 조금씩 사라지기 시작했다.

"이봐, 제길, 일어나 봐. 나한테 이러지 마."

노바가 두 눈을 뜨자, 맬 캘러키안이 얼굴 가득 걱정스러운 기색을 담은 채, 몸을 구부리고 그녀를 들여다보고 있었다. 그의 생각은 온통 혼란에 빠져 뒤죽박죽이었지만, 노바를 잃어버릴지도 모른다는 사실에 대한 공포만은 분명히 느낄 수 있었다. 그런 걱정하는 마음이 반가웠던 노바는 한 손을 들어올려 까칠한 그의 볼을 살며시 더듬고는, 누가 꾸짖기라도 한 듯 재빨리 손을 내렸다. 캘러키안은 깜짝 놀라 뒤로 물러섰다.

충동적인 행동이었다. 물론 평상시에는 그녀가 쉽게 하지 않았을 행동이었다. 지금까지 누구도 그녀에게 이런 애정을 보여준 적이 없었다. 아니, 적어도 부모님께서 돌아가신 이후로는 늘 그랬고, 그래서 그녀 역시 다른 누구에게도 애정을 보여주지 않았다. 그녀는 외톨이였고, 살아 있는 무기였다. 각 임무를 마친 후에는 삶을 모두 소거해 버리고 다시 시작해야 했기 때문에, 장기적인 관계라는 것을 형성하는 게 불가능했다. 그게 노바가 선택한 삶의 방식이었고, 그녀는 후회하지 않았다.

하지만 지금, 모든 것이 달라졌다.

그녀는 두 눈을 깜박이며, 손으로 눈을 가리고 싶다는 마음을 억눌렀다. 해병들이 그녀를 휴대용 들것에 실어 대피실 문 밖으로 옮겨 놓았지만, 아직은 멩스크의 집무실 안에 있었다. 모든 것이 더 날카롭고 강렬해졌으며, 그녀의 감정 역시 마찬가지였다. 생생한 세상이 눈에 들어왔다. 온갖 색상이 더 현란해졌다. 소리도 더 크고 명확하게 구분되었다. 노바는 자신과 캘러키안의 마음이 하나로 연결되고, 지금까지 경험하지 못한 방식으로 서로의 생각을 공유하게 되었음을 느꼈다.

그녀의 피투성이 손은 마치 낙인처럼 맬의 볼에 붉은 자국을 남겼다.

"괜찮은 모양이네. 네가 어떻게 될지도 모른다고 생각했어. 그건 정말… 끔찍한 일이었겠지만… 의무병이 오고 있어. 그러니 잠깐만 참아."

맬이 얼굴을 붉히며, 소란스러운 잡담으로 방을 가득 채우는 해병들을 둘러봤다.

노바는 도무지 집중할 수가 없었다. 해병들의 마음의 소리는 귀청이 터질 듯 소란스러웠고, 신경 삽입물도 아무 도움이 되지 않았다.

테라진이 작용하는 건가?

캘러키안이 그녀를 뚫어져라 바라봤다.

"테라진?"

그녀는 한숨을 쉬고, 바싹 마른 입술을 축이며 말했다.

"알타라에서 우리가 노출됐던 가스를 그… 악령들이 테라진이라고 불렀어요. 우리가 생각했던 대로 사이오닉 능력을 증폭시키는 효과가 있어

197

요. 그들은… 도망치기 전에 제게 그 가스를 살포했고요."

"이런 젠장, 함정인 줄 알았어. 내가 여기서 너랑 함께 있었어야 하는데."

켈러키안은 손바닥을 가죽 외투 위에 문지른 후, 그녀의 팔을 붙잡으려 하다가 생각을 고쳤다. 얼굴이 다시 붉어졌다. 그의 분노가 점점 커지고 있음을 노바는 느낄 수 있었다.

노바는 고개를 저었다. 현기증이 덮쳐왔다.

"놈들이 당신을 해쳤을 거예요."

그 순간 무언가 다른 것이 생각나 벌떡 일어서려 했지만, 켈러키안은 부드럽게 그녀를 밀어 다시 앉혔다.

"우리 팀원들은… 괜찮아요?"

그의 눈에 담긴 표정이 노바에게 모든 것을 말해줬다.

"노바, 안타깝지만, 두 명이 실종되고 나머진 죽었어. 그래도 그 망할 녀석들 몇 명은 해치운 모양이야. 아니, 네가 한 일인지도 모르지만."

그는 어깨를 으쓱하고 말을 이었다.

"네가 아우구스트그라드에 도착하고 몇 분 후에 팀과 교신이 끊겼어. 그 후로는 통신이 모두 마비돼서, 여기서 무슨 일이 있었는지는 아무 기록도 없어."

"황궁 경비 카메라에는 찍힌 게 없나요?"

"모두 꺼져 있었어. 시스템에 발생한 일종의 버그 때문에 카메라는 다 꺼지고, 데이터도 모두 엉망이 됐더라고."

리오.

그녀는 가브리엘 토시를 상대하며 알아낸 사실을 가능한 한 자세하게 설명했다. 이야기가 계속될수록, 맬은 점점 더 믿지 못하는 눈치로 변해갔다.

"미친 소리 같다는 거 알아요. 하지만 적어도 그 중 일부는 사실이에요. 이 모든 일의 배후에는 한때 유령이었던 자가 있어요. 제 두 눈으로 봤다고요. 테라진 때문에 이성을 잃은 것 같았어요. 그는 황제가 부패했다고 주장하며, 자치령 전부를 무너뜨릴 생각이에요."

켈러키안의 눈빛이 어두워졌다.

"너도 그렇게 생각하는 거지?"

"나는… 아니, 당연히 아니에요. 그자가 조금 불편한 얘기들을 했어요."

"내가 멩스크에 대해 어떻게 생각하는지 알잖아. 하지만 그래도 정체도 알 수 없는 자들보다는 낫지 않겠어?"

켈러키안은 뒤쪽에서 중장비를 들고 계속해서 사무실 안을 들락거리는 기술자를 흘긋 바라봤다. 대피실 문이 손상되어버린 바람에 멩스크 황제를 구해내는 데 시간이 많이 걸리는 모양이었다. 기술자 한 명이 윙윙 소리와 함께 레이저 천공기를 가동시킨 후, 신소재 강철 경첩을 잘라내기 시작했다. 맬은 조용히 속삭였다.

"내 얘기 좀 들어봐. 자세한 얘기는 나중에 하겠지만, 일단 여기서 무슨 일이 있었는지 사람들이 알아내려고 할 거야. 넌 적어도 홀러에게는 영웅이지만, 스폴딩은 여전히 너를 잡아먹으려고 이를 갈고 있어. 벌써 공식적인 감사를 요구하더라고. 그리고 워드도 그자의 편에 붙었고. 녀석들은 그 테러리스트들이 어떻게 빠져나갔는지, 또 왜 너만 살아남았는지 알아내려고 혈안이 돼 있어."

"적들이 정원에서 우릴 공격했어요. 기습을 해서 우리 전투복을 먼저 해제시켰죠. 너무 강했어요. 저도 처음 보는 능력을 사용했고요. 다른 유령들은 상대도 되지 않았죠. 저는 토시를 쫓아 여기까지 왔는데, 가스에 당했던 거예요."

맬도 이번에는 노바의 팔에 손을 얹었다. 그의 온기와 힘이 그녀에게로 흘러드는 것이 느껴졌다.

"여기 모습을 보면, 네가 꽤나 고생했다는 것 정도는 다 알 수 있어. 정말 잘했어. 그런데 넌 정말 괜찮아?"

"난… 잘 모르겠어요. 뭐라도 더 했어야 하는데… 우리 임무는 놈들을 막는 거였잖아요, 맬. 출혈을 늦추기만 하는 게 아니라요."

"실례합니다. 환자분 상처를 확인해야 해서요."

두 사람의 뒤로 의무병 하나가 보급품 가방을 들고 다가왔다. 열린 보안경 안쪽으로 예쁘고 앳된 얼굴과 단정히 묶은 금발 머리가 눈에 띄었다.

"등이 심하게 베었습니다. 잘 돌봐 주세요. 아시겠죠?"

켈러키안이 그렇게 말하며 일어서서 노바와 조금 거리를 두고 섰다.

의무병은 고개를 끄덕이며 무릎을 꿇고, 가방에서 장비를 꺼냈다. 그녀는 유령을 치료한다는 사실에 그녀가 불편함과 함께 경이로운 기분을 느끼는 중이었고, 그 마음을 읽은 노바는 애써 웃으며 말했다.

"물지 않아요. 진통제는 쓰지 말아 주실래요? 정신을 차리고 있어야 하거든요."

"아니, 자동 봉합기를 써야 해요. 아마 많이 아플…"

켈러키안이 끼어들었다.

"해 달라는 대로 해 주세요. 팔라틴호에서 다시 만나자. 자세한 얘기는 그때 하자고."

"맬, 잠깐만요. 잠깐만… 여기서 함께 있어 줄래요?"

뜻밖의 부탁에 그는 깜짝 놀랐지만, 동시에 무척이나 기뻐했다.

"그래, 얼마든지. 그냥 네가 혼자 있는 게 낫지 않을까 해서 그랬어."

그리고 그는 애써 아무것도 듣지 못한 체 하는 의무병을 향해 손짓을 했다.

"저 아가씨가… 음, 네 전투복 일부를 잘라내야 할 테니까."

이번엔 노바의 얼굴이 붉어질 차례였다.

"앞쪽은 가릴 거예요. 그래도 당신이 같이 있었으면 좋겠으니까 걱정 말아요."

"너만 좋다면 나는 괜찮아."

그렇게 말하면서도 맬이 정말 괜찮아 하지는 않는다는 사실을, 노바는 이미 알고 있었다. 그는 자신의 생각을 드러내지 않으려고 안간힘을 쓰는 중이었다. 그녀는 그의 짐을 덜어주려고 다른 얘기를 꺼냈다.

"아, 토시가 또 다른 얘기도 했어요. 이제 생각났네요. 게헤나 기지에 캐스 톰을 데리고 있다고 했죠. 그런 곳에 대해 들어본 적 있어요?"

"아니. 일단 전투복 컴퓨터로 확인해 볼게. 톰은 알타라에서 사라진 유령이야. 사관학교에서 너희 팀이었지? 토시와 리오도 그렇고. 그 녀석들 지금 대체 무슨 꿍꿍이인 거야?"

"저도 잘 모르겠어요. 이제부터 알아내야죠."

• • •

20분 후, 의무병이 노바의 상처를 치료하고, 소독하고, 자동 봉합기를 사용하여 꿰맸다. 다행히 어깨 근육의 상처는 생각보다 얕았다. 다량의 출혈이 우려되어 의무병은 노바를 팔라틴호의 의무실로 보내려 했지만, 노바가 거부했다. 해병들이 멩스크를 구해내는 순간, 이곳에 있고 싶어서였다.

이내 대피실 문 앞에서 작업을 하던 기술자들이 고함을 치며 뒤로 물러섰고, 1미터 두께의 신소재 강철판이 경첩에서 떨어져 비틀거리다가 뼛속까지 울리는 커다란 굉음을 내며 쓰러졌다. 바닥 타일이 모두 부서지고 숨막히는 먼지 구름이 피어올랐다.

먼지가 가라앉고 모여든 해병들이 우렁찬 환호성을 외쳤지만, 아크튜러스 멩스크 황제가 밝은 빛 속으로 걸어 나오는 순간 주위는 온통 고요해졌다. 황제는 천으로 입과 코를 가리고, 무시무시하게 번뜩이는 눈길로 방을 훑어보았다. 그는 낯익은 갈색 가죽 외투를 입고 두꺼운 옷깃을 높이 세웠고, 건장한 상체엔 흉갑을 단단히 묶었으며, 갈색 가죽 장화의 끈을 중간까지 단정히 묶은 모습이었다. 회색으로 센 장발은 뒤로 정갈하게 넘겼고, 수염도 희끗희끗하게 물드는 중이었다. 대피실 안에서 몇 시간 갇혀 있었기 때문인지 다소 헝클어진 모습이었지만, 그래서 더욱 위협적이기도 했다.

입을 가렸던 천을 발치에 떨어뜨리고 출구를 가린 거대한 문을 돌아 나온 황제는, 침묵 속에 도열한 해병들과 경찰 병력들을 둘러보면서도 늘 하던 격려의 말은 꺼내지 않았다. 그저 무시무시한 분노의 파동을 내뿜을 뿐이었다. 몇몇 해병은 불안한 듯 발을 바꾸기 시작했다. 이렇게 막강한 존재가, 경비병들이 뻔히 지켜보는 가운데 목숨을 잃을 뻔했으니, 지금 그의 앞에 선 자신들이 얼마나 위험한 상황에 처해 있는지를 이제야 깨닫는 모양이었다. 황제가 세운 아우구스트그라드는 막강한 요새였다. 그의 권력과 영향력의 상징물이었다. 그런데 고작 암살자 몇 명이 숨어들어 단 몇 시간 만에 그를 속수무책으로 만들었다.

멩스크의 시선은 켈러키안에게서 멈췄다. 그는 외부로 나가는 문 근처에 서 있다가, 지금은 들것에서 일어선 노바 곁으로 다가왔다.

황제는 두 사람을 가리키며 말했다.

"너희 둘, 여기서 기다려라. 나머지는 모두 나가. 이 방을 비워라. 내 명령이 있기 전까진 100미터 이내로 누구든 접근해선 안 된다. 그리고 이번 일을 누구에게도 발설하지 마라. 그 정도는 할 수 있겠지?"

웅얼거리는 소리와 함께 몇몇이 "네, 폐하!"라고 대답한 후, 모두가 앞서거니 뒤서거니 서둘러 문 밖으로 빠져나갔다. 다들 황제가 마음을 바꿔 그들의 목을 매달아 버리는 건 아닐까 두려워하고 있었다.

방에 세 사람만 남자, 멩스크는 한숨을 쉬며 얼굴을 문질렀다. 황제가 약한 모습을 보이는 건 흔하지 않은 광경이었다.

"경비병들은… 다 죽었나?"

노바는 고개를 끄덕였다.

"유감이지만 그렇습니다. 유령들도 죽었습니다."

황제는 생각을 드러내지 않았다. 텔레파시 능력자들도 멩스크의 생각은 거의 읽을 수 없었다. 그는 가장 개인적인 생각을 마음 속 깊이 묻어두는 기술을 완벽하게 익힌 사람이었다. 어차피 그녀도 황제의 생각을 읽을 생각은 없었다. 하지만 그 소식에 황제가 얼마나 크게 괴로워하는지는 굳이 사이오닉 능력이 없더라도 알아볼 수 있었다. 노바는 황제가 조금이나마 두려움을 느끼는 건 아닐까 생각했다. 그녀는 멩스크 가문의 역사와, 이와 비슷한 상황에서 부친이 잔혹하게 암살되었다는 사실도 잘 알고 있었다. 이번 공격은 그에게 있어 쉽게 극복할 수 있는 일이 아닐 터였다.

잊어버리겠다고 생각했었지만, 거기 그렇게 서서 황제를 바라보고 있자니, 시 행성을 저그 무리가 공격한 사건에 대해 토시가 했던 말이 사실이 아닐까 궁금해하지 않을 수가 없었다. 타소니스의 마지막 구 가문에 대한 공격을 황제가 직접 계획했던 걸까? 만약 그렇다면, 노바 자신에게 그 일은 어떤 의미일까?

"대피실 안에서 볼 수 있던 모니터는 카메라의 영상을 직접 전달하는 것뿐이었다. 나머진 화면이 온통 잡신호뿐이었고, 그나마도 소리는 나지 않았지. 그래서 이곳에서 있었던 일도 단편적으로만 보았을 뿐, 소리는 전혀 듣지 못했다."

황제는 노바를 보며 말을 이었다.

"네가 여기서 적들을 막아선 모습을 봤다. 부상당한 몸을 이끌고 놈들과 문 사이를 가로막더군. 감사하게 생각한다. 그래도 이 벽 너머에서 일어났던 일들에 대해 자세한 보고서를 제출하도록."

그리고 그는 갑작스럽게 켈러키안을 향해 돌아섰다.

"해병대 전 병력이 왜 이번 공격을 막지 못했는지는 홀러 대령이 설명하게 하겠다. 하지만 내 유령들이 왜 죽었는지는 지금 당장 설명해라."

노바가 빠르게 말을 받았다.

"폐하, 지상 작전은 제가 지휘했습니다. 모두 제 책임….."

하지만 켈러키안이 그녀의 말을 끊었다.

"유령들은 적에게 제압되었습니다. 이… 악령들이 너무 강해서 소수의 유령으로는 상대할 수가 없었습니다. 모두 자살 행위였다고요."

멩스크는 눈살을 찌푸리며 무거운 침묵이 모두를 짓누르기를 기다렸다. 아무리 용감한 병사라도 지금 이 순간 움츠러들고 말 것이다.

하지만 켈러키안은 꿈쩍도 하지 않고 말했다.

"조금 더 공정한 싸움이 될 수 있게, 혹시 저희에게 진실을 말씀해 주실 생각은 없으십니까?"

"너희가 알아야 할 것은 모두 말했다."

멩스크는 그런 생각은 집어치우라는 듯 손을 내저었다.

"정말 죄송한 말씀입니다만, 전 그렇게 생각하지 않습니다."

맬의 당돌함에 깜짝 놀란 노바는 황제의 분노가 폭발하기만을, 그가 손등으로 맬의 따귀를 올려치기만을 기다렸다. 하지만 멩스크는 머릿속으로 잠시 계산을 하더니 뭔가 결정을 내렸다. 그가 다시 입을 열었을 때, 그 목소리에는 정치인 특유의 자신감 넘치고 잘 다듬어진 온기가 담겨 있었다.

"X41822N 요원, 이번 부상에 대해 추가적인 의료 지원이 필요하지는 않겠나? 아무래도 긴 이야기가 될 것 같다."

"전 괜찮습니다."

"좋아. 내가 지금부터 하는 이야기는 밖으로 새어 나가면 안 된다. 알겠나?"

둘은 고개를 끄덕였다.

"자, 대피실로 들어가자. 그곳은 아무도 엿볼 수 없을 테니까."

그 말만 남기고 멩스크는 뒤로 돌아섰고, 여전히 바닥에 놓인 거대한 철제 문을 지나친 후 대피실로 다시 들어갔다. 노바와 켈러키안은 깜짝 놀란 표정으로 서로를 바라봤다. 켈러키안이 중얼거렸다.

"이거 일이 재미있게 돼 가는데. 먼저 가."

그 작은 방은 놀라울 만큼 푸근했다. 벽은 최상급 자단목으로 마감되고, 바닥에는 대부분 두꺼운 비단 깔개가 깔려 있었다. 공기 순환 장치가 부드럽게 작동하는 소리가 들렸다. 한쪽 벽감에는 탁자와 함께 푹신하게 쿠션을 덧댄 의자가 줄지어 늘어서 있었고, 다른 쪽 벽감의 책장에는 보급품과 세면도구가 가득했다. 또 한쪽 벽은 황궁의 구석구석을 보여주는 감시 장비가 점령했다. 황궁의 통로는 몇몇 무장 경비병을 제외하고는 텅 비어 있었지만, 외부 정원에는 해병과 경찰, 의무병, 그리고 호기심 많은 구경꾼들이 모여들어 북새통을 이루었다.

"그래, 다시 가동하는 모양이군."

멩스크가 그렇게 말하며 의자와 탁자를 향해 손짓했다. 탁자 한쪽에는 홀로그램 체스판이 표시되고 있었다.

"자, 앉지. 둘 중에 체스를 두는 사람 있나?"

켈러키안이 대답했다.

"황제 폐하와 같은 수준은 아닐 거라고 확신합니다."

"나는 멋진 체스 시합을 아주 좋아한다. 정신을 자극하는 도전이라고 할까? 전장의 모습을 투영하는 상징이기도 하고. 이 인공지능은 유난히 강해서, 문제가 발생하기 전의 이번 판은, 아쉽지만 내가 지고 있었다. 뭐라도 마시겠나?"

둘은 정중히 거절했지만, 황제는 보급품 옆으로 다채로운 색상의 병이 멋들어지게 늘어선 작은 바에 다가갔다.

"두 사람에게 실례가 안 된다면, 나는 이 오래 된 타소니스 위스키를 조금 마셔야겠다. 이건 진짜 술이야. 저급한 스카치 볼저 따위와는 비교 자체가 불가능해. 이 구역에서 가장 뛰어난 위스키 양조장이었는데, 그들을 잃은 건 정말 안타까운 일이지. 이 귀한 위스키도 이제 몇 병 남지 않았고, 더 만들어낼 수도 없다."

황제가 타소니스를 언급하자 노바는 다소 불쾌한 마음이 차올랐다. 하지만 자신의 속내를 꼭꼭 감춘 황제의 말에 다른 의도가 담겨 있는 것 같지는 않았다. 그가 순식간에 잔뜩 화가 난 까다로운 폭군에서 정중한 집주인으로 바뀌는 모습을 보며 노바는 깜짝 놀랐다. 그는 술 한 잔을 따르고 그들의 반대편에 앉아, 마치 휴가철 별장에서 함께 칵테일을 나누는 중이기라도 한 듯 이야기를 꺼냈다.

"몇 년 전, 한 무인 탐사정이 이 구역 외곽에 있는 D-4358이라는 행성 표면의 균열에서 미확인 가스가 유출되는 것을 감지했다."

황제는 위스키를 홀짝이며 계속 말을 이었다.

"탐사정은 그 가스가 테란에 유용하리라고는 예측하지 못했고, 따라서 처음에는 딱히 우선순위가 높지 않은 발견이라고 생각했었지. D-4358에 처음 착륙한 자들은 그 행성을 '악마의 연회장'이라고 불렀는데, 이유는 짐작할 수 있을 거야. 무척 가혹한 환경에, 타원형 공전 궤도 때문에 기온 역시 극단적으로 바뀌기 때문에, 생명을 유지할 수 있는 환경으로 보이진 않았다. 하지만 탐사정이 2차 확인을 하던 중, 행성 반대편에서 프로토스의 유적을 발견했지. 일종의 외계 채광 설비라고 생각되는 시설물과 제단도 하나 포함되어 있었다. 그래서 우린 조사단을 파견했고."

멩스크는 다시 한 번 위스키를 죽 들이켰다.

"그들은 이 시설물이 앞서 얘기한 가스를 채취하기 위해 만들어졌다고 결론을 내렸다. 비록 해당 지점의 가스는 이미 오래 전에 모두 고갈되었지만. 그래도 행성 반대편의 균열에서는 여전히 가스가 새어 나왔기에, 조사단도 추가 연구를 위해 그 일부를 채취해서 돌아왔다. 그와 더불어 제단 벽에 새겨져 있던 프로토스의 기록도 입수해 올 수 있었고."

켈러키안이 입을 열었다.

"제가 맞춰 볼까요? 알타라에서 발견된 것과 같은 가스였겠군요."

멩스크는 빙긋 웃었다.

"우리는 테라진이라고 부르지. 프로토스의 언어인 칼라니에 정통한 언어학자가 제단에 적힌 기록의 상당 부분을 해독해 냈다. 그들은 이 가스를 '창조의 숨결'이라고 불렀는데, 프로토스의 감각을 확장시키고 상위의 존재와 소통할 수 있게 하고, 그들을 젤나가에 더 가까이 다가가게 하는 힘이 담겨 있다고 했지. 한편, 조사 과정에서 이 가스에 노출된 사람들 중 일부가 무척 특이한 반응을 보였다. 여러 문제가 있었지만, 다들 환각이 보인다고 토로했고, 그 중 한 명은 지나치게 거칠게 돌변해 구속시켜야만 했어. 또 한 명은, 추후 확인해 보니 매우 낮은 등급의 텔레파시 능력자였는데, 어느새 다른 사람들의 생각이 들리기 시작했다고 주장했다."

"당연히 그 가스를 군사적으로 활용하고 싶으셨겠군요."

"그래, 내 최고 과학 위원 중 하나가 높은 관심을 보였고, 내가 몇 가지 실험을 해 보자고 제안했다. 이 프로젝트의 암호명은 암흑칼날이었고."

방 안에 오랫동안 침묵이 흘렀다. 그리고 켈러키안이 자리를 박차고 일어났다. 그의 얼굴은 붉게 물들어 있었다.

"그 개자식들이 알타라에서 우릴 공격했을 때 입에 올렸던 말이 바로 그겁니다. 우리 모두가 당신에게는 그저 체스말일 뿐입니까?"

"앉아라, 탐색관."

멩스크의 눈은 어느새 검은색으로 변해 반짝였다. 그 목소리는 일반적인 대화의 수준보다 별로 크지 않았지만, 그 안에 담긴 힘은 명백했다. 노바는 황제 자신에게 필요한 일이었다면, 그가 더 생각할 것도 없이 바로 맬콤 켈러키안을 처형하라고 명령할 것임을 확신했다.

"네가 모든 걸 알고 있다고 착각하지 마라. 내 말이 끝날 때까지 잠자코 있는 게 좋을 거다."

켈러키안은 노바를 바라봤다. 어느새 숨소리가 거칠어져 있었다. 그녀가 다급히 전했다.

참아요. 얘기를 다 들어봐요. 당신이 아우구스트그라드 감옥에 갇혀 있으면 아무 도움도 안 된다고요.

그가 천천히 긴장을 풀고 다시 의자에 몸을 기대는 것이 느껴졌다.

알았어. 그런데 혹시 여기서 나가고 싶으면 얘기만 해. 바로 떠날 테니까. 황제가 날 어떻게 하든 상관 없어.

마치 아무 일도 없었던 듯, 멩스크는 다시 부드러운 목소리로 이야기를 계속했다.

"우린 가스를 9급 기밀로 지정했다. 내 최고의 수하 중 하나인 워필드 장군에게 그 프로젝트를 맡겼고, 엄격한 보호 체계가 지정되었다. 소규모의 믿음직한 팀에 모두 최상위 기밀 등급을 부여받은 연구원만이 참여했고, 인원이 바뀌는 경우도 없었지. 물론, 누구도 침입할 수 없는 원격지의 시설에서 연구가 이루어졌어. 동물과 일부 사형수들을 대상으로 시험한 후, 극소수 지원자들에게 가스를 투입했다. 그들 중 일부는 낮은 등급의 사이오닉 능력자였고. 초기에는 무척 기대가 컸지만, 연구원들은 이 가스의 부작용이 굉장히… 불규칙하다는 사실만을 확인했다."

"부작용이 어땠습니까?"

노바는 그렇게 물었지만, 답은 이미 알고 있는 것 같았다.

"모든 시험 대상에 있어 전반적으로 사이오닉 등급을 상승시키는 효과가 나타났다. 하지만 중독성이 있었어. 몇 차례 주입을 받은 자들은 가스에 대한 갈망이 점점 더 커져서, 그걸 얻기 위해서라면 무슨 짓이든 했다. 또한 시각과 청각으로 환각과 조증을 경험하게 되었고, 간헐적으로 감정이 폭발하기도 했지. 결국엔 시설에 문제가 발생했고, 팀원 중 하나인 콜 베넷이 나머지 팀원들을 모두 학살하는 사태가 벌어진 후, 우리도 이 프로젝트를 폐기했다. 안타까운 일이었지만, 베넷은 가스를 자신에게 직접 시험해 보기로 했던 거지. 두말할 필요도 없겠지만 일이 잘 끝나지 않았어. 그자는 결국 광기에 사로잡혔다."

멩스크는 깊은 한숨을 내쉬며 술잔을 가만히 응시했다. 잠깐 동안, 노바는 그가 이 모든 일 때문에 슬퍼하는 건 아닐까 생각했다.

"그래서 나는 이 프로젝트에 대한 모든 기록을 폐기하라고 지시했다. 워필드는 그와 같은 문제가 발생할 것을 예상하고 작전을 종결하려고 분투했고, 지금은 퇴역하여 일선에서 물러났지. 그리고 그를 제외하면, 이 작전과 관련이 있는 자는 모두 죽거나 교정 시설에 수용되었다."

"왜 미리 말해 주지 않으셨나요?"

노바가 물었다.

"테라진이 일련의 공격들과 관련이 있다고는 생각지 않았다. 테러리스트들의 능력과 행동에 대한 보고가 계속해서 들어오고, 알타라에서 유출된 가스를 분석해 본 후에야 그런 생각을 하게 되었지. 그래도 그 작전에 대한 정보가 철저하게 단속되었다는 사실을 추호도 의심하지 않았다."

"지금은요?"

"모르겠다."

멩스크는 또 한 번 길게 술을 들이켜서 잔을 비우고는, 다시 말을 이었다.

"그런데 누군가 어떻게든 암흑칼날 프로젝트를 되살린 것이 분명하다. 물론 그 목적은 나를 파멸시키려는 것일 테고."

켈러키안이 입을 열었다.

"그 기록을 확인해야 합니다. 모두를 다시 한 번 확인해서…"

"그럴 필요는 없다. 기록은 모두 파괴되었다고 말했을 텐데. 작전에 참여했던 모든 사람의 현재 상태 역시 다시 한 번 확인했고, 워필드에게도 직접 물어봤다. 그도 이 점을 확신했어. 살아남은 건 세 명뿐이고, 모두 뉴폴섬 수용소에 구속되어 있다. 수십 년 동안 그곳에서 탈출에 성공한 자는 없고."

켈러키안이 다시 말을 받았다.

"그러면 이제 어떻게 하라는 겁니까? 이게 우리에게 무슨 도움이 됩니까? 탈영한 유령 요원들이 악령이라는 이름으로 활동하며, 자유자재로 모습을 감추고 다시 나타나기도 해요. 놈들은 유령들도 대응할 수 없는 능력을 사용합니다. 그리고 그 자식들이 황제 폐하를 죽이려고 한다고요. 이대로는 머지않아 그 목표를 이룰 수 있을 것 같다는 생각이 들 뿐입니다."

멩스크는 미소를 지었다. 하지만 그 속에서 따뜻한 기운은 조금도 느낄 수 없었다.

"목소리를 듣자니, 자네는 그런 일이 발생하더라도 딱히 개의치 않을 것 같은데, 탐색관 켈러키안?"

"그런 일은 꿈도 꾸지 않을 겁니다. 그랬다간 자치령이 혼돈에 빠져들 테고, 전 정부 기구와 관련된 문제에서는 혼돈을 선호하는 편이 아니라서요."

이거 영 좋지 않은데.

노바가 화제를 돌렸다.

"가브리엘 토시가 악령들의 지휘관입니다. 그가 이 일에 어떻게 관여하게 됐는지 알아내야 해요. 토시가 암흑칼날과 무슨 관련이 있나요?"

멩스크는 고개를 가로저었다. 그의 표정은 점차 딱딱하게 굳어가며 위압적으로 변했다.

"토시… 그가 자네들을 이 안으로 불러들인 두 번째 이유지."

그는 벌떡 일어서 수많은 감시 장비가 모인 벽을 향해 돌아섰다. 황제가 리모콘을 만지작거리자 중앙의 화면 중 하나가 지직거리며 잡신호만을 나타냈다. 멩스크가 말을 이었다.

"기록에서는 놈이 죽었다고 했다. 사관학교를 졸업한 후 초기의 임무에서 사망했다고. 그래서 오늘 그자를 보고 놀라지 않을 수 없었다."

이제 화면에는 몇 시간 전의 외부 모습이 침묵 속에 나타났다. 토시가 바닥에 앉아 손에 든 작은 원격 콘솔을 들여다보다가커다란 주먹을 들어 바닥을 내리쳤고, 타일이 부서지며 먼지가 자욱하게 피어올랐다. 한참 후에야 그는 고개를 들었고, 뭔가에 집중하듯 우윳빛 두 눈이 가늘어졌다. 화면 속 방 안에 강한 열기가 휘몰아치기라도 하듯, 영상이 물결치며 떨렸다. 토시는 두 눈을 감고 의자에 앉은 여성을 흘긋 본 후, 다시 콘솔을 들여다봤다.

토시가 일어서자, 멩스크는 영상을 정지시키고 그의 얼굴이 화면을 가득 채울 때까지 확대했다. 황제는 두 사람을 등진 채, 차갑고 치명적일 만큼 차분한 목소리로 말했다.

"처음엔 알아보지 못했다. 놈은 죽기 전에 내 직속으로 임무를 수행한 적이 없었고, 나도 사관학교에서밖에 저 녀석을 보지 못했으니까. 하지만 안면 인식 소프트웨어가 찾아냈다. X41822N 요원, 너도 놈과 함께 훈련을 받지 않았나?"

"같은 팀이었습니다."

노바가 대답했다. 그리고 생각했다.

하지만 그건 이미 알고 있었겠지?

황제는 세세한 정보 하나까지도 놓치지 않는 꼼꼼함으로 유명했다. 지금쯤이면 토시의 배경에 대해 모든 것을 알아냈을 터였다.

"예전 기록에 따르면 그가 너희 팀장이었다고 했던 기억이 나는데. 그

럼에도 너는 밖에서 그의 앞을 막아섰다. 그런데 그 당시의 기억은 네게서 소거되었다는 사실을 고려하면, 네가 그 자를 기억하는 것 자체가 무척 놀라운 일인데. 아니, 어쩌면 이게 설명해 줄 수 있을 테지."

멩스크는 영상을 앞으로 넘겨, 노바가 방 안으로 들어오는 순간을 찾았다. 그리고 셋은 함께 딜라나 오킬이 검으로 그녀의 등을 베고 얼굴에 가스를 뿌리는 모습을 지켜봤다. 그 후에야 멩스크는 돌아서 그들을 마주봤다. 황제의 번득이는 두 눈 너머로, 노바는 화면 속 자신이 침묵 속에 경련을 일으키는 모습을 지켜봤다.

"놈들이 너를 테라진에 노출시켰다. 지금 어떠한 부작용을 느끼고 있나?"

켈러키안이 그녀를 흘긋 바라봤다.

널 시험하고 있어, 노바. 조심해.

노바는 잠시 주저하며, 진실을 어디까지 털어놓아야 할지 고민했다.

"큰 문제는 없습니다, 폐하."

황제는 화면을 가리키며 말했다.

"저 당시에는 환각을 보는 것 같던데. 보통은 테라진의 효과가 저렇게 강도 높게 나타나기까지 시간이 조금 더 걸린다. 어쩌면 너는 특별히 예민한 반응을 보이는 건지도 모르지. 저 때 뭘봤는지 말해 줄 수 있겠나?"

"제… 과거의 임무를 다시 경험했습니다."

"그렇군."

멩스크는 다시 한 번 영상을 정지시켰다. 화면 속 노바의 얼굴은 괴기할 정도로 일그러지고, 두 눈은 머리 위로 넘어간 상태였다. 주변 상황을 전혀 인지하지 못하는 화면 속 자신의 모습을 보고 있자니, 벌거벗은 듯 불안한 기분이 느껴졌다. 마치 누군가 침실로 몰래 숨어들어 자신이 꿈꾸는 모습을 촬영한 것 같았다.

"아주 불쾌한 임무였던 모양이지. 내가 이해할 수 없는 건, 왜 저들이 이런 상태의 너를 죽이지 않았는가 하는 문제다. 그게 당연한 수순이었을 것 같지만, 저들은 가만히 기다리고만 있었어."

멩스크는 흔들리지 않는 눈길로 그녀를 바라봤다.

"절 같은 편으로 끌어들이려고 했습니다. 제가 살아 있어야 저들에게 더 가치가 있는 모양입니다."

노바가 아무렇지도 않게 대답하자, 황제도 고개를 끄덕이고 영상을 다시 재생했다.

"그렇다면 저들의 주장이 그다지 설득력이 없었던 모양이지?"

"저는 자치령의 유령입니다. 제게 중요한 건 그것뿐입니다."

때로는 지나간 일을 잊어야만 앞을 바라볼 수 있다….

켈러키안이 입을 열었다.

"노바는 누구보다 자치령에 충성하고 있습니다. 대체 왜 이런 일을 겪어야 하는지 모르겠…."

황제는 탁자를 두 손으로 내리치며 말했다.

"왜냐하면, 탐색관, 내가 내 집 안에서, 내 유령들에게 공격받았기 때문이다. 게다가 이런 꼴을 당해야 했다."

그는 다시 고개를 돌려 화면을 바라봤고, 그 순간 가브리엘 토시도 카메라를 똑바로 바라봤다. 그 덩치 큰 악령은 슬며시 미소를 지으며 윙크를 하고는 화면에서 사라졌다. 멩스크가 말을 이었다.

"내게 미끼를 던지며, 내 눈앞에서 이런 반역 행위를 저질렀다. 내가 그에 대해 아무것도 할 수 없을 거라는 듯이."

그는 영상을 되돌리다가, 토시의 얼굴이 나타나는 장면에서 다시 멈췄다.

"나는 이런 일을 용납하지 않을 것이다. 그리고 이 문제를 어떻게 처리할지 결정을 내리기 전에, 내가 믿을 수 있는 자가 누군지 확실하게 알아

두어야 한다. 이 자는 내 유령들을 죽였다. 그리고 이젠 이 구역에서 가장 우선순위가 높은 지명 수배자가 되었다. 네가 이 남자를 추적해라. 놈이 누구와 함께 일하고, 또 누구를 가장 사랑하는지 찾아내서 모두 죽여라. 모조리 죽여 버리란 말이다. X41822N 요원, 네가 직접 이 일을 처리해라. 알겠나?"

"네, 알겠습니다."

"좋아."

멩스크는 거친 숨을 몰아쉬며 둘을 조용히 바라봤다. 어깨 너머로 토시의 영상이 심술궂은 미소를 띠고 있었다. 황제는 그 어느 때보다 심각하게 자제력을 잃은 모습이었고, 그건 멩스크와 어울리지 않았다. 평상시에 보여주는 정치가의 껍질이 벗겨진 후 드러난 실체는 추악하고 잔혹했다.

"놈이 고통을 겪게 해라. 일을 마치기 전에는 돌아올 생각도 하지 말고."

제15장

길 잃은 자

은폐된 함선이 착륙장으로 조용히 미끄러져 들어왔다. 엔진의 소음은 복잡한 역파장 장치와 함께 조종사 자신의 사이오닉 능력을 통해 억제되었다. 9번 구역이라는 일급비밀 칼 브라이언트 작전의 비호 아래 개발된 이 장치는, 우모자 연구원들이 공급하고 설치해 준 것이었다. 그 연구원들은 악령의 보다 진보된 추진 장치와 은폐 장비를 개발하는 데도 기여했다.

그와 베넷 장군이 우모자 지배 위원회와 맺은 계약은 암흑칼날 계획에 큰 도움이 되었다. 우모자의 기술은 토시와 악령들이 자치령 병력에 전혀 발각되지 않고 이동할 수 있게 해 주었다. 심지어 전투순양함 십여 대를 비롯하여, 셀 수 없이 많은 바이킹과 수송선으로 이루어진 방어선을 뚫고 코랄의 영공을 빠져나오기도 했다. 그 대가로, 우모자와 자치령의 전 의원인 코빈 패쉬는 멩스크 황제를 영구히 권력에서 축출할 것이라는 약속을 받았다. 물론, 약간의 금전적 보상도 포함되어 있었다.

우모자 보호령(23세기 옛 지구의 식민지화 임무 이후에 다른 이들과 함께 코프룰루 구역에 도착했지만, 인류 연합에 합류하지는 않은 테란)이 자치령의 파괴를 목적으로 하는 분리주의자 단체를 적극적으로 지원하고 있다는 사실은 공공연한 비밀이었다. 애초에 우모자와 자치령은 연합을 전복시키기 위해 멩스크 황제를 지원했던 동맹이었지만, 목적을 이룬 후 두 정부의 관계는 이내 껄끄러워지기 시작했고, 우모자를 방문한 황제가 연합 저항군에 의해 암살당할 뻔한 위기를 겪으면서 갈등은 극에 달했다. 황제는 우모자가 이 공격에 대해 미리 알고 있었고, 심지어 암살 시도에 일부 관련되어 있다고까지 생각했다.

그 이후로는 오랜 기간 정치적 분쟁과 경제적 봉쇄가 계속되었고, 지하의 선동 활동 역시 계속해서 번져 나갔다. 우모자 지배 위원회는 자치령군 세력이 너무 거대하고 강력해서 자신들이 정면으로 맞서 싸워서는 승산이 없음을 잘 알았기 때문에, 대외적으로는 평화적인 태도를 유지하면서 항상 저항 세력에 대한 지원을 아끼지 않았다.

우모자의 구체적인 목표 중 하나는 바로 유령 사관학교였다. 전 의원인 코빈 패쉬와 사이오닉 능력을 지닌 그의 아들 콜린이 사관학교에서 탈출하여 우모자에 망명 요청을 하기 전부터, 우모자는 사관학교 프로그램을 부도덕하고 부패한 조직이라고 비난했다. 코빈의 반대에도 불구하고 콜린은 사관학교에 강제로 입교되었고, 의원은 아들을 되찾기 위해 필사적으로 노력했다. 그는 아들을 구해내는 데는 성공했지만, 그 결과 마치 짐승처럼 자치령의 사냥감이 되어야 했고, 결국 우모자에 정착한 후 콜린은 그 뛰어난 사이오닉 능력을 바탕으로 우모자 어둠의 파수꾼 내 최연소 구성원이 되었다. 그 후 우모자 지배 위원회는 수십 개의 자치령 행성에서 반 사관학교 운동을 지원했고, 그 일을 토대로 가브리엘 토시는 위원회와 떼어놓을 수 없는 친구가 되었다.

하지만 지금 게헤나의 플라스크리트 착륙장에 우주선을 부드럽게 정박시키고 있는 토시는 그 중 어느 것에도 정신을 집중할 수가 없었다. 머리 속에는 아우구스트그라드에서 쓰러져 간 동료들과 실패한 임무에 대한 생각만이 가득했다. 멩스크를 확보하지도 못하고, 노바 테라를 악령으로 포섭하지도 못했다.

암흑칼날 작전의 첫 번째 진정한 실패였고, 베넷 장군도 기분이 좋지는 않을 터였다.

하지만 나름의 중요한 성과도 있었다. 노바가 악령에 합류하도록 설득하는 데 필요한 기반을 닦은 것이다. 토시는 엔진을 끄고 조종석에서 빠져나온 후 다른 이들과 합류했고, 모두는 무거운 침묵 속에 우주선에서 내렸다. 악령들은 아우구스트그라드 전투에서 포획한 유령 두 명을 부축하고 있었는데, 유령들은 혼자 힘으로는 걷지도 못했다. 딜라나가 이동 중에 이미 그들의 신경 삽입물을 비활성화시켰고, 의무실에 도착하면 삽입물을 아예 제거할 예정이었다. 그녀의 방식이 조금 지나치게 거칠었다고 해도, 앞서 도시의 방벽 안에서 있었던 일을 생각해 보면 충분히 이해할 만했다. 모두가 흥분한 상태였다. 딜라나의 분노가 끓어오르고 있는 것이 느껴졌고, 이는 토시 자신의 분노와 합쳐지고 뒤섞여 증폭되었다. 토시의 온몸에 에너지가 들끓어 어떻게든 배출할 방법이 필요했다. 할머니의 목소리가 들렸다.

잃어버린 동료를 기리는 것은 지휘관의 역할이란다. 잠시 의식을 치르렴. 망자의 영혼을 안식에 들게 해야 한단다, 가브리엘. 그러지 않으면, 네가 귀신에 사로잡힐 수 있어.

토시는 고개를 끄덕였다. 최근 할머니는 아예 머릿속에 자리를 잡고는, 예전처럼 그의 앞에 나타날 필요도 없이 얘기를 들려주곤 했다. 그래도 상관없었다. 할머니께서는 언제나 현명한 조언을 해주셨고, 토시도 할머니가 함께 계신다는 사실에 감사할 뿐이었다. 이번에도 할머니의 말이 옳았다. 그가 모두를 이끌어야 했다.

토시는 격납고 중앙에 우뚝 멈춰서서, 두 유령을 바닥에 내려놓으라고 말했다.

우리 함께, 쓰러진 동료들을 생각하며 잠시 묵념을 하자.

팀원들은 적당히 둥글게 원을 그리며 섰다.

탈렌, 자라, 칼. 너희 희생을 영원히 기억하겠다. 영원한 안식을 빈다.

침묵을 깬 것은, 안절부절 못하며 발을 움직이던 딜라나였다.

"그 녀석들 전투복이랑 무기는 어떻게 해요? 멩스크가 손에 넣었을 텐데."

토시는 잔뜩 화난 눈초리로 그녀를 바라봤다.

"활력 징후가 사라지면, 전투복은 스스로 파괴된다. 그건 너도 알고 있을 텐데?"

"하지만 그게 제대로 작동하지 않았다면요? 과학자들이 우리 능력을 복제할 수 있을 거라고요."

"상관없어. 그들이 전투복으로 뭔가를 만들어내기 전에, 자치령은 우리 것이 될 거다."

토시는 남은 팀원들을 돌아보다가, 그들의 얼굴에서 처음으로 확신하지 못하는 표정을 읽었다. 아우구스트그라드에서 일어난 일만으로도 충분히 끔찍했는데, 딜라나가 상황을 악화시키고 있었다. 그녀가 제정신을 차리게 해야 했지만, 도무지 그럴 만한 힘을 낼 수가 없었다. 악령들을 지배하던 권위가 무너졌고, 그걸 되찾고 싶은 생각도 전혀 들지 않았다. 토시는 악령들에게 말했다.

"신병 둘은 준비실로 데려가라. 리오가 자리를 마련해 놓았을 거야. 삽입물을 제거하고, 변환 후 정지장에 넣을 수 있게 옷을 입혀 둬. 장군에게는 내가 보고하겠다."

그는 그 말만 남기고 돌아서서는 악령들을 내버려 두고 자리를 떠났다.

유령 둘은 부상을 입었지만, 치명상은 아니었다. 그나마 다행이었다. 치료를 받고 악령들의 대의에 함께하기로 마음을 돌린 후에는, 이들이 죽어간 세 명의 악령을 대신해야 했다. 두 유령 모두 사이오닉 능력이 아주 돋보이는 편은 아니었지만, 테라진과 조룡의 도움을 받으면 충분한 능력을 발휘할 것이다. 그리고 노바까지 합류한다면, 악령들은 누구도 얕볼 수 없는 세력이 되리라.

이제 더 큰 규모의 전투를 준비해야 했다. 병사들을 무장시키고 베넷 장군과 함께 작전 계획을 마무리해야 했다. 그러나 그는 아우구스트그라드에서의 실패에 따른 회의와 마음의 동요 때문에 갑자기 무너져 내렸다.

토시는 할머니가 또 다른 조언을 해 주시기만을 기다렸지만, 그분도 유달리 말을 아꼈다. 딜라나를 거칠게 대한 것 때문에 화가 나신 걸까? 이제 어디로 가야 할지, 할머니의 도움이 필요했다. 암흑칼날 프로젝트는 지금 갈림길에 섰다.

토시는 사관학교를 무단이탈한 후 오래 지나지 않아 암흑칼날에 대해 알게 되었다. 캐스에게 그런 일이 일어나고, 사관학교를 탈출하기까지 하면서, 그는 깊은 절망에 빠지고 말았다. 티라도 IX행성의 빈민굴로 잠적한 그는 그 당시까지 겪어야 했던 모든 일들을 이겨내려고 애썼다. 그즈음에는 친구들도 토시가 죽었다고 생각했고, 유령 프로그램은 여전히 그를 뒤쫓고 있었으며, 토시가 자신의 삶이라고 믿어 왔던 모든 것이 거짓으로 드러난 상태였다. 그가 일생을 바쳤던 자치령은 이제 더는 존재하지 않았다. 노바의 정신 폭발이 모든 것을 바꿨다. 이제 돌아갈 수 없었다. 그는 대의를 잃어버린 병사이자 신을 잃어버린 인간이었고, 그 고통을 잊으려고 햅에 의지했다.

다행히 토시는 자신을 찾는 사람들보다 항상 한 발 앞서 움직였고, 머지않아 소소한 경비 일을 맡으며 생활비를 벌 수도 있게 되었다. 그러다가 이내 다른 누군가가 그의 재능을 알아보았다. 토시가 누구인지 알지도, 신경 쓰지도 않는 사람들이 맡겨 주는 더 큰 규모의 일을 하다 보니, 뉴 폴섬 감옥에 감금된 누군가의 형제라고 주장하는 남자를 만나게 되었다. 그 수감자는 테라진이라는 물질이 사이오닉 능력에 미치는 효과를 연구하는, 자치령 일급비밀 프로젝트의 자세한 내막을 알고 있다고 했다. 토시가 만난 남자는, 황제가 동생을 무기한으로 가장 경비가 삼엄한 감옥에 투옥했고, 해당 프로젝트에 대한 기억을 지우기 위해 그의 뇌를 소거하려 했지만 실패했다고 주장했다. 그 가스는 테란의 소거된 기억을 복구할 뿐 아니라, 유전적 돌연변이를 통해 사이오닉 능력을 증폭하는 효과가 있었고, 그 효과 때문에 프로토스의 한 종파에서는 오랜 세월 동안 테라진을 숭배해 왔다고도 했다. 수감자는 그 모든 비밀을 혼자서만 간직하려고 했지만, 우연찮게 그 일부를 자신의 피붙이에게 밝혔던 모양이었다.

토시는 흥미를 느꼈다. 그는 지금껏 다시 믿음을 가질 만한 것, 깊고 애달픈 잠에서 그를 깨울 대의를 찾고 있었다. 드디어 찾아낸 듯했다.

그렇게 그는 새로운 여정에 올랐고, 수 개월 동안 해적선을 타고 그 구역 전체를 누비면서 거짓 단서와 사기꾼, 도둑들을 뒤쫓다가, 마침내 앞서 그 남자가 설명했던 수수께끼의 가스에 대해 무언가 알고 있는 사람을 찾아냈다. 결국 그는 홀로 알타라 행성에 도착하여, 어둠 속에 잠긴 채 버려진 동굴을 더듬어 안으로 들어갔다. 그리고 땅 속 깊은 곳에서, 갈라진 바위틈에서 악취를 풍기며 새어 나오는 초록색 물질을 발견했다. 그 가스가 무엇을 가능하게 하는지를 깨닫기까지는 오랜 시간이 걸리지 않았다. 알타라에서 보낸 처음 며칠 동안 그가 경험한 힘과 각성은 압도적이었다.

그래서 토시는 친구들에게 돌아와 자신이 본 것을 다른 이들에게도 보여줄 방법을 찾았다. 친구들이 유령 프로그램에서 벗어나게 해주고 싶었고, 자치령이 얼마나 부패하고 사악한 조직인지를 보여주고 싶었다. 자치령은 제 손으로 무너뜨린 기존의 조직과 전혀 다를 바가 없다는 것을 증명하고 싶었다. 이제야 오랜 기도에 대한 답을 찾은 것만 같았다.

몇 주 후, 토시는 베넷 장군을 만났다. 그는 비밀스러운 테라진 프로젝트의 옛 구성원으로, 자신만의 야심찬 계획을 품고 있는 사람이었다. 베넷 역시 나름의 이유 때문에 멩스크 황제와 자치령을 증오했다. 그리고 9번 구역에서 일어난 일에 대한 지식을 바탕으로 비밀리에 콜린 패쉬와 접촉했지만, 콜린은 그에게 합류할 생각이 없었다. 우모자 역시 콜린을 극도로 아꼈고, 그 일 자체가 콜린이 선호하는 방식이 아니었다. 하지만 토시는 베넷을 도와 우모자 지배 위원회와 비밀리에 계약을 체결했고, 쿠데타에 필요한 자원을 모으기 시작했다.

둘은 함께 암흑칼날 작전을 부활시키고, 그와 함께 자치령을 무너뜨리기로 맹세했다.

가브리엘 토시는 비틀거리며 게헤나의 통로를 지나 통신실로 향했다. 머리가 어지럽고, 몸에는 기운이 없었으며, 입이 바짝 말랐다. 생각을 정리할 수도 없었다. 바위를 깎아 만든 게헤나 기지의 벽이 떨리는 그의 호흡과 함께 움직이는 것만 같았고, 발밑에서도 깊은 잠에 빠진 수천 명의 병사들이 언제든 일어나 그를 덮치려고 하는 듯한 기척이 느껴졌다.

그는 떨리는 손으로 허리띠에서 테라진 병을 꺼냈다. 그 물질에 대한 갈망이 그의 몸 안에서 이리저리 날뛰었다. 병이 거의 빈 것 같다는 사실을 깨닫자 그는 공포에 사로잡혔고, 허겁지겁 밸브를 입에 대고 버튼을 누르며 깊이 들이마셨다.

남은 양은 적당했다. 테라진의 불길이 그의 폐를 간지럽히고, 다시 혈관을 타고 온몸에 퍼졌다. 그 물질이 머리에 도달하자 느껴지는 만족감에 짐승처럼 포효하고 싶어졌다. 즉시 집중력이 돌아오고, 세상이 다시 또렷이 눈에 들어왔다. 바위 표면의 갈라진 틈이 모두 보였다. 환기 장치를 통해 공기가 흐르는 소리, 사람들이 움직이며 내는 부스럭거리는 소리, 청소 로봇이 바닥을 문질러 닦는 소리, 바닥 아래의 거대한 도관을 통해 흐르는 전기의 윙윙거리는 소리까지, 모든 것이 다시 들리기 시작했다. 은하계의 모든 별과 그 위에 살아 있는 모든 영혼이 느껴지는 듯했다.

놀랍도록 향상된 집중력과 함께 맹렬한 분노가 돌아왔고, 그는 지금이야말로 딜라나 오킬을 죽여버려야 하지 않을까 생각하기 시작했다. 그녀는 팀원들 모두의 앞에서 토시에게 저항했다. 그걸 내버려 둬서는 안된다. 그 순간 원격 콘솔이 삑삑 소리를 내며 그의 주의를 끌었다. 화면을 내려다보자, 리오의 메시지가 보였다.

베넷 장군이 기다리고 있어. 너 늦었다고.

토시가 대답을 입력했다.

"신병들 때문에 일이 좀 있었어. 딜라나도 말썽을 부렸고."

화면이 잠시 멈췄다가, 다시 문구가 표시되었다.

네 접근 방식에는 자제력이 부족해.

토시는 앙다문 이 사이로 쉿, 하는 소리를 냈다.

"그게 무슨 뜻이야?"

넌 이번 실험의 핵심을 놓치고 있어. 캐스를 친구가 아니라 전쟁 포로인 것처럼 취급하잖아. 그 때문에 그녀는 잔뜩 겁을 먹고 아버지에 대한 진실을 받아들이지 않고 있고. 그로 인해 어떤 결과가 나타날지 전혀 예측할 수가 없잖아.

"난 필요한 일을 하는 거야. 캐스는 아직 이해하지 못하지만 결국엔 받아들이게 될 거고. 너도 알잖아. 우린 아직 보여줄 게 많아."

어쩌면 그런지도 모르지. 하지만 노바에 대한 네 접근 방식에도 논리적

인 문제가 있어. 게다가 유령들이 너희가 침입했다는 사실을 알게 된 뒤에도 고집스럽게 아우구스트그라드에 머물렀던 건 정말 불필요한 위험을 초래하는 행동이었어. 우리 목적에서 일탈하는 행위는 이제 참아주지 않겠어. 새로운 길은 정밀한 질서에 기반을 두어야 해. 0과 1이 정확한 순서로 배열되어야 한다고.

"새로운 길?"

인간 의식의 다음 단계.

토시는 화면을 멍하니 바라봤다. 불안한 기분이 점점 커졌다. 멩스크의 개인 메시지가 아우구스트그라드에서 리오가 점령한 통신 네트워크를 통해 전달된 것이 단순한 실수였는지, 아니면 그에게 뭔가 다른 생각이 있었던 건지 궁금해졌다. 이 작전의 많은 부분이 자치령의 컴퓨터 체계를 붕괴시킬 수 있는 리오의 능력에 의존하고 있었다. 전에는 토시도 리오가 암흑칼날 작전에 합류하게 된 동기가 사관학교에 의해 그에게 가해진 온갖 끔직한 행위에 대한 반발이자, 자치령이 그에게 저지른 짓에 대해 대가를 치르게 하려는 갈망, 그리고 옛 친구에게 남아 있는 친밀한 감정 때문일 거라고 생각했었다.

이제는 그렇게 확신할 수가 없었다.

"여기선 네가 책임자가 아니야, 리오. 네가 우리 편인지 다시 확인해야겠어."

테란의 지휘 체계는 이제 나에게 아무런 의미가 없어. 내가 널 돕는 이유는 아직 나의 일부가 우정과 동지애, 인간적인 상호 작용을 중시하기 때문이야. 그리고 네가 제안했던 일의 결과를 보고 싶기도 하고.

"팀 블루를 기억해, 리오. 우리가 서로에게 어떤 의미였는지를 기억하라고. 난 이제 장군을 만나러 가야겠어."

묵직하게 배 속을 조여오는 느낌을 애써 무시하며, 토시는 콘솔의 통신을 중단시키고 통로를 뚜벅뚜벅 걸어 통신실로 향했다.

베넷의 모습은 벌써 홀로그램으로 표시되고 있었고, 토시가 방 안에 들어서자 장군은 한시도 낭비하지 않고 불편한 속내를 드러냈다.

"멩스크의 코앞까지 갔었으면서, 왜 그 자를 데려오거나 그 자리에서 처치하지 않았지?"

장군은 붉게 상기된 얼굴을 하고, 무척이나 커다란 목소리로 말했다. 무심코 아래를 내려다보니, 발치에 카라 딱정벌레가 보였다. 한쪽 날개는 어딘가 상했는지 활짝 펴고 다른 날개는 단정히 접은 채, 푸드덕거리며 빙글빙글 돌고 있었다. 껍질에서는 마치 물 위에 뜬 기름처럼 다채로운 색상이 맴돌았다. 그게 어떻게 여기 들어왔는지 알 수 없었지만, 오래 살아남지는 못할 터였다. 마치 일종의 상징이나 경고 같았다. 토시는 벌레를 주워 간직할까도 잠시 생각했지만, 그냥 전투화로 밟아 으깨버렸다. 그리고 입을 열었다.

"그 자식은 대피실에 숨어 있었습니다. 유령이 도착하기 전까지 안으로 들어가지 못했습니다."

"그건 나도 알아. 그게 문제가 된 이유는 뭔데? 시간은 충분했을 텐데."

"노바가 방해했습니다."

"그 여자를 설득해서 여기 합류하게 할 생각인 줄 알았는데."

"유령 둘을 포획했습니다. 노바는 좀 어려울 거예요. 게다가 그 앞에서 황제를 죽여 버렸다면, 우리가 옳은 편에 서 있음을 보여줄 기회가 없었을 겁니다."

다시 분노가 차올랐다. 베넷은 이번 일을 무척 섬세하게 처리해야 한다는 사실을 왜 이해하지 못하는 걸까? 노바는 다른 이들과는 달랐다. 지나칠 정도로 충성심이 강했고, 그건 돈으로 살 수도, 협박을 통해 얻어낼 수도, 훔쳐낼 수도 없었다. 그런 식으로는 그녀를 설득할 수 없었고, 노바는 지금 놓치기엔 너무 중요한 자산이었다. 악령이 된다면 그녀의 능력은 칼날 여왕을 제외한 그 누구보다도 강력해질 것이다.

그는 리오와 나눴던 대화를 언급할까도 생각해 봤지만 그러지 않기로 했다. 그 문제는 직접 처리해야 한다.

"그러면 강제로라도 데려와. 이 작전은 지금 무척 중대한 전환점에 서 있고, 이제 조직을 재정비해야 할 때다. 앞으로 며칠 동안 해야 하는 일에 작전의 성패가 달려 있다. 너도 알고 있을 거라고 믿는다."

"강제로 할 수는 없습니다. 우리 팀도 세 명을 잃었고…."

베넷 장군은 중요하지 않은 문제는 치워 버리라는 듯 손을 흔들었다.

"사상자가 발생하는 건 피할 수 없다. 프로토스가 전투에서 쓰러진 동료를 위해 눈물을 흘린다고 생각하나? 저그는 어떻고? 그들처럼 무자비한 전사가 되려면, 궁극적인 목표인 승리에 집중해야 한다. 멩스크를 게헤나로 데려와 놈이 저지른 범죄의 대가를 치르게 해야 해."

베넷은 잔인한 미소를 띠며 말을 이었다.

"문제는 우리가 계획했던 대로 멩스크를 확보하지 못했고, 이제 다시 놈을 찾아가더라도 전에 없이 삼엄한 경비 태세와 마주해야 한다는 사실이다."

장군의 미소는 어느새 위압적인 표정으로 바뀌어 있었다.

"넌 이번 일을 완수하고 그 과정에서 노바 테라도 데려올 수 있다고 맹세했었다. 그녀가 널 믿을 거라고도 했고. 그게 사실이 아니라면, 아쉽지만 이제는 내가 직접 이 문제를 처리해야 하겠다. 노바는 이제 너무 중요한 존재가 되었다. 그녀와 황제와의 연결 고리는, 이제 우리가 멩스크에게 다가갈 수 있는 수단이 될 수 있지. 그녀는 우리와 한편이 되거나, 그게 아니면 사라져 줘야 한다. 영원히."

"시간이 더 필요합니다."

"시간은 중요하지 않아. 내가 가진 건 시간뿐이야, 가브리엘. 단호한 행동이 우리에게는 가장 중요하다."

그는 토시의 허리띠에 있는 테라진 병을 가리키며 말을 이었다.

"흡입량을 적절히 조절하고 있나? 아무래도 넌 조금… 안절부절 못하는 것 같은데. 그 물질이 위험한 반응을 일으킬 수도 있다는 걸 잊지 마라. 지금껏 충분히 겪어 봤잖아. 난 환각에 빠진 통제 불능의 중독자가 악령들을 지휘하게 내버려둘 수는 없다. 특히나 이렇게 중요한 시점엔 말이야."

"전 괜찮습니다."

토시는 장군을 향해 폭발하고 싶었다. 홀로그램 안으로 손을 뻗어 그의 목을 비틀어버리고 싶었다. 하지만 그 분노를 안으로 삭이며 가만히 붙들어 놓아야 했고, 그렇게 똬리를 튼 그의 울화는 꿈틀거리며 불타올랐다. 그가 암흑칼날 작전을 지원하겠다며 장군과 거래를 했던 이유는 두 가지였다. 동료 유령들을 구출해 내고 싶었고, 아크튜러스 멩스크가 공개적으로 죗값을 치르게 하고 싶었다. 처음에 베넷은 함께 일하기 쉬운 동업자였다. 하지만 지금 토시는 둘의 궁극적인 목표가 완벽히 일치하지는 않는지도 모르겠다고 생각하기 시작했다. 토시는 다시 한 번 팀 블루를 하나로 모으고 싶었다. 멩스크가 온 자치령 앞에서 망신을 당하고, 자신이 지은 죄를 털어놓게 만들고 싶었다. 그 위대한 전략가의 기선을 제압하고 허를 찌른 후, 계속해서 괴롭히며 공포에 질리게 하여, 자비를 베풀어 달라며 비는 꼴을 보고 싶었다.

베넷은 권력과 통제력을 손에 넣고 싶은 듯했다. 그 외의 것은 모두 부수적일 뿐이었다.

악령들이 함선으로 모두 돌아왔지만, 캐스 툼은 여전히 철저하게 혼자인 기분이었다.

그녀는 리오와 만난 후 사물함 안에 있는 전투복을 입어 보았다. 피부에 닿는 감촉을 느끼며, 이 바위로 만든 벽 바깥에서 전투복을 입는 것이 편해질 날이 올지, 아니 자신이 과연 그런 일이 일어나기를 바라고 있는 게 맞는지 다시 한 번 생각해 봤다. 그 옷은 캐스에게도 익숙한 유령의 적대 환경 보호복과 비슷했지만 더 두껍고 튼튼했으며, 마치 세심하게 조율된 엔진이 부릉거리며 떨리는 것처럼 잘 짜여진 근섬유에 강력한 힘이 흘렀다. 그 옷이 자신에게 딱 어울리는 것 같이 느껴졌음은 인정해야 했다. 전방표시 장치를 얼굴에 내려 쓰고 인터페이스를 만지다 보니, 물론 눈에 띄게 진보한 기술로 만들어지긴 했지만, 전투복이 테란 기술에 바탕을 두고 있음을 알아챌 수 있었다. 누가 이런 걸 만들어 냈을까? 또, 어째서 자치령 최고의 전사들은 사용하지 못하는 걸까?

리오라면 그 질문에 답할 수 있었을 테지만, 함선에 혼자 있는 동안 그녀는 리오와 대화하기를 거부했다. 그렇게 침묵시위를 계속하는 사이 리오는 가능한 모든 수단을 동원해서 그녀와 접촉하려 했다. 그녀가 스쳐 지나는 홀로그램 화면에 그의 메시지가 나타났고, AAI 유닛과 전투복 전방 표시 장치에도 마찬가지였다. 감시 카메라는 그녀의 뒤를 쫓았고, 통로를 지나는 동안 만나는 로봇들은 가만히 멈춰 서서 침묵 속에 애원했다. 처음엔 그 모든 것이 무섭고 불쾌했지만, 캐스는 이내 익숙해졌다. 리오는 예전의 리오 그대로였고, 이 모든 건 그녀를 위협하려는 것이 아니었다. 그는 인간이었을 때에도 다른 사람들과 함께 있을 때는 항상 불안정한 모습을 보였는데, 이제 신과 가까운 능력을 갖게 되자 일반적인 테란의 사생활 따위와 같은 문제는 전혀 개의치 않는 것만 같았다.

캐스는 지금 그 어느 때보다 혼란스러웠다. 가브리엘 토시는 한때 그녀에게 단 하나의 사랑이었고, 이제 토시가 그녀를 찾아낸 이상, 그를 버리고 떠난다는 것은 생각도 하지 못할 일이었다. 자치령의 유령 프로그램에 대해, 그리고 자신이 어떤 대접을 받았는지에 대해 알아낸 사실들을 돌이켜 보면, 토시의 말이 옳을지도 모른다는 생각이 들었다. 어쩌면 멩스크가 권력에 취해 절망적으로 타락했는지도 모르고, 어쩌면 그를 제거하고 더 나은 누군가로 바꾸어 놓는 일이 그녀의 사명인지도 몰랐다.

그 밖에도 캐스를 괴롭히는 건 또 있었다. 악령들이 계속해서 상황을 통제하려 하는 것이나, 아버지에게 일어난 일에 대한 불안감이 커져가는 것도 그랬지만, 역시 가장 불편한 건 테라진이었다. 그 물질의 효능은 계속해서 그녀를 놀라게 했고, 또 공포에 질리게도 했다. 염동력은 매일같이 강해졌고, 계속해서 사용하다 보니 이제는 얼추 자신감도 붙었다. 주변을 인지하고 상대의 마음을 읽는 능력 역시 더욱 날카로워졌다. 이렇게 강한 힘은 지금껏 느껴본 적이 없었다. 하지만 악몽과 환각은 계속되었고, 전혀 예상치 못한 시간과 장소에 튀어나왔다. 또한 매번 점점 더 생생해져서, 그녀 마음속의 불안감은 잠시도 사라지지 않았다. 게다가 더 중요한 건, 캐스 자신이 매일 조금씩 더 테라진을 갈망하고 있다는 사실이었다. 이제는 잠자는 동안 가스에 노출되기까지 기다리기가 힘들 지경이었다. 잠자리에 들 때쯤이면 온몸이 불타오르고 덜덜 떨렸으며, 팔다리에는 힘이 빠지고 입 안은 알타라 행성의 모래처럼 바짝 말랐다. 어제는 테라진의 맛을 입술로 느끼고 싶다는 마음 하나로 침실에 더 일찍 돌아가기도 했다. 이게 끔찍한 결과를 빚어낼 것임은 그녀도 분명히 알았지만, 가스 주입을 중단하는 건 상상도 할 수 없었다.

가브리엘 문제도 있었다. 그가 얼마 전 기지에 돌아와 그녀가 있는 곳을 감지하려 하는 것이 느껴졌지만, 캐스는 일부러 거리를 유지했다. 그와 다른 악령들이 어디에 갔던 건지 상상도 할 수 없었다. 그게 어디건 세 명이 돌아오지 못했고, 다른 이들의 마음을 더듬어 보니 그 상실감은 마치 복부에 강타를 맞은 것처럼 고통스러웠다. 딜라나는 특히 불안해했고, 그녀에게서 스멀스멀 퍼져 나오는 기운은 마치 폭발 직전의 핵무기를 보는 것만 같았다. 캐스는 그녀 역시 피했고, 그렇게 게헤나에서 다른 이들이 잘 가지 않는 장소로만 떠돌았다.

그래도 가브리엘이 그녀를 찾아내는 것은 시간 문제였다. 그리고 이번에는 틀림없이 악령이 될 준비가 되었냐고 물어볼 것이다. 어떻게 대답해야 할지, 그녀는 아직 전혀 알지 못했다.

툼이 통로의 끝에 도착하자 이중 문이 미끄러져 열리고, 더 크고 거칠게 깎아 만든 통로가 나타났다. 게헤나의 뱃속 깊은 곳에 자리잡은 이 구역은 그녀가 한 번도 보지 못한 곳이었다. 함선이라고 불러야 할지 단정할 수 없는 게헤나는 상상 이상으로 거대하고 복잡했고, 그녀는 아직도 그 구조를 명확히 이해하지 못했다. 이 통로는 곧고 거대하여, 마치 차량이나 다수의 사람이 지나가도록 만들어진 듯했고, 중앙에는 이곳 전체를 관통하는 또 하나의 거대한 통로와 교차하고 있었다. 이제 중앙의 숙소와 멀어진 탓에 다른 사람들의 정신이 속삭이는 소리는 잦아들었지만, 뭔가 미묘하면서도 더 불안한 것이 느껴졌다. 어둠 속에서 낭떠러지로부터 한 걸음 떨어진 절벽 끝에 서 있는 기분처럼, 뭔가 위험하고 거대한 흐름에 휘말린 기분이었다.

통로의 한쪽 끝에 보이는 거대한 신소재 강철 문은 수송선 착륙장으로 이어지는 입구 같았다.

그녀는 통로 끝까지 걸어가 강철 문에 손을 대고, 부드러운 엔진의 진동을 느끼며 문 너머의 상황을 알려줄 단서는 없는지 귀를 기울였다. 동굴 같은 공간이 느껴졌지만, 안은 비어 있지 않았다.

"캐스."

그녀는 홱 돌아섰다. 심장이 펄쩍 뛰어 목구멍까지 올라온 것 같았다. 넓은 가슴에 팔짱을 낀 가브리엘 토시가 바로 뒤에 서 있었다. 그가 다가

오는 소리는 전혀 들리지 않았다. 그의 기척을 전혀 느끼지 못했었다.

그는 그녀의 마음을 더듬으며 말했다.

"시 행성에서 노바의 정신 폭발에 휘말렸던 이후부터, 난 텔레파시 능력자의 신호를 차단할 수 있어. 내가 원하지 않으면 상대는 나를 전혀 읽을 수 없지."

그의 신비하고 최면을 거는 듯한 눈이 아주 오랫동안 그녀를 뚫어져라 바라봤다. 그가 다시 입을 열었다.

"이 아래에서 뭘 하는 거지?"

"나… 난 그냥 이 함선을 둘러보던 중이었어."

"넌 여기 와서는 안 돼."

그는 한 걸음 다가서며 두 손을 양 옆으로 내렸다. 캐스는 마음이 놓이기는커녕 신경이 더욱 곤두서는 것을 느꼈다. 토시는 부드럽게 그녀의 마음을 더듬었지만, 캐스는 그게 무척 싫었다. 어느새 그녀의 등은 거대한 금속 문에 닿아 있었다.

"내 마음을 건드리지 마. 사생활 침해인 데다 위험하기도 하다고."

그는 곧고 흰 치아를 드러내며 웃었다.

"전에는 신경 쓰지 않았잖아."

"그때 우린 연인이었으니까."

캐스도 애써 웃어보려 했지만, 떨리는 미소 속에는 확신이 전혀 없었다. 그녀는 깊이 숨을 들이쉬고 말을 이었다.

"어디 갔었어, 가브리엘?"

"임무가 있었어."

"위험한 임무였겠지? 팀원이 세 명이나 죽었잖아."

"대신 신병 둘을 데려왔어. 그들도 빛을 봤어, 캐스. 그리고 자유를 택해 우리와 함께 싸우기로 했지. 너도 준비가 됐으면 좋겠어. 아주 거대한 전투가 다가오고 있거든. 우리에겐 네가 필요해. 내게는, 네가 필요해."

"나… 나는 잘 모르겠어."

그녀는 팔짱을 끼며 소름이 돋아난 팔을 문질렀다. 최근에 계속 입었던 민간인 복장이 이제 익숙해지던 참이지만, 지금은 옛 유령 전투복이 너무도 그리웠다.

"테라진 때문에 걱정하는 모양인데, 그럴 필요 없어. 나는 이미 오래전부터 사용했지만, 잘못된 건 아무것도 없어."

그는 마치 귀를 기울이듯 고개를 갸우뚱했고, 그녀는 누군가보이지 않는 사람이 그들과 함께 있는 듯한 이상한 기분을 느꼈다. 토시는 살짝 고개를 끄덕이고 말을 이었다.

"탈다림이라는 프로토스의 한 분파도 그걸 사용했어. 창조의 숨결이라고 불렀지. 그들은 프로토스 공통의 정신인 칼라를 따르지 않았고, 주류 프로토스에 속하지도 않았어. 하지만 탈다림은 테라진이 자신들을 그 망할 젤나가에 더 가까이 다가가게 한다고 믿었고, 자신들의 이름도 무슨 신화 속 젤나가의 하인들 이름을 따서 지었다고 하더군. 그것만 봐도 뭔가 의미가 있지 않겠어."

토시는 다시 한 걸음 다가왔고, 이제는 그의 숨결이 캐스의 얼굴에 닿을 만큼 가까운 곳에 서 있었다. 그녀는 온몸을 덜덜 떨었다.

"우리… 아빠는… 이제 진실을 알아야겠어, 가브리엘."

"정말 그럴 준비가 됐어?"

그녀는 고개를 끄덕였다.

"부탁이야."

"그래. 진실을 그대로 들려줄게. 너희 아버님은 훨씬 더 큰 음모의 희생양이었어. 아무 잘못도 하지 않았다고. 9번 구역은 분명히 칼 브라이언트 측의 작전명이었어. 그건 맞아. 하지만 아버님은 모든 누명을 뒤집어쓰기 전까진 아무것도 몰랐지. 멩스크와 자치령도 아버님께 그런 일이 일어나게 그냥 내버려뒀던 거야. 놈들이 아버님을 그 차원 이동 엔진에 밀어 넣은 거나 마찬가지라고, 알겠어? 놈들이 아버님을 죽였어.”

모두 리오가 얘기해 줬던 내용이었다. 캐스는 몸을 움직일 수가 없었다. 잔뜩 소름이 돋은 두 팔에 토시가 손을 대자, 몸이 걷잡을 수 없이 떨렸다. 그리고 배 속 깊이 저릿한 아픔이 느껴져, 그녀는 고개를 돌리려 했다. 토시가 손을 들어올려, 부드럽게 그녀의 얼굴을 자기쪽으로 돌렸다.

“신경 삽입물 없이 테라진을 사용하면 우리도 프로토스와 같은 수준이 될 수 있어, 캐스. 우린 할 일이 있잖아. 우리 동료인 유령들을 해방시키고, 유령 프로그램을 영원히 폐쇄해야 해. 부패한 멩스크 정권도 끝내고. 장군이 우리와 뜻을 같이 한다면 좋겠지. 그렇지 않다면… 우린 필요한 일을 할 거야. 그 무엇도 우릴 막을 순 없어. 그 무엇이라도.”

장군이라고?

이 일에 대한 토시의 열정은 마치 그 안에서 타오르는 불길과 같았다. 갑자기 그는 몸을 기울여 캐스의 입술에 입을 맞췄다. 그의 레게 머리가 꿈틀거리는 뱀처럼 그녀의 얼굴 주위로 흘러내렸고, 캐스의 심장은 다시 빠르게 뛰면서 목구멍 근처를 두드렸다. 그리고 토시는 부드럽게 그녀의 마음에 들어왔다. 그녀를 달래주려는 듯 따스하고 차분한 온기를 가져온 그를 캐스도 받아들였다. 긴장을 풀고 둘의 생각이 서로 얽히며 하나가 되는 것이 느껴졌다.

나와 함께 가겠어? 제발 그러겠다고 해 줘.

그녀는 고개를 끄덕이며 눈을 감았고, 그의 입술이 다시 캐스를 찾아 더듬었다. 이제는 그를 거부할 수 없었다. 그녀는 그렇게 강하지 못했다.

통로의 차갑고 딱딱한 바닥으로 이끄는 그의 손에 몸을 맡기며, 그녀는 지금까지 그렇게 자신을 걱정시키던 문제가 무엇인지 떠올리려고 애를 썼다. 하지만 그 모든 생각의 줄기는 캐스의 손을 벗어나 그대로 사라졌다. 어쩌면 아무 상관이 없을지도 몰랐다.

그렇게 그녀는 길을 잃었다.

제16장

스폴딩

스폴딩 소령은 분명 무척이나 불안해 보였다. 그는 작전 본부를 이리저리 배회하면서도, 두 손은 뒷짐을 진 채 자신감 넘치는 모습을 보이려고 애썼다. 하지만 잔뜩 긴장한 팔 근육과, 힘주어 모아쥔 손의 관절이 하얗게 변한 모습이 노바의 눈에는 명확하게 보였다.

그의 생각을 읽었다면 더 확실했겠지만, 스폴딩은 지금 다시 사이오닉 차단막을 쓰고 있었다.

하지만 그의 부관인 빈센트 대위의 생각을 읽는 데는 아무런 어려움이 없었다. 그는 반짝반짝 빛나는 작은 눈으로 노바를 노려보며 온몸으로 증오를 내뿜었다. 그 모습은 타소니스의 늪쥐 같았다.

(지옥에나 떨어져라, 이 괴물)

먼저 가시지, 대위.

그녀는 갑판 위에서 그가 온 몸에 불이 붙은 채 뒹구는 모습을 머릿속으로 그렸다. 지옥의 불길에 휩싸여 두 팔을 흔들면서 검게 탄 살덩이로 변해 가는 모습이었다. 그 생각을 대위의 머리로 보내자 그의 눈이 휘둥그레졌고, 노바는 그의 따끔거리는 공포를 느낄 수 있었다. 놀랍도록 만족스러운 기분이 들어서, 웃음이 새어 나오지 않게 억누르느라 애를 써야 했다.

스폴딩이 직접 이 회동을 요구했다. 그들 중 대부분은 이미 여러 차례나 아우구스트그라드에서 일어났던 사건들을 검토해 봤지만, 결국 이렇게 작전실에 둘러앉아 다시 한 번 모든 것을 되새겨야 했다. 노바와 맬, 홀러, 루크, 워드, 스폴딩, 빈센트, 그리고 일부 장교들이 모두 모였다. 또 새로운 유령 여섯 명이 합류했지만, 노바는 이들과 아직 친해질 시간이 없었다. 거의 모두가 사관학교를 갓 졸업한, 젊고 잔뜩 흥분한 병사들이었다. 이제부터 어떤 일에 발을 들이게 될 건지 전혀 모르고 있는 듯했다.

코랄에서 돌아온 후, 팔라틴호에는 새로운 얼굴이 여럿 보이기 시작했다. 주로 억세고 재사회화된 병사들이었는데, 노바에게는 이들의 마음이 백지와 같이 느껴졌다. 앞서 황궁 밖에서 짧은 시간 동안 악령들과 교전하는 사이 엄청난 수의 해병 사상자가 발생했고, 이에 홀러 함장은 서둘러 병사들을 충원했다. 작전 장교 역시 새로 부임한 사람이어서 노바는 조금 놀랐다. 예전 작전 장교가 전투에 참여하지 않았다는 것만은 분명한 사실이었던 만큼, 아무래도 뭔가 잘못을 저질러 영창에 갇힌 모양이었다. 그렇지만 낯선 얼굴들이 나타나는 건 노바에게 있어 그다지 새로운 일이 아니었다. 자치령에서 늘 기억을 소거했으니, 매번 임무를 시작하고 끝낼 때면 늘 이와 같은 경험을 해야 했다.

악령들이 이대로 사라질 거라고 생각하는 사람은 아무도 없었고, 홀러는 분명히 다음 전투를 준비하고 있었다. 멩스크는 맬과 노바가 대피실을 떠난 직후 함장을 따로 불렀고, 홀러는 마지막 기회를 얻은 모양이었다. 아우구스트그라드는 이제 다시는 취약한 모습을 보이지 않을 것이다.

하지만 스폴딩은 포기하지 않았다. 그는 악령들을 처치하지 못한 일에 대해 노바의 책임을 물으려 했고, 누구라도 피를 흘리게 하려고 덤벼들었다. 노바는 알지 못했지만, 아우구스트그라드에서 악령과 싸우는 동안, 행성 표면에서 멀리 떨어진 상공에서도 지휘권을 두고 벌이는 또 다른 전투가 벌어졌다. 스폴딩은 파멸자 부대를 즉시 수도로 파견하려고 했었다. 하지만 홀러 함장은 통신이 마비된 상황을 고려하고, 해병 부대 전체를 파병할 경우 발생할 혼란에 대해 우려했던 탓에, 스폴딩의 의견을 거부했었다.

지상에서 발생한 사건 이후 스폴딩은 멩스크가 자신에게 군의 통제권을 넘겨줄 것이라고 확신하는 듯했다. 하지만 그런 일은 일어나지 않았다. 노바는 이제 그가 또 무슨 꿍꿍이를 꾸미고 있을지 궁금했다.

"아흔 일곱 명… 아흔 일곱 명의 병사들이 죽었습니다. 그게 대령님이 죽인 해병들의 숫자입니다."

홀러 대령은 미끼를 물지 않았다. 차분한 태도를 유지하는 그의 모습은 다소 지쳐 보이기도 했다.

"스폴딩 소령, 얼마나 많은 희생자가 발생했는지는 우리도 알고 있다. 우리 유령들을 비롯한 그들 모두의 희생을 정말 안타깝게 생각하고 있어. 이 문제는 이미 논의했을 텐데. 모든 통신이 마비된 상태에서, 기동력이 뛰어나고 강력한 소규모 부대와 접전을 벌여야 했다. 마구잡이로 전투에 돌입했다면, 우리 해병 부대의 절반은 아군의 총탄에 쓰러졌을 거야."

"우리가 현대 기술에 과도하게 의존하는 나머지 전쟁의 기본 원칙조차 잊어버렸다는 겁니까? 옛 지구의 바이킹이나 로마인들에게 통신 장치나, 전방 표시 장치나, 초음속 무기 따위가 있었습니까? 장비가 작동하지 않아도 적에게 접근할 방법은 있었습니다. 기본으로 돌아가면 됩니다. 하지만 그 얘기를 하려고 이렇게 모이자고 한 건 아닙니다."

스폴딩은 사람들을 한 바퀴 둘러보았다. 벌레처럼 꿈틀거리는 보라색 입술에 희미한 미소를 걸치고, 그가 의미심장하게 말을 이었다.

"우리 중에 배신자가 있습니다."

사람들은 서로를 바라보며 술렁거렸다. 어렴풋이 떠오르는 경악과 공포의 감정들이 노바에게 닿았다. 누구도 이런 말은 예상하지 못했다.

"X41822N 요원이 악령이라는 증거를 확보했습니다."

스폴딩의 말에 침묵이 내려앉았다. 그리고 맬 켈러키안이 벌떡 일어나 스폴딩을 향해 소리쳤다.

"이 자식, 이빨을 몽땅 날려 주마. 어디서 감히…."

"너도 공범이지. 안 그래, 켈러키안 탐색관? 노바를 유령 프로그램에 데려온 게 너였으니, 알타라 행성에서 다시 만난 것도 우연이 아니었겠지."

"이 거짓말쟁이 쥐새끼가…."

켈러키안이 갑자기 몸을 움직였다. 탁자를 뛰어넘어 스폴딩에게 달려들기라도 하려는 찰나, 그의 곁에 앉아 있던 홀러가 큼지막한 손으로 그의 가슴을 막으며 말했다.

"어디 끝까지 한번 들어 보자. 헛소문이 떠돌아다니게 내버려 둘 수는 없으니까. 그리고 나서 놈을 함선에서 던져 버려도 돼."

켈러키안은 가만히 서서 더는 움직이지 않았다. 스폴딩이 고개를 끄덕이자, 빈센트가 문을 향해 다가갔다.

대위가 문을 열자, 어둠 속에서 마커스 레일리언이 나타났다. 통로는 어느새 모든 것이 파괴되고 잔해가 여기저기 널려 있는 타소니스가 되어 있었다. 그곳은 빈민가에 있던 페이긴의 소굴이었다. 레일리언은 전보다 상태가 더 나빠 보였다. 머리에 생긴 끔찍한 상처는 보라색으로 변해 가고, 찢어지고 크게 부어오른 피부는 온통 부패하는 중이었다. 그가 한 손을 들어 노바를 가리켰다. 눈꺼풀 없는 눈에서는 눈알이 이리저리 굴렀다.

나는 네 아비의 혼령이다. 밤이면 잠시 이 세상을 거닐지만, 낮이면 지옥의 불길에 묶여 생전의 끔찍한 죄악이 모두 불타버릴 때까지 정화되어야 한다….

레일리언이 미소를 지었다.

혹시나 네가 모를까 해서 알려주자면, 옛 지구의 "햄릿"이야. 페이긴이 늘 그런 걸 인용하곤 했지. 기억해? 하지만 네 끔찍한 죄악은 정화될 수 없어. 그렇지, 노바? 그러니 내가 언제까지고 여기서 이렇게 너와 함께 있을 거야.

노바는 몸을 부들부들 떨었다.

넌 진짜가 아니야. 사라져.

레일리언이 사라지고 쇼 박사가 해병 두 명의 호위를 받으며 문으로 들어섰다. 그는 당황한 표정으로 문가에 멈춰 서서 노바를 바라봤고, 초조하게 주위의 적대적인 얼굴들을 둘러보며 뒤로 돌아서려고 했다. 오른쪽에 선 해병이 그의 팔을 쿡 찌르자, 그는 마지못해 방 중앙으로 들어와 스폴딩 곁에 섰다.

"이건 뭐지?

홀러의 목소리는 차분했고, 시선은 스폴딩과 쇼의 얼굴을 이리저리 오갔다. 스폴딩이 미소를 지었다.

"내 증거입니다. 쇼 박사, 테라진에 대해 내게 말했던 사실들을 여기 점잖은 신사분들에게도 얘기해 주지 않겠나?"

"저는…."

"네 증언은 이미 녹음되어 있다는 걸 잊지 말고. 거짓말을 하는 건 반역죄에 해당해. 혹시 그런 범죄를 저지르려 했다가는, 내가 직접 목을 매달아 주지."

쇼는 홀러를 향해 말했다.

"죄송합니다, 함장님."

그리고 어깨를 펴고 정면을 바라보며, 계속해서 말을 이었다.

"전 X41822N 요원을 두 번 검사했습니다. 한 번은 알타라에서 사건이 있었던 직후였고, 또 한 번은 그로부터 며칠 후 노바 요원의 요청을 받아서였습니다. 그녀는 망상과 시청각적 환각에 시달렸고, 기억이 복원되는 것을 포함한 여러… 문제가 있었습니다. 정밀 검사를 통해 확인해 보니, 악령들이 능력을 강화하기 위해 사용하는 테라진 가스에 노출되었다는 결과가 나왔습니다."

"그런데 아무에게도 그런 사실을 밝히지 않았단 말인가…."

그 순간 맬이 끼어들었다.

"내게 말했습니다. 이봐요, 우스꽝스러운 짓은 그만 합시다. 노바는 테러리스트가 아니에요. 아우구스트그라드에서 놈들과 맞서 싸웠고, 거의 목숨을 잃을 뻔했다고요."

"우리가 그렇게 믿게 하고 싶었던 거지. 황제의 숙소 바깥에서 처음 노바에게 접근한 게 자네였지, 켈러키안 탐색관? 그녀의 보고를 받아 컴퓨터에 입력한 것도 자네고?"

"이번처럼 탐색관과 유령이 관련된 상황에서는 그게 표준 절차입니다. 소령님도 알고 계시잖아요."

"그것 참 편리하기도 하지. 듣다 보니 자네는 노바 요원과 서로 편하게 이름을 부를 만큼 꽤 가까운 사이로 보이는데, 그 정도가 조금 지나치다고는 생각하지 않나?"

켈러키안의 얼굴이 빨갛게 달아올랐다.

"그건 이 일과 아무런 상관이…."

"노바는 유령 요원이다. 그것도 네가 채용한 요원이지. 당연히 상관이 있어. 사실, 내가 해병을 투입하려고 발버둥치지 않았다면, X41822N '요원'과 그 친구들은 대피실을 뚫고 들어가 멩스크 황제 폐하를 포획하는 데 성공했을 거다. 내가 네 계획을 망쳤고, 그래서 넌 서둘러 그녀에게 접근하여 마치 노바가 큰 부상을 당하기라도 한 것처럼 꾸민 거지."

스폴딩의 가슴은 크게 부풀어 올랐다.

"실제로는 얕은 상처에 불과했지만 말이야. 통신이 차단됐었고, 뭐든 증명할 기록은 전혀 남지 않았다."

그는 모두를 둘러보며 말을 이었다.

"꼭 누군가 내부에서 모든 상황을 조작한 것 같지 않습니까? 유령과 이 남자가 책임자가 된 이후로, 이번 수사는 아무런 진전도 없었습니다. 노바는 악령 셋을 처치했다고 주장하지만, 현장에 남은 건 기존에 실종됐었던 유령들의 사체뿐, 그들이 이번 계획에 관여했다는 증거는 하나도 남지 않았습니다. 이를 바탕으로 판단해 보면, 이번 싸움을 진짜처럼 보이게 하기 위해 인질들을 처치한 게 틀림없습니다."

켈러키안이 반박했다.

"악령 전투복에는 자폭 장치가 있었을 겁니다. 유령 전투복도 그렇잖아요."

"다시 한 번 말하지만, 그것 참 편리하기도 하지. 그러면 알타라에서의 일은 어때? 정제소가 폭발하면서, 우리가 손에 넣었어야 할 증거를 대부분 파괴했을 때도 넌 거기 있었다. 그리고 X41822N 요원이 그 행성에 도착해서 널 구했고. 워드 중위, 그 당시 지상에서 어떤 일이 있었는지 얘기해 주겠나?"

워드는 벌떡 일어나 헛기침을 했다.

"작전 지원을 위해 현장에 도착했을 때, 저 유령은 우리에게 뒤로 물러나라고 했습니다. 자기가 모든 걸 해결하겠다고요. 그럴 수는 없다고 버티자, 노바 요원은 절 협박했습니다."

그는 흘긋 노바 쪽을 바라봤지만 이내 눈을 돌렸다.

"자기 말을 듣지 않으면, 제가 감추고 싶어 하는 개인적인 정보를 누설하겠다고 했습니다."

"그 정보가 뭔가?"

워드는 멋쩍어 하며 말했다.

"전에 허더스타운의 한 소녀와 바람을 피운 적이 있었는데, 그녀는 후에 그 지역 소년에 의해 강간 살해되었습니다. 저 유령은 그게 제가 저지른 짓이라고 모든 사람에게 알리겠다고 협박했습니다. 그건 사실이 아닐뿐더러, 제겐 아내와 두 아이도 있습니다. 그 정보가 조금이라도 누설되어서는 절대로 안 됩니다."

워드는 자리에 앉았다. 잠시 동안 아무 소리도 들리지 않았다. 사람들은 소령과 함께하는 것이 불편하기라도 한 듯 자리에서 몸을 움직였다. 다들 소령과 워드의 말을 되새기고 있는 듯했다. 노바는 잠시 입을 열었다가 닫았다.

이 더러운 자식.

그제야 워드의 행동이 얼마나 영리한 것이었는지 깨달을 수 있었다. 이제 와서 자신이 알고 있는 이야기를 털어놓으면, 사람들은 그녀가 거짓말을 한다고 생각할 터였다. 그게 워드가 노린 점이었다.

"대체 네가 원하는 게 뭐냐, 스폴딩? 지금 뭘 하려는 거지?"

"이 유령과 맬콤 켈러키안을 제게 넘기십시오. 그러면 제 함선에서 직접 이번 작전을 지휘하며 끝장을 보겠습니다. 이 악령이라는 것들은 이제 제 겁니다."

"불가능하다. 멩스크 황제께서 직접 X41822N 요원과 켈러키안 탐색관에게 이번 수사를 맡기셨다. 내겐 그럴 권한이 없어."

"이번 일의 내막에 대해 아시게 되면, 황제 폐하도 생각을 바꾸실 겁니다. 우린 이 테라진의 효과에 대한 더 자세한 자료도 확보했…."

"그만!"

홀러가 탁자를 주먹으로 내리치며 고함을 쳤다. 모두가 깜짝 놀라 자리에서 일어섰다.

"참아 주려고 애를 썼다만, 이건 내 함선이다. 그리고 배 위에서 일어나는 일은 모두 내가 결정한다. 아무래도 잊고 있는 것 같아 다시 알려 주자면, 아직은 내가 네 상급자다."

"전 그런…."

"무슨 이유에선지 모르지만 노바에게 악감정을 품게 되었겠지. 그건 잘 알겠다. 그 따위 일은 내 알 바가 아니야. 하지만 이번 사건을 이용해서 네가 노바를 마음대로 가지고 놀게 내버려 두진 않겠다. 내 사람들을 괴롭혀서 이번 수사를 망쳐 놓게 하진 않겠다는 말이다. 자, 스폴딩 소령, 내 배에서 꺼져."

차분하지만 얼음장처럼 차가운 그 말에, 방은 쥐 죽은 듯 고요해졌다. 두 남자는 오랫동안 서로를 바라봤고, 결국 스폴딩이 고개를 돌리며 어깨를 으쓱했다.

"명령에 따르겠습니다, 대령님. 그런데 지금 크게 실수하시는 겁니다."

그는 돌아서서 자리를 떠나며, 빈센트와 쇼 박사를 데리고 온 두 명의 해병에게 손짓을 했다.

"도망가다가 문에 부딪히지나 마시죠."

켈러키안이 그 등 뒤로 손을 흔들었다. 스폴딩은 뒤로 돌아 기분 나쁜 웃음을 지었다.

"내 반드시 이 문제에 대해 황제 폐하와 이야기를 나누겠다. 그 때는, 네가 얼마나 협조적이었는지도 꼭 말씀드려 주마, 탐색관."

"어련히 그러시겠지."

"그리고 너, X41822N 요원, 조만간 다시 만나자."

네 사람은 문을 빠져나가 통로 저편으로 사라졌다. 함장이 그 뒷모습을 노려보며 말했다.

"루크 대위, 저들이 안전하게 자기네 함선으로 돌아갈 수 있게 뒤를 보살펴 줘라."

루크는 고개를 끄덕인 후, 방을 나서며 문을 닫았다. 홀러 함장이 말을 이었다.

"좋아. 쇼 박사와 워드 중위. 지금은 너희 둘이 친한 친구의 어머니와 밤을 보내는 영상이라도 스폴딩에게 빼앗겼기 때문에 이런 짓을 벌인 거라고 생각하겠다. 다른 어떤 이유로도 둘 다 내게 먼저 말하지 않고 이따위 짓을 꾸몄다는 건, 군사 법원에 회부되어야 할 이유가 되니까. 알았나?"

두 사람 모두 고개를 끄덕였다.

"좋아. 평상시 같으면 조금 전 너희가 했던 얘기에 조금 더 심각하게 대응해 주겠다만, 지금은 그보다 중요한 일이 너무 많다. 그 테러리스트들의 다음 움직임을 예측하는 것도 그 중 하나고. X41822N 요원, 나는 단 한 순간도 네가 그 개자식들과 관계가 있다고 생각하지 않았다. 네가 달리 보고하지 않는 이상, 수사를 계속하는 데 필요한 모든 걸 갖고 있다고 추정하겠다. 자, 이제 나쁜 놈들을 찾아내러 가자."

나머지 사람들이 방을 나서는 동안, 노바는 홀러의 곁으로 다가갔다. 지금까지는 함장을 그다지 신뢰하지 못했기에, 대피실에서 멩스크가 한 이야기도 그에게 털어놓지 못하고 모든 수사를 혼자서 해야 했다. 하지만 이제는 함장을 믿어도 되겠다는 생각이 들었다. 그녀와 맬은 지금 누구의 도움이라도 환영해야 할 처지였다.

"함장님, 함선 컴퓨터의 자원을 더 할당해서 암흑칼날 작전이 언급된 모든 기록을 확인해 주세요. 관계자들과 그 작전의 세부적인 내용, 공문

서, 군사 자료 등, 뭐든 찾아내야 합니다. 그리고 토시, 트라브스키와 툼에 대한 자료도 모두 주시고요. 하지만 이 모든 건 조용히 처리해야 합니다."

홀러는 잠시 동안 그녀의 얼굴을 가만히 바라보고는 한숨을 쉬었다.

"그 이상은 말해주지 않을 것 같다는 생각이 드는데."

"지금은 그 편이 나아요. 그리고 한 가지 더… 몇 년 전에 시 행성이 저그에 점령당했던 사건에 대해서도 알아낼 수 있는 걸 모두 알려 주세요."

"그건 왜지?"

"관련이 있을지도 몰라요. 혹시나 싶은 것들까지 모두 마무리를 지어 두려는 겁니다."

"그래. 오늘 밤까지는 내가 찾아낼 수 있는 건 뭐든 알아오겠다. 넌 내가 만났던 요원 중 최고의 요원이야. 그리고 아우구스트그라드에서의 네 활약이 멩스크 황제의 목숨을 구했어."

노바는 아무 말도 하지 못했다. 홀러가 어떤 종류의 감정이라도 드러내 보이는 건 흔한 일이 아니었다. 아버지 같은 따뜻한 말 한 마디는 두말할 것도 없었다. 자치령 해병대는 서슴없이 감정을 드러내는 조직이 아니었다. "한 팔을 잃으면 계속 싸워라. 한 발을 잃으면 나머지 발로 뛰어라." 그런 구호가 괜히 나온 게 아니었다. 노바는 함장이 자신을 정말 아끼는지, 아니면 지금 알려진 것보다 쇼에게 더 자세한 이야기를 듣고는, 당장 해야 할 일을 준비하는 동안 그녀를 안심시키려는 것인지 궁금했다. 멩스크와 둘이서 무슨 이야기를 나눴는지 알아내지 않고서는 진실을 알 수 없었다. 홀러는 이 구역 최고의 텔레파시 능력자를 상대할 때도 자기 본심은 탁월하게 숨겼다. 이 정도로 자기 마음을 감출 수 있는 사람을 노바는 만난 적이 없었다.

하지만 그가 진심인지 아닌지는 크게 중요하지 않았다. 중요한 건 지금 그의 도움과 지원을 받을 수 있다는 사실이고, 그거면 충분했다. 해야 할 일이 있었다.

"감사합니다. 자치령에 실망을 드리지 않겠습니다."

"알고 있다. 우리가 알아낼 수 있는 건 모두 알려주마."

스폴딩을 만나고 한 시간이 지난 후, 노바는 맬 켈러키안을 만나러 그의 숙소로 찾아갔다.

둘은 각자 알아낸 사실을 공유하고 공격 계획을 세울 조용한 장소를 찾아보려고 했었다. 두 사람 다 현재 상황이 점점 더 다급해진다는 것을, 이제 남은 시간이 얼마 없다는 사실을 잘 알았다. 스폴딩은 이대로 포기하지 않을 테고, 그가 정말로 멩스크를 만난다면 일이 어떻게 흘러갈지는 아무도 몰랐다. 대피실에서 나눈 이야기를 생각해 보면, 황제는 유령을 신뢰하지 않는 것으로도 모자라 아예 철저히 통제하려 하는 게 분명했다. 너무 늦기 전에 악령의 위치를 알아낼 단서를 찾고 적극적인 공세로 전환해야 했다.

하지만 절망하지 않을 수 없었다. 악령은 자치령의 핵심부를 강타하고도 거의 아무런 피해를 입지 않고 사라졌다. 공격 이후 코랄의 영공을 벗어나는 모든 우주선을 추적해 봤지만 아무것도 알아내지 못했고, 도시 전체를 뒤져도 허탕이었다. 악령들은 그야말로 흔적도 없이 사라졌다. 노바에게는 아무런 단서도 없었고, 그들이 이제 어딜 공격할지 알아낼 방법도 없었다.

더 심각한 건, 시 행성에서의 사건에 대해 토시가 했던 얘기를 마음 속에서 지워버릴 수 없다는 점이었다. 그의 말이 정말 사실일까?

켈러키안의 숙소 밖 텅 빈 통로는 고요했다. 노바는 그의 문 앞에 서서 감지기가 그녀가 왔음을 알려주기를 기다렸다. 손이 살짝 떨리고 입이 바짝 마르는 것은 애써 무시했지만, 마치 굶주림처럼 배를 저리게 하는 묘한 갈망은 도무지 억누르기가 쉽지 않았다. 상태가 더 안 좋아지는 건 아닐까 걱정이 됐다. 그 물질이 그녀에게 어떤 영향을 준 걸까? 이 효과는 영구적일까?

중독자가 된다는 건 이런 기분이구나.

농담처럼 생각해 봐도 기분은 나아지지 않았다.

켈러키안이 문을 열었다. 그의 숙소는 노바의 방보다 작았고, 조금 퀴퀴한 냄새가 나는데다가 너무 더웠다. 그가 거기 머문다는 것을 알고 있지 않았다면 빈 방이라고 생각했을 것이다. 방에 주인이 있다는 흔적은 침상 위에 단정하게 개어 놓은 눈에 익은 가죽 외투와, 철제 책상 위에 놓인 홀로그램뿐이었다. 열린 홀로그램에는 회전하는 행성계 모형 안에, 테러리스트의 공격 지점을 표시하는 작은 빨간 점들이 밝게 빛나며 하나의 선을 그렸다.

맬은 옆으로 비켜서며 노바를 방으로 들였고, 그녀는 잠시 동안 그를 바라보았다. 가죽 외투를 벗고 있는 모습은 왠지 조금 작고 여려 보였다. 자신이 오기 전에 일부러 외투를 벗은 건 아닐까도 잠시 생각했지만, 이내 그 생각을 지워 버렸다. 맬은 그런 생각을 할 사람이 아니었다. 최근에 그에게서 느낀 감정은 가벼운 부끄러움이었는데, 마치 자기 자신에게조차 인정하려 하지 않는 무언가에 대해 죄책감을 느끼는 것만 같았다.

그는 문을 닫으며 말했다.

"좀 긴장한 것 같은데. 뭔가 어깨에 잔뜩 짊어지고 있는 표정이야. 다친 곳이 많이 아파?"

"조금요. 그래도 아무 문제 없어요."

노바는 두 사람이 편하게 움직이기에도 충분하지 않은 작은 방을 둘러보며 말했다.

"조금 더 나은 장소를 골랐어야 할까요?"

"여기가 더 안전해."

켈러키안은 의자를 꺼내 침상 쪽을 향해 돌려 놓고 노바에게 권했다. 그리고 그녀가 의자에 앉자, 자신은 침상 가장자리에 털썩 앉았다. 그리고 얇디얇은 매트리스를 툭툭 두드리며 말했다.

"꼭 바위 위에서 잠자는 것 같아. 너도 익숙하겠지? 자치령 해병대에서 생활하는 게 다 그렇지. '평화, 법률, 질서'. 하루 세 끼 식사와 머리를 누일 곳만 있으면 되지. 남자가 또 뭘 바라겠어?"

그는 두 손가락으로 관자놀이를 문지르며 얼굴을 찌푸렸다.

"괜찮아요?"

그는 어깨를 으쓱했다.

"망할 두통 때문에 말이야. 그냥 스트레스 때문일 거야. 오늘 특히 심했는데 영 가시지를 않네. 요새는 전투복의 진통제도 거의 효과가 없어."

맬은 조심스럽게 노바를 살펴보는 듯했고, 그녀는 그가 무슨 생각을 하는지 알 수 있게 그의 마음을 읽어보고 싶은 충동을 애써 억눌렀다. 한결 강화된 능력에도 이제는 많이 익숙해져서, 원치 않는 생각을 차단하는 일도 어렵지 않았다. 그와 동시에, 황궁에서의 일 이후 그와의 감정적 유대는 더욱 강해져 갔다. 굳이 그의 생각을 읽지 않아도 그의 기분은 얼마든지 알 수 있었다.

켈러키안이 헛기침을 했다.

"우모자와의 관계를 생각해 봤는데, 생각하면 생각할수록 그게 점점 더 말이 되는 것 같아. 지배 위원회가 자치령에 대해 어떤 감정을 느끼는지는 우리도 잘 알고, 그들이 구역 외곽의 식민지들에서 자치령의 지배력을 약화시키려 한다는 소문도 무성하니까. 게다가 그들이 유령 사관학교를 증오한다는 건 이미 공공연한 사실이야. 그들은 신중하게 사관학교를 무너뜨리려는 활동을 계속하고 있어. 콜린 패쉬와 마이클 리버티가 주도한 운

동의 배후가 우모자라는 건 이제 모르는 사람이 없고. 이런 일은 우모자의 특기나 마찬가지라고."

"우모자가 이렇게 경솔하진 않을 거예요."

"그건 맞아. 하지만 누군가에게 자금을 제공하고 더러운 일을 대신 시킬 수도 있지. 진보된 기술이 있고, 나름의 유령 프로그램도 있어. 아마 테라진과 같은 물질에 관심이 많을 거야."

"그러면 이제 어떻게 해요? 우모자를 공격할 순 없어요. 증거도 없는 상태에서는 더욱 그렇고요."

"정치적인 압력을 가해야지. 응답이 필요하다는 사실을 먼저 알린 후, 적당히 짜내서 뭐가 나오는지 확인하자고. 헌틀리 의원을 아는 친구에게 연락해 놨어."

"시간이 걸릴 거예요."

켈러키안은 고개를 끄덕였다.

"지금까지 내 우주선 노벰버호를 통해 개인적으로 게헤나라는 말에 대해 조사해 봤어. 멩스크 황제도 우리 측에 배신자가 있을 수 있다고 경고했고, 아우구스트그라드의 통신이 차단되었던 걸 보면 아무래도 우리 네트워크가 안전하지 않은 듯해서 말이야. 쓸데없는 위험을 감수하고 싶진 않았어. 그리고 재미있는 사실을 하나 알아냈지."

그는 자리에서 일어나 홀로그램에 다가갔다. 어느새 그녀의 어깨에 닿을 만큼 가까이에 서게 되었지만, 그는 그 사실을 아직 깨닫지 못한 것 같았다.

"제 이름을 따서 우주선 이름을 지었네요."

그는 노바를 흘긋 바라봤다.

"뭐라고?"

"당신 우주선이요. 노벰버호, 제 이름이죠?"

"넌 내가 채용한 사람 중에서 가장 성공한 요원이었어."

그의 얼굴이 다시 빨개졌다.

"역사상 가장 뛰어난 유령을 키워내는 일에 나도 한 몫 했다는 사실이 정말 자랑스러웠거든. 그래서 이름을 그렇게 지었어. 그뿐이야."

아니, 그 이상이었다. 둘 다 그 사실을 알았다. 노바는 깜짝 놀라면서도 무척 기분이 좋았다. 그 누구와도 겪어보지 못한 일이었다. 남자들은 대부분 그녀의 능력 때문에 잔뜩 겁을 먹거나 불편해 해서, 노바에게 가까이 다가오지도 않으려고 했다. 또 어떤 사람들은 그저 이런저런 방식으로 그녀를 이용하려고만 했다. 하지만 맬은 그녀를 일종의 무기나, 두렵고 피해야 할 존재가 아닌 사람으로 대했다. 그에게서는 항상 마음 속 깊은 곳에서부터 우러나는 진솔함과 선의가 느껴졌다. 맬이 타소니스의 시궁창 거리에 있던 페이긴의 빈민굴에서 노바를 구출해 냈던 기억이 새삼 떠올랐다. 노바가 '금발 마녀'라는 이름으로 잘못을 일삼던 그 시절, 그녀는 유령 사관학교의 기억 소거에 대해 처음으로 알게 되었다. 그건 고통스러웠던 과거로부터 벗어날 완벽한 방법이었다. 지금의 맬은 그 당시와는 많이 다른 사람이었다. 전장에서 잔뼈가 굵었고, 이제는 자신감도 넘쳤다.

이 사람에게서는, 우정보다 조금 더 깊은 어떤 감정이 느껴져.

그 사실을 깨닫고 노바는 깜짝 놀랐다. 사람들이 감정의 지배를 받아 비정상적인 행동을 하게 된다는 이야기를 지금껏 많이 들어 왔다. 테라진에 노출된 이후, 사라졌던 기억과 함께 그녀가 오랫동안 잊고 지냈던 타인에 대한 애착이 되살아났다. 노바는 오래전 토시에게 강하게 이끌렸던 적이 있었다. 하지만 그 감정은 소거되었고, 그 이후로 지금까지는 누군가를 사랑한 적이 없었다. 그런 생각만으로도 마음이 불편해졌다. 맬에 비해 그녀는 너무 어렸다. 게다가 그는 노바를 직접 채용한 탐색관이었고, 둘은 함께 일해야 했다. 물론, 이번 임무가 끝나면 노바의 기억은 다시 소거된다.

결국 아무것도 기억에 남지 않을 것이다.

이건 사랑일 수 없었다. 하지만 다른 무엇이었다. 유령은 누구와도 가까워지지 않아야 한다는 암묵적 규칙에는 나름의 이유가 있었다.

그녀가 고개를 들자, 두 사람의 눈이 마주쳤다.

"맬, 나는….."

"그냥 우주선 이름일 뿐이야. 괜히 신경 쓰지 말라고. 알았지? 지금은 쓸데없는 일에 정신이 팔릴 여유는 없으니까 말이야."

그는 킥킥거리며 웃었지만, 얼굴은 온통 상기되어 목까지 빨갛게 달아올랐다.

"물론 그렇죠."

그러자 또 한 가지 생각이 떠올랐다. 그녀가 원하기만 하면 맬의 내면의 소리를 들을 수 있는 것처럼, 그도 노바의 생각을 쉽게 읽을 수 있는 걸까? 그녀가 생각을 공유하려 하지 않을 때도? 그는 전부터 사이오닉 능력에 민감하게 반응했고, 애초에 탐색관이 된 것도 그때문이었다. 게다가 알타라 행성에서 맬도 테라진에 노출되었다.

그게 사실이라면, 지금 그는 노바에 대해 무엇을 알아냈을까?

이번엔 그녀가 얼굴을 붉힐 차례였다. 노바는 자리에서 일어나 두 걸음 물러서며 팔짱을 끼었다. 이곳에는 숨을 편하게 쉴 공간도 없었고, 그래서 그녀의 머리가 빙글빙글 돌기 시작했다. 레일리언의 걸걸한 목소리가 다시 돌아왔다.

네 끔찍한 죄를 씻어낼 순 없겠지, 노바?

그녀는 망가진 물건이었다. 다르게 표현할 방법이 없었다. 자신의 과거로부터 달아나고 싶을 만큼 많은 죄를 지었고, 그러니 다른 누군가가 자신과 함께하길 원한다는 건 상상할 수도 없었다.

왠지 모르게 가브리엘 토시가 다시 떠올랐다. 새로운 감정이 마음속에 밀려들었다. 더욱 강렬한 동지애와 하나의 팀에 속한다는 소속감이었다. 팀 블루. 캐스. 그 순진한 미소와 뜨거운 열정, 그리고 충성심. 리오. 그 강인하면서도 여린, 모두의 애정과 존경을 바라던 마음. 토시. 그의 지도력과 현명함. 불같은 정열 아래 감춰진 차분함.

자유. 유령 프로그램을 벗어나 옛 친구들 사이에서 온갖 기쁨과 슬픔을 느끼며 진짜 삶을 살 수 있는 기회. 그게 그녀가 정말로 원했던 것일까? 노바는 유령이었다. 혼자서 행동해야 했다. 그게 그녀의 세상이었고, 불과 얼마 전까지는 노바가 기억하는 삶의 전부였다. 지금 와서 다른 것을 상상하는 것조차 불가능해 보였다.

"'게헤나'라는 검색어에 몇 가지가 걸려 나왔어."

켈러키안의 목소리에 그녀는 다시 돌아섰다. 그는 홀로그램을 조작하여 검색 결과를 불러내고 있었다.

"첫 번째는 먼 우주의 행성에 대한 정보고, 다음 건 옛 지구에서 게헤나를 지옥의 구덩이로 통하는 화염의 계곡이라고 생각했다는 기록이야. 그런데 세 번째는 몇 년 전에 말테어IV 주위를 공전하는 군사 시설에서 적의 공격을 겪은 목격자의 증언이야. 몇 가지 측면에서 악령들의 공격 형태와 비슷해. 전략적 목표물을 빠른 속도로 치고 빠졌고, 목격자도 거의 없어. 하지만 지금까지는 다른 공격과 관련이 있다고 생각하지 못했지. 현장에는 500명이 넘는 해병이 있었는데, 시설이 파괴되면서 발생한 폭발에 휘말려 거의 다 죽었어. 딱 한 명만 살아남았는데, 그는 구명정에 타고 주변 지역을 떠돌다가 발견됐고. 제정신이 아닌 상태로 앞뒤가 맞지 않는 말을 중얼거렸다고 해."

"제가 맞춰 볼까요? 검은 옷을 입은 괴물들이 나타났다가 사라졌다고 했겠죠?"

"아니야. 그랬다면 이 보고서에 중요 표시가 붙었겠지. 이송 도중에 의무실에서 단 한 가지 단어만 계속 반복해서 말했어. 내 검색에 걸린 걸 보면 게헤나와 비슷한 말이었겠지. 여기 녹음된 음성도 있어."

그가 음성을 재생했다. 조용한 방 안에서 숨을 죽인 두 사람을 향해, 홀로그램의 스피커에서는 스산하고 유령 같은 목소리가 새어 나왔다. 소리는 희미했고, 남자의 목소리는 무척 거칠고 힘이 없었지만, 노바도 인정해야 했다. '게헤나 기지'라는 말이 계속해서 들렸다.

"세뇌되는 바람에 머릿속에서 부정적인 생각이 계속 반복되고 있는 건지도 몰라요. 뇌가 손상되기 직전에 감지한 특정 단어나 문구가 반복되는 거죠. 녹음된 소리의 일부분이 계속해서 튀는 것처럼요."

켈러키안은 고개를 끄덕였다.

"바로 그거야. 그리고 그 당시 어떤 부대가 가장 먼저 응답했는지 알아?"

스폴딩의 불그레한 얼굴이 노바의 머리에 떠올랐지만, 그게 맬의 생각을 읽은 것인지, 아니면 자신이 직접 떠올린 것인지 알 수 없었다.

"파멸자 부대군요."

"맞았어."

그는 키를 두드려 해병 부대의 활동 기록을 불러냈다.

"여기 보이지? 그 부대가 이 지역에서 가장 가까이에 있는 전투순양함이었어. 한 시간도 떨어지지 않은 지점에 있었지."

"거기서 뭘 하고 있었죠?"

"아무것도 안 했어. 마지막으로 아우구스트그라드 측의 명령에 따라 해적선 한 척과 교전을 했는데, 그리고도 이미 몇 시간이 지난 후였지. 그 뒤로는 아무런 활동도 기록되지 않았고."

둘은 가만히 서서 곰곰이 생각했다. 갑자기 모든 퍼즐이 들어맞는 듯 느껴졌다. 기분이 좋아지려는 것만 같았다. 모든 단서가 자치령 핵심층의 누군가가 암흑칼날 작전을 지휘하고 있다는 사실을 가리켰다. 캐스 툼을 알타라로 보냈던 가짜 명령과, 아우구스트그라드의 통신이 마비된 것은 차치하더라도, 적의 모든 공격이 군사 요충지를 노리고 있다는 것만 봐도 그랬다. 노바는 테러리스트의 공격을 계획한 자가 누구든 군 출신일 거라고 홀러가 예상했던 일을 떠올렸다. 스폴딩의 유령에 대한 증오, 그리고 그 중에서도 특히 노바에 대한 증오는 명백했다. 그는 그 누구보다도 유령 프로그램을 파괴하려는 의지가 강했고, 그런 사람이라면 우모자 지배 위원회에도 매력적으로 다가갈 수 있을 것이다.

"파멸자 부대가 관여했다면, 범죄 현장에는 왜 나타난 거죠?"

"영리한 놈들이니까. 첩자를 몇 보내서 시설을 파괴한 후, 도와주겠다며 마법처럼 나타난 거지. 구출하러 온 사람을 의심할 일은 없을 테니까. 또 다른 이유가 있어. 그 당시가 첫 번째 공격이라면, 아마 지금처럼 감시를 피해 도망칠 능력이 없었을 수도 있어. 그냥 피하려 했다면 파멸자 부대의 전투순양함이 현장을 떠나는 모습이 발각됐을 거야. 그러니 이런 식으로 접근해서, 끔찍한 살인을 저지르고도 황제의 눈 앞에서 빠져나가려 했는지도 모른다고."

"그럴지도 모르겠네요. 그래도 뭔가 놓치고 있다는 느낌이 들어요."

노바는 작전 본부를 떠나던 스폴딩의 말을 떠올렸다.

그리고 너, *X41822N 요원*, 조만간 다시 만나자.

모든 것이 너무 단순했다. 누군가 정보를 떠먹여 주는 것만 같았다.

게헤나 기지는 대체 무엇일까?

켈러키안은 계속 관자놀이를 문지르며 인상을 썼다.

"두통이 계속 심해지는데. 꼭 누가 머리를 쪼개 놓는 것 같아."

그는 좁은 침상에 털썩 주저앉아 머리를 두 손에 묻었다. 다시 입을 연 그의 목소리는 잔뜩 잦아들어 있었다.

"몸이 영 좋지 않아. 어지럽기도 하고. 뭔가 이상한 냄새 나지 않아?"

"진정해요, 맬. 심호흡을 해 봐요."

노바는 그에게 다가가려 했지만, 두 다리가 후들거렸다. 방이 점점 길게 늘어나면서 구불구불해지는 느낌과 함께 욕지기가 밀려들었다. 뭔가 끔찍하게 잘못됐다. 그저 피로가 누적되었기 때문인지, 아니면 뭔가 끔찍한 일이 일어나고 있는 건지 생각해 보려 했지만, 어느새 노바는 무릎을 꿇어야 했다. 팔다리에서 감각이 사라졌다. 이내 바닥에 쓰러진 그녀는 깊고 검은 무의식의 나락 안으로 떨어져 내렸다.

제17장

장군

노바는 소용돌이치는 검은 대양에서 헤엄치며 빠져나갈 곳을 찾았다. 숨 막히는 구름 사이로 여러 얼굴들이 그녀를 비웃었다. 어느새 어린 아이로 돌아간 그녀는 아랫동네의 공원에서 뛰놀며, 타소니스의 정치가와 사업가들의 아이 중에서 누가 그녀와 장난감을 함께 갖고 놀지, 어떤 보모가 저녁 식사 전에 간식을 줄지, 또 노점상에게서 아이스크림을 사면 어떤 보모에게 꾸지람을 들을지 더듬어 느끼는 중이었다. 그때 검은 전투복을 입은 사람들이 공원으로 들이닥쳤고, 그녀는 재빨리 도망쳐 시내로 들어섰다. 도로 위에는 자동차가 가득하고, 길 위에는 얼굴 대신 검은 구멍만 남은 사람들이 들어찬 거리를 떠돌다가, 결국 길을 잃었다.

가까스로 집에 돌아와 부모님과 오빠를 다시 만났을 때, 엄마는 잔뜩 화가 난 표정이었다. 그 아름답고 섬세한 얼굴이 흉측하게 일그러져 있었다.

'왜 우릴 두고 떠난 거니? 네 힘만 있었다면 아버지의 호버 바이크 공장

이 그렇게 되지는 않았을 텐데.'

목숨을 앗아간 총알 때문에 이마에 피투성이 구멍이 남은 오빠가 엄마를 한쪽으로 끌고 갔다.

'저 녀석을 믿어선 안 돼요. 그냥 잊어버리는 게 나아요. 쟤가 저지른 더러운 죄는 씻어낼 수가 없다고요.'

그들 곁에 모여 있는 구 가문의 마지막 아이들은, 저글링들에게 사지를 뜯기며 살려달라고 비명을 지르고 있었다. 그리고 멩스크 황제는 팔짱을 낀 채 그 광경을 지켜봤다. 노바는 다급히 손을 뻗었지만, 어느새 그들은 모두 사라져 버렸고, 그 자리에는 줄리우스 '페이긴' 데일만이 남아 커다란 웃음을 터뜨렸다. 잔인한 두 눈이 그녀에게 머물며, 페이긴은 그녀의 모든 고통을 한껏 들이키다가, 어느새 거머리처럼 부풀어 올라 둥실 떠오르고는 그대로 날아가 버렸다.

정신을 차린 노바는 처음엔 그곳이 어딘지, 또 지금까지 무슨 일이 있었던 건지도 기억하지 못했다. 하지만 이내 모든 기억이 밀물처럼 몰려들었다. 맬의 방에서 이야기를 나누던 중에 갑자기 다리의 힘이 풀리고 정신을 잃었던 일까지.

약에 취했던 거야.

온몸의 감각이 경계 태세를 취했다. 다급하게 일어서 앉으려 했지만 노바의 몸은 구속되어 있었다. 초록색 수술복을 입은 채 구금실의 침상에 강철 수갑으로 묶인 채였다. 신소재 강철 철창 너머로 다른 구금실은 비어 있었다. 누가 이런 짓을 했을까? 스폴딩이 쿠데타를 일으켜 팔라틴호를 점령한 건가? 그리고 맬은 어떻게 되었을까?

손목과 발목을 묶은 사슬을 당겨 보았다. 묵직했지만 크게 어려운 일은 아닐 것 같았다. 그녀는 염력으로 수갑을 열어 보려고 했지만, 아무 일도 일어나지 않았다. 관자놀이가 지끈거리며 묵직한 두통이 찾아왔다.

"신경억제제다."

잭슨 홀러 대령이 바깥쪽 통로에서 나타났다. 정복을 차려 입었지만 어깨에는 견장이 없었다.

"일반적으로는 감정 장애 환자에게 사용하지만, 적절하게 섞어 쓰면 사이오닉 능력을 억제하는데도 탁월한 효능을 보이지. 우리도 최근에 발견한 거다. 널 기절시키려고 강력한 안정제와 섞어 켈러키안 탐색관의 방에 주입했지. 너도 당분간은 능력을 쓸 수 없을 거다, 노바 테라."

그는 창살에서 약 1미터 떨어진 곳에 멈춰서서 팔짱을 끼고 반쯤 미소를 머금은 채 그녀를 바라봤다. 그의 허리춤에 작은 가스통 같은 것이 매달려 있었다. 토시와 딜라나도 같은 물건을 지니고 있었던 것이 떠올랐다.

"놀랐나?"

몸속에서 강렬한 경고음이 울리며 온몸에 소름이 돋았다.

"당신이었어? 아무것도 느끼지 못했는데…."

"테라진을 사용하기 전에도 내 사이오닉 지수는 8.5였다. 텔레파시 능력자에게 감지되지 않게 생각을 억누르는 법 따위는 이미 오래전부터 익숙했다. 유령에게는 흔치 않은 능력이었지. 아니, 사실 내가 지닌 여러 가지 독특한 능력 중 하나였다. 유령 프로그램의 심리 분석 과정에서 내게 '고위험군'이라는 꼬리표가 붙었다는 건 몰랐겠지? 한번 생각해 봐라. 그 시체매 같은 녀석들에게 위험한 존재로 낙인찍히려면, 정말 심각한 정신병자여야 하거든."

"당신이 유령 요원이었다고?"

그는 어깨를 으쓱하며 말했다.

"잠깐 동안이었지만. 그런데 기억을 소거할 수가 없었다. 그 과정이 내겐 아무런 효과가 없었던 거야. 그들은 내가 계급 체계에 저항한다며 날 제거하려고 했다. 그래서 나는 나만의 재능을 살려 탈출하고 신분을 바꿔야 했다. 내 능력은 묻어둔 채 해병대에 들어가 진급을 계속했고. 악마의 놀이터라는 그 망할 행성에서 테라진 가스를 처음 발견했을 때는 꼭 큰 선물을 받는 것 같았다. 그 당시까지 내가 했던 행동을 이해하고, 가스를 적당히 사용하기만 하면, 난 더욱 강한 존재가 될 수 있었다. 내 신체를 세밀하게 조정했다고 할까?"

"당신은 처음부터 암흑칼날 작전의 일부였어."

홀러가 고개를 끄덕였다.

"다른 곳으로 전출한 후에는 의료 연구원으로 위장했지. 일이 다 잘 풀렸다. 그런데 어느날 갑자기 선임 연구원이 내가 나 자신에게 실험을 하고 있다는 사실을 알아내서는 워필드에게 알리겠다고 협박하더군. 장군은 꽤나 대쪽 같은 인물이니, 그런 일이 그의 귀에 들어가게 내버려 둘 수는 없었어. 일이 조금… 지저분해졌지."

노바는 끔찍한 충격에 휩싸였다. 홀러가 어떻게 그렇게 오랫동안 수많은 사람들에게서 이 모든 사실을 감출 수 있었는지 도저히 이해할 수가 없었다.

"당신이었군. 콜 베넷… 모두를 죽인 자."

그는 고개를 가로저었다. 두 눈이 분노로 이글이글 타올랐다.

"아니. 넌 아무것도 모른다. 나는 테라진의 성공을 보여주는 살아 있는 증거였다! 내 힘은 기하급수적으로 커졌고, 투여량을 면밀히 조절하면 환각도 통제할 수 있는 수준이었다. 놈들은 내 말을 들으려 하지 않았어. 멩스크는 일부 피험자에게서 발견되던 부작용에 대해 알게 되자 작전을 모두 폐기하고 증거들도 파괴하라고 지시했다. 우리 모두를 처형하려고 했지. 그게 무슨 말인지 알겠나? 그저 진실을 덮겠다는 이유로, 냉혹하게 우리를 살해한다는 거다."

"네 말은 믿지 않아."

"이건 사실이야. 멩스크는 그 작전에서 워필드를 빼내고 해병 부대를 파견했다. 모든 사람을 제거하려고 말이야. 난 가까스로 놈들을 막아내고 잠깐의 빈틈을 노려 병사 한두 명과 함께 탈출했다. 구출한 병사들은 가까이에 있던 테란 식민지에 내려 주고, 베넷의 죽음을 그 자들의 기억에 심었지. 자치령이 그들의 기억을 탐색하는 동안, 나는 다시 잭슨 홀러가 되었지. 뭐, 이미 한 번 해봤던 일이니까. 나는 카멜레온이다. 그것도 내 독특한 능력 중 하나지."

"그건 불가능해."

"내가 장담하겠다. 그렇지 않아. 내가 그 살아 있는 증거다."

노바는 수갑을 찬 손을 흔들었다.

"날 일으켜 줘, 홀러. 아니, 베넷이라고 해야 하나? 네가 누구든 간에, 어서."

"아직은 안 돼."

그는 가까이 다가와 창살을 한 손에 하나씩 잡고 당겼다.

"튼튼한 신소재 강철이야. 하지만 넌 이 정도는 마음대로 구부릴 수 있겠지? 약물을 마시지 않았다면 말이야. 믿기 어렵겠지만, 나도 널 거기 두고 싶지는 않다. 하지만 달리 선택권이 없지 않겠나. 우리가 무엇을 하고 싶은지, 또 왜 너와 함께하고 싶은지, 토시가 이미 설명한 걸로 안다. 넌 우리에게 있어 아주 소중한 아군이다."

"난 미친놈하고는 거래하지 않아."

홀러가 한숨을 쉬었다.

"그건 정말 잘못된 생각이다, 노바. 유령 프로그램에 들어간 이후, 넌 지금까지 계속해서 미친놈들과 거래를 해왔다. 넌 자신을 속이고 있어. 그 중에서도 가장 끔찍한 존재가 바로 멩스크다. 수십만, 아니, 수백만 명이 그놈 때문에 죽었다. 네게 특히 소중했던, 시 행성의 아이들도 마찬가지고. 부패한 정부와 유령 프로그램 때문에 구역 외곽의 세계는 기근에 시달리고 있다. 망할 황제가 끝없는 부를 누리며 뒤룩뒤룩 살이 찌는 동안에 말이야. 게다가 남은 자연의 법칙을 거역하는, 상상할 수도 없는 가장 끔찍한 짓도 저지르고 있다. 구역질 날 노릇이지만, 멩스크는 이종 교배 실험을 계속하고 있지. 그 자에게 양심이란 없다. 오직 힘만을 갈망하는 거야. 이제는 그보다 나은 지도자가 나와야 할 때가 됐다."

"그래서 그게 너라는 건가?"

"그렇다고 생각한다. 그래, 이제 테란도 자유롭게, 옳든 그르든 자신의 선택에 따라 살아야 한다. 연합이든 자치령이든, 코프룰루 구역은 항상 민주주의보다는 부패와 독재를 선택하는 모양이더군. 옛 지구의 미합중국에서는, 적어도 국제 강대국 협의회가 설립되기 이전까지는, 정상적인 민주주의가 존재했었다. 대중이 권력을 지니고, 직접 지도자를 선출할 수 있어야 한다. 그리고 필요하다면 지도자를 폐위시킬 능력도 있어야 하고."

"그렇게 하려고 망할 쿠데타를 조직한다는 거야? 무력으로 현재의 정부를 전복시키겠다고?"

"그 반대다."

홀러는 온 은하계의 무게가 자신의 어깨에 실렸다는 듯이 슬픈 표정을 지었다. 하지만 노바는 그 모습을 전혀 믿지 않았다.

"사람들이 다소 죽었다. 나도 그건 인정하지. 하지만 난 최소한의 죽음으로 사회를 조직적으로 변화시킬 수 있는 계획을 가동시켰다. 먼저, 전략 요충지에 대한 공격을 통해 멩스크의 권위를 손상시키려고 몇 달 동안이나 은밀히 활동했다. 그것 때문에 악령을 만든 거다. 불필요한 피를 흘리지 않고 의지를 관철할 수 있는 병력이지. 또한 충분히 진보된 화력을 보유한 세력과 강한 유대 관계를 맺어, 전쟁 억지력을 확보했다. 하지만 진짜 핵심은 바로 너야."

그는 대답을 기다리기라도 하듯, 노바를 한참동안 가만히 바라봤다. 그녀는 입을 열지 않았고, 장군은 빙그레 미소를 지었다.

"노바 테라, 역시 강하군. 하지만 네가 나의 악령 부대를 지휘할 최적의 인물이라고 확신한다."

"가브리엘 토시가 테러리스트 조직을 이끌고 있는 줄 알았는데. 나는 자치령의 유령이다. 네 제안 따위에는 관심이 없어."

노바의 시선은 흔들리지 않았다.

"그럴 줄 알았다."

홀러는 한숨을 내쉬며, 허리띠에서 작은 홀로그램 투사기를 꺼내 열었다. 달리 아무 말도 하지 않았다. 그럴 필요가 없었다.

콜 베넷 장군은 노바의 두 눈이 휘둥그레지는 광경을 지켜봤다. 그녀는 홀로그램의 내용을 서서히 이해하기 시작했다. 체스를 둘 때나 다른 종류의 시합을 할 때, 물론 전쟁을 치를 때도, 그가 가장 아끼는 순간이었다. 상대방의 머리 속에 자신이 베넷의 적수가 되지 못한다는 깨달음이, 도저히 어쩔 수 없을 만큼 자신이 뒤지고 있다는 깨달음이 찾아드는 바로 그 순간이었다.

홀로그램에서는 맬 켈러키안이 지금 노바 테라가 갇힌 곳과 매우 비슷한 감방에 갇혀 있었다. 단, 맬이 있는 곳은 게헤나 기지였다. 바위벽에 묶인 그의 앞에 가면을 쓴 근육질 해병이 서 있었다. 해병의 손에서 커다란 전투 대검이 빛났다. 들리지는 않았지만 신호가 전해지기라도 했는지, 해병이 카메라를 향해 고개를 끄덕이고 칼날을 켈러키안의 목에 댔다.

"지금 이 순간, 우리 전투순양함은 코랄을 향해 가고 있다. 멩스크에게 접근하고 내게 데려와라. 황제가 널 신뢰한다는 사실은, 지금 우리에게 무척 중요한 자산이다. 멩스크를 통해 자치령 전역에 우리의 뜻을 알려야 한다. 네가 이 일만 성공하면, 켈러키안 탐색관은 무사히 풀려날 것이다. 그렇지 않으면…."

베넷은 말을 끝맺지 않았다. 답은 홀로그램 안에 있었다. 노바는 고개를 들어 그의 눈을 바라봤고, 그는 처음으로 그녀의 눈에서 공포를 보았다. 오랫동안 노바를 살펴보며 내린 결론이었다. 그녀는 이 탐색관에게 깊은 애정을 품고 있다. 토시는 자기 나름의 방식으로 일을 해보려고 했지만, 이미 기회를 모두 날려 버렸다. 무슨 수를 써서든 노바는 그들의 일원이 되어야 했다.

그는 조금 부드럽게 접근하기로 했다.

"모두 널 위한 일이다. 가브리엘이 한 말이 맞아. 넌 유령 프로그램의 노예다. 놈들이 마음껏 써먹다가 때가 되면 버려 버리는 무기에 지나지 않아. 너와 사이오닉 능력을 지닌 다른 테란들 모두 자유를 누려야 한다. 넌 무자비한 암살자가 아니라 빛의 봉화가 되어 다른 사람들을 이끌어야 한다. 날 따라와라. 자유를 찾게 해 주마."

물론, 단 한 마디도 진심이 아니었다. 그의 진짜 목표는 훨씬 더 복잡했다. 하지만 그는 타인을 지배하는 자신의 힘과 권위에 대해 잘 알고 있었다. 모두들 그의 뜻에 따랐다. 그러지 않는 자가 있으면 그는 자신의 특별한 능력을 사용하여 간단히 상대의 뇌파를 조종해 버렸다. 짧은 시간 동안이라면 그는 누구나 자신이 원하는 바대로 생각하게 만들 수 있었다.

베넷은 노바가 복종하겠다는 마음을 비추기만을 기다렸다. 노바의 눈이 홀로그램에서 그의 얼굴로, 다시 홀로그램으로 움직였다. 일반적인 경우라면 지금쯤 노바의 턱 근육이 조금 풀어져야 했다. 짧게 들이쉰 숨을 잠시 멈추고, 결정을 내림과 동시에 다시 내쉬어야 할 때였다.

노바 테라는 만만치 않은 여자였다. 그건 두말할 것도 없었다. 베넷은 자신의 고유한 설득의 능력을 십분 사용해도 그녀의 의지를 꺾기는 힘들 것임을 알고 있었다. 노바의 충성심은 한없이 깊었고, 그녀의 세상은 회색이 없이 흑과 백으로 나뉘었다. 선과 악 사이에는 아무것도 존재하지 않았다. 이건 베넷에게는 아무런 문제가 되지 않았다. 그런 성품을 지닌 사람은 무척 훌륭한 아군이 된다. 일단 내 손에만 들어오면, 얼마든지 믿을 수 있다.

한때는 자신에 대해서도 그렇게 생각했던 적이 있었지만, 이미 오래전에 모든 것이 달라졌다. 특유의 정신 지배와 기억 조작 능력을 이용하여 유령 사관학교에서 도망친 후, 잭슨 홀러라는 새로운 신분으로 위장하기까지는 오랜 시간이 걸리지 않았다. 홀러는 아무도 관심을 갖지 않는 하사관으로 역사 속으로 사라져갈 운명이었지만, 어느 토요일 저녁에 잠시 모습을 감춘 후 갑자기 장교 훈련 과정에 "재배치"된 정예 군인이 되어 나타났다. 사실 손쉬운 일이었다. 간단하고 지저분하지만 꼭 필요한 행동을 하고, 몇 가지 기록을 조작하고, 홀러의 부대장과 몇 안 되는 친구들의 기억을 조금 손보는 것이 전부였다. 그렇게 그는 전도유망하고 야심만만한 장교 후보생이 되어 훈련에 뛰어들었다.

그렇게 해병대 대령까지 진급하는 데도 시간이 오래 걸리지 않았고, 결국 비밀 첩보 작전을 담당하는 노바 부대의 지휘관이 되었다. 그리고 멩스크의 '반란'을 통해 그는 자치령에 대한 충성심과 자신의 능력을 증명해 보였다. 마침내 '암흑칼날'이라는 일급비밀 연구 계획과 테라진에 대해 알게 되자, 그는 드디어 움직여야 할 때가 왔음을 깨달았다. 홀러 대령은 비밀 임무에 '재배치'되며 사라졌고, 다시 콜 베넷의 신분을 취해 암흑칼날 작전의 생체 의학 연구원이 되었다. 그러나 망할 멩스크가 해병들을 보내 그를 포함한 모두를 제거하려고 했다. 황제 자신의 정치적 위험을 감소시키겠다는 단 한 가지 이유뿐이었다. 실험이 실패했다고 판단한 멩스크는 그것이 존재했었다는 모든 증거를 없애려고 했다.

사실은 한없이 성공에 가까웠다! 정말 말도 안 되는 일이었지만 멩스크의 병사들은 그의 말을 들으려고도 하지 않았다. 그들에겐 할 일이 있었다. 그래서 베넷은 탈출에 필요한 일을 하면서 아주 중요한 교훈을 배웠다. '나 자신을 제외하고는 그 누구도 믿지 말 것.'

바로 그 순간, 그에게 새로운 임무가 부여되었다. 다시 나타난 홀러 대령은 무시무시한 집중력과 악마 같은 광기를 보였다. 물론 그는 자신이 장군감이라고 믿었고, 그렇게 자신이 직접 설립한 배후의 지휘 체계에서는 스스로 장군이 되었다. 테라진을 사용하여 마침내 그는 자신의 내면에 존재한다고 믿어왔던 잠재력을 모두 발휘했다. 홀러는 스스로 황제라 칭하는 저 멩스크를 폐위시키고 자치령을 차지할 것이다. 그리고 그 목표를 이루려면 무척 정교하고 신중하게 마련한 계획을 따라야 한다.

이번 일을 준비하는 데 오랜 시간을 쏟았다. 우모자, 가브리엘 토시, 그리고 해병대의 일부 구성원들과 연합했다. 그는 해병대의 압도적인 화력에 대해 너무 잘 알고 있었다. 전면전을 벌여서는 멩스크를 이긴다는 건 꿈도 꿀 수 없었다. 그래서 악령들을 동원하여 전략적 요충지들을 공격하고, 적의 의지를 약화시키고, 지도자에 대한 사람들의 신뢰를 무너뜨렸다.

가장 가능성이 높은 방법은 우월한 지성과 독특한 능력을 활용하여 황제의 권력 기반을 뒤흔든 후, 자신이 그 대안으로 등장하는 것이었다. 토시는 악령들의 폭력 행위에 대한 책임을 모두 짊어지며 몰락하고, 사람들이 그의 진짜 목적이 무엇인지 깨달을 때면 이미 모든 일은 끝난 후가 되리라. 일단 권력을 장악한 후에는 자신의 뜻을 거역하는 모두를 짓밟을 것이다. 사람들의 목을 매달고, 신체를 훼손하고, 사지를 잘라 우민들에게 본보기를 보일 것이다. 정화의 전쟁이 시작되고, 그에게 반하는 자들은 모두 침묵하게 되리라. 그러면 그의 진짜 철권 통치가 시작된다.

그게 세상이 굴러가는 방식이다. 그는 세상을 너무 잘 알고 있었다.

하지만 일이 단단히 꼬이기 시작했다. 멩스크를 사로잡으려는 첫 번째 시도는 완전히 실패했고, 이제 아우구스트그라드의 온 병력이 철저한 방어 태세를 구축했다. 베넷 장군은 처음에는 이 사실에 크게 분노했지만, 곰곰이 생각해 보니 이번 일도 일종의 기회로 볼 수 있을 것 같았다. 노바테라는 황제의 신임을 얻고 있으니, 그녀 혼자서는 황궁의 경비원들을 통과할 수 있었다. 그렇게 그녀가 멩스크를 끌고 온다면, 장군의 원대한 계획은 온전히 유지된다. 그리고 멩스크의 자백과 참수형이 이어진 후, 권력이 공백 상태가 되면 베넷 자신이 부드럽게 왕좌에 오르면 된다.

나쁘지 않은 계획이었다. 멩스크를 산 채로 끌어낼 수 없다면, 노바에게 그 자리에서 없애 버리라고 지시할 생각이다. 그렇게 되면 노바는 가브리엘 토시와 함께 모든 참극의 책임을 져야 할 것이다.

노바의 시선이 다시 홀로그램으로 향했다. 이제 강하게 압박해야 할 때가 왔다. 지금 이곳의 상황을 지배하는 게 누구인지, 그리고 그의 제안을 받아들이지 않을 경우 어떤 결과가 나타날 것인지 그녀도 깨달아야 한다. 그는 노바의 마음을 더듬어 그녀의 기분을 알아내려 했고, 그 결과에 크게 만족했다. 그녀는 공포에 질려 있었다. 어쩌면 맬과 사랑에 빠져 있었는지도 모른다. 그렇다면 일은 훨씬 더 쉬워질 것이다. 기억이 돌아오면서, 노바는 고통스러운 깨달음의 과정을 거쳤다. 자유를 되찾는다는 생각은 무척이나 매혹적이었다.

베넷은 자신이 할 수 있는 가장 위협적인 시선을 노바에게 던졌다.

"이제 결정을 해야겠다, 노바 테라. 저 탐색관도 나도, 계속 이렇게 기다리고 있을 수만은 없으니까. 이제 우리와 함께해라. 나와 같이 새로운 혁명을 이끌자. 그게 싫다면, 침몰하는 배와 운명을 같이 해라. 물론, 그때는 켈러키안도 데려가게 될 거다."

"그럴 수는 없어. 난 테란 자치령의 유령이야."

베넷이 통신 장치를 향해 조용히 무슨 말을 했다. 잠시 후, 홀로그램 속 경비병이 칼을 휘둘러 켈러키안의 손목 안쪽을 베었다. 피가 분수처럼 솟아나왔고, 탐색관은 상처를 움켜쥐려 했지만 수갑에 걸린 손이 손목에 닿지 않았다.

"과다출혈로 죽겠는데. 어떻게 하겠나?"

노바의 시선은 다시 홀로그램에서 장군의 얼굴로 옮겨갔다. 공포에 얼굴이 하얗게 질렸다.

"난⋯."

"아직은 구할 수 있을지 몰라. 어떻게 하겠냐니까?"

"그만해! 제발."

소리치는 노바의 두 눈에 눈물이 고였다.

"뭐든지 하라는 대로 하겠어. 제발 맬을 살려 줘."

베넷은 빙긋 웃으며 통신 장치를 향해 다시 지시하고, 경비병이 재빨리 탐색관의 상처를 처치하는 모습을 지켜봤다. 이제 자비로우면서도 아주 조금 부드러운 모습을 보여줄 필요가 있었다. 본격적인 일은 그 후에 시작된다.

"정말 이러고 싶진 않았다. 맬이 제대로 된 치료를 받을 수 있게 해 주마. 이제 곧 우리 의사들이 수술을 하러 올 거다. 너무 걱정하지는 마라. 단순히 신경 삽입물만 제거하는 거니까. 네 협력이 필요한 만큼, 근육 이완제인 숙시닐콜린을 사용하여 널 잠깐 동안 마비시키고, 신경 억제제를 써서 네 능력도 잠시 재워 둬야 할 거다. 꽤나 섬세한 수술이지만, 최고의 의사들을 투입해 주마. 네 경우는 회복 속도도 가속화된 만큼, 며칠이면 회복되어 코랄에서 작전을 수행할 수 있을 거라 믿는다."

그는 돌아서서 자리를 떠나려다가, 뭔가가 떠오르기라도 한 듯 다시 빙글 돌아섰다.

"아, 노바, 이제 와서 네가 내린 결정을 번복한다거나 할 생각은 하지 않는 게 좋을 거다. 사방에 지켜보는 시선이 있으니, 혹시라도 네가 탐색관을 구하러 가려고 시도하면 내가 그 사실을 알게 되고, 즉시 그 자식을 죽여 버릴 거다."

그는 잠시 말을 멈추고 그녀와 눈을 맞추며, 자신이 진심이라는 사실을 노바가 이해하게 했다.

"오해는 하지 마라. 우리에게 네가 필요하긴 하지만, 네가 없더라도 우리 계획이 성공하는 데 큰 문제는 없다. 필요하다면 네 머리통에도 얼마든지 총알을 박아 주겠다."

제18장

쇼 박사

눈치챘어야 하는데.

노바 테라는 감금실에 앉아 생각했다. 가는 손목에 채워진 수갑은 무척이나 묵직했다. 홀러로 알고 있던 그자는 그녀에게 알타라 행성을 혼자서 조사할 수 있는 기회를 줬지만, 노바가 정제소에 도착하기 전에 병사들을 출동시켰다. 그 당시에는 그녀를 지켜 주기 위함이었다고 생각했지만, 이제 와서 생각해 보면 그 장소에서 어떤 증거도 발견하지 못하게 하려는 것이었다. 또 다른 조짐도 있었다. 아우구스트그라드에서 노바와 유령들이 악령과 맞섰을 때, 스폴딩을 비롯한 모두가 전투에 참여하지 못하게 막기도 했다. 그때는 현명한 전략적 결정이었다고 생각했지만, 그건 그저 토시에게 그녀를 포섭하고 멩스크에게 접근한 후 탈출할 수 있는 시간을 벌어주기 위한 것일 뿐이었다. 그리고 얼마 전 스폴딩과 티격태격하던 때 그녀를 비호하던 일도, 노바는 대령이 자신을 믿어 준다고 생각했지만, 단지 자신의 계획을 지켜내고 그녀의 배신을 꾸며낼 시간을 벌려는 것뿐이었다.

팔라틴호에 낯선 얼굴들이 가득 들어찬 것도 이제 이해가 됐다. 베넷은 자신에게 충성하는 재사회화된 병사들로 다음 작전을 준비하고 있었다. 노바는 한숨을 쉬었다. 또 누가 이번 음모에 연루되었을까? 워드는 한패가 분명했다. 처음부터 그에게서 뭔가 이상한 점을 느꼈었다. 루크? 그에 반해 스폴딩은 전적으로 결백해 보였다. 지금 파멸자 부대는 어디 있을까? 아마 노바가 반역자라는 사실을 황제에게 고하기 위해 아우구스트그라드로 가는 중이리라. 너무 많은 생각에 머리가 어지러울 지경이었다. 어떻게 그렇게 많은 단서들을 놓칠 수 있었을까?

게다가 지금 당면한 상황도 심각했다. 맬이 칼에 베이는 모습을 보는 순간 뼛속까지 냉기가 서렸다. 그때는 그의 목숨을 구하기 위해 어떻게든 빨리 대답해야 한다는 생각밖에 없었지만, 사실 두말할 나위 없이 심각한 일이었다.

베넷이 그녀에게 선택지를 제시했을 때, 배신자가 되겠다는 마음이 단숨에 머릿속을 가득 채웠다. 멩스크 황제가 암흑칼날 프로젝트와 관련된 모든 사람을 학살하라고 지시했다는 베넷의 말을 이제 그녀도 믿었다. 그리고 시 행성에 대한 저그의 공격 배후에 황제가 있었다는 말도 이제 믿음이 갔다. 게다가 멩스크는 자신에게 필요하다면 한 치의 망설임도 없이 유령 프로그램 전체를 소거해 버릴 수 있는 사람이라는 건 이미 알고 있었다. 황제는 이번 임무에 대한 정보를 아주 조금씩만 그녀와 공유했고, 그러는 과정에서 노바는 목숨을 잃을 위험에 처했었다.

멩스크는 언제나 위험과 갈등으로 가득 찬 우주에서는 강력한 힘과 하나로 통합된 지도자가 필요하다고 생각했고, 그런 필요를 충족시키기 위해 무엇이라도 할 계획이었다. 지금까지는 그녀도 그 말에 동의했었다. 그녀가 할 일은 질문하는 게 아니라 명령에 따르는 것이었다. 하지만 마음 한편에서는 이번의 배신이 마치 날카롭게 따귀를 얻어맞는 듯한 기분으로 느껴졌다.

가브리엘 토시와 캐스 툼, 델타 엠블럭, 리오 트라브스키, 그리고 사관학교의 다른 친구들을 생각했다. 사관학교에 처음 입교했을 때, 그녀는 상처 입은 외톨이로 다른 누구와도 관계를 맺을 수가 없었다. 그리고 그곳에서 노바는 팀웍을, 우정의 가치를 배웠다. 하지만 결국엔 그 모든 것을 다시 잃어버려야 했다. 자유를 되찾는다는 생각은 분명히 매혹적이라는 사실을 노바도 인정해야 했다.

하지만 친구와 가족에 대한 기억이 돌아오면서, 그녀가 바라지 않았음에도 가족이 살해당한 과정과, 그녀가 수백 명 사람들의 죽음을 초래했던 일까지 떠올랐다. 자치령에 충성을 맹세하고, 모든 과거를 잊으려고 발버둥쳤던 일도 떠올랐다. 그때 그녀가 모든 것을 포기하고 삶을 끝내려고 했다는 걸 아버지께서 아셨다면 뭐라고 말씀하셨을까? 아버지의 목소리가 들리는 것만 같았다. 그런 태도는 그녀답지 않았다. 사람들이 그녀에게 의지하고 있다. 그러니 당당히 일어서 옳은 일을 해야만 한다. 그녀는 지금껏 항상 투사였고, 언제나 열정이 가득했다. 이건 아버지와 그녀에게 모두 해당하는 재능이었다.

수술 팀이 방으로 들어왔을 때, 노바는 고개도 들지 않았다. 누군가 그녀의 발치에 앉아 노바의 턱을 잡고 들어올렸고, 그렇게 그녀와 상대방은 시선을 맞췄다.

"운명을 받아들인 모양이군. 좋아, 이제 우리도 본격적으로 움직일 수 있을 거야."

쇼 박사였다. 그가 웃는 모습을 보면 왠지 구역질이 났다.

"알고 있었군. 내가 처음 도와달라고 찾아갔을 때는, 내게 무슨 일이 일어나는 건지 전혀 모르는 것처럼 행동했으면서."

"상관없었지. 테라진의 반감기는 겨우 몇 시간 정도에 불과해서, 그런 증상도 이내 사라지기 시작하거든. 물론 반복해서 사용하다 보면 체내에 축적되기는 하지만. 그 당시에만 해도 내가 해줄 수 있는 건 없었어. 하지만 이제는 모든 것을 바꿀 수 있지. 물론, 지금 이 순간을 기다려 온 나만의 이유도 있지만 말이야."

그는 뒤로 물러나 간호사에게 노바의 수갑을 풀라고 손짓했다. 전투복을 입지 않은 해병 두 명이 이동용 침상 곁에서 소총을 그녀의 가슴에 겨눴다.

"네게 주입된 약물이 염력은 모두 억제하고 있을 테지만, 맨손 전투는 여전히 할 수 있겠지. 여기 침상에 올라와 줬으면 해. 널 의무실로 이송해서 수술 준비를 해야 하니까. 저항하려고 하면 여기 두 신사분이 널 쏴 버릴 거야. 물론 켈러키안 탐색관도 죽게 될 거고. 알겠어?"

노바는 고개를 끄덕였다. 간호사는 수갑을 풀자마자 떨리는 손가락을 홱 잡아뗐다. 결코 노바의 얼굴을 향해 시선을 돌리려 하지 않았다.

(신이여 제발 저 여자가 절 해치게 하지 말아 주세요)

노바는 간호사를 바라봤다. 그녀 내면의 생각은 희미했지만 충분히 명료하게 들렸다. 텔레파시 능력이 돌아왔다. 약물이 벌써 몸에서 사라지고 있는 걸까? 놀라는 모습을 감추기 위해, 노바는 두 손에 감각이 없어지기라도 한 듯이 앞으로 들어올려 흔들어 보였다. 하지만 쇼가 모든 것을 알아채기라도 했으면 어쩌나 하는 두려움이 앞섰다.

박사는 이동용 침상을 그녀에게 가져오라고 지시하기만 했을 뿐, 아무것도 눈치채지 못한 듯했다. 그녀는 두 손을 펴고 몸의 양 옆으로 늘어뜨린 채 가만히 서서, 위협적이지 않고 협조적인 태도를 보이려고 애썼다.

하지만 그건 모두 연기였다. 그녀는 자치령에 충성을 다하는 X41822N 요원으로, 어떤 대가를 치르더라도 자치령을 수호할 준비가 되어 있었다.

그거면 충분했지만, 베넷은 또 한 가지 치명적인 실수를 했다. 그는 노바에게 조금이라도 의미가 있는 단 하나의 사람을 해치겠다고 위협했다. 그녀를 화나게 했다. 이제 그녀의 생생한 분노를 온몸으로 만끽하게 될 것이다.

맬, 잠깐만 기다려요. 내가 갈게요.

제19장

탈출

그녀는 침상에 올라 손목과 발목에 다시 수갑이 채워지는 동안 가만히 기다렸다. 침상의 틀에 묶인 손발은 15센티미터정도 밖에 움직일 수 없었다. 그리고 의료진은 침상을 끌고 문을 나서 통로로 들어섰다. 쇼 박사와 간호사는 머리쪽에 서고, 해병들은 약 1미터의 거리를 두고 뒤를 따랐다. 노바는 해병의 눈을 바라봤다. 모두 경계를 늦추지 않은 채 소총을 겨냥하고 있었다. 둘 다 전투복은 입고 있지 않았지만, 기습 공격은 쉽지 않을 것 같았다. 평소처럼 염력을 사용할 수 있었다면 무장한 해병 둘 정도는 큰 문제가 아니었지만, 지금은 자신이 과연 능력을 사용할 수 있을지조차 확신할 수 없었다. 탈출하겠다고 마음을 먹는 것과 실제로 실행에 옮기는 것은 완전히 다른 문제였고, 적당한 때가 온다고 하더라도 노바가 기회를 붙잡을 수 있을지는 지금 딱 부러지게 말할 수 없었다.

의무실은 같은 층에 있었고, 이동에도 오랜 시간이 걸리지 않았다. 쇼는 침상을 방 가운데로 안내했다. 수술용 조명과 장비는 이미 배치가 완료된 상태였다. 간호사들이 침상의 바퀴를 제자리에 고정하는 사이, 해병들은 문가에 자리를 잡았다.

쇼가 다가와 마치 아버지처럼 부드러운 몸짓으로 그녀의 이마에 늘어진 머리카락을 치웠다. 박사가 두 눈을 반짝이며 말했다.

"오래 걸리진 않을 거야. 이 기계가 두 가지 약물을 주입할 건데, 하나는 네 사이오닉 능력을 조금 더 억제할 거고, 또 하나는 움직이지 못하게 할 거야. 의식도 있고 감각도 어느 정도 남아 있겠지만, 팔다리는 마비될 테지. 이 방식이라면 수술 도중에, 우리가 너무… 깊이 들어갔는지 네게 직접 물어볼 수도 있어. 알다시피 두뇌는 아주 섬세한 기관이고 신경 삽입물은 제거하기가 쉽지 않거든. 수술이 시작된 후에, '예'라고 답하려면 눈을 한 번 깜빡이고, '아니오'라고 답하려면 두 번 깜빡이라고. 무슨 말인지 알겠지?"

놈은 이걸 즐기고 있어. 그냥 날 괴롭히려고 의식을 잃지 않게 하는 거면서.

그 생각과 함께 분노가 치밀어 오르고, 심장이 빠르게 뛰면서 피부가 붉어졌다. 노바가 말했다.

"후회하게 될 거야. 약속해 주겠어."

쇼는 눈을 깜빡이며 침을 꿀꺽 삼켰다. 그러나 이내 기운을 차렸다.

"테라 요원, 너 정말 생각이 없구나. 그렇게 위협하다가 내가 불안해서 실수라도 하면, 힘들어지는 건 너야. 수술 도중에 사고라도 일어나면 어떻게 하려고 그래?"

그는 미소를 지으며 간호사에게 손짓을 했고, 간호사는 로봇 팔을 이용하여 생리 식염수 주사를 연결했다.

"이제 정맥을 절개할 거야."

그 말과 함께 쇼는 플라스틱 관과 바늘을 부드럽게 그녀의 팔에 꽂고, 팔꿈치 부위에 깔끔하게 테이프로 고정했다. 그리고 세 개의 전극을 노바의 이마에 붙였다. 쇼는 화면의 수치를 보고 약이 정상적으로 주입되는지 확인하며 말했다.

"난 타소니스에서 자랐어. 사실, 우리 부모님은 너희 집에서 일했었다고. 어머니는 청소를 했고, 아버지는 요리를 했지. 공격이 있던 날, 부모님도 거기 계셨어. 반란군들은 우리 부모님을 해치지 않았지만, 네… 정신 폭발 때문에 두 분은 그 자리에서 돌아가셨지."

알타라에서 저그와의 사건이 있은 후 노바가 처음 깨어났을 때, 쇼가 그녀를 바라보던 시선이 생각났다. 그의 마음에 '살인자'라는 말이 떠올랐던 것이 기억났다. 어떻게 했는지는 몰라도 그 외의 생각은 모두 감췄지만, 이제야 모든 걸 이해할 수 있었다.

"테러리스트들이 우리 가족을 모두 죽였어. 내 앞에서 오빠를 살해했다고. 난 어린아이였을 뿐이야. 원해서 그런 게 아니었어."

"아, 그럼. 물론 그랬겠지. 끔찍한 일이 일어나기를 바라는 사람도 있나? 그게 안타깝긴 하지만, 누구나 스스로의 행동에 대한 책임은 져야 하지 않겠어?"

그는 잠시 동안 그녀와 눈을 맞췄다.

"나도 마찬가지야. 네가 우리 부모님께 저지른 짓 때문에 난 베넷의 팀에 합류하게 됐어. 그래서 결국 여기까지 왔잖아. 그렇게 오랜 시간이 지나, 부모님의 살인자를 이렇게 마주하게 됐지. 난 이 순간을 기다려 왔어. 이젠 정말… 구원을 받은 기분이야."

노바는 식염수 주머니를 바라보다가, 다시 쇼가 사용할 수술 도구가 담긴 강철 쟁반을 바라봤다. 마치 고문 기구 같았다. 바로 뒤에는 활력 징후와 뇌파 활동 등 각종 정보가 표시되는 모니터가 있었다. 이제 언제라도 그녀의 몸에 약물이 투입될 수 있었다.

갑자기 끔찍한 깨달음이 찾아왔다. 베넷과 토시가 무엇을 원하든 간에, 쇼는 그녀를 살려둘 생각이 없었다. 쇼는 두 손을 들어 올리면서 말했다.

"곧 돌아올게. 이제 손만 소독하면 바로 수술을 시작할 수 있어."

그는 간호사를 향해 손짓했고, 둘은 다른 문을 통해 의무실 밖으로 나섰다.

노바는 해병들을 바라봤다. 둘은 여전히 문가에 서서, 그녀의 머리 위쪽 어딘가를 바라보고 있었다. 지금이 기회였다. 하지만 손목을 묶은 수갑에 정신을 집중해 봐도, 사슬은 아주 조금 움직일 뿐이었다.

안 돼.

그녀는 숨을 깊이 들이쉬며 다시 정신을 집중했다. 여전히 수갑은 조금밖에 움직이지 않았다. 아직 힘이 부족했다.

그 일에 너무 열중하느라, 처음에는 모니터에 표시되는 정보가 달라졌다는 것을 눈치 채지 못했다. 그러다가 깜빡이는 화면이 그녀의 눈길을 끌었고, 고개를 돌려 확인하자 화면에 표시되던 정보 대신 익숙한 글자가 계속 반복되어 표시되고 있었다.

노바 테라.

노바는 다시 해병들을 바라봤다. 각도를 고려하면 그들은 모니터를 보지 못할 것 같았다.

노바. 나야. 리오 트라브스키.

어떻게 리오가 컴퓨터를 통해 그녀와 대화를 할 수 있는 걸까? 그리고 거기 대답하려면 어떻게 해야 하는 거지?

그 답은 이내 모니터 화면을 가로질렀다.

네게 부착된 전극이 모니터에 연결되어 있어. 말하고 싶은 건 그냥 생각하기만 해. 내가 네 뇌파를 읽을 수 있으니까.

네가 어떻게 여기 있는 거야?

난 이제 데이터의 흐름 속에 살아. 난 어디든 갈 수 있고, 인류에게 알려진 모든 시스템의 어떤 데이터에도 접근할 수 있어. 일부 외계 시스템도 그렇고.

지금 악령들을 도와주고 있는 거야?

앞서 짐작했던 바이기도 하지만, 막상 그 생각을 떠올리자 노바는 실망을 감출 수 없었다. 아우구스트그라드에 대한 공격이 이루어지는 동안, 자치령의 통신 시설을 마비시킨 건 리오의 힘이었다. 그가 바이러스처럼 네트워크 전체를 감염시키면, 악령들은 모든 것을 제어할 수 있다. 물론 그러려면 자치령의 방화벽을 우회하여 메인프레임에 접근해야 할 테고, 그건 쉬운 일이 아니었다. 하지만 어떻게든 그 시스템 내에 진입하기만 하면, 기계에 의한 반란이 일어나는 것과 마찬가지였다. 해병의 모든 통신과 핵무기 발사 암호, 전력망을 포함한 모든 것이 그들의 손에 들어갈 테니까.

네가 사는 세계에는 결함이 있어. 내가 깊이 연구한 젤나가 문화도 이미 오래 전에 그 세계를 떠났잖아. 테란과 프로토스와 저그는 남은 부스러기를 놓고 다투는 거야. 난 테란의 의식을 확장하려고 해. 이제 혁명이 필요한 때가 왔어. 한때 테라진이 그 답이 될 거라고도 생각했었는데, 부작용이 생각보다 심각해. 그리고 토시와의 관계도 점점 문제가 생기고 있고. 이 실험에 대한 통제력이 약해지고 있다고.

실험이라고? 사람들이 죽어가고 있어. 베넷이 원하는 바를 이룬다면 더 많은 사람이 죽을 거야.

꼭 그래야 한다면, 어쩔 수 없는 일이야.

정말 그렇게 생각하는 건 아니겠지? 리오, 난 널 알아. 네가 가브리엘이 했던 일이 옳았다고 생각할 리가 없어.

내겐 옳고 그른 게 없어. 이제 그런 건 없다고.

쉬잇, 하는 희미한 소리가 들려와, 그녀는 깜짝 놀라며 현실로 돌아왔다. 약물이 체내에 주입되고 있었다. 그녀는 몸부림치며 정맥에 박힌 바늘을 뽑으려 했지만, 수갑 때문에 손이 닿지 않았다.

리오, 끔찍한 수술이 곧 시작될 거야. 저자들이 내 두개골을 열 거라고. 도와줘. 약물이 주입되지 않게 멈춰줄 수 있어?

아무 일도 일어나지 않았다.

리오, 부탁이야. 설명할 시간은 없지만 이건 잘못됐어. 쇼는 날 죽이고 사고였던 것처럼 꾸미려는 거야.

리오와 함께 사관학교의 '스파키' 컴퓨터의 통제력을 되찾기 위해 싸우던 기억이 되살아났다. 어린 유령 훈련병 콜린 패쉬와 그의 놀라운 '영혼 분리'능력에 대한 기억까지 모두 되살아났고, 그와 함께 찾아온 강렬한 충격에 그녀는 헉, 하고 숨을 들이켰다. 리오의 육신이 죽었다는 끔찍한 소식은 팀 전체에 커다란 충격을 주었고, 특히 노바에게는 상상했던 것 이상의 고통이 되었다. 그녀는 눈을 질끈 감고 온 힘을 모아 한 가지 생각에 집중했다.

우리 우정이 네게 조금의 의미라도 있었다면, 지금 나를 믿어줘.

잠시 동안 노바는 리오가 그녀 곁을 떠났다고 생각했다. 하지만 곧 유압장치가 멈추며 쉬잇, 하는 소리도 사라졌다. 노바는 안도의 한숨을 내쉬었지만, 아직 온전히 마음을 놓을 순 없었다. 수갑을 풀고 해병들을 처리해야 했다.

머지않아 쇼와 간호사가 돌아왔다. 둘 다 수술 가운을 입고 마스크를 목에 걸고 있었다. 쇼는 수술대에 다가오며 다시 미소를 지었다.

"드디어 진실을 밝힐 순간이야. 이제 내 말을 들을 순 있겠지만, 몸을 움직일 순 없겠지? 숙시닐콜린은 효과가 무척 빠르거든."

그는 잠시 말을 멈추고 당황한 듯 기계와 정맥 주사 바늘을 번갈아 바라봤다. 그리고 그녀를 향해 몸을 숙였다. 그의 숨결이 노바의 피부에 뜨겁게 닿았다.

수갑이 노바를 구속했지만, 그는 묶인 손이 닿을 만큼 가까이 있었다.

그녀는 오른손으로 쇼의 손목을 붙잡고 자신을 향해 강하게 끌어당긴 후, 다시 왼손으로 그의 목을 붙잡고 강하게 압박했다. 쇼는 꽉 막힌 목으로 새된 비명을 지르며 발버둥을 쳤지만 노바는 왼손을 더욱 강하게 눌렀고, 결국 쇼의 몸은 그대로 뻣뻣하게 경직되었다.

해병들은 노바를 향해 무기를 겨눴지만, 쇼의 몸이 그녀를 보호하고 있었다.

"조금이라도 움직이면 박사의 숨통을 뜯어내 버릴 거야. 총알을 되돌려 보낼 만큼 염력도 회복되었으니, 무기를 발사하는 건 생각도 하지 않는 게 좋아."

해볼 만한 도박이었다. 그녀는 해병들이 자신의 말을 믿어주기만을 바랐다. 뒤이어 노바는 1미터쯤 떨어져 서 있는 간호사를 바라봤다.

"수갑을 풀어. 지금 당장!"

거대한 해병 둘이 아무리 유령 요원이라고 해도 여자의 명령을 들을 수는 없다는 듯한 태도로 서로를 바라봤다. 간호사는 공포에 질려 움직이지도 못했다. 노바는 일부만 보이는 쇼의 얼굴을 내려다 봤다. 박사의 커다랗게 뜬 눈은 붉게 충혈되고, 침을 삼키려 할 때마다 숨이 넘어가는 소리가 났다.

"저 녀석들이 내 말대로 하지 않으면 널 죽여 버릴 거야. 알겠어?"

쇼는 눈물이 차오르는 두 눈을 질끈 감고 고개를 조금 끄덕였다. 그리고 꺽꺽거리는 목소리로 억지로 말했다.

"하라는 대로 해."

당장이라도 공황 상태에 빠질 것만 같은 간호사가 수술대에 다가와 더듬거리며 열쇠를 돌렸다. 수갑이 풀리자 노바는 다시 지시했다.

"좋아. 이제 뒤로 물러나. 그래, 그렇게. 그리고 해병들의 무기를 가져 다가 바닥에 내려놔."

간호사가 그렇게 하자 노바는 수술대 위에서 일어나 앉았다. 여전히 쇼 의 목덜미를 붙잡은 채였고, 팔꿈치 안쪽에 꽂혀 있던 바늘이 뒤틀리다가 빠져 버리는 바람에 느껴진 따끔한 아픔은 무시했다.

"난 박사를 데리고 여기서 나갈 거야. 먼저 수갑으로 저 해병들을 수술 대에 묶어."

그녀는 자리에서 일어나 서서히 물러나며, 수갑을 간호사에게 내주었다.

하지만 해병들은 지금이 움직일 때라고 결정한 듯, 재빨리 엎드리며 무 기를 찾았다. 노바는 거칠게 쇼를 옆으로 내던졌고, 박사는 빙글 돌며 쿵 소리와 함께 벽에 부딪히고는 그대로 바닥에 떨어졌다. 그녀는 조금도 지 체하지 않고 해병들에게 달려들어 맨발로 한 해병의 얼굴을 걷어차 목을 뒤로 꺾어 버리고, 손날로 다음 해병의 목을 내리쳤다. 두 번째 해병의 얼 굴이 강렬한 파열음과 함께 바닥에 부딪히고는 다시 튀어올랐고, 그의 코 에서 피가 사방으로 흩뿌려졌다. 의식을 잃었는지 죽었는지는 알 수 없지 만, 그는 그대로 바닥에 널브러졌다.

먼저 얼굴을 맞았던 해병은 어느새 일어나서는, 발목에 묶은 칼집에서 작은 칼을 꺼내 이리저리 휘둘렀다. 그는 피투성이가 된 이를 내보이며 씨 익 웃었지만, 마음속으로는 승리를 확신하지 못하고 있음을 노바는 느낄 수 있었다.

"이러지 마. 널 죽이고 싶진 않아."

뒤쪽 어딘가에서 쇼가 소리쳤다.

"저년은 염력을 쓸 수 없어! 이런 빌어먹을, 당장 붙잡아!"

해병이 달려들었지만 노바는 우아하게 옆으로 비켜서며 앞으로 뻗은 그의 팔을 붙잡았고, 그 팔을 축으로 삼아 해병의 머리 위로 회전하여 상대의 뒤쪽에 착지했다. 그리고 노바는 해병의 머리를 두 손으로 붙잡아 거칠게 왼쪽으로 비틀었고, 척추가 부러지면서 그의 목은 갑자기 헐거워졌다. 그녀는 해병의 시체를 부드럽게 바닥에 내려놓았다.

간호사는 수술실 구석에 틀어박혀 두 무릎을 가슴 앞에 붙잡은 채 덜덜 떨고 있었다. 그녀의 생각이 점점 더 크게 들려왔다. 공포에 질린 나머지 거의 이해할 수 없는 생각의 연속이었다. 노바는 손을 내민 채 그녀에게 한 걸음 다가가며 말했다.

"괜찮아. 해치진 않을 거야."

간호사의 눈이 커다래지며, 노바의 등 뒤 무언가에 초점을 맞췄다. 자신을 향해 끔찍한 분노가 퍼져 나오는 것을 느끼고 돌아선 그녀의 눈앞에서, 쇼 박사가 두 손으로 메스를 높이 쳐들고 다가왔다. 순수한 증오에 휩싸여 거친 비명을 입술 사이로 내뱉는 그의 얼굴은 잔뜩 추악하게 일그러져 있었다.

몸속에서 아드레날린이 치솟는 것을 느끼며 노바는 본능적으로 정신을 내뻗었다. 혼란에 빠진 표정이 쇼의 얼굴을 스치고, 그의 손이 자신의 의지를 거역했다. 쇼는 메스를 그대로 자신의 배에 내리꽂은 후 거칠게 위로 잡아당겼다. 폭발하듯 내장이 쏟아져 나왔다. 그는 한숨을 내쉬며 그대로 바닥에 주저앉아 점점 커져가는 피 웅덩이 속에서 배를 애써 붙잡았다.

치명상이었다. 박사도 이미 잘 알고 있었다.

노바는 해병 중 하나의 쐐기총을 집어 들고 상태를 확인했다. 장전되어 언제든 발사할 수 있었다. 머지않아 사람들이 들이닥칠 것이다. 하지만 한 가지 계획이 머릿속에 떠올랐다. 옛 친구의 협조가 필요하겠지만, 가능성은 충분했다.

그녀는 쇼를 내려다봤다. 박사는 그녀를 바라보며 축축한 기침을 했다.

(넌 그들을 막을 수 없어 이미 너무 늦었어 여기서 살아 나가지도 못할 거야)

"어디 한 번 두고 보자고. 그래도 네가 살아남을 수 없다는 것 하나는 확실해."

쇼와 피투성이가 된 수술실을 남겨 두고, 노바는 그대로 몸을 돌려 문 밖으로 나섰다.

제20장

팔라틴호

콜 베넷 장군은 화가 머리끝까지 치밀었다.

함교의 높은 단상에 올라선 그는 커다란 창을 통해 별들을 내다봤다. 얼마 전에는 잭슨 홀러 대령으로서 그와 같은 자세로 거기에 서서, 함선이 알타라 행성에 접근하는 모습을 지켜봤었다. 하지만 그때의 기분은 지금과는 사뭇 달랐다.

그 당시 그는 승리의 정점에 서서, 자신의 복잡하고 철두철미한 계획이 모두 제자리를 찾은 느낌을 즐기고 있었다. 오랜 세월 동안 준비해 왔던 임무였다. 비밀리에 동맹 관계를 구축하고, 각종 무기와 테라진, 조륨을 비축하고, 적의 사기를 약화시키기 위해 자치령의 요새들에 전략적인 공격을 가하고, 보유한 악령의 수를 늘렸다. 게헤나 기지는 지금껏 제작된 전투기지 중 가장 진보적이고 가장 막강한 요새였고, 이제 전력으로 가동되는 중이었다. 리오 트라브스키는 자치령 네트워크에 침투해서 정부의 작전을 내부에서부터 마비시키고, 경비 부대의 눈앞에서 멩스크를 납치할 기회를 만들어낼 준비가 되어 있었다. 전설적인 반정부 기자로 해적 홀로그램 뉴스를 통해 엄청난 수의 지지 세력을 거느린 마이클 리버티도, 그들이 멩스크를 손에 넣기만 하면 황제의 자백을 온 우주에 방송하기로 합의했다. 베넷은 권력의 공백 상태에, 진정 국민들에게 최선을 길을 찾으려는 자애로운 지도자가 되어 화려하게 등장할 준비를 마친 후였다. 적어도 돌이킬 수 없는 때가 오기 전까지, 그는 완벽한 지도자의 모습을 보여줄 예정이었다.

그가 코프룰루 구역의 지배자로 등극하는 것도 시간문제라고 생각했었다. 아크튜러스 멩스크가 목숨을 구걸하는 꼴을 보게 될 거라고도 확신했었다.

상황이 어찌나 빨리 달라지던지.

불과 몇 시간 전, 노바 테라가 고개를 숙이며 자신의 뜻에 따르겠다고 했을 때 그는 누구에게도 지지 않을 것만 같은 기분을 느꼈다. 그러나 조금 전, 노바가 의무실에서 탈출하고 쇼가 죽었다는 보고가 들려오며 모든 것이 달라졌다. 노바는 사라졌다. 루크는 탐색관 켈러키안의 개인 우주선인 노벰버호가 팔라틴호의 착륙장 중 하나에서 단독으로 발진했다는 소식을 전했다. 게다가 출발하는 우주선을 막지 못해서 발포하려던 순간, 추적 장치 및 통신 장치가 대부분 꺼졌다고 했다.

아무래도 노바를 지나치게 과소평가한 것 같았다. 그녀는 그 작은 함선 안에 분명히 타고 있었을 것이다. 지금 어디로 향하고 있는지는 누구도 몰랐다. 즉시 멩스크에게 경고하려고 할 수도 있다. 그게 합리적인 일이었다. 하지만 베넷은 그녀가 당장 게헤나 기지를 찾아가 켈러키안을 구출하려 할 것임을 확신했다. 물론, 그녀가 기지를 찾아낼 수 있으리라고는 전혀 기대하지 않았다. 그가 지금까지 실행에 옮긴 계획 중 가장 큰 업적으로 꼽는 건 바로 리오와 함께 개발하고 우모자 연구원들이 운용하는 거대한 은폐 장치였다. 그 장치는 거대한 게헤나 기지를 모든 테란 탐지기로부터 감추는 역할을 했다. 하지만 노바는 위험한 존재였고, 통신 장치가 마비된 상태에서 그는 토시와 접촉하여 켈러키안을 처형하라는 지시도 내릴 수가 없었다. 지금은 그저 노바에게 복수하려는 생각만으로도 그런 지시를 내리고 싶은 마음이 굴뚝같았다.

베넷 장군은 분노로 활활 타올랐다. 그 감옥 안에서 노바가 했던 것처럼 완벽하게 본심을 감출 수 있는 사람은, 장군 자신을 제외하면 지금껏 만나본 적이 없었다. 게다가 그녀는 다른 테란 대부분과 달리 정신적 암시에도 저항하는 듯했다. 예를 들어 루크 대위가 베넷 자신을 그다지 좋아하지 않는다는 건 굳이 언급할 필요도 없는 사실이었지만, 그녀의 머릿속에 아주 작은 압력을 가해서 그가 원하는 걸 뭐든지 하게 만드는 일은 아주 간단했다. 특정한 충동을 느낄 때면 자신과 함께 침실에 들게 하는 것도 물론 가능했다.

창을 등지고 돌아서 함교를 바라보며, 베넷은 거친 목소리로 말했다.

"대위, 상황 보고."

루크는 허리를 숙이고 들여다보던 통신 장교의 자리에서 고개를 들어 그를 바라봤다. 그리고 통신 장교에게 뭐라고 귓속말을 한 후, 허리를 펴고 일어섰다.

"아직 통신이 이루어지지 않고 있습니다, 함장님. 노바가 통신 장치의 핵심부를 태워 버렸습니다."

"다시 시도해!"

장군은 어느새 소리를 지르고 있었다.

"하드웨어가 손상되었습니다. 사람을 보내 수리를 하고 있습니다만 다소 시간이 걸릴 것 같습니다. 팔라틴호의 자원에는 한계가 있습니다. 문제가 발생하기 전에 비행 궤도가 이미 게헤나로 고정되어 있었던 덕분에 지금은 목적지를 향해 운항하고 있긴 합니다. 대상이 탐지 범위에 들어서면 수동으로도 비행할 수 있습니다만, 지금으로서는… 심우주의 미아가 되고 싶지는 않습니다."

루크 대위는 어깨를 으쓱하고, 베넷은 두 손으로 난간을 내리쳤다.

"젠장!"

그 위력에 금속 난간이 휘어지는 것을 느끼며, 함장은 허리띠에서 테라진 통을 꺼내 한 모금 깊이 들이쉬었다. 가스가 그의 폐를 가득 채우고, 근질거리는 손발을 향해 퍼져 나갔다. 평상시 그는 가스 섭취량을 지나치다 싶을 만큼 주의해서 조율해 왔다. 오랜 시간에 걸쳐 그는 부작용을 충분히 감당할 수 있음을 증명했고, 테라진을 안정시키는 것으로 보이는 조류 광물과 결합하여 적당량만 주입한다면 얼마든지 통제할 수 있다는 걸 몸소 익혀 왔다. 하지만 지금은 테라진이 주는 힘을 느껴야만 했다. 그 말할 수 없는 행복한 느낌이 필요했다.

테라진은 그를 실망시키지 않았다. 베넷은 자신의 체격이 엄청나게 커지는 것을, 그래서 함교를 내려다보며 그 위의 모든 사람들이 마치 난쟁이처럼 보이게 되는 것을 느꼈다. 모두들 깜짝 놀란 표정으로 그를 바라보고 있었다. 그는 파멸의 구렁텅이에 빠진 테란을 이끌 운명이었고, 모두들 그걸 알았다.

불과 조금 전까지만 해도 자신이 심각한 고민에 빠져 있었다는 사실이 당황스러웠다. 물론 테라와 관련하여 몇 가지 사소한 오류가 있었다. 하지만 모든 게 망가진 건 아니었다. 전혀 그렇지 않았다. 게헤나로 돌아가 병력을 재집결하고, 아우구스트그라드에 대한 전면 공격을 준비하기만 하면 된다. 모든 것은 아직 제자리에 있었고, 그는 지금 이 순간을 위해 너무나 오랫동안 준비해 왔다. 무엇도 그를 막을 수는 없다. 자기 몸을 지켜줄 유령 전투복도 입지 못한 유령 요원 하나 정도는 굳이 염두에 둘 필요도 없다. 베넷이 다시 명령했다.

"워드 중위를 불러와 바이킹 편대를 출격시키라고 해라. 노바 테라의 우주선을 발견하면 즉시 포획해야 한다. 꼭 살려서 데려와라."

그는 빙글 돌아서 다시 우주의 어둠을 마주하고는, 아주 작은 우주선이 움직이는 모습이 보이지는 않는지 살폈다. 노바는 저 밖 어딘가에 있었고, 그들보다 크게 앞서 가지도 못했다. 얼마든지 찾아낼 수 있다. 그리고 그때는, 노바가 보는 앞에서 산 채로 맬 켈러키안의 가죽을 벗길 것이다. 한 번에 한 조각씩.

제21장

게헤나 기지

　그날 아침 캐스 툼이 깨어났을 때, 게헤나의 상황은 많이 달라져 있었다. 여기저기 긴장감이 가득했고, 악령과 로봇들도 부산하게 바위 통로를 지나다녔다. 팔라틴호가 곧 도착할 예정이었고, 함선에 노바가 타고 있다는 사실을 모두들 알고 있었다. 가브리엘은 캐스에게 악령들이 아우구스트그라드로 향할 계획이라고 설명했고, 이번에는 노바의 도움을 받아 황제를 포로로 잡는 일에 반드시 성공할 거라고 했다.

　처음에 캐스는 그들이 모두 미쳤다고 생각했다. 전투기지 하나로 어떻게 자치령 해병대 전체를 상대할 생각일까? 특히 지금은 첫 번째 공격이 실패한 이후 자치령의 전 병력이 엄중한 경계 태세를 취하고 있지 않은가? 하지만 가브리엘이 작전 계획을 설명하자, 그녀도 그 계획이 정말 완벽하게 단순하기 때문에 오히려 성공할 가능성도 있다는 점을 인정해야만 했다.

계획의 기반은 무력이 아니라 속임수였다. 게헤나 기지의 고성능 은폐 장치 덕분에 그들은 눈에 띄지 않고 코랄의 공전 궤도에 들어설 수 있고, 이후에 노바 테라가 개인용 우주선을 타고 접근하여 멩스크와의 긴급 접견을 요청한다. 그 사이 은폐한 악령들은 황궁의 경비를 뚫고 조용히 잠입한다. 황제가 노바를 신뢰하고 있는 만큼 그녀는 황제에게 접근할 수 있을 것이며, 노바가 황제를 포획한 후에는 악령들이 리오의 도움을 받아 탈출을 지원한다. 리오는 통신을 교란시켜 그들이 탈출하는 동안 황제가 개인 처소에 머물고 있는 것처럼 보이게 한다. 악령들은 황제를 은폐된 게헤나 기지에 끌고 와, 자치령의 눈앞에 있는 기지에 숨긴다. 해병대 입장에서는 황제가 연기처럼 사라진 듯 보일 터였다.

베넷 장군은 멩스크의 '자백'을 국민들에게 전달하기 위해 마이클 리버티와 방송 계약을 맺었다. 다시 한 번 리오의 지원을 받아, 사용 가능한 모든 통신 장치를 통해 방송이 이루어질 예정이다. 멩스크는 암흑칼날 프로젝트, 사관학교에서 유령들에게 이루어지는 학대, 그리고 비밀리에 행한 의료 실험과 처형에 자신이 관여했다는 사실을 인정할 수밖에 없다. 처음에는 저항하겠지만, 베넷의 독특한 정신 조작 능력을 통해 결국 황제는 장군의 뜻대로 움직이게 되리라.

마지막으로, 멩스크가 자백한 온갖 반인륜적인 범죄의 후폭풍으로 자치령 그 자체가 휘청거리는 사이, 잭슨 홀러 대령이 앞으로 나서서 권력의 공백을 채운다. 물론, 권좌를 차지하기 위해 나서는 자가 또 있겠지만, 베넷은 그들의 생각을 조작하여 오직 자신만이 테란 전체를 이끌 수 있는 최적의 선택이라고 확신하게 만들 수 있다. 사관학교는 붕괴될 것이다. 악령은 베넷의 권력을 수호하는 정예 부대로 다시 태어나, 혼돈의 시기에 평화를 가져오는 역할을 한다. 그리고 그렇게, 새로운 질서가 수립된다.

이 모든 것이 표면적으로는 가능해 보였다. 하지만 캐스는 점점 더 불안해졌다. 뭔가 끔찍하게 어긋났지만, 그게 정확히 무엇인지 콕 집어 말할 수는 없었다. 가브리엘 토시는 수수께끼의 동굴 바닥에서 그녀를 매혹시킨 이후로 점점 더 변덕스러워졌다. 차분하고 상냥해 보이다가도 어느 한 순간에 정신없이 동요하며 잔인한 행동을 보였다. 더 끔찍한 건, 고개를 옆으로 기울이고 멍하니 우주를 바라보는 모습이 점점 더 자주 눈에 띈다는 점이었다. 그 모습은 캐스는 들을 수 없는 어떤 목소리에 귀를 기울이는 것만 같았다. 한 번은 혼잣말을 중얼거리는 소리도 들은 적이 있었다. 그 내용은 거의 이해할 수 없었지만, 죽음의 여신에 대한 이야기를 나누는 듯했다.

가브리엘은 모든 것을 그녀에게 이야기했다. 시 행성에 대한 저그의 공격, 그가 죽었다는 사실이 알려진 후 새롭게 발견한 능력, 그리고 테라진을 발견한 일까지. 그는 베넷 장군과 어떻게 동맹을 맺게 되었는지에 대해서도 이야기했다. 가브리엘은 타고난 지도자였지만, 그가 하는 이야기들은 점차 이단적 교리와 허무맹랑한 환각, 그리고 사관학교 시절 둘 사이의 애틋했던 기억이 한데 뒤섞인 미치광이의 헛소리로 변해갔다. 그는 인간 이상의 존재가 되기 위해 팀 블루를 만들었다고 주장했고, 그들이 다시 한 팀이 되기만 한다면 모든 일이 괜찮아질 거라고 말했다. 그 생각에 집착하는 모습은 어린아이처럼 유치하고 비합리적이었다.

캐스는 아직도 토시를 사랑했다. 하지만 이제는 그를 믿지 않았다. 물론 자신의 아버지에게 일어난 사건의 진실에 대해서 만큼은 토시의 말을 믿었다.

그리고 그녀는 자신도 모르게 복수를 갈망했다.

다른 악령들도 다소 이상한 모습을 보였다. 특히 딜라나는 과도하게 편집증적으로 행동하며 캐스를 경쟁상대로 생각하는 듯했다. 사관학교에서도 딜라나가 토시를 흠모했었다는 사실이 기억났다. 비록 토시는 전혀 모르고 있었지만, 그건 지금도 마찬가지인 모양이었다. 딜라나는 늘 토시에게 치근덕거렸고, 그가 자신을 험하게 대하면 대할수록 점점 더 집착이 심해졌다. 가끔은 단순히 그의 관심을 받으려는 이유만으로 그를 자극할 말이나 행동을 하는 것처럼 보였다. 그녀의 행동은 점점 더 다급해져만 갔고, 그와 동시에 딜라나가 캐스를 비수 같은 눈길로 노려보는 모습이 자주 눈에 띄었다.

캐스는 악령의 검은 전투복을 입기 시작했다. 그 옷을 입으면 조금 불안한 기분이 들긴 했지만, 확실히 이점이 있음은 인정해야 했다. 전투복을 뒷받침하는 기술은 생각했던 것보다 훨씬 놀라웠고, 입었을 때의 전투복은 그저 또 한 겹의 피부 같았다. 인공 근섬유는 기존 유령 전투복보다 훨씬 큰 폭으로 힘과 민첩성을 강화시켰고, 은폐 장치는 그녀를 그 무엇에도 탐지되지 않게 할 뿐만 아니라 생각까지도 다른 텔레파시 능력자들에게 감지되지 않게 차단했다. 가브리엘은 테라진 한 통을 주면서 항상 몸에 지니고 있으라고 했다. 캐스는 가스를 가능한 한 적게 사용하려 했지만, 그 뜨거운 갈증을 이겨내기는 쉽지 않았다. 환각과 기억의 조각들은 이제 그녀를 괴롭히지 않았지만, 테라진을 흡수한 후 몇 시간이 지나면 몸속에서부터 나타나기 시작하고, 이후 점점 커져서 다른 무엇도 떠올릴 수 없게 될 만큼 강렬한 그 갈증만은 어찌할 수가 없었다.

캐스는 함교로 갔다. 그곳에서 가브리엘은 혼잣말을 중얼거리고 있었다. 게헤나의 함교는 자치령의 다른 함선들과는 전혀 달랐다. 우선 이 거대한 우주 기지는 조종사가 거의 필요하지 않기 때문에 함교도 무척 작았다. 운항 장비들도 더 소형이었고, 홀로그램 화면은 더 밝고 선명했다.

가브리엘은 어둠 속에 서 있었다. 초록색으로 반짝이는 화면의 빛 속에 잠긴 그의 모습은 검은 형체로만 보였다. 그 으스스한 모습을 보며, 캐스는 마치 그의 사적인 대화에 끼어드는 것만 같은 불편한 기분을 느꼈다.

캐스는 두 팔로 자신의 몸을 감싸고 기다렸다. 토시는 처음엔 그녀의 기척을 느끼지 못하다가, 어느 순간 그녀가 나타났다는 사실을 갑자기 깨닫기라도 한 듯 화들짝 놀랐다.

토시가 갑자기 입을 열었다.

"팔라틴호가 아무 반응 없이 접근하고 있어. 계속 신호를 보내고 있지만 아무 응답이 없어."

"때맞춰 왔잖아. 그냥 조심하려는 거겠지."

가브리엘은 고개를 저었다.

"뭔가 잘못됐어. 시스템이 모두 꺼진 것 같아. 리오도 전혀 응답이 없고."

"리오에 대해 걱정하는 거라면…."

"그 녀석은 이제 인간이라고 할 수 없어, 캐스. 게다가 지금은 자기가 우릴 통제하겠다고 나서고 있고. 나도 최근에는 리오가 골칫거리가 될 거라고 걱정하고 있었어. 그 녀석이 우리에게 필요하긴 하지만, 계속 우리 말에 따르지 않는다면 어떻게 처리해야 할지도 베넷은 이미 계획을 세워 뒀어."

"무슨 소리야?"

토시는 그녀를 노려보다가 시선을 돌렸다.

"리오가 문제를 일으키면 EMP를 집중시켜 그 녀석이 있는 곳을 날려버릴 거야. 그러면 자치령의 통신 네트워크도 완전히는 아니겠지만 우리가 일을 처리하는 동안에는 차단될 테고."

"그럴 순 없어. 리오가 어디에 있는지도 모르는데, 어딜 공격해야 할지 어떻게 알겠어? 그리고 설사 공격할 수 있다고 해도, 리오는 아직 살아 있어, 가브리엘. 의식이 있다고. 리오가 네 말을 따르지 않는다고 해서 그렇게 죽일 수는 없잖아. 우린 한 팀이라며? 리오는 아직 네 친구야."

"최후의 수단이야. 그래도 필요하다면 해야만 해. 괜찮을 거야. 날 믿어. 이제 우리가 멩스크를 붙잡는 데 방해가 되는 건 아무것도 없어."

안 돼.

캐스 튬은 고개를 가로저었다. 모두 잘못됐다. 그들은 거기 조용히 서서 관측창을 통해 해답이 심우주 어딘가에 있기라도 한 듯 밖을 내다봤다. 게헤나는 거대했다. 거의 하나의 작은 행성과도 같았다. 하지만 창밖을 내다보자 지금 우주공간을 시속 수천 킬로미터로 질주하고 있다는 사실을 새삼 실감할 수 있었다.

시간은 가만히 멈추어 선 것만 같았다. 가브리엘의 불안감은 점점 커져만 갔고, 이는 쉴 새 없이 주먹을 쥐고 펴기를 반복하는 그의 손에 잘 드러났다. 캐스가 곁에 있다는 사실조차 잊어버린 것처럼, 그는 누군가 던진 이야기에 잔뜩 화가 난 듯이 고개를 날카롭게 옆으로 돌리고는 작은 목소리로 말했다.

"그녀가 아니에요. 괜히 일을 심각하게 만들지 마세요."

"뭐라고?"

캐스를 향해 돌아선 토시는 그녀의 기척을 지금 처음 알아챘다는 듯이 깜짝 놀란 모습이었고, 이내 한숨을 내쉬었다.

"유령이 있다는 걸 믿어?"

서늘한 기운이 그녀의 등을 타고 스멀스멀 기어 올라왔다.

"그… 가끔은 우리 두뇌가, 우리가 보고 싶어하는 걸 만들어 낸다고 하더라고. 난 그렇게 생각해."

테라진을 조금 흡수한 후에는 더욱 그렇고.

그 생각은 입 밖에 내지 않았다.

가브리엘이 그녀의 생각을 감지했는지는 알 수 없었지만, 별다른 반응은 보이지 않았다.

"어젯밤에 꿈을 꿨어. 우리 할머니가 나오셨고. 사방에 시체가 널려 있고, 온통 죽음의 기운이 가득했어. 주위는 온통 피바다였는데, 나는… 혼자였어."

그는 고개를 절레절레 저으며 말을 이었다.

"할머니는 불길한 징조라고 하셔. 넌 어떻게 생각해?"

"넌 꼭 지금 할머니가 곁에 계신 것처럼 얘기하는구나."

"어쩌면 그럴지도 모르지."

캐스는 이제야 토시가 혼잣말을 하는 이유를 깨달았다.

"유령 같은 건 없어, 가브리엘. 할머니는 벌써 오래전에 돌아가셨어. 지금 여기 계시지도 않고."

그는 잔뜩 불쾌한 표정이었다.

"알아. 난 바보가 아니라고."

하지만 확신하지 못하는 표정이었다.

"내 말은 할머니의 영혼이 나와 함께하신다는 거야. 알겠어? 날 이끌어주신다고."

그는 더듬거리며 말을 골랐다.

"네가 사랑하는 사람은 영원히 네 곁에 함께 머문다는 얘기도 있어. 그런 거야."

"난 잘 모르겠어."

그 말과 함께 캐스는 아버지를 생각했다. 리오가 조작하는 인공지능 광고 로봇에서 본 아버지는 정말 진짜 같았다. 아직도 머릿속에서 아버지의 목소리를 들을 수 있었고, 가끔은 테라진이 환각을 초래하는 게 아니라 산 자와 죽은 자를 이어주는 창을 여는 것은 아닐까 생각하기도 했다.

하지만 그건 미친 생각이었다. 그 생각만으로도 지금 그녀의 정신이 얼마나 심각한 붕괴 위기에 처했는지를 알 수 있었다.

"할머니는 희생이 필요하다고 하셨어."

가브리엘이 중얼거렸다. 부드럽게 떨리는 불빛에 그의 모습이 나타나고 사라지기를 반복하는 것만 같았다.

"마망 테레스가 내게서 무언가를 취하고, 그 대가로 내가 원하는 걸 주는 거야. 그런데 아직 뭘 희생해야 할지 모르겠어. 그래서 죽음의 꿈을 꾼 건지도 몰라. 로아가 화가 났을지도 모르고."

"그냥 걱정이 많은 거야. 그게 꿈에 나타나는 거고."

캐스는 잠시 머뭇거리다가 그의 커다란 손을 잡았다. 축축하고 뜨거웠다. 토시도 잠시 동안 그녀의 손을 꼭 쥐었지만, 통신 장치에서 지직거리는 소리가 들리자 이내 그 손을 놓았다.

"도착했습니다. 지금 착륙하고 있어요."

통신 장치에서 케일럽의 목소리가 들리자, 가브리엘이 물었다.

"따로 연락은 있었나?"

"아직 없었습니다. 곧 문을 열 거예요. 지금 여기로 내려오시는 게 좋겠습니다."

그들이 전투순양함 여러 대를 수용할 수 있는 거대한 동굴 같은 모습의 착륙장에 도착했을 때, 팔라틴호는 이미 엔진을 끄고 쉬익, 하는 소리와 함께 거대한 화물 출입구를 여는 중이었다. 그리고 출입구가 열리자마자 반짝반짝 빛나는 대머리에 희끗희끗한 염소수염을 기른 덩치 큰 남자가 성큼성큼 그 경사로를 내려왔다. 전투복을 입은 해병 두 명이 그의 곁을 지키고 있었다. 그는 두툼한 옷깃이 보라색과 금색으로 장식된 군 정복을 입고 있었다. 이 사람이 장군인가 보군, 하고 캐스는 생각했다. 그는 맨손으로 아무나 갈기갈기 찢어버릴 태세였다. 재사회화된 해병들에게서는 희미한 혼란과 공포가 느껴졌다. 둘 다 장군이 화가 난 이유를 알지 못하는 표정이었다.

하지만 가브리엘은 베넷 장군이 화를 내는 이유를 즉시 알아챈 듯했다.

그는 앞으로 나서 장군을 맞이하며 물었다.

"노바는 어디 있죠?"

베넷은 착륙장 중앙에 멈춰 섰다. 두 눈이 분노로 이글거렸다.

"노바는 달아났다. 그러면서 내부에서 우리 시스템을 파괴했다. 우리가 통신을 하지 못한다는 걸 몰랐나?"

"무슨 짓을 한 겁니까?"

"아무것도 하지 않았다. 삽입물을 제거하려는 준비를 하는 사이 탈출해 버렸다."

"'탈출'이라고 하니 노바가 무슨 포로라도 됐던 것 같군요."

베넷은 소리치기 시작했다.

"탐색관을 네게 보냈던 게 무슨 의미라고 생각했나? 노바는 자기 의지로 우리 뜻을 따를 사람이 아니다, 가브리엘. 분명 그녀를 설득할 기회가 있었는데, 넌 그러지 못했어. 노바는…."

"강제로 어떻게 해 보려고 했군요."

가브리엘의 목소리는 낮게 가라앉았고, 그 거대한 주먹을 다시 움켜쥐는 모습이 캐스의 눈에 띄었다. 폭력을 사용할지 모른다는 위협적인 느낌이 그에게서 해일처럼 밀려 나왔다.

"그러지 말라고 말했잖습니까. 신들이 당신에게 화가 났습니다."

베넷은 손사래를 쳤다.

"멍청한 미신 따위가 무슨 상관이야."

장군이 가브리엘의 얼굴을 어찌나 날카롭게 쳐다보는지, 캐스까지 점점 더 그 자리가 불편해졌다.

"너, 요즘 조륨을 사용하지 않는구나. 조륨은 테라진을 안정시키고 부작용을 줄인다. 너도 알고 있지 않나."

그리고 그는 캐스를 노려보며 또 물었다.

"넌 쓰고 있고?"

하지만 그녀도 고개를 가로저었다.

"이 망할 기지에서는 조름을 섭취하는 놈이 한 놈도 없는 건가?"

고개를 돌리던 캐스의 눈에, 팔라틴호의 거대한 외부 표면에서 움직이는 것이 보였다. 히드라리스크 한 마리가 파이프와 그 연결 부위에 매달려 있다가 서서히 몸을 폈다. 그리고 갑판으로 뛰어 내린 후, 날카로운 발톱을 펴며 타액이 뚝뚝 떨어지는 입을 쩍 벌렸다. 히드라는 그녀를 바라보며 매섭게 치잇, 하는 소리를 냈다. 히드라리스크는 단단한 껍질로 덮인 등을 둥글게 구부리고, 미사일처럼 발사 준비가 완료된 날카로운 등뼈를 드러냈다. 가슴 속에서 심장이 쿵쾅거리는 걸 느끼며, 캐스는 눈을 빠르게 깜빡였다. 그러자 어느새 히드라리스크는 기술자로 바뀌었고, 그는 증기 배출 밸브를 열어 증기를 빼낸 후 손에 든 제어반의 수치를 확인했다.

세상에, 내가 어떻게 된 거지? 우리 모두 다 이상해진 건가?

베넷은 가브리엘 토시에게 가까이 다가가서는, 손가락을 뻗어 상대의 가슴을 찔렀다.

"넌 지금 제정신이 아니다. 난 오랫동안 이 가스를 연구하면서 충분한 실험을 거쳤기에, 테라진이 무엇을 할 수 있는지를 세상 누구보다 잘 알고 있다. 그래서 나는 테라진을 제대로 다룰 수 있는 거다. 투약 일정을 분 단위로 지켜야 한다. 지금까지 계속 경고를 했는데도, 넌 도무지 듣지를 않는군."

장군의 목소리가 한 단계 더 커졌다.

"더는 실수를 해선 안 된다. 네가 이번 임무를 맡을 자신이 없다면, 내가 다른 사람을 찾아주겠다."

가브리엘은 여전히 자신의 가슴을 찌르고 있는 베넷의 손가락을 내려다봤다. 그리고 다시 고개를 든 그의 얼굴은 분노로 붉게 물들고, 강렬한 힘이 손에 잡힐 듯한 파장을 그리며 그에게서 퍼져 나왔다. 그가 핵무기처럼 폭발해 버리진 않을까 하는 마음에, 캐스는 앞으로 나서 그의 팔을 잡고 끌어당겼다.

그리고 그녀를 향해 돌아선 가브리엘의 얼굴은 증오의 가면을 쓴 공허한 모습으로 뒤틀려 있었다. 그의 마음이 그녀를 밀어내려는 것이 느껴졌다. 마치 그가 두 손을 캐스의 가슴에 얹고 거칠게 뒤로 밀어내는 것만 같았다. 그녀는 그대로 공중을 날았고, 단단한 돌바닥에 등부터 떨어졌다. 이빨을 덜컥 부딪히고, 그녀는 어느새 몸을 타고 올라온 고통에 구슬픈 비명을 질렀다. 잠깐 동안 착륙장 전체가 어두워졌고, 그녀가 다시 눈을 떴을 때는 가브리엘이 그녀를 향해 몸을 숙이고 있었다. 그녀를 일으켜 주는 그의 얼굴에는 공포가 가득했다.

"캐스, 미안해. 나, 나는….”

그녀는 비틀거리며 일어서서는 토시에게서 멀어졌다. 흐느끼는 소리가 입 밖으로 새어 나왔다. 자신의 몸 일부가 공격 태세로 바뀌는 것이 느껴졌다. 사관학교에서 받은 훈련은 몸속에 잠자고 있다가도 마치 반사신경처럼 위기 시에 표면으로 떠올랐다. 하지만 그 일부를 제외하고 나머지는 돌아올 수 없는 곳으로 어서 달아나자고 했다.

그의 얼굴에는 마치 한참 떼를 쓰다가 뭔가 소중한 것을 망가뜨린 꼬마 아이 같은 표정이 가득했다. 그리고 그 모습을 보자, 캐스의 가슴이 무너지는 것만 같았다. 그녀가 사랑하는 가브리엘이었다. 조금 전 그 추악한 고개를 쳐들었던 끔찍한 괴물이 아니었다. 하지만 언제 또 그 괴물이 나타날지는 알 수 없었다. 그건 이제 영원히 그의 안에 살고 있었으니까.

캐스 툼은 착륙장을 등지고 돌아서 달렸다. 가브리엘의 목소리가 그녀를 쫓아 메아리쳤다.

"내버려 둬. 지금은 더 중요한 일이 많다."

토시는 캐스가 사라진 문을 멍하니 바라봤다. 분노와 후회가 배 속을 옥죄어왔다. 머릿속에는 온통 혼란스러운 생각이 소용돌이치며, 수많은 목소리가 표면으로 떠올랐다가 다시 심연으로 가라앉기를 반복했다. 그는 캐스를 사랑했다. 하지만 자신의 사명을 외면할 수는 없었다. 그래서는 안 된다고 할머니께서 분명히 말씀하셨다.

할머니는 언짢아하고 계셨다. 캐스가 게헤나 기지에 합류한 후, 암흑칼날 프로젝트는 붕괴하기 시작했다. 그녀는 그의 마음을 어지럽혔고, 지금은 그와 같은 일이 감당할 수 없는 사치라고 할머니는 말씀하셨다. 그 말이 맞았다. 마망 테레스가 화가 났다는 것만은 분명했다. 캐스 때문이 아니고서야 아우구스트그라드에서의 첫 번째 임무가 어떻게 그렇게 실패할 수 있었겠는가? 악령들이 그렇게까지 유리한 상황이었는데? 노바가 탈출했다는 사실은 그 점을 다시 한 번 강조하는 증거일 뿐이었다.

마망 테레스가 원하는 제물을 더 늦기 전에 바치는 게 좋아. 너와 네가 간직한 마술이 동료들을 이끌어야 해. 그러려면 먼저 무언가를 희생하여 제물로 바쳐야 하고.

캐스를 희생시킨다는 생각에 토시의 온 몸이 싸늘하게 식었다. 그는 주먹을 꽉 쥐어 손톱이 손바닥을 파고드는 익숙한 기분을 느끼며 결의를 다졌다. 그리고 고개를 끄덕인 후, 뒷짐을 지고 서 있는 베넷을 향해 돌아서며 말했다.

"따라오십시오."

둘은 함교로 향했다. 딜라나가 혼자서 장비를 조종하고 있었다. 함교로 들어서는 토시를 바라보며, 그녀의 얼굴에 이상한 표정이 스쳤다. 하지만 딜라나는 이내 고개를 돌려 그를 외면했고, 늘 그렇듯 그녀를 바라보는 것만으로도 토시는 분노를 느꼈다. 딜라나를 두들겨 패고 싶은 충동을 애써 억눌러야만 했다.

베넷이 불현듯 말했다.

"노바 테라는 한 시간 전에 노벰버호를 타고 탈출했다. 그 탐색관의 우주선 말이야. 멀리 가지는 못했을 거다. 네가 직접 찾아내라."

"어떻게 찾아야 하는지 모르는…."

"변명은 집어치워! 탐색관의 우주선에는 추적 장치가 달려 있다. 켈러키안의 우주선이니, 그 신호를 어떻게 잡아내야 할 지 알아내라. 어떻게든 하란 말이다."

딜라나는 고개를 끄덕이고 가까이에 있는 화면의 키를 누르기 시작했다.

"리오, 거기 있어?"

한참 동안 아무 일도 일어나지 않았다. 토시는 리오가 캐스와 다른 악령들을 다루는 그의 방식을 놓고 다툰 이후로 줄곧 계속되는 침묵시위를 계속하려는 모양이라고 생각했다. 이 거대한 기지를 지금까지는 누구의 도움도 받지 않고 토시 혼자서 조종해 왔지만, 곰곰이 생각해 보면 그건 그들이 리오에게 얼마나 의존하는지를 보여주는 지표와 같았다. 여기에도 변화가 필요했다. 리오는 그다지 신뢰할 만한 상대가 아니었고, 앞으로 그들이 할 일은 대부분 리오의 반대가 보장된 것이나 다름없었다. 토시는 지금 리오가 대답하지 않을 거라고 확신했다.

하지만 짧은 문구가 화면에 나타났다.

무슨 일이야?

"켈러키안 탐색관의 우주선을 찾아야 해. 노벰버호야. 약 두 시간 전에 팔라틴호를 떠났어."

딜라나가 그렇게 입력한 후, 역시 한참을 아무 반응이 없다가 다시 다른 문구가 나타났다.

추적 중….

우주라는 광활한 공간에서 노벰버호와 같은 작은 우주선을 찾아낼 수 있는 건 리오뿐이었다. 딜라나는 고개를 들고, 아우구스트그라드를 상품으로 받은 사람처럼 활짝 웃었다. 베넷은 초조한 듯 팔짱을 꼈고, 함교 전체에 침묵이 내려앉았다.

생각이 많아 머리가 뒤죽박죽이 된 토시는 자기 안에서 끓어오르는 갈증에 집중하지 않으려 애썼다. 테라진을 한 모금 들이키고 싶은 갈망이 아플 정도로 깊었지만, 베넷에게 그 모습을 보이고 싶지는 않았다. 지금은 어떤 약점도 보여서는 안 된다.

잠시 후 다시 화면이 켜졌다.

특징이 일치하는 함선 발견.

그리고 화면은 다시 지도로 바뀌고, 겨우 몇 킬로미터 떨어진 지점에 있는 노벰버호의 좌표가 표시되었다.

스캔 결과 내부에서 생명체 하나가 감지되었음.

"이미 아우구스트그라드와 접촉했을지도 모릅니다."

딜라나는 그렇게 말하며 다시 단말기에 입력했다.

"우주선에서 나오는 모든 통신을 차단해 줄 수 있어?"

리오는 즉시 응답했다.

이미 조치했음. 현재 수신 및 발신 기록 없음.

베넷이 통신 장치를 통해 지시했다.

"바이킹들을 보내. 워드, 네가 직접 가라. 내 말 알겠나? 지금 노바를 데려오면, 항로를 바꿀 필요도 없다."

장군은 미소를 지었다.

"한 시간 내로 노바를 끌고 와라."

바이킹들은 함포 한 발 발사하지 않고 노벰버호를 포획했다. 숙달된 솜씨로 상대 함선을 인도하여 진로를 돌리고 착륙장에 정박시켰다. 베넷과 토시는 착륙장에서 그들을 맞이했다. 달각거리며 엔진이 식어가는 노벰 버호는 거대한 팔라틴호 곁에서 보잘것없이 작아 보였다.

완전무장을 한 워드 중위는 함선 밖에 무장한 소규모 해병 부대와 함께 서서, 다가오는 베넷 일행을 향해 경례를 붙였다.

"처음엔 달아나려고 했습니다. 그러나 저희가 함선을 포위하고 데려왔습니다. 여기 도착한 후에는 아무런 반응이 없었습니다. 함장님께 보고 후에 탑승하려고 기다렸습니다."

"잘했다. 내가 혼자 들어가겠다."

토시는 테라를 다룰 최선의 방법에 대해 한동안 생각했지만, 이건 그런 방법과 거리가 멀었다. 토시가 베넷의 말에 서둘러 답했다.

"그건 안 됩니다. 노바는 저항할 테고, 그녀의 능력은 장군님도 잘 아시지 않습…."

그는 공포에 휩싸여 말을 마치지 못했다. 함선 곁에는 검은색 로브가 온몸을 타고 흘러내리는 마망 테레스가 서 있었다. 토시의 손은 목에 걸린 조각상을 더듬었다. 그녀가 손가락을 들어 그를 가리키며 비난하는 눈길로 조용히 고개를 가로젓자, 그의 심장이 쿵쾅거리며 목구멍까지 튀어 올랐다. 테레스 뒤에 선 할머니의 두 눈에는 슬픔이 가득했다.

토시가 두 분을 화나게 했다. 이제 지옥이 펼쳐지리라.

"안으로 들어가지 마십시오."

입이 바짝 마르고, 그는 작은 목소리로 말했다. 하지만 기술병이 이미 화물 진입로를 열었고, 베넷은 그 경사로를 따라 올라가서 고개를 숙이며 함선 안으로 들어섰다. 딜라나가 토시의 팔을 잡았지만, 그는 그녀의 손길을 떨쳐냈다. 이제 곧 등골이 오싹한 비명이 울려 퍼질 것이다. 누군가 죽게 된다. 마망 테레스가 예언했다.

베넷 장군이 잠시 동안 시야에서 사라졌다. 그리고 다시 나타났을 때, 장군은 붉어진 얼굴로 거친 숨을 몰아쉬었다. 쿵쾅거리며 경사로를 내려오는 그의 두 눈이 분노로 번득였다. 앞을 가로막는 자가 있으면 누구라도 팔다리를 뽑아놓을 기세였다.

"장군님?"

워드가 묻는 사이에, 무장한 해병들이 소총을 들어올린 채로 거칠게 경사로를 올라가 함선 안으로 사라졌다.

"우주선은 텅 비었다. 노바가 사라졌어."

제22장

노바

노바 테라는 게헤나 기지 깊은 곳의 어두운 통로를 조심스럽게 기었다. 기지의 하단부인 이곳 부근에는 바위벽이 훨씬 더 거칠었고, 전등도 더 띄엄띄엄 설치되었다. 주위 공간은 대부분 창고로 사용되거나, 다른 용도로 사용되다가 버려진 지 오래인 듯했다. 지금 여기에서 목적을 지닌 존재는 노바뿐이었다.

탈출 직후 곧바로 아우구스트그라드로 갈까도 생각했었다. 하지만 그곳에 도착할 때면 맬은 이미 죽은 목숨일 게 분명했다. 먼저 그를 구출해야 했다. 임무보다 감정을 우선시하다니. 불과 몇 주 전이었다면 노바도 절대로 그런 결정을 내리지 않았을 테지만, 그녀는 지금 완전히 다른 사람이 되어 있었다. 다시 돌아오는 기억과 감정이 그녀를 사로잡고 혼란에 빠트렸지만, 이 일은 해야만 한다는 걸 잘 알았다. 맬이 그녀를 필요로 하고 있다. 그를 실망시킬 수는 없었다.

노벰버호가 착륙장에 들어서고 병사들이 탑승했어. 악령들이 우리가 거짓말을 했다는 걸 알아냈어.

원격 콘솔에 착륙장의 상황이 표시되었다. 노바는 초록색 빛을 받으며 잠시 멈춰서 그 사실을 곱씹었다. 어차피 발각되는 건 시간 문제였지만, 그 덕분에 이렇게까지 움직일 시간을 벌었다. 그녀는 콘솔에 대답을 입력했다.

"고마워, 리오. 넌 옳은 일을 한 거야."

이제는 내게 옳고 그른 건 없어. 진실만이 있을 뿐이야.

리오에게서 빠른 속도로 인간성이 사라지는 것만 같았다. 그의 변화가 점점 더 빨라지고 있다. 정확히 무엇인지는 몰라도, 악령을 도와주려던 동기가 사라진 듯, 리오는 토시가 가망이 없을 정도로 불안정하고, 베넷의 계획에는 치명적인 오류가 있다고 비난했다. 의무실을 탈출한 후에는 리오와 말을 하기도 쉽지 않았다. 하지만 아직 아주 작은 인간성의 조각은 남아 있는지, 베넷이 맬을 죽이겠다고 협박하면서 명령에 따를 것을 요구한다고 설명하자 리오는 그녀를 돕겠다고 했다. 하지만 그건 감정적인 반응이 아니라 그저 사관학교에서 그들이 함께 보낸 추억의 흔적 때문이라고 생각됐다.

그 이후로 노벰버호를 심우주로 자동 조종하고, 스캐너의 정보를 조작해 생명체가 타고 있는 듯이 보이게 하는 건 비교적 쉬운 일이었다. 리오가 적을 교란하는 사이에 노바는 팔라틴호의 하역장 근처에 있는 창고로, 그야말로 적들이 빤히 보는 앞에서 숨어들었다. 그녀 혼자서 게헤나 기지를 발견할 가능성은 거의 없었다. 또 우연찮게 기지를 발견한다고 해도, 도착하기 전에 붙잡히고 말 것이다. 하지만 그녀가 노벰버호를 탈취한 것처럼 보이게 한다면, 굳이 그녀가 기지를 찾을 필요는 없었다. 베넷은 그즉시 우주 기지로 돌아가며 그녀를 안내할 터였다.

예상은 완벽하게 들어맞았다. 팔라틴호가 게헤나에 정박하자 마자 베넷과 그의 수행단은 기지의 함교로 떠났고, 그녀는 들키지 않고 몰래 빠져나올 수 있었다. 리오가 노바에게 기지의 도면을 전달하고, 이렇게 자주 사용되지 않는 통로를 통해 맬이 붙잡혀 있는 방 바로 아래까지 갈 수 있는 이동 경로도 알려주었다. 그곳에서는 환기구를 통해 맬이 있는 곳으로 접근할 수 있었고, 그게 실패할 경우에는 벽을 파괴하는 것도 가능했다. 그 무엇도 그녀를 막을 순 없었다.

그녀는 거친 돌바닥이 발바닥을 파고드는 아픔은 무시하며 맨발로 계속 기었다. 다른 옷을 찾을 기회가 없었던 탓에 여전히 쇼에게서 탈출하기 전에 입었던 수술복 차림이었다. 유령 전투복과 전방 표시 장치가 없으니, 아무런 힘이 없는 나약한 기분이었다. 하지만 리오와 대화할 수 있는 휴대용 콘솔과 함선에서 훔쳐낸 쐐기총이 있고, 필요하다면 적에게 꽤나 심각한 피해를 줄 수 있는 탄환도 충분했다.

노바는 싸울 준비가 되어 있었다. 지난 몇 시간 동안, 쇼가 그녀의 몸에 주입했던 약물이 모두 사라졌고, 그래서 사이오닉 능력은 온전하게 되살아났다. 그와 함께 타오르는 듯한 분노가 밀려들어, 그녀는 하마터면 이성을 잃을 뻔했다. 쇼, 그리고 베넷이 노바에게 하려 했던 일은 용서할 수 없었다. 노바는 그저 베넷의 목을 두 손으로 움켜쥐고 그의 생명이 빠져나가는 모습을 지켜보고 싶은 마음뿐이었다.

맬이 가까이에 있었다. 어떻게 된 일인지, 또 왜인지는 알 수 없었지만, 두 사람의 마음에 일종의 연결 고리가 형성되었고, 노바는 지금 이 기지의 그 누구보다 그의 기척을 강하게 느낄 수 있었다. 맬은 이 놀라운 함선, 아니 더 정확히 말하면 이 이동식 우주 정거장의 복잡한 통로 깊숙한 곳에 숨겨져 있었다. 게헤나 기지는 거대한 소행성의 중심부를 파내고 건설되었고, 폐기된 우주 기지의 유해가 괴물 같은 엔진을 구동시키는 심장이 되었다. 이 기지를 건설하는 데 사용된 기술 자체도 무척 놀라웠지만, 노바의 숨을 턱 막히게 한 건 바로 이 기지의 말도 안 되는 크기였다. 이런 건 그야말로 한 번도 본 적이 없었다. 게헤나는 우주를 떠도는 작은 달과 같으면서도, 누구의 눈에도 보이지 않았다.

두 통로가 교차하는 지점에 다다르자 누군가 다가오는 것이 느껴졌다. 그녀는 벽에 몸을 바짝 붙이고 섰지만 도저히 피할 곳은 없었고, 은폐 장치가 없는 지금은 몸을 숨길 방법도 없었다. 상대는 심한 정신적 고통을 느끼는 여성이었다. 마음속을 꽉 채운 조각난 생각들에 괴로워하며 빠른 걸음으로 걷고 있었다. 노바는 숨을 곳을 찾아 미친 듯이 두리번거렸지만, 주위 벽에는 깨진 곳도 없었다. 저 여자가 이 통로로 들어선다면 노바는 틀림없이 발각될 것이다. 그녀는 애써 마음을 진정시켰다.

종종걸음으로 모퉁이를 돈 캐스 툼이 덜컥 멈춰섰고, 둘은 깜짝 놀란 눈으로 서로를 바라봤다. 툼의 얼굴에는 눈물이 흘러내리고, 두 눈은 새빨갛게 퉁퉁 부어 있었다. 또한, 그녀는 손에 머리보호대를 들고, 악령 특유의 검은 전투복을 입은 모습이었다. 이제는 노바에게도 익숙한 복장이었지만, 왠지 캐스에게는 어울리지 않았다.

"노바!"

그녀의 목소리에 담긴 것이 안도인지 공포인지 분명하지 않았다. 캐스는 노바가 손에 든 총을 바라보며 말을 이었다.

"여기서 뭐 하는 거야?"

노바는 총구를 아래로 내렸지만 언제든 발사할 수 있게 긴장을 풀지 않았다. 자신을 위협하는 느낌이 감지되었지만, 그게 툼에게서 느껴지는 건지, 아니면 다른 곳에서 느껴지는 건지는 분명치 않았다.

"맬 켈러키안을 구하러 왔어. 베넷과 토시가 그를 인질로 잡고, 내가 멩스크 황제를 납치하지 않으면 맬을 죽이겠다고 협박하고 있어. 물론, 내가 그들의 말을 따르더라도 우리 둘 다 죽게 되겠지만 말이야."

툼은 고개를 가로저었지만, 그녀의 생각은 모두 전해졌다. 노바는 캐스가 확신하지 못하고 있음을 느낄 수 있었고, 그녀가 노바 자신의 마음을 샅샅이 뒤져 진실을 찾아내도록 내버려 두었다. 그리고 일반적으로 한 유령이 다른 유령을 탐지했을 때 나타나는 반응을 기다렸지만, 지금 그런 반응은 따로 느껴지지 않았다. 어쩌면 이것도 테라진의 효과 중 하나인지도 모른다. 황궁에서 노바가 토시에게 맞섰던 일, 베넷이 그녀를 가스로 제압한 일, 그리고 쇼 박사가 끔찍한 수술을 시도했던 일까지, 툼은 그 모든 것을 받아들이면서 큰 충격을 받아 두 눈이 커다래졌다.

"너도 그렇게 붙잡힌 거야. 이게 다 네 뜻이었다고 생각하지? 아니, 저 자들은 네게 약을 먹이고 세뇌시켰어. 지금 네 모습을 봐, 캐스. 그 전투복을 입고 적을 위해 싸우고 있잖아. 그들이 널 자치령의 반역자로 만든 거야. 이 모든 건 네 생각과는 달라. 어서 여길 떠나. 아직 기회가 있을 때, 노벰버호를 타고 탈출하라고."

"그럴 순 없어."

"대체 왜?"

"난… 난 토시를 사랑해."

노바는 가능한 한 부드럽게 대꾸하려고 애를 썼다.

"넌 예전의 그를 사랑하는 것뿐이야. 하지만 이제 토시는 그때 그 사람이 아니야."

"토시의 마음만은 진심이야. 내가 맹세할게. 멩스크가 우리에게 한 짓은 잘못된 거야, 노바. 너도 그건 알잖아."

캐스가 고통스러울 만큼 혼란스러워하고 있음을 노바는 느낄 수 있었지만, 더는 기다릴 수 없었다. 그녀의 손가락이 쐐기총을 꽉 쥐었다.

"이제 시간이 별로 없어. 내가 한 일을 저들이 알게 되면 당장 맬을 죽일 테니까. 널 다치게 하고 싶진 않지만, 난 이제 가야 해."

노바는 그녀의 곁을 지나가려고 움직였지만, 캐스가 앞으로 나서 그녀를 막아서고는 머리보호대를 뒤집어썼다.

"널 보내주진 않겠어. 그럴 순 없어. 미안해."

곧 울음을 터뜨릴 것 같은 표정으로, 캐스는 말을 이었다.

"제발 우리에게 투항해. 우리 함께 이 문제를 해결해 보자."

"비켜."

노바의 손가락이 얼얼해지기 시작했다. 숨은 더욱 가빠졌다. 그녀는 다시 앞으로 나섰지만, 툼이 한 손을 들어 그녀를 막았다. 노바는 총신을 빠르게 뻗어 캐스의 복부를 공격했다.

그러나 상대가 더 빨랐다. 그녀는 양손으로 총신을 붙잡고 비틀어 총을 빼내고는 통로 반대쪽으로 집어던졌다.

본능과 훈련의 기억이 노바의 몸을 지배했다. 그녀는 캐스의 팔을 붙잡은 후 상대의 몸을 타고 등 위로 뛰어올랐지만, 툼은 재빨리 몸을 구부리고 한 바퀴 구른 뒤, 말끔하게 다시 일어서며 노바의 손에서 벗어났다.

좁은 통로 안에서 두 여인은 한껏 전투태세를 취한 채 조심스럽게 빙글빙글 돌았다. 노바는 툼의 마음을 더듬으며 그녀의 머릿속으로 들어갈 방법을 찾았지만, 상대의 생각을 읽을 수조차 없었다.

노바는 캐스와 대화를 시도했다.

"테라진 때문에 올바른 생각을 할 수 없는 거야. 이건 진짜 네 모습이 아냐. 가브리엘도 마찬가지고. 네가 잠깐…."

갑작스러운 포효와 함께 툼이 노바를 향해 몸을 날렸다. 하지만 그녀의 손은 허공을 갈랐다. 노바는 재빨리 뒤로 피한 후, 두 손으로 벽을 짚고 몸을 날려 툼의 머리 위로 뛰어넘었다. 몸을 회전시켜 두 발로 착지한 그녀는, 바로 한 발을 돌려 차 상대의 왼쪽 어깨를 가격했다. 캐스는 그대로 통로 바닥에 엎어졌다.

재빨리 일어선 툼은 몸을 점멸하며 시야에서 사라졌다. 하지만 노바는 이미 준비가 되어 있었다. 캐스의 은폐 장치가 작동했지만, 쐐기총을 향해 서서히 움직이는 그림자 같이 희미한 보랏빛 오라가 보였다.

툼이 총을 손에 넣게 할 순 없었다.

노바는 눈을 가늘게 뜨고 격렬하게 정신을 내뻗었다. 그러자 마치 잔뜩 긴장한 근육을 풀어주는 듯한 느낌과 함께, 강력한 힘이 그녀에게서 뻗어 나와 노바 자신도 깜짝 놀라고 말았다. 보랏빛 그림자는 왼쪽 벽을 향해 날아가 쿵 소리와 함께 바닥에 떨어졌고, 툼의 머리보호대가 날아가면서 그녀의 모습 역시 깜박이며 다시 눈에 보이기 시작했다. 노바는 달려가 바닥에 놓인 총을 집어들고는, 이제 움직이지 않는 캐스 툼이 쓰러진 곳으로 돌아갔다. 그녀의 얼굴은 온통 피범벅이었고 손가락은 꿈틀거리며 경련을 했지만, 분명히 살아 있었고 심장 박동도 충분히 강했다.

노바는 총구를 들어 툼의 머리를 겨누고, 방아쇠에 걸린 손가락에 서서히 힘을 가했다. 멩스크는 가브리엘 토시와 가까운 자는 모두 죽이라고 명령했었다.

네가 이 남자를 추적해라. 놈이 누구와 함께 일하고, 또 누구를 가장 사랑하는지 찾아내서 모두 죽여라. 모조리 죽여 버리란 말이다. X41822N 요원, 네가 직접 이 일을 처리해라.

아그리언 빈민가에서의 퉁퉁한 남자, 그의 가슴이 폭발하며 피가 뿜어져 나오는 모습이 떠올랐다. 남자의 아들이 비명을 질렀다.

"아빠, 왜 그래? 왜 피가 나는 거야?"

그리고 갑자기, 사관학교에서 툼이 노바에게 팀웍이 부족하다며 대들었던 일과, 그러다가 비슷한 기억을 지녔다는 이유로 두 사람이 강한 유대관계를 맺고 팀을 더욱 공고히 했던 일이 기억났다. 우정은 그렇게 계속되었고, 노바는 툼의 불같은 성미와 마음을 있는 그대로 털어놓는 솔직함까지 좋아하게 되었다.

시 행성에서의 일이, 또 멩스크가 아이들에게 무슨 짓을 했는지가 떠올랐다.

캐스 툼은 뛰어난 요원이었다. 좋은 친구였다.

총이 덜덜 떨렸다. 할 수가 없었다. 명령에 따르는 것이 노바의 존재 이유였다. 그녀의 신경 삽입물도 역시 그녀가 주어진 명령에 따르도록 조종하는 역할을 했다. 하지만 방아쇠를 당길 수 없었다.

그 대신, 노바는 쐐기총을 내려놓고 피투성이 발을 바라봤다. 한 가지 생각이 떠올랐다.

미안해, 캐스. 우리가 다른 곳에서 만났다면 좋았을 텐데.

노바는 일을 끝마치고는, 툼을 거기 그대로 둔 채 맬 켈러키안의 구금실을 찾으러 떠났다.

제23장

장군

베넷 장군은 텅 빈 통로를 따라 달렸다. 아무 말도 없는 두 명의 해병이 곁에서 함께 달렸고, 딜라나가 몇 걸음 뒤를 따랐다. 그의 안에서 불길이 치솟으며, 더 빨리 달리도록 압박했다. 그는 지금 노바를 뒤쫓고 있었고, 신께 맹세코 그 쥐새끼 같은 년을 찾아낼 생각이었다. 그리고 그때는….

무슨 일이 일어난 건지 파악하는 데는 그리 오랜 시간이 걸리지 않았다. 노바는 믿기 힘들 만큼 간단한 속임수를 썼다. 관중들의 주의를 한쪽 손에 집중시킨 후 다른 손으로 숨겨 둔 도구를 조작하는 마법사와 마찬가지였다. 이해할 수 없는 건 왜 자신이 그녀의 기척을 감지하지 못했는가 하는 점이었다. 노바는 어딘가에 숨어 있었던 게 분명하다. 하지만 그는 단 한 번도 무언가 잘못되었다는 느낌을 받지 못했다.

아주 훌륭한 유령이군. 하지만 나보다 낫지는 않아.

베넷은 고개를 가로저었다. 또 한 번 그는 노바를 과소평가했다. 그러나 이제는 이 문제에 온 신경을 집중하고 있었다. 다시는 이런 일이 발생하지 않을 것이다. 장군은 이제 노바를 자신의 편으로 끌어들이는 것에는 관심이 없었다. 이제 남은 건 그녀를 찾아내 죽여버리는 것뿐이었다.

베넷은 이 모든 문제를 토시의 탓으로 돌렸다. 노바는 상냥하게 대해야 한다고, 다른 유령들에게 그랬던 것처럼 처음부터 강제로 포섭해서는 안 된다고 고집을 피운 것이 바로 토시였다. 그로 인해 아우구스트그라드에서 재앙이 일어났다. 그리고 이는 최소한 간접적으로는 노바의 탈출에 영향을 주었고, 이제 모든 계획이 실패로 끝날지도 모르는 최악의 상황이 되었다. 그자는 약하고 우유부단했다. 테라진을 남용했고, 또 캐스 툼에 대한 쓸데없는 감정 때문에 지금 시점에서는 그저 골칫거리일 뿐이었다. 그들의 협력 관계는 서로 멀리 떨어져 활동했던 초반에는 좋은 결실을 맺는 듯 했지만 이제는 모든 것이 무너져 내리고 있었다. 베넷은 다시 주도권을 차지하고 토시의 약점을 제거하거나, 그게 아니면 토시 자체를 파괴해 버릴 방법을 찾아야 했다.

베넷 장군은 선원들에게 게헤나 전역으로 흩어진 후 노바를 찾아내서 보고하라고 명령했다. 토시도 악령들에게 같은 지시를 하고 딜라나 오킬을 장군에게 보냈다. 그리고 베넷은 맬 켈러키안의 구금실로 향했다. 노바의 목적지가 그곳임은 두말할 필요도 없었다. 그는 먼저 구금실로 연락해서 즉시 그 탐색관을 죽여 버리라고 지시할까도 생각해 봤지만, 무엇인가 그의 움직임을 막았다. 어쩌면 리오의 소행인지도 몰랐다. 그래도 별로 상관 없었다. 노바 앞에서 신나게 켈러키안을 고문하다가, 결국에는 둘 다 없애 버릴 테니까.

탐색관의 구금실에 다가가는 사이, 발아래 어딘가에서 사이오닉의 기척이 느껴졌다. 어떤 특정한 사고 유형을 감지할 수는 없었기에, 그는 슬며시 미소를 띠었다. 테라가 그에게서 기척을 숨기려고 하지만, 그게 제대로 되지 않는 모양이었다. 그는 돌계단을 따라 아래층으로 내려갔고, 바위 벽에 기대 움직이지 않고 쓰러져 있는 사람을 발견했다.

수술복을 입은 그 모습에, 처음에는 테라인 줄로만 알았다. 하지만 이내 그게 캐스 툼이란 걸 알아볼 수 있었다. 정수리에서 얼굴로 이어지는 큰 상처에서 피가 흘러 내렸다. 그는 그녀 곁에 무릎을 꿇고 앉아, 지금 테라 가 있는 곳에 대한 단서가 없을지 그녀의 마음을 뒤졌다. 하지만 의식 없 는 캐스의 마음은 온통 조각나고 어두운 꿈으로 가득해 아무것도 알아낼 수 없었다.

딜라나가 그의 곁으로 나섰다. 툼에 대한 그녀의 증오가 마치 파도처럼 퍼져 나와, 그도 깜짝 놀라 고개를 들었다.

질투라니, 정말 재미있군.

"제가 도와드릴⋯."

베넷은 한 손을 들어올렸다.

"아니, 내가 처리하지. 넌 내가 하라는 대로만 해라."

그는 딜라나가 물러날 때까지 기다렸다. 그의 마음은 이미 이 새로운 정 보를 어떻게 활용할 것인가에 대해 생각하는 중이었다. 그는 이 생각을 주 의 깊게 차단했다. 지금 머릿속에서 그리고 있는 계획은 어느 누구에게도 들려줄 수 없었다.

그는 툼의 얼굴을 찰싹 때렸다. 처음에는 가볍게, 그리고 점점 더 세게. 그녀는 신음 소리와 함께 눈을 떴다. 베넷은 깜짝 놀란 캐스를 붙잡고, 단 몇 초 만에 그녀의 기억에서 노바와의 만남을 읽어냈다.

"괜찮아, 가만히 있어."

그는 빙긋 웃으면서 부드럽고 안심이 되는 생각만을 머리에 담았다. 캐 스의 눈이 장군의 얼굴에 초점을 맞췄다.

"꽤나 고생했더군."

"가브리엘."

그녀의 눈이 통로를 훑어보다가 오킬에게서 멈췄다. 캐스가 말을 이었다.

"너와 함께 있어?"

그녀는 일어나 앉으려 했지만, 베넷이 부드럽게 밀어 다시 눕혔다. 그리고 장군은 그녀의 턱을 붙잡아, 자신을 바라보게 했다.

"가까이에 있다. 이제 내 말을 들어라. 노바 테라가 어디로 갔는지 얘기해야 겠다. 그러면 상처를 치료할 수 있게 의무병을 부르고, 가브리엘을 찾아 주겠다."

툼은 눈을 감고 말했다.

"노바는 맬 켈러키안을 찾고 있어요. 막으려고도 해 봤지만, 아무래도 들으려고 하지 않더라고요."

다시 눈을 떴을 때, 캐스의 두 눈에는 어느새 눈물이 가득했다. 한줄기 눈물이 흘러내리고, 그녀는 다시 말을 이었다.

"제 새 전투복을 가져갔어요. 가브리엘이 화낼 거예요."

베넷은 여전히 미소를 띤 채로 그녀의 생각을 더듬어 필요한 것을 찾았다.

"넌 할 수 있는 건 다 했다. 가브리엘도 이해해 줄 거야. 자, 그 탐색관을 찾아낸 후에 노바는 어떻게 하려는 거지?"

"모르겠어요."

"네가 뭔가 중요한 이야기를 했을 텐데. 노바가 써먹을 수 있는 걸로."

"아무 얘기도 하지 않았다고요!"

"무장은 했던가?"

툼은 고개를 끄덕였다.

"쐐기총이요."

베넷은 슬픈 표정으로 고개를 저었다. 적어도 테라가 켈러키안을 구하려 하고, 무기와 함께 악령 전투복과 머리보호대까지 갖고 있다는 사실을 확인했다. 일이 복잡해질 테지만, 그는 제복 아래 특별히 개조된 전투복을 입었고, 장군의 능력에는 노바도 상대가 되지 않았다.

베넷은 캐스의 마음을 조사하는 동안 다른 것들도 알아냈고, 이제부터 해야 할 일을 깨닫게 되었다.

그는 딜라나를 뒤돌아보며 머릿속으로 개인적인 메시지를 보냈다. 그녀는 처음에는 충격을 받은 듯했지만, 결국 웃으며 고개를 끄덕였다. 그리고 그는 캐스 툼의 팔을 단단히 붙잡고 일으켜 세웠다.

"가브리엘에게 데려다 주실 건가요?"

희망에 찬 눈길로 그녀가 물었다.

"아쉽지만 그건 아니다. 솔직히 말해, 넌 이제 쓸모가 없어."

"무… 무슨 말씀이세요?"

그 순간 그녀는 휘둥그레진 눈으로 저항하기 시작했다. 장군은 그녀의 마음에 정신을 집중하고, 처음에는 부드럽게, 그리고 점차 강하게 밀어붙이기 시작했다. 그녀가 그의 정신을 밀어내려는 것이 느껴졌지만, 그렇게 약한 정신 감응 능력으로는 베넷을 간지럽히지도 못했다. 그저 등불을 향해 거듭 달려들다가 결국 온 몸이 부서진 채 바닥에 떨어져 꿈틀거리는 벌레와 같을 뿐이었다.

그냥 편하게 받아들여라. 그게 훨씬 쉬울 테니까.

하지만 그녀는 그러지 않았다. 결과적으로 그 편이 훨씬 더 즐거웠다는 사실은, 베넷도 인정해야 했다.

제24장

가브리엘 토시

캐스가 다쳤다는 소식을 듣고, 마망 테레스가 다시 한 번 토시에게 찾아왔다. 그리고 이번에는 한동안 그의 곁에 머물렀다.

게헤나의 통로를 황급히 뛰어가는 동안 한 켠에 마망 테레스가 보였다. 그녀는 어둠 속에 도사리고 서서 마치 검은 옷차림의 유령처럼, 연기처럼 어른거렸다. 좁은 계단을 가브리엘과 함께 내려갔고, 토시가 몸을 돌려 직접 바라보려 하면 어느새 사라져, 언제나 그의 시야 한쪽 끝에서 춤을 추었다. 그는 마망 테레스의 불쾌한 감정을 고스란히 느낄 수 있었지만, 그녀가 말을 걸어오지는 않았다.

하지만 할머니는 그의 마음 뒤편에서 쉬지 않고 이야기를 늘어놓았다. 악의 전조와 희생, 그들을 모두 휩쓸어 갈 강력한 폭풍에 대해 경고했다. 점점 더 광기에 사로잡혀 가는 듯한 그 모습은 할머니에게 어울리지 않았다. 토시에게는 다른 것들도 보였다. 다른 삶을 살던 시절의, 그리고 그가 한때 알았던 사람들의 조각난 일부였다. 그가 아직 아이였을 때, 그의 사이오닉 능력을 비난하며 그와 할머니를 고향 외곽의 바람이 들이치는 판잣집으로 내쳤던 하지 행성의 장로들이 떠올랐다. 그는 처음부터 추방자였다.

이제 토시는 무엇이 진짜이고 무엇이 아닌지도 구분할 수 없었다. 생각과 영상, 기억이 모두 동일한 힘으로 그에게 다가왔고, 수많은 목소리가 머릿속에서 재잘거리며 서로 모순되는 행동을 하라고 토시를 내몰았다.

하지만 아무래도 상관없었다. 지금 중요한 건 캐스였고, 그녀를 잃을지도 모른다는 생각에 다른 모든 것은 고통의 강물에 휩쓸려 사라졌다.

캐스가 있는 곳 근처에 이르렀을 때, 딜라나가 나타나 그를 안내했다. 둘이 함께 빠른 걸음으로 통로를 지나는 사이, 딜라나는 헐떡이면서 말했다.

"노바였어요. 캐스가 막으려고 했는데, 도무지 말을 듣지 않았대요. 상태가 심각해요. 가브리엘, 나는⋯."

"닥쳐."

그는 이를 악물고 말했고, 그녀는 위축된 듯 그에게서 떨어졌다. 캐스는 괜찮아질 것이다. 당연히 그래야 했다. 딜라나는 항상 그녀를 싫어했다. 지금도 앙심을 품고 있었다. 딜라나가 무언가를 감추고 있다는 느낌이 들었다. 지금 상황과는 전혀 어울리지 않는 흥분이 느껴졌다.

할머니가 입을 열려고 했지만, 그는 억지로 그 목소리를 막았다. 할머니에게 굴복하기를 거부했다. 마지막 모퉁이를 돌아 그는 달리기 시작했고, 모든 것이 통로 앞쪽의 소실점으로 모여드는 것만 같았다. 지금은 마망 테레스도 시야에 보이지 않았다.

그리고 목적지에서 눈에 들어온 광경은 조금 혼란스러웠다. 환자복을 입은 사람이 바위 벽에 기대 쓰러져 있고, 한 명의 해병이 경비를 서며 그들이 다가오는 모습을 바라봤다. 곁에 다가서자 토시는 캐스의 검은 머리카락을 알아볼 수 있었지만, 익숙했던 생각의 양식은 느껴지지 않았다. 그녀에게서 아무것도 느낄 수가 없었다. 의식이 없거나, 일종의 혼수상태에 빠진 걸지도 모른다. 그 생각만으로도 온몸에 소름이 돋을 지경이었다.

토시는 캐스의 곁에 무릎을 꿇고 앉았다. 그 얼굴에서 무언가 잘못되었음이 느껴졌다. 두 눈은 붉게 충혈되고, 울고 있었던 듯이 한 줄기 붉은 눈물이 흘러내렸다. 토시가 그 피를 닦아주고 캐스의 고개를 부드럽게 돌려주자, 귀에서 여전히 피가 흘러내리고 있는 모습이 보였다.

안 돼.

그는 다급하게 두 손이 모두 피투성이가 될 때까지 그녀의 피를 닦아냈다.

피가 너무 많이 나잖아.

토시는 고개를 절레절레 흔들었고, 눈물에 가려 앞이 보이지 않았다. 상처가 심각했다. 당장 의무실로 옮겨 치료해야 한다. 왜 아무도 의사를 불러오지 않은 거지?

토시가 그녀를 들어올렸다. 캐스는 그의 팔에 안겨 축 늘어졌고, 고개가 뒤로 떨어졌다. 토시는 재빨리 그녀의 몸에 팔을 두르고 받친 후, 캐스를 붙잡고 흔들었다.

"노바가 전투복과 머리보호대를 가져갔어요. 억지로 옷을 벗게 한 후 정신 폭발로 공격했죠. 캐스는 상대가 되지 않았어요."

딜라나가 말하며 가까이 다가왔다. 그녀는 손을 뻗어 토시의 몸에 대려 했지만, 희미하게 입술을 가로지르는 미소를 감출 수는 없었다.

"미안해요, 가브리엘. 제가 도와줄…."

끔찍한 고통의 포효가 가브리엘 토시의 가슴을 찢고 터져 나왔다. 그는 캐스를 품에 안고 일어서 무작정 정신의 채찍을 뻗었다. 강렬한 힘이 마치 거대한 불의 파동처럼 그에게서 솟아나왔다. 그 파동은 딜라나를 붙잡아 들어올리고, 태풍과 같은 힘으로 반대쪽 벽에 내동댕이쳤다. 딜라나의 머리는 바위에 부딪혀 쩍 하는 축축한 소리와 함께 멜론처럼 쪼개지고, 생명을 잃은 그녀의 육신은 바닥에 미끄러져 내렸다. 그 얼굴에는 충격을 받은 표정이 그대로 얼어붙어 남았다.

해병은 부들부들 떨었다. 공포에 질려서는 당장 어떻게 해야 할지 전혀 모르는 모습이었다. 그의 총구는 딜라나의 부서진 시체에서 토시에게로, 그리고 다시 시체로 옮겨갔다. 해병의 곁에서 마망 테레스는 그를 손가락으로 가리키며 고개를 가로저었다. 그 뒤에서 할머니가 나타나, 주름진 얼굴 가득 토시를 비난하는 표정을 담은 채로 말했다.

네가 마망 테레스를 화나게 했구나. 자만심이 지나쳤던 거야. 넌 도무지 남의 말을 듣지 않으니, 이제 끔찍한 값을 치러야 할 거다. 마망 테레스가 요구하는 희생은 죽음이야. 그리고 이제 돌이킬 방법은 없다.

토시는 비명을 지르며, 이번에는 마망 테레스를 향해 다시 정신을 뻗었다. 하지만 그 여인은 아무런 영향을 받지 않았고, 대신 힘의 파동에 휘말린 해병이 뒤로 날아갔다. 그 와중에 해병이 발사한 탄환이 천장에 바느질 땀처럼 띄엄띄엄 선을 그렸고, 해병의 시체는 쓸모없이 바닥으로 떨어져 내렸다.

돌 부스러기가 토시의 머리 위로 비 오듯 쏟아졌고, 축 늘어진 캐스의 얼굴 위로 먼지가 앉았다. 침묵이 통로에 내려앉았다. 그는 캐스를 내려다보며 부드럽게 먼지를 털고, 할 수 있는 만큼 피를 닦아냈다. 그의 팔에 안긴 캐스는 편안해 보였고, 그저 잠을 자고 있는 듯했다. 그의 마음속에서, 캐스는 두 눈을 뜨고 그를 향해 웃으며 말했다.

미안해, 자기. 그렇게 겁을 줄 생각은 아니었는데. 그냥 조금 피곤했던 것뿐이야.

안도하는 마음이 온 몸으로 퍼졌다.

"괜찮아. 괜찮을 거야."

그렇게 말하는 토시의 가슴이 벅차올랐다. 그는 크게 한숨을 내쉬었다. 할머니가 틀렸다. 두 사람은 함께였다. 언제까지고 그럴 것이다. 그 무엇도 토시에게서 캐스를 빼앗아 가지 못한다. 테레스와 같은 부두 여신이라도 마찬가지다. 그런 일은 허락하지 않겠다.

노바는 한때 그에게 큰 의미가 있었지만, 이건 용서할 수 없었다. 이런 짓을 하고 그냥 달아나게 내버려둘 수는 없다. 대가를 치러야 한다.

가브리엘 토시는 캐스를 아이처럼 두 팔에 안은 채 돌아서서 텅 빈 통로를 뚜벅뚜벅 걸었다. 우선은 캐스가 안심하고 부상에서 회복할 수 있게 안전한 장소를 찾아야 한다.

그리고 노바 테라를 찾아내 진짜 고통이 무엇인지 알게 해줄 것이다.

제25장

구급실

노바는 먼지투성이 환기통로에서 쐐기총을 앞에 들고 한참을 기었다. 피부에 닿는 악령의 검은 전투복은 묘하게 따뜻한 느낌이어서, 차가운 통로도 크게 불편하지는 않았다. 단, 마스크를 썼음에도 코와 목으로 들어오는 먼지만큼은 유쾌하지 않았다.

그녀는 먼저 복도에서 위쪽의 환기통로로 올라선 후, 그대로 고양이처럼 기어올라 윗층까지 올라가서는, 기어서 맬의 구금실 위쪽까지 이동했다. 환기구를 막은 철망 너머로 누군가 움직이는 소리가 들렸다. 맬과 함께 경비병이 한 명 있었다. 아마 홀로그램에서 맬의 목에 칼을 들이댔던 그자일 것이다. 바깥쪽 통로에는 다른 경비병도 많았다. 그래서 이런 접근 방식을 택해야 했다. 정확하게 타이밍을 맞춰 움직여야 한다. 그러지 않으면 노바가 다가가기도 전에 맬은 죽고 말 것이다.

노바는 조심스럽게 남은 1미터를 전진해서 구금실 안을 들여다봤다. 맬은 사슬로 벽에 단단히 묶이고, 손목엔 서툰 솜씨로 붕대가 감겨 있었다. 말라붙은 피가 아직도 바닥에 점점이 흩어져 있었다. 경비병은 반대편 벽에 기대어 서서, 커다란 손에 칼을 들고 있었다. 노바가 오고 있다는 소식이 이미 전해진 모양이었다. 그의 머릿속에는 공포와 폭력성이 잔뜩 뒤섞여 있었고, 먹이를 지켜보는 맹수처럼 경계를 늦추지 않았다.

움직이지 말아요. 바로 당신 위에 있어요. 곧 진입할 거예요.

그녀는 조용히 생각을 보냈지만, 맬이 그걸 받아들였는지는 알 수가 없었다. 노바는 경비병에게 정신을 집중시키고 힘껏 밀어붙였다. 그는 뻣뻣하게 굳어가는 몸을 부들부들 떨더니 무릎을 꿇고 쓰러졌다. 두 눈에서 피가 방울져 떨어지고, 그는 그대로 앞으로 기울어 머리부터 바닥에 떨어졌다.

노바는 환기구 덮개를 열고 죽은 경비병 옆에 조용히 내려섰다.

맬은 그녀가 일어서는 모습을 지켜봤다.

정말 멋지게 등장했다고 인정해 줄게. 그런데 진짜 문제는 여기서 빠져나가는 거야.

맬은 턱으로 문을 가리켰다.

밖에 놈들이 떼로 모여 있어. 그렇다고 네가 나온 환기구로 내가 올라갈 순 없을 테고. 아, 그나저나 전투복 참 멋진데?

어정쩡한 미소가 그의 얼굴에 떠올랐다. 적어도 아직 유머 감각을 잃지는 않은 모양이었다.

노바가 수갑에 염력을 집중시키자, 맬의 손을 묶었던 물체는 이내 반으로 갈라져 바닥에 떨어졌다. 그녀는 맬에게 총을 던졌다.

싸우면서 빠져나갈 거예요.

미쳤어? 저 악령들이 우릴 덮치면….

제가 처리할 게요. 생각이 있어요. 아주 굉장한 아군이 있거든요. 얼마나 오랫동안 우리 편일지는 모르겠지만.

노바는 허리띠에서 원격 콘솔을 꺼내 입력했다.

"리오, 거기 있어?"

잠시 후 대답이 표시되었다.

응.

"좋아. 여기서 빠져나가서 팔라틴호로 가려면 네 도움이 필요해."

그의 대답이 너무 충격적이라, 한동안 아무 대꾸도 할 수 없었다.

캐스 툼이 죽었어.

노바가 그녀의 곁을 떠나던 때, 캐스는 아무 이상도 없었다. 그건 분명했다. 머리에 난 상처에서 출혈은 다소 있었겠지만, 호흡도 심박도 안정적이었다.

"어떻게 된 건데?"

베넷이 죽었어. 하지만 가브리엘은 네가 한 일인 줄 알아.

두 눈 가득 눈물이 고였지만, 노바는 눈을 깜빡여 모두 흘려버렸다. 익숙하지 않은 기분이었지만 캐스는 한때 친구였고, 그래서인지 날카로운 상실의 고통이 가슴을 깊게 파고들었다. 캐스는 원치 않게 이곳에 끌려와 강제로 자치령에 맞서 싸워야 했다. 그러다 이제는 죽어 버렸다. 그 모든 일은 너무나도 불공평했다.

맬이 그녀의 팔을 잡았다. 그의 따스한 온기가 노바의 몸 전체로 퍼졌다. 맬의 두 눈에는 걱정이 가득했다.

괜찮아?

노바는 고개를 끄덕였다.

어서 가야 해요.

쇼의 손아귀에서 빠져나온 순간부터 시작된 계획이 성공하려면 무엇보다 적당한 때에 팔라틴호에 도착할 수 있어야 했다. 노바는 다시 리오에게 전하는 말을 입력했다.

"내가 문을 열면 불을 꺼줘. 5초 동안만 어둠이 필요해."

그리고 그녀는 맬을 향해 돌아섰다.

내가 먼저 나갈게요. 여기서 기다리다가 불이 다시 켜지면 총을 쏘면서 나와요.

노바는 문을 향해 다시 돌아서서, 정신을 뻗어 통로를 더듬었다. 중무장을 하고 한껏 경계 태세를 취한 세 명을 포함하여, 재사회화된 해병 십여 명이 통로를 가득 채웠다. 게다가 악령 두 명도 그들과 함께 있었다.

그 모두를 이끄는 건 워드 중위였다.

노바는 그가 죽어가는 모습을 즐겁게 지켜볼 생각이었다.

그녀는 눈을 감고 밀어붙였다. 두꺼운 신소재 강철 문이 힘겨운 신음 소리를 내다가, 바위와 먼지, 파편을 잔뜩 피워 올리며 바깥으로 폭발했다. 문 반대편 벽에 충돌하며 발생한 충격은 이 층 전체를 흔들 정도였다. 그 경로에 서 있던 해병 두 명은 문에 짓눌려 즉사했고, 다른 해병들도 사방으로 날아갔다. 전등이 꺼지는 순간, 노바는 눈에 보이지도 않는 속도로 움직여 날카롭게 찢어진 구금실 문을 빠져나가, 혼란에 빠진 채 어둠 속을 더듬는 병사들에게 달려들었다. 악령의 머리보호대를 통해 밖을 환하게 볼 수 있었다. 그녀는 한 해병의 무기를 붙잡고 비틀어 총구를 해병의 배로 향하게 하고 방아쇠를 당겼다. 내장이 그의 등 뒤로 쏟아져 나오는 순간, 다시 빙글 돌며 얼굴을 향해 한 번 더 총을 발사했다. 그리고 그녀는 총탄을 세 발 더 발사하고 염력으로 정밀하게 방향을 틀어 세 명의 해병을 처치했다. 이 모든 게 문과 함께 폭발한 바위 조각들이 땅에 모두 떨어지기도 전에 끝났다.

하지만 아직도 남은 해병은 적어도 여섯 명이었다. 그 중 완전 무장한 셋과 악령 둘이 지금 노바를 겨누고 있었다. 기습 공격으로 우위를 차지하긴 했지만 적들은 속지 않았다. 오히려 은폐한 채로 그녀의 양 옆에 자리를 잡고, 언제든 공격할 준비를 마친 상태였다.

그녀와 맬이 도망갈 길을 차단하는 움직임이었겠지만, 그건 상대의 오판이었다. 통로가 워낙 좁아서 이 상태에서 사격을 시작했다가는 서로와 해병들까지 휘말릴 위험이 있었다. 노바는 악령들이 자신의 정신을 밀어붙이는 걸 느꼈다. 일 대 일이라면 누구도 그녀의 상대가 되지는 않았겠지만, 둘이 함께 공격해 오니 밀어내기가 조금 힘에 부쳤다. 그건 마치 노바가 두 손을 들어 얼굴을 가리고, 두 악령이 그녀의 손가락을 이리저리 찔러 대며 침입할 곳을 찾는 듯한 느낌이었다.

지금 상대하는 두 악령은 아우구스트그라드에서 싸웠던 탈렌 홀트보다는 강했다. 게다가 더 영리하기도 했다. 총신을 움직이는 모양새를 보니, 악령들은 적당한 각도로 바위벽에 총을 발사하고 튀어 나온 총탄으로 노바를 쓰러뜨리려는 듯했다. 총이 발사되는 순간, 그녀는 위로 뛰어 올랐다. 총알은 바위 표면에 날카로운 무늬를 그리고 아슬아슬하게 노바 곁을 스쳤다.

노바는 가볍게 빙글 회전하며 다시 바닥에 내려섰다. 꺼졌던 불이 켜지고, 병사들이 눈이 부셔서 잠시 앞을 보지 못하는 사이, 맬이 쐐기총을 발사하며 구금실에서 뛰어 나와 꼭 필요한 만큼의 소란을 피워 주었다. 탄환은 무장을 하지 않은 병사들의 몸을 꿰뚫고, 완전 무장한 해병의 중장갑에도 구멍을 냈다. 또 다른 병사 여럿이 쓰러지자, 노바는 정신을 집중하여 마지막 남은 해병들의 뇌를 태워버렸다.

두 악령의 집중력이 한 순간 흩어졌고, 노바에게는 그것으로 충분했다.

노바는 상대방 정신의 틈을 찾아내 안으로 밀고 들어갔다.

첫 번째 악령은 몸을 부들부들 떨다가, 결국 아무 소리도 내지 못하고 피눈물을 흩뿌리며 쓰러졌다. 노바는 몸을 빙글 돌렸고, 머리가 조금 일찍 하얗게 센 장신의 남자였던 두 번째 악령은 비명을 질렀다. 맬은 소리가 나는 방향을 조준하여 쐐기총을 발사했다. 일반적인 상황에서는 제대로 훈련을 받은 사이오닉 암살자라면 어렵지 않게 총탄을 피할 수 있었겠지만, 노바의 정신에 밀려 약화된 악령의 정신이 다른 곳에 팔려 있는 상황에서는 얘기가 많이 달랐다. 그는 가슴에 정통으로 쐐기탄을 맞고, 검은 전투복 위로 피어나는 붉은 피의 꽃과 함께 자리에서 무너져 내렸다.

어느새 텅 비어버린 통로에 먼지와 연기가 떠돌았다. 남은 적은 한 명이었다. 체트 워드 중위가 통로 끝에 서 있었다. 노바는 그와 시선을 맞췄고, 중위는 천천히 뒤로 물러났다. 노바에게 고정되었던 그의 총구는 맬을 향했다가, 다시 그녀에게 돌아왔다.

"아니, 그렇겐 못 해."

그 말과 함께 노바는 적과의 거리를 단 2초 만에 주파했다. 상대가 총을 발사할 틈도 주지 않고, 피투성이 시체들을 뛰어넘어 중위에게 달려들었다.

워드는 CMC 장갑복을 입고 있었다. 노바는 모터가 윙윙거리는 그의 팔을 붙잡아 그대로 벽에다 집어 던졌다. 그는 바위에 부딪히고 비틀거렸지만 쓰러지지는 않았다. 워드가 총을 들어올렸다.

(허더스타운에서 그 망할 년을 죽였던 것처럼 너도 죽여 주지)

이번엔 안될 걸.

그녀는 그의 총과 장갑복을 매섭게 걷어차 부쉈다. 뒤로 돌아간 워드의 오른쪽 팔이 쓸모없이 대롱거렸고, 그는 고통에 찬 비명을 질렀다. 노바는 두 손으로 그를 다시 붙잡았다. 전투복 차림의 그는 100킬로그램이 넘는 무게였지만, 노바는 염력으로 그를 헝겊 인형처럼 들어올렸다.

워드는 왼손으로 그녀를 때리려 했지만, 민첩한 유령에 비해 거추장스러운 중장갑 전투복은 근접 전투에 있어 너무나도 취약했다. 노바는 다시 한 번 중위를 벽에 내던졌고, 그 충격은 그녀의 팔다리를 타고 흘러 이가 덜덜 떨리게 할 정도였다. 그제서야 그는 바닥에 쓰러졌다.

"베넷은 어디 있지?"

노바가 말하며 워드의 정신을 더듬어 진실을 찾았다.

"지옥에나 가시지."

"네가 먼저야."

그녀는 워드의 헬멧에서 보안경을 뜯어내고 두 눈을 바라봤다. 그리고 전력으로 정신을 집중시켜 중위의 뇌를 두개골 안에서 불태웠다. 그의 얼굴에 나타난 충격과 공포의 표정을 감상하는 건 무척이나 달콤한 일이었다. 워드의 두 눈은 피를 흩뿌리며 폭발했고, 목이 꺾여 가슴팍으로 떨어졌다.

노바는 곁에 다가온 맬에게 말했다.

"베넷이 가까이에 있어요. 워드도 정확한 장소는 몰랐지만, 놈은 우리가 게헤나에서 탈출하려 한다는 걸 알아요. 멀리 떨어지지 않은 곳에서 우릴 기다리고 있어요. 여길 빠져나갈 통로를 해병 부대가 모두 막았고요."

"이제 어떻게 하지?"

"제게 생각이 있어요."

노바는 죽은 해병의 가우스 소총을 집어 들고는, 자신의 전방 표시 장치에 표시되는 시간을 확인했다. 속임수를 쓸 줄 아는 건 베넷과 해병들뿐이 아니었다. 지금까지 그녀의 계획은 모두 성공했다. 하지만 이제부터는 다른 누군가에게 의지해야 했다. 전적으로 신뢰하지 않는 누군가가 제 할 일을 다 해주기를 바라야 했다. 하지만 아무래도 도착 시간이 조금 늦어질 모양이었다.

"그게 대체 뭔데?"

맬의 질문에 대답하기라도 하듯, 거대한 우주 기지 전체가 흔들렸다. 멀리서 마치 천둥처럼 우르릉, 하는 소리가 들렸다.

됐어.

노바는 웃으며 말했다.

"교란 작전이죠. 가요, 가는 길에 설명해 줄 테니까. 어서 우주선에 타야 해요."

제26장

공격

모든 것이 무너져 내렸다. 하나하나 조심스럽게 쌓아 올렸던 계획들이 발밑에 구르는 쓰레기로 전락했다. 베넷은 너무 화가 나서 제대로 생각을 할 수도 없었다. 작전 전체가 단 한 명의 유령 요원에 의해 수포로 돌아갈 지경이었다. 대체 어떻게 된 일인지 도저히 헤아려 볼 수도 없었다.

노바가 지나갈 통로 주위에 병사들을 배치하며 전투를 준비하던 도중에 불이 꺼졌다. 그리고 탐색관을 가둔 구금실 '안으로부터' 공격이 시작되었다는 보고를 받았다. 그녀가 대체 어떻게 그 안에 들어간 건지 도저히 알 길이 없었고, 그 누구도 예상하지 못했던 일인 만큼 워드도 아무런 대비를 하지 못했다. 물론, 그 녀석은 늘 그렇긴 했지만. 불과 몇 초 사이에 베넷과 부관 사이의 통신이 끊어졌지만, 그 직전에 워드의 헬멧 카메라를 통해 노바 테라가 그의 눈을 똑바로 바라보는 모습을 볼 수 있었다. 그 꼬마 마녀는 마치 베넷을 도발하기라도 하는 것 같았다.

"지옥에나 가시지."

"네가 먼저야."

카메라 너머의 베넷을 직접 바라보기라도 하듯, 노바는 렌즈를 똑바로 응시하며 대답했다. 그리고 영상은 검게 변했다.

해병들에게 일제 공격을 시키고 싶은 마음이 굴뚝같았지만 참아야 했다. 좁은 통로는 노바에게 유리하고, 심지어 구금실에 숨어 병사들의 공격을 쉽게 막아낼 수도 있다. 가장 좋은 방법은 그녀가 자신을 찾아오게 하는 방법이었다. 전투의 흐름이 노바에게 유리한 쪽으로 흘러간 것은 확실하지만, 아직 그녀도 베넷이 어디에 있는지는 몰랐다. 그녀의 사이오닉 능력이 아무리 강해졌다고 해도, 장군은 자신의 기척을 완전히 숨길 수 있었다.

하지만 노바에게는 비장의 무기가 한 가지 더 있었다. 갑자기 바닥이 흔들리면서, 헬멧 속에서 루크의 목소리가 들렸다. 그녀는 잔뜩 긴장한 목소리로 가쁜 숨을 내쉬며 말했다.

"함선이 공격받고 있습니다, 함장님. 방어막과 은폐 장치를 가동했지만, 적함은 여전히 우리 함선을 추적하고 있습니다. 어떻게 된 일인지 모르겠습니다."

베넷의 피가 서늘하게 식었다.

"상대는 누구지?"

"모르겠습니다. 저희가 탐지 중인 어느 주파수로도 신호를 보내지 않았습니다. 어느 순간 갑자기 함포를 발사하며 나타났습니다. 겉보기에는 테란 함선 같고요. 빨리 올라오셔야 합니다."

한 순간 믿을 수가 없었다. 누구도 그들이 여기 있다는 사실은 알 수 없었고, 게다가 신원을 밝히라거나 항복 의사를 타진하지도 않고 무작정 공격해 온다는 건 있을 수도 없는 일이었다. 게헤나 기지는 너무나도 거대하기 때문에, 지금까지 알려진 테란의 어떤 전투함도 위협이 되지는 않았다.

물론, 그건 핵을 사용하지 않았을 경우의 이야기였다. 쉽지 않은 일이겠지만, 분명히 그럴 가능성도 있다.

베넷도 어떻게 된 일인지 알 수는 없었지만, 이것도 노바가 꾸민 일인 것만은 분명했다.

"곧 가겠다."

그는 해병들에게 목숨을 걸고 통로를 지키라고 말한 후, 함교로 향했다.

베넷이 5분 후 함교에 도착하자, 루크는 새로운 전술 장교와 열띤 논쟁을 하는 중이었다. 바위처럼 굳은 얼굴의 재사회화된 해병 장교는 예전의 삶에서는 도둑이나 살인자였을 것만 같았다. 얼굴은 그만큼 흉악했지만 그의 뇌는 깨끗하게 소거되어 있어, 베넷도 그의 머릿속에서 아무것도 느끼지 못했다.

바닥이 다시 거세게 흔들렸다. 장군도 견디지 못하고 비틀거리다가, 난간을 붙잡고 왜 반격하지 않느냐며 짜증 가득한 목소리로 소리쳤다.

"무기가 전혀 작동하지 않습니다."

루크의 하얗게 질린 얼굴에서는 두 볼만이 발그레한 빛을 띠었다.

"원인은 확인하지 못했습니다. 방어막은 정상 작동하고, 은폐 장치도 가동 중입니다. 다른 장치는 모두 정상입니다."

화를 이기지 못하고 베넷은 몸을 부들부들 떨었다.

"리오, 그년이 리오를 설득해서 도움을 받은 거다."

루크는 잠깐 동안 멍하니 그를 바라보다가, 사태를 이해하게 되면서 얼굴이 하얗게 질렸다.

"함장님, 리오가 우리에게 저항하려 한다면, 그가 어떤 일을 할 수 있는지는 굳이 말씀드리지 않아도…."

"그래, 그럴 필요 없다."

장군은 함교를 돌아보며 말했다.

"망할 워드는 어디에 있나?"

루크는 당황한 표정이었다.

"저… 중위는 죽었습니다, 함장님."

베넷은 우뚝 멈춰 섰다. 그리고 지금 상황을 다시 한 번 돌아보았다. 그래, 물론 워드는 죽었다. 조금 전까지는 그도 알고 있었다. 그러나 그 정보는 한순간에… 사라졌다.

정신 차려, 장군.

그는 루크를 손가락으로 가리켰다.

"신경 쓰지 마라. EMP 폭탄을 터뜨려."

"하지만, 함장님…."

"하라는 대로 해!"

베넷은 천둥처럼 고함을 쳤다. 얼굴은 검붉게 물들고, 어느새 주먹을 꽉 쥔 채였다.

"예, 알겠습니다."

루크는 버튼 몇 개를 눌렀고, 모든 불이 꺼졌다. 전체 시스템이 깜박이며 차례로 다시 켜졌고, 루크는 안도한 표정을 지었다.

"EMP 시스템의 안전장치가 보조 기억장치와 전원을 가동시켰습니다. 현재 함선의 동력은 완전히 끊겼습니다. 지금은 보조 동력으로 가동하는 중입니다."

"어떻게든 당장 리오가 한 짓을 차단하고 무기를 가동시켜라. 토시는 어디에 있나?"

"거의 한 시간 동안 연락이 없었습니다."

지금쯤이면 그가 툼의 시체를 발견하고, 딜라나는 그게 노바의 짓이라고 말했어야 한다. 그러면 토시는 분노로 가득 차 마치 짐승처럼 노바를 추적하거나, 아니면 한계를 넘은 정신이 망가져 쓸모없는 바보가 되었을 것이다. 베넷은 돌아서서 함교를 빠져나가려 했지만, 통신 장교가 그를 불러 세웠다.

"함장님, 적함이 보안 채널을 통해 접촉해 왔습니다."

"빌어먹을, 상대는 어떤 자식이지?"

"파멸자 부대의 스폴딩 소령입니다. 함장님을 만나 뵙고 싶다고 합니다."

제27장

동굴

　노바는 팔라틴호에 숨어 있는 동안 리오에게 부탁하여 스폴딩과 접촉했던 일을 맬에게 자세히 설명했다. 스폴딩은 처음엔 그녀의 말을 들으려 하지도 않았지만, 베넷의 범죄에 대한 증거는 충분했다. 스폴딩이 마지못해 할 일을 하겠다고 동의한 후, 그들은 자세한 공격 계획과 시점을 조율했다. 그리고 리오는 게헤나 기지를 추적할 수 있는 모든 정보를 소령 측에 전달했다.

　악마와 계약을 맺은 기분이었다. 물론 그녀는 아직도 스폴딩 소령을 전적으로 믿지는 않았지만, 그는 지금 분명히 자기가 맡은 일을 해냈다. 교란 작전은 성공이었고, 시간도 정확했다. 그리고 그 덕분에 첫 번째 방어선을 돌파할 수 있었다. 이제 최대한 빨리 팔라틴호에 가기만 하면 됐다.

　그들은 계속해서 기지 아래쪽 통로를 따라 달렸다. 캐스 툼과 싸웠던 지점으로부터 멀지 않은 곳이었다. 지금까지 베넷의 해병들은 강력한 무기를 지니고 있음에도 크게 성가시지 않았고, 맬의 감금실 밖에서 악령 둘을 상대한 이후로는 다른 악령이 눈에 띄거나 그 기척이 느껴진 적도 없었다. 가브리엘 토시도 사라졌다. 팔라틴호는 그 어느 때보다 삼엄한 경계 태세를 유지하고 있겠지만, 이제 몇 분만 버티면 된다고 생각하자, 노바도 처음으로 탈출에 성공할 수 있을 거라는 믿음이 생기기 시작했다.

모퉁이를 돌아 함선이 정박해 있는 착륙장까지 이어진, 어둡고 인적이 드문 통로에 들어서는 순간, 노바는 무언가 자신들을 기다리고 있다는 느낌을 받았다.

그녀는 우뚝 멈춰 서서, 곁으로 다가오는 맬의 기척을 느끼며 그 느낌의 근원을 찾았다. 이곳은 일반적인 기지의 운영 구역과는 조금 멀리 떨어진 통로였고, 가끔씩 우주 공간에서 포탄이 폭발하는 우르릉 소리가 들려오는 걸 제외하고는 거의 아무런 소리도 나지 않았다. 스폴딩이 여전히 공격을 계속하고 있었다. 좋은 소식이었다. 하지만 무엇인가 그녀를 두렵게 했다. 그런 두려움의 이유가 정확히 무엇인지는 알 수 없었지만, 다른 테란의 기척은 느껴지지 않았다. 오히려 모든 것이 사라지고 그 어떤 생각의 소리도 들리지 않는, 마치 진공 상태와도 같은 결핍된 느낌뿐이었다.

그녀는 자신의 마음속에 내려앉은 짙은 안개를 뚫고 맬을 흘긋 바라봤다. 그는 노바에게 말을 하고 있었지만, 그녀는 그 말을 하나도 이해할 수 없었다. 불현듯 현기증이 덮쳐와, 노바는 바위벽에 한 팔을 대고 비틀거리는 몸을 다잡아야 했다.

앞쪽 통로의 교차점에서 잭슨 홀러 대령이 나타났다. 그는 환하게 웃으며 두 팔을 벌려 그들을 환영했다. 무기는 지니고 있지 않은 듯했다. 윤기가 흐르는 얼굴에는 환한 웃음이 가득했는데, 그 모습을 본 노바는 마음이 놓였다. 무언가 그녀에게 이건 옳지 않다고, 그녀의 마음을 찔러 오는 홀러 대령의 의식을 밀어내야 한다고 경고했다. 하지만 이렇게 차분하고 편안한 감정일 때는 그 목소리에 귀를 기울이기가 쉽지 않았다.

노바는 자신이 무엇 때문에 홀러를 꺼렸는지 기억해 내려고 애썼다. 그는 올곧은 성격의 지휘관이었지만 항상 공정했다. 물론 그의 마음을 읽기 힘들다는 건 사실이었지만, 그와 함께 일하는 동안 진짜 문제를 겪은 적은 없었다. 병사들도 그를 좋아하는 것 같았다. 그건 사람의 진짜 성품을 보여주는 지표였다. 복무 기록도 나무랄 데 없었다. 아마 스폴딩이 홀러에 대해 이러쿵저러쿵 험담을 했기 때문일 거다. 어리석게 그 배신자의 말에 귀를 기울였다니. 홀러처럼 뛰어난 사람은 항상 시기의 대상이 되는 법이었다.

여기서 우연히 그와 마주친 것이 정말 행운이었다. 이제 중요한 건 파멸자 부대가 더욱 심각한 피해를 주기 전에, 모두를 안전한 곳으로 대피시키는 것이었다. 누군가 소리 내어 말하기라도 한 듯, 노바는 고개를 끄덕였다. 홀러의 말을 직접 들은 것만 같았다. 그는 이렇게 힘든 상황에서도 누구나 믿고 의지할 수 있는 사람이었다. 그녀와 맬은 홀러를 향해 함께 걸어갔다. 다가오는 두 사람을 보며 그의 미소는 더욱 커졌다. 그는 두 사람을 반겨 맞이하기라도 하듯 두 팔을 들어올렸다.

하지만 뭔가 잘못됐다. 홀러 대령의 어깨에는 장군 계급장이 붙어 있었다.

(장군)

그녀는 우뚝 멈춰 서서 계급장을 바라봤다. 머릿속에서 시작된 메아리가 점점 더 커지고, 이리저리 떠돌며 부딪혀 더는 무시할 수 없는 지경이 되었다. 무엇인지 모르지만 어서 기억해 내야 했다….

잭슨 홀러. 콜 베넷. 암흑칼날 프로젝트.

그녀를 뒤덮었던 안개가 걷히고, 베넷의 얼굴에 떠올랐던 웃음이 흔들렸다. 노바는 자신을 사로잡았던 장군의 힘에서 벗어났고, 상대도 그걸 알고 있었다. 그는 두 사람을 향해 한 걸음 다가섰다. 여전히 그들을 반기듯 두 팔을 들어 올린 모습은, 다정한 아버지 같았던 가면은 이미 뜯겨 나가고 진짜 얼굴이 드러난 채였다.

노바는 맬을 흘긋 쳐다봤다. 그는 여전히 베넷의 정신 지배에 사로잡혀 있었다. 그를 데리고 어서 이곳을 빠져나가야 했다.

뒤를 돌아보자, 베넷은 어느새 사라지고 없었다. 등골이 오싹해질 만큼 서늘한 기운이 그녀의 몸을 꿰뚫었다. 오른쪽에 문이 있었다.

"어서 가요."

노바가 맬의 팔을 붙잡았지만, 그는 언짢은 표정으로 그녀의 손을 뿌리쳤다. 하지만 그녀는 저항하는 그를 끌고 문을 통과해 더 큰 통로로 나섰다.

띄엄띄엄 떨어진 전등이 불을 밝힌 통로의 내벽은 더 거친 바위투성이였다. 노바는 맬을 끌고 비틀비틀 달렸다. 그는 약에 취한 듯한 표정이었지만, 더는 저항하지 않고 그녀를 따랐다. 노바도 여전히 머릿속이 뒤죽박죽이고 생각을 정리할 수가 없었다. 베넷이 그녀에게 무슨 짓을 했는지는 모르지만, 그 효과는 서서히 사라져 가는 중이었다.

불이 깜박이다가 완전히 꺼졌다. 그들은 한없이 검은 어둠 속에 떨어졌다.

노바는 맬을 벽으로 밀어 붙여 붙잡고 그의 입을 손으로 막았다. 그는 저항하지 않았다. 그의 정신은 텅 비어 버려서, 마치 재사회화된 병사와도 같았다. 근처에 다른 테란이 있는 기척은 없는지 찾아보았지만, 특이한 것은 전혀 느껴지지 않았다. 전방 표시 장치를 야간 식별 모드로 전환하자, 벽이 밝은 초록색으로 빛나기 시작했다.

앞쪽으로 동굴 끝에서 붉게 빛나는 점이 빠른 속도로 움직였다.

베넷이라기엔 너무 작았지만, 적외선 신호로 보면 테란이었다. 마른 체격에 몸을 꼿꼿이 세우고 빠른 속도로 달리는, 어린 소녀였다.

맙소사.

베넷이 라일라를 데려온 것이 틀림없었다. 그 아이는 알타라에서 포로로 잡혔다가, 게헤나 안에서 탈출했을 것이다. 그리고 이제 길을 잃고 혼자 남아서, 죽을 만큼 겁에 질렸다. 베넷이 저 아이를 발견하기라도 하는 날엔, 분명히 가차 없이 죽이고 말 터였다.

노바는 달렸다. 맬도, 팔라틴호로 가서 탈출해야 한다는 목표도 모두 잊었다. 그저 저 어린 소녀가 오아시스의 빈민가에서 그녀를 피해 달아나던 모습만 기억에 남았다. 그때는 아이를 돕지 못했지만, 지금은 어떻게든 할 수 있었다. 다시 실패하지는 않을 것이다.

라일라는 빨랐다. 노바가 전력으로 달려도 따라잡을 수 없었다. 아이는 어둠 속을 질주하며 작은 벽감과 문가에 숨었다가 다시 빠져나가곤 했다. 앞을 보는 데 아무 문제가 없는 모양이었다. 둘은 계속해서 게헤나 기지 깊은 곳으로 들어갔고, 한참이 지난 후에야 라일라는 한 쌍의 문 앞에 멈춰 섰다. 잠시 뒤를 돌아본 그녀는 한쪽 문을 밀어 열고 안으로 사라졌다.

안쪽에서 빛이 쏟아져 나오고, 문은 다시 닫혔다. 노바는 소총을 꺼내 들고 양쪽의 사각 지대를 각각 확인한 후 야간 식별 모드를 종료했다. 문을 열고 안으로 들어서자 공성 전차가 통과할 수 있을 만큼 넓은 공간이 나타났다. 그 동굴은 게헤나 기지의 중앙을 관통하는 화살처럼 곧게 뻗어 있었다. 둥글고 거대한 천정은 바위를 플라스크리트와 신소재 강철 들보로 보강한 모습이었다. 동굴은 중앙에서 또 다른 거대한 동굴과 교차하고, 끝부분은 입구보다 훨씬 거대한 문으로 막혀 있었다.

라일라는 교차하는 동굴의 오른쪽으로 달렸고, 노바도 서둘러 아이가 사라진 지점으로 향했다. 심장이 목구멍까지 올라와 쿵쾅거렸다. 그 아이 때문에 자신이 이렇게 두려움에 떠는 이유를 알 수가 없었지만, 무언가 무척 잘못되어 있다는 느낌이 들었다. 알 수 없는 기척이 느껴졌다. 한 마디로 설명할 수는 없지만, 어딘가 위험한 존재의 느낌이었다.

모퉁이를 돌자 라일라가 바닥에 쪼그리고 앉아 있는 모습이 보였다. 아이는 무릎을 감싸 안고 앞뒤로 몸을 흔들었다. 고개를 숙인 탓에 머리카락이 흘러내려 얼굴을 가렸다. 매우 작고, 매우 외로워 보였다. 노바는 부드럽게 말을 걸었다.

"괜찮아. 이제 달아날 필요 없어. 내가 도와줄게."

아이는 덜덜 떨고 있었다. 노바는 그 옆에 함께 쪼그리고 앉아 손을 뻗었는데, 자신의 손도 부들부들 떨리고 있다는 사실이 조금 놀라웠다. 노바 자신의 일생이 사라져 버린 듯한 느낌이 들었다. 그 오랜 세월이 한 꺼풀씩 벗겨지고, 그녀는 어느새 부모님을 잃고 버려져 타소니스의 빈민가에서 홀로 두려움에 떠는 어린 소녀가 되어 있었다. 노바가 그렇게도 어렵게 잊어버리려고 했던 모든 악행이 다시 그녀에게 밀려들며 저마다 자기 말을 들어 달라고 목 놓아 외쳤다.

손이 소녀의 어깨에 닿자, 아이는 고개를 들었다.

노바의 얼굴이었다.

그녀는 벌떡 일어나 비틀비틀 뒤로 물러나며, 이를 악물고 새어 나오려 하는 비명을 억눌렀다. 동굴이 옆으로 기울어지는 듯했다. 누군가 자신을 지켜보고 있다는 느낌에 그녀는 황급히 뒤로 돌아섰다. 그리고 다시 돌아서자, 소녀는 어느새 사라지고 웃음소리가 그녀의 머리를 가득 채웠다. 당장이라도 머리가 쪼개지고 다시 돌아온 죽음과 피와 파괴에 대한 기억이 먼지투성이 바닥에 쏟아져 내릴 것만 같았다.

이건 시작일 뿐이다, 테라.

베넷의 목소리였다. 노바는 다시 돌아서서 끝없이 뻗은 듯한 동굴 깊은 곳에서 그의 모습을 찾았다. 그가 자신에게 한 짓을 깨닫자 서서히 뜨거운 열기가 몸 안에 차올랐다. 베넷은 또 한 번 노바를 속임수에 빠뜨려, 맬과 팔라틴호를 뒤로 하고 자신의 어린 시절 유령을 쫓아 달리게 만들었다.

남을 속이는 그의 능력은 가히 인상적이었다. 하지만 노바도 몇 가지 재주가 있었다.

이리 나와서 남자답게 싸우지 그래, 베넷?

전투복의 은폐 장치를 가동시키자, 다시 웃음소리가 노바의 머리를 채웠다.

그 따위 옷이 널 구해줄 거라고 생각하나? 파멸자 부대가 미사일을 쏘아 댄다고 해도 날 막을 순 없다. 너도 마찬가지야. 우리와 함께하지 않겠다면, 대가를 치르게 해 주마.

열기는 어느새 타오르는 불길이 되고, 그녀는 정신을 내뻗어 사이오닉 폭풍으로 주위의 벽을 흔들었다.

"어디냐, 베넷?"

그녀의 커다란 외침이 거대한 공간에 메아리치자, 노바는 더욱 불안해졌다. 천정에서 작은 돌 조각들이 주위에 떨어져 내렸다. 이건 베넷이 원하는 바였지만, 그녀는 개의치 않았다. 이미 너무 오랫동안 이리저리 떠밀려 왔다.

그 말에 답하기라도 하듯 끔찍한 고통이 그녀를 사로잡았고, 노바는 하마터면 쓰러질 뻔했다 두개골 안의 모든 뉴런이 한꺼번에 불타오르는 고통이 노바를 휩쓸었고, 셀 수 없이 많은 말벌이 그녀의 온 몸을 뒤덮는 듯한 느낌이 들었다. 그녀는 소총을 떨어뜨리고 머리를 감싸며, 자신을 짓눌러 오는 존재를 밀어내려 했다. 하지만 상대는 끈질기게 그녀의 머리 속으로 점점 더 깊이 파고들었다. 노바는 그대로 주저앉았다.

노바는 희미하게, 자신이 기도를 하듯 무릎을 꿇고 있음을 알았다. 누군가 그녀 앞에 멈춰 섰지만, 노바는 움직일 수가 없었다.

염력을 이용해서 물체를 전자레인지로 만드는 기법을 개발했다. 피부 세포를 가열하여 널 산 채로 끓여버리는 거지. 어때, 마음에 드나?

노바는 힘겹게 고개를 들어 베넷의 눈을 바라봤다. 공허했다. 두 눈 뒤에 아무 영혼도 보이지 않았다. 한순간 그의 모습이 깜빡이며 달라졌다. 노바는 어느새 두건을 뒤집어 쓴 줄리우스 '페이긴' 데일의 눈을 들여다 보고 있었다. 아주 오래 전, 페이긴이 사이오닉 차단막의 고문 기능을 이용하여 그녀에게 가했던 그 끔찍한 고통들이 떠올랐다. 하지만 노바는 고개를 저어 거짓 환영들을 떨쳐 버렸다. 과거는 이제 그녀를 괴롭히지 않을 것이다.

노바는 조여드는 목을 통해 억지로 말을 밀어냈다.

"나에 대해 잘 모르는 모양인데, 이런 고통은 전에도 충분히 느껴봤어. 날 쓰러뜨리려거든⋯."

그녀는 한 번에 1센티미터씩 힘주어 몸을 일으켰다. 온몸의 근육이 고통에 휩싸였지만, 그녀는 힘을 짜내 베넷의 정신을 밀어냈다.

"힘을 더 써야 할 거야."

베넷의 얼굴에서 핏기가 사라지고, 피부는 서서히 잿빛으로 변해갔다. 그는 힘겹게 싸우고 있었다. 지나치게 힘을 준 탓인지 목에 핏줄이 툭툭 불거졌다. 둘 사이에서 보이지 않는 두 개의 힘이 서로를 지배하겠다며 다퉜다. 그리고 서서히, 조금씩 노바가 우위를 점함에 따라 세포 하나하나에서 고통이 사라지기 시작했다.

베넷이 비명을 질렀다. 이마에 땀이 비어져 나왔다. 하지만 아직 끝나지 않았다. 노바는 둘의 사이오닉 힘겨루기에 너무 집중한 나머지 그의 손이 전투복 안으로 미끄러져 들어가는 것을 보지 못했다. 베넷은 작은 접이식 칼을 펴서 노바의 얼굴을 향해 휘둘렀다.

간단하지만 효과적인 공격이었다. 칼은 마스크의 관 하나를 잘랐고, 쉿 소리와 함께 공기가 새어 나오면서 팽팽하게 버티고 있던 사이오닉 균형이 깨졌다. 노바의 은폐 장치가 작동을 멈췄다. 노바가 손날로 베넷의 손목을 때려 칼을 떨어뜨렸다. 그리고 그녀는 가까운 땅 위에 놓인 총을 향해 달려들었지만, 베넷의 움직임이 더 빨랐다. 노바가 다가가기 전에 그는 총구를 들어 올렸고, 그녀는 염력을 사용하여 자신의 몸을 거칠게 오른쪽으로 밀어냈다. 조금만 늦었어도 가슴에 정통으로 총알을 맞을 뻔한 순간이었다. 그는 몸을 돌려 그녀를 쫓았지만, 노바는 몸을 낮게 숙이고 베넷의 발을 걸어찼다 그가 일어서려고 발버둥치는 사이 그녀는 달리기 시작했고, 총탄을 피하거나 염력으로 밀어내며 모퉁이를 돌아 다른 동굴로 들어섰다.

거대한 문이 멀리 있지 않았다. 앞서 느꼈던 위협적인 존재감은 더 강해져 있었다. 기척이 문 뒤쪽에서 시작된다는 것은 알 수 있었지만, 그게 정확히 무엇인지는 몰랐다. 그녀는 문 앞까지 달려가서는 뒤쪽의 베넷을 돌아봤다. 그는 그녀를 쫓아 모퉁이를 돈 후, 소총을 그녀의 얼굴에 겨누고 있었다.

"거긴 들어가지 마라. 안에 있는 게 마음에 들지 않을 테니."

그는 웃고 있었지만, 무언가 다른 것도 느껴졌다. 공포일까?

"뭘 숨기고 있는 거냐, 베넷?"

아무런 대답 없이 그는 총을 발사했다. 노바는 총알들을 염력으로 밀어내고, 다시 정신력을 이용하여 거대한 문을 뜯어냈다. 무시무시한 괴물의 고통에 찬 비명과 같은 소리를 내며 강철 문이 떨어져 나왔고, 그녀는 문을 베넷을 향해 던졌다.

문은 빙글빙글 회전하며 동굴 아래쪽으로 날아갔고, 벽과 바닥에서 바위와 플라스크리트 조각을 뜯어냈다. 베넷은 구름처럼 일어난 먼지와 잔해 사이로 사라졌다.

노바는 몸을 돌려 문 뒤로 드러난 것을 보았다. 문이 있던 자리에는 거대한 자연 동굴이 남아 있었다. 다양한 측면으로 개조된 동굴이었다. 거대한 아크등이 위쪽에서 동굴 전체를 밝혔고, 지면에서 적어도 15미터 이상 떨어진 곳에 거대한 종유석들이 마치 거인의 송곳니처럼 돋아나 있었다.

동굴 폭은 60미터는 되는 것 같았다. 하지만 그녀를 놀라게 한 건 그 규모가 아니라 그 안을 채운 것들이었다.

이 공간 전체가 일종의 최첨단 기술 연구소였다. 그녀의 오른쪽에는 사무실과 의료 시설로 가득한 독립형 구조물이 자리했고, 왼쪽에는 온 벽을 따라 놀라운 무기들이 배열되어 있었다. 전투복과 골리앗, 시즈 탱크와 바이킹, 총기류 선반까지 즐비했다. 그리고 노바의 정면에는 악마의 기계가 줄지어 서 있었다. 위로 세워진 유리 보관소를 소용돌이치는 액체와 끔찍한 초록색 가스가 가득 채웠다. 꼭대기에서 각종 전선과 튜브가 뻗어 나왔다. 게다가 마치 늘어놓은 도미노처럼 정지장 보관소가 줄지어 서 있었다. 끝이 보이지 않았다. 그리고 그 안에는 대부분 인간이 들어 있는 듯이 보였다.

한쪽 통로를 걸어 내려가는 동안 서늘한 기운이 등줄기를 따라 흘렀다. 구역질이 났다. 앞서 느꼈던 기분의 정체가 이것이었다. 수백 명 테란의 정지된 마음. 의식적인 사고는 모두 지워지고 생명의 박동만이 남아 있는 느낌….

"정말 멋지지 않아?"

베넷의 목소리가 동굴 가득 울려 퍼졌다. 돌아선 그녀의 눈에 지금 막 이 공간 안으로 들어선 베넷이 보였다. 머리카락에 먼지가 잔뜩 내려앉아 있었다. 장군의 제복은 벗어 버리고 이제는 악령의 검은 전투복 차림에, 음산한 초록빛으로 빛나는 금속제 강화 가슴보호구로 무장하고 있었다.

베넷은 해치지 않겠다는 듯이 두 손을 들어 올리고 노바를 향해 다가왔다.

"사이오닉 파형 주입기다. 내가 직접 개발했다. 사실, 악령이 된다는 건 테라진을 몇 번 주입한다고 끝나는 건 아니다. 그건 시작에 불과해. 이 기계들은…."

그는 사랑스러운 눈길로 아이를 바라보는 아버지와 같은 모습으로 손을 뻗어, 손가락으로 보관소 중 하나를 더듬으며 말을 이었다.

"… 두뇌의 구조를 조정하여 테라진과 조룡의 잠재력을 모두 끌어낸다. 그렇게 아주 미약한 사이오닉 능력이라도 갖고 있는 자라면 아주 위험한 무기로 바뀌지."

그는 다시 한번 웃었다.

"이것만 있으면 재사회화된 해병들을 이용해서 사이오닉 전사들로 이루어진 군대를 키울 수 있다. 지금 여기서 보는 자들처럼 말이야. 유령과 같은 수준이라고는 할 수 없겠지만, 텔레파시 능력이 조금 있는 정도면 충분하다. 그보다 중요한 건, 어디서든 내가 조종할 수 있다는 점이니까."

"미쳤군. 살아 숨쉬는 인간 꼭두각시로 군대를 만들겠다고? 토시는 그 따위 일에 절대로 동조하지 않을 거야. 그건 우리 모두의 자유라는 그의 바람과 상반되는 거니까."

"그 반대다. 토시는 목적이 수단을 정당화할 수 있다고 믿는다."

베넷은 한 걸음 다가서며 말을 이었다.

"노바 너도 그 점을 알았더라면 좋았을 텐데. 자, 네게 한 번 더 기회를 주겠다. 우리 생각의 차이는 한 번 눈감아 보자. 저기 정지장 보관실 안에서 나머지 악령들이 활성화되기만을 기다리고 있다. 너는 그들 모두를 이끄는 사상 최강의 악령이 될 수 있는 존재다. 저그를 생각해 봐. 단 하나의 목적을 위해 만들어지고, 또 하나의 정신이 지휘하는 군대다. 몇몇 재능 있는 사이오닉 전사들이 우리 해병대를 이끈다면, 우리도 그런 위력을 발휘할 수 있다!"

베넷의 얼굴이 붉게 상기되고, 점점 커진 목소리는 어느새 고함을 치고 있었다. 승자의 목소리처럼 들리게 하려는 듯했다. 노바는 다시 그녀의 마음을 파고들어 정신을 조작하려 하는 그의 보이지 않는 손을 느꼈다. 하지만 이번에는 절박함이 느껴졌다. 베넷은 꺾을 수 없는 저항군 앞에서 마지막 하나의 희망에 매달리려 하는 지휘관 같았다.

그가 어떻게 생각하든, 그녀는 진실을 알았다. 노바를 속이려는 의도가 베넷에게서 보이지 않는 물결처럼 퍼져 나왔다. 자유와 민주주의라는 약속은 모두 거짓이었다. 이건 반사회적 인격 장애다. 노바가 그가 원하는 것을 모두 하고 나면, 베넷은 아무런 망설임 없이 그녀를 죽일 것이다.

동굴이 미미하게 떨려왔다. 통 안에 담긴 액체가 흔들거렸다. 멀리서 우르릉 소리가 들렸다. 기지 외부에서 파멸자 부대가 공세를 강화하는 모양이었다. 지금은 베넷에게 계속해서 말을 시켜야 했다.

그녀는 가장 가까이에 있는, 액체가 가득 담긴 커다란 관을 향해 다가가며 차분하게 말했다.

"아니면, 네가 보는 앞에서 네 창조물들을 하나씩 차례대로 파괴할 수도 있겠지."

그리고 노바는 다시 한 걸음 물러서며 염력을 집중시킨 파동을 내뿜었다. 맹렬하게 진동하던 유리는 이내 금이 가더니 폭발했고, 내용물은 그녀의 발밑으로 쏟아져 내렸다. 이 관은 텅 비어 있었지만, 바로 옆의 보관소에는 벌거벗은 남자가 들어 있었다. 한때 해병이었지만, 자신의 의지와 관계없이 이곳에 갇혔을 것이다. 노바는 그를 자유롭게 해줄 수 있다….

베넷이 손을 쳐들었다.

"그만! 네 생각대로는 되지 않을 거다. 이들은 내 명령에 따른다. 모두 일어나서 너와 싸우게 될 거다."

"그렇다면, 상황을 아주 지저분하게 만들겠다고 약속하마. 저 녀석들에게 쓰러지기 전에 이 기지를 날려 버릴 테다. 이 병사들을 모두 없애고, 네그 소중한 장비까지 박살내 주겠어."

베넷은 저장 탱크와 그녀의 얼굴을 번갈아 바라봤다. 노바는 베넷의 허세에 정면으로 도전했고, 그도 자신에게 승산이 없음을 잘 알고 있었다. 이 탱크 안의 병사들은 싸움은커녕 제대로 걷지도 못할 듯했다. 공기 중으로 나와 뻐끔거리는 물고기처럼, 그의 입이 벌어졌다 닫혔다 반복했다.

베넷은 입술이 가늘어지도록 굳게 입을 다물었다. 그리고 눈을 감고 염력의 파동을 노바를 향해 뻗었다. 둘 사이에 있던 세 개의 관이 폭발하고 벌거벗고 미끄러운 두 개의 육신이 바닥으로 미끄러져 떨어졌다. 가까이에 있던 관의 조각이 노바의 다리를 덮쳤고, 그녀는 비틀거리며 뒤로 물러서다 쓰러졌다. 축축한 액체가 전투복 사이로 스며들었다.

그녀 옆에서 벌거벗은 육체 중 하나가 초록색 웅덩이 안에서 버둥거렸다. 그 병사는 이내 한숨을 쉬는 듯한 소리를 내며 움직임을 멈췄다.

혐오감과 공포를 동시에 느끼며 자리에서 일어선 그녀는, 베넷이 단순히 그녀의 주의를 끌기 위해 그와 같은 공격을 해 왔음을 깨달았다. 방 안을 살펴봐도 그는 어느새 사라진 후였다. 숨을 곳이 너무 많았다.

순간 맬이 다가오는 기척이 느껴지고, 그가 동굴 입구에 모습을 드러내며 안쪽을 바라봤다.

"노바! 괜찮아? 바깥쪽 통로는 완전히 엉망진창이야. 아무래도 저그 떼가 쳐들어온 것 같은데."

새롭게 깨어난 공포가 그녀를 휩쓸었다. 베넷이 무얼 하려는지 알 수 있었다. 그도 맬이 다가오는 것을 느낀 게 분명했다.

도망가요! 너무 위험해요!

노바는 애타게 생각을 투사했지만, 그 순간 베넷이 나타나 맬의 등 뒤에서 그를 붙잡고 목에 칼을 들이댔다. 맬은 주먹을 꽉 쥐었다. 그가 싸울 생각이라는 걸, 노바는 알 수 있었다.

가만히 있어요! 움직이지 말고.

그는 눈에 잘 보이지 않을 만큼 희미하게 고개를 끄덕였고, 베넷은 껄껄 웃었다.

"네 생각이 들리지 않을 것 같나? 난 모든 걸 알고 있다. 다 알고 있다고! 가만히 있는 건 지금 도움이 안 될 거다, 탐색관."

그는 맬의 몸을 반쯤 돌리고, 아직 부서지지 않은 텅 빈 저장 탱크를 가리켰다.

"들어가라, 노바."

그녀는 고개를 저었다.

"말도 안 되는 소리."

"버튼을 누르고 탱크 안으로 들어가라. 그러지 않으면, 캐스 툼에게 한 짓을 이 녀석에게도 해 주마."

노바는 둘 사이의 거리를 가늠했다. 염력으로 그를 제압하는 건, 맬이 이렇게 가까이에 있는 상황에서는 너무 위험했다. 게다가 베넷은 그녀의 정신력에 저항하고 맬의 목을 가를 힘이 있었다. 물리적으로도 노바가 그에게 접근하기에는 역부족일 만큼, 두 사람은 멀리 있었다.

"하지 마. 이 자식은 어차피 날 죽일 거야."

그러나 노바는 맬의 말을 무시하고 저장 탱크 측면의 커다란 버튼을 눌렀다. 탱크 안의 액체가 아래쪽 관을 통해 빠져나가고, 쉬익 소리와 함께 문이 열렸다. 눅눅하고 뜨거운 공기가 빠져나오며 노바의 피부를 간질였다. 마치 표백제 같은 냄새가 났다.

맬이 버둥거리기 시작하자, 베넷은 더욱 단단히 그를 붙잡았다. 맬의 목에서 가는 핏줄기가 흘러내리고, 그는 잔뜩 눈살을 찌푸렸다.

동굴이 다시 한 번 흔들렸다. 이번엔 그 강도가 더욱 심했다. 베넷은 아무렇지도 않게 말했다.

"자발적으로 오지 그랬나. 어차피 네가 막을 순 없어, 노바. 이건 모두 너희들에겐 너무 벅찬 일이거든. 멩스크는 종양이다. 잘라내야 해. 놈이 자치령이라는 이름으로 너희들에게 한 짓을 봐라. 고문하고, 학대하고, 끔찍한 짓을 시켰다. 놈은 살인을 저지르던 너를 구원하겠다고 했지만, 결국 다른 살인 훈련을 시켰을 뿐이지. 네 삶을 빼앗아갔다! 그 구속에서 벗어나게 되면, 넌 다른 사람이 될 거야."

"네가 맬을 살려줄 거라고 어떻게 믿지?"

베닛은 환한 미소를 지었다.

"믿어라. 어차피 네게 선택권 따위는 없다."

시간을 벌어.

노바가 저장 탱크 안으로 들어서자 유리문이 미끄러지듯 닫히며 그녀를 안에 가뒀다. 초록색 빛이 그녀를 감싸고, 아래쪽의 배수구가 부글거렸다. 끈적한 액체가 배수구를 통해 다시 들어오기 시작했고, 이내 그녀의 전투화 바닥이 액체 속에 잠겼다. 노바는 얼룩진 유리를 통해, 섬뜩한 춤을 추는 한 쌍의 무희처럼 하나로 얽힌 베닛과 맬을 보았다. 왜 항상 누군가는 어떻게든 날 조종하려 하는 걸까, 하는 생각이 머릿속에 떠올랐다.

액체는 어느새 전투화 꼭대기까지 차올랐고, 수위는 점점 더 빨리 상승하고 있었다. 끔찍하게 차가웠다. 빨리 움직여야 했고, 정확한 시간을 맞추는 것이 무엇보다 중요했다.

노바는 가까이에서 또 하나의 기척을 느꼈다. 아무래도 베닛은 그러지 못한 모양이었다. 모두 가정에 불과했지만, 만약 그도 이 기척을 느꼈더라면 다르게 행동했을 터였다. 어쩌면 이 특정한 테란의 정신에 대해 노바가 더 익숙하기 때문일 것이다. 아니면 그가 오직 노바만이 자신을 느낄 수 있게 허용했는지도 모른다. 사실 이유는 별로 중요하지 않았다. 그 사실을 자신의 이점으로 이용하고, 그가 자신의 말에 따라줄 거라 믿어야 했다.

"리오, 거기 있어?"

노바는 통신 장치에 대고 말했다. 두꺼운 유리가 바깥으로부터의 소리를 모두 차단했고, 그녀는 자신의 정신을 할 수 있는 한 두텁게 가렸다. 베넷이 그녀의 말을 듣지 못하기만을 바랄 뿐이었다.

그리고 상대방의 대답은 전방 표시 장치에 나타났다.

저들이 EMP로 날 지우려 했어. 이 얼마나… 인간적인지.

"내 말 좀 들어봐. 캐스 툼이 죽은 통로에 카메라가 있어?"

아무 대답이 없었다.

"리오?"

그 통로에는 카메라가 하나 있어.

"가브리엘이 근처에 있어. 그 카메라로 촬영된 영상을 그의 전방 표시 장치에 표시해줘. 제발, 리오, 부탁이야. 서둘러야 해."

액체는 이미 그녀의 무릎까지 삼켰고, 추위 때문에 노바의 피부가 무감각해지고 있었다. 점차 호흡이 짧아졌다. 조금 전 바닥 위에서 꿈틀거리던 벌거벗은 육체가 떠올라, 그녀는 몸을 부들부들 떨었다. 베넷은 미쳤다. 이 장치가 그녀에게 무슨 짓을 할지 정확히는 몰라도, 그게 좋은 것일 리는 없었다. 그녀가 이 저장 탱크 안에 들어온 건, 토시가 가까이에 있고, 시간을 벌어야 했기 때문이었다. 단지 그녀가 번 시간이 충분하기만을 바랄 뿐이었다.

액체가 허리까지 차올랐을 때, 동굴이 또 다시 흔들렸다. 탱크 안의 액체도 크게 요동치며, 금속 접합 부위가 그 압력에 짓눌려 삐걱거렸다. 노바는 누군가 끔찍한 고통을 겪는 것을 느꼈다. 뒤이은 소리 없는 울부짖음은 그녀의 모든 감각을 압도하고, 노바의 머리를 가득 채워 함께 비명을 지르고 싶게 만들었다. 소리 죽인 쿵 소리와 함께 가까이에서 무언가 폭발했고, 그녀의 눈앞에서 유리 탱크가 갈라지기 시작했다. 그 순간 그녀는 염력으로 문을 떠밀어 열었고, 액체는 바닥으로 쏟아져 내렸다.

그리고 노바는 광기의 한가운데로 걸어 나왔다.

우주 기지 전체가 산산이 조각나는 것만 같았다. 염력 파동이 동굴 전체를 휩쓸어, 저장 탱크들이 초록색 액체를 사방에 흩뿌리며 폭발했다. 온 벽과 바닥도 마치 지진이 일어나기라도 한 듯이 계속해서 부들부들 떨렸다.

베넷이 맬을 풀어주었다. 그의 시선은 이제 악령 보관소 바깥으로 향했다.

가브리엘 토시가 문에 서 있었다. 악마 같은 모습이었다. 굵은 머리카락은 머리 주위로 온통 헝클어져 뻗치고, 그 거대한 어깨는 계속해서 꿈틀거렸다. 그가 주위 공기를 광란의 채찍처럼 날뛰게 하자, 각종 잔해의 폭풍이 토시의 주위를 맴돌았다. 평상시 호감형이던 그의 얼굴에도 고통과 분노로 일그러진 뒤틀린 미소만이 떠올랐다. 아주 잠깐, 노바는 전통적인 하지 행성식 의복을 차려 입은 노파가 그의 뒤에 서 있는 모습을 본 것 같았지만, 확실하지는 않았다. 베넷은 나름의 폭풍을 일으켜 토시에게 정면으로 맞섰고, 두 사람의 힘이 충돌하며 일으킨 충격파가 동굴 전체로 파문처럼 번졌다. 이족 보행 형태로 서 있던 골리앗과 공성 전차들이 그대로 뒤집어지고, 남아 있던 정지장 보관소는 대부분 그 충격에 휘말려 파괴되었다.

노바도 사방에서 날아드는 파편을 염력을 사용하여 이리저리 밀쳐내야 했다. 베넷의 정신이 다른 곳에 팔려 있었다. 지금이 기회였다. 노바는 고개를 들었다. 그의 머리 위 높은 곳에 커다란 종유석이 매달려 있었다. 그녀는 마지막 남은 힘을 하나로 집중하여, 자기 안에 똬리를 틀며 모여들게 했다. 그리고 그 힘이 길길이 날뛰며 통제 불능이 될 때까지 기다리다가 천정을 향해 쏘아 보냈다.

거대하고 뾰족한 바위덩어리가 흔들렸다. 그리고 잠시 후, 바위가 갈라지며 종유석이 떨어져 내렸다. 순식간에 그 속도가 무시무시할 정도로 빨라졌다.

베넷은 충돌 직전에 고개를 들어 위를 바라봤다. 그리고 자기가 내뿜던 힘의 파동을 위쪽으로 움직이려 했지만, 상황은 이미 늦은 후였다.

종유석의 뾰족한 끝이 그의 머리를 마치 포도처럼 짓이기고, 뼈와 피를 온통 사방에 흩뿌렸다. 수 톤의 바위가 바닥을 때리는 속으로 그는 사라져 갔다. 그리고 돌 조각과 바위덩어리가 무너져 내렸고, 마치 탄환처럼 동굴 사방의 금속과 유리에 부딪혀 쿵쿵 소리를 냈다. 충격과 함께 먼지 구름이 피어 올라모든 것을 뒤덮으며 사방을 온통 유령 같은 흰색으로 물들였다.

잭슨 홀러 대령, 혹은 콜 베넷 장군으로 알려진 자는 그렇게 사라졌다.

제28장

옛 친구들

　무너져 내리는 바위 소리가 서서히 잦아들고, 동굴 안에는 으스스한 침묵이 내려앉았다. 저장 탱크 안에 남은 해병들이 땅 위에 떨어진 물고기처럼 꿈틀거리며 죽어가는 소리가 들렸다.

　대단한 군대로군.

　베넷의 목표가 무엇이었든, 전부 실패로 끝났다. 이젠 너무 늦어서 불쌍한 병사들을 구제할 수도 없었다. 끔찍이도 지쳤기 때문인지, 이 모든 일이 아무렇지도 않게만 느껴졌다.

　노바는 눈앞의 광경을 가만히 바라봤다. 떨어진 종유석의 잔해는 마치 작은 산처럼 6미터 높이로 솟아올라, 토시가 서 있는 곳을 가리고 바깥쪽 통로로 이어지는 출구를 반쯤 가로막았다. 이 안의 장비는 대부분 파괴되고, 일부 남은 것들도 심각하게 훼손된 상태였다. 무기는 모두 뒤집히거나 뒤틀렸고, 사체가 여기저기 널린 모습은 마치 치열한 교전이 벌어진 지역 같았다. 천장에 설치된 거대한 전등들도 절반가량이 깨져 버렸고, 동굴 전체를 뱀처럼 꿈틀거리는 어둠이 뒤덮었다.

노바는 그대로 바닥에 주저앉아 쉬고 싶었다. 하지만 멀리서 들려오는 묵직한 충격음이, 시간이 얼마 남지 않았음을 상기시켰다. 스폴딩과 파멸자 부대는 여전히 게헤나 기지를 파편 더미로 만들어 버리려고 열심이었다. 물론 그들이 제 시간에 탈출하건 그렇지 못하건, 그들은 개의치 않을 터였다.

누군가 신음 소리를 냈다. 의식을 되찾은 맬의 기척이 다시 느껴지기 시작했다. 그녀는 바위 더미를 넘어 동굴 바깥쪽 통로에 누운 그의 모습을 발견했다. 그리고 노바가 다가가는 사이에 그는 일어나서 얼굴을 비볐다. 무척 당황한 표정의 그는 실수로 관자놀이에 난 피투성이 상처에 손을 대고는 잔뜩 얼굴을 찌푸렸다.

신이여, 감사합니다.

노바는 그의 강한 심장 박동과 잔뜩 짜증이 난 기색을 느꼈다. 좋은 징조였다.

"이런 젠장, 대체 무슨 일이 있었던 거야? 기억나는 거라곤 네가 그 망할 저장 탱크 안으로 들어가던 것뿐인데."

맬은 축축하게 젖어 미끌미끌한 그녀의 전투복 하의를 바라봤다. 그리고 다시 주위를 둘러보다가 땅에 떨어진 종유석을 보고는 깜짝 놀라 두 눈이 커다래졌다.

"대체 어떻게 빠져나온 거야? 그런데 홀러, 아니 베넷, 아니 이름이 뭐든 그 자식은 어디 갔어?"

노바는 모든 것을 설명하고 나서, 그를 일으켜 부축했다. 또 한 번 우르릉 소리와 함께 통로 전체가 흔들렸다. 더 자세한 이야기는 나중에 해도 되지만, 지금은 우주선으로 가야 했다. 그것도 아주 빨리.

그녀는 게헤나의 지도를 전방 표시 장치에 띄우고 착륙장으로 가는 가장 빠른 경로를 찾았다. 둘은 아무 말도 하지 않고, 그저 목적지에 도달하는 데만 온 신경을 집중한 채 절뚝거리며 걸었다. 통신 장치로 스폴딩과 연락을 취하려 했지만 허사였다. 처음 이 계획을 세울 때 매우 정확한 일정에 따르기로 합의했기 때문에, 노바는 계속해서 시간을 확인했다. 스폴딩이 게헤나 기지를 핵무기로 공격할 때까지 고작 몇 분만이 남아 있었다. 모퉁이를 돌아 새로운 통로에 들어서다가 노바는 깜짝 놀라 멈춰서야 했다. 6미터 가량 떨어진 곳에서, 가브리엘 토시가 그들을 바라보며 서 있었다.

노바는 그의 기척을 전혀 느끼지 못했다. 어떻게 그가 두 사람 앞에 나타난 건지도 알 수 없었다. 온몸이 하얀 먼지에 덮인 토시가 감정을 못 이겨 부들부들 떠는 동안, 굵은 밧줄 같은 머리카락도 이리저리 뻗쳐 흔들렸다. 그의 주위로 온통 강한 힘이 몰려들어 전기가 튀기듯 빠직거리는 소리가 났다. 마치 야생 동물처럼 흉포한 눈을 번득이는 그의 정신은 그녀가 닿을 수 없는 먼 곳에 머물러 있었다.

"널 위해 돌아왔어. 시간이 얼마 없네. 캐스가 팔라틴호에서 기다리고 있어. 너도 함께 갈 거라고 얘기해 뒀고. 리오도 거기 있으니까, 어서 가자."

그는 다짜고짜 말했다. 친숙한 하지 행성의 억양이 예전보다 더욱 짙었다.

서늘한 기운이 노바의 몸을 타고 흘렀다. 곁에 선 맬도 잔뜩 긴장하는 게 느껴졌다. 거친 폭력의 기운이 토시에게서 물결처럼 밀려나왔다. 그녀는 베넷과의 전투를 치르느라 많이 쇠약해진 상태였고, 싸움이 벌어진다면 노바가 토시를 제압할 가능성은 거의 없었다.

"팀 블루. 예전처럼 그렇게 하잔 말이지, 가브리엘?"

그는 고개를 끄덕였고, 또 하나의 기억이 선명하게 노바에게 돌아왔다. 텅 빈 발코니에서 그녀에게 입맞춤하는 가브리엘 토시, 그건 그가 캐스와 사랑에 빠지기 전의 일이었다. 기억과 함께 애잔한 향수와 후회가 밀려와, 토시가 저지른 모든 짓에 대한 노바의 분노를 사그라뜨렸다. 그녀 앞에 선 이 남자는 예전 토시의 껍질일 뿐이었다. 모두 부서지고 깨져, 애초에 존재하지 않았던 꿈의 세계로 도피하고 남은 잔해였다.

절대로 돌아갈 수 없을 거야. 과거가 네 기억과 같은 법은 없으니까.

"먼저 가. 난 아무래도 이 남자를 먼저 의무실로 데려가야겠어. 거기서 만나자."

노바가 상냥한 목소리로 말하자, 토시는 고개를 끄덕였다.

"빨리 와, 노바. 캐스는 기다리길 싫어하는 거 알잖아."

그는 그 말만 남기고 돌아서 그대로 멀어져 갔다. 마지막으로 누군가의 유령 같은 형체가 토시와 함께 걷는 모습이 보였다. 주름이 자글자글한 노파가 그의 등에 손을 얹은 모습은, 마치 할머니가 어린 손자를 집으로 데려가는 것만 같았다.

제29장

폭발

둘은 노벰버호의 작은 창문 밖으로 게헤나 기지가 격한 최후를 맞는 모습을 지켜봤다.

앞서 착륙장에 들어서는 순간 적의 총탄이 둘을 반겼었다. 하지만 지휘관을 잃은 병사들은 우왕좌왕하며 전력을 다하지 못했다. 맬과 노바가 노벰버호를 타고 이륙하기까지 오랜 시간이 걸리지는 않았다. 팔라틴호는 검은 어둠만을 품고 텅 빈 채 남아 있었지만, 노바는 다가가려 하지 않았다. 토시가 어딘가 가까운 곳에 있었다. 비록 그가 지금은 자신이 만들어낸 꿈 속 세계에서 길을 잃은 듯했지만, 둘이 다시 만나게 된다면 그 결과는 크게 달라질지 모른다는 생각이 들었다.

게헤나 기지의 은폐 장치가 작동을 멈췄다. 노벰버호가 착륙장을 벗어나는 순간, 두 사람은 경이로운 시선으로 작은 우주선의 창밖을 내다봤다. 게헤나는 작은 위성만한 크기였으며, 천연 암석으로 이루어진 표면에는 움푹 패인 구덩이들이 가득했다. 파멸자 부대는 계속해서 기지에 집중 포화를 퍼부었지만, 코끼리에게 덤벼드는 개미 같았다. 적의 바이킹 전투기 몇 대가 이리저리 움직이며 미사일을 발사했지만, 상호 간에 조화로운 움직임이 전혀 없었다. 베넷의 죽음과 함께 조종사들이 모두 주인 잃은 꼭두각시가 되어 버린 것만 같았다. 노바는 한 순간 루크가 어디로 갔을까 궁금해 했지만, 이제는 아무 상관이 없었다. 반란군은 그 머리를 잃었고, 이제 남은 자들은 뿔뿔이 흩어져 사라질 것이다.

그녀는 이미 결정을 내렸다. 맬과 함께 아우구스트그라드로 돌아가 유령 프로그램에 합류할 것이다. 자치령은 완벽하지 않았지만, 콜 베넷이나 악령들 역시 그 해답은 아니었다. 그녀가 되찾은 기억은 즐겁기도 하고 두렵기도 했지만, 그로 인해 길을 잃은 기분이기도 했다.

도망칠 수도 있었다. 신경 삽입물을 제거하고 맬과 함께 영원히 사라질 수도 있었다. 조금 전에만 해도, 반쯤 농담인 것처럼 맬이 그런 제안을 하기도 했다. 하지만 좋든 싫든 유령이 되는 것이 노바에게는 삶의 의미였고, 아주 오래 전 그녀가 선택한 길이었다. 시 행성에서 실제로 일어났던 일과 구 가문의 아이들이 사라진 사건에 멩스크가 관여했던 사실을 포함하여, 지금껏 알아내고 기억해 낸 모든 일들을 마주하고서도, 노바는 목숨을 바쳐 지키기로 맹세한 사람들에 대한 의무가 있었고, 그걸 저버리지는 않을 작정이었다.

그녀는 군인이었다. 그걸로 충분했다.

하지만 마지막으로 해야 할 일이 하나 남았다.

"이것 좀 봐."

맬의 목소리에 노바는 현실로 돌아왔다. 그는 노벰버호의 모니터를 들여다보고 있었고, 거기엔 커다란 글씨로 짧은 메시지가 적혀 있었다.

안녕, 노바.

그녀는 재빨리 입력했다.

"리오? 어떻게 된 거야?"

이제 옛 삶을 완전히 떠나야 할 때가 됐어. 영원히 끝이야. 난 네 세계의 어느 부분에도 속할 수 없다는 걸 깨달았어. 거긴 너무… 예측할 수 없어.

"어디로 갈 건데?"

흐름 속으로. 호수에 번지는 파문을 떠올려 봐. 난 한 점에서 퍼져 나가면서 무한히 증폭될 거야. 이제는 하나의 의식에 묶여 있지 않아. 설명하기가 어렵네.

노바는 수많은 대답을 떠올려 봤지만 어느 하나도 적절하지 않았다. 리오의 말이 맞았다. 그는 이제 살아 있는 자들의 세계에 속하지 않았다. 이제부터 어디로 가든 그건 리오 자신의 선택이었고, 노바는 거기 의문을 제기할 권리가 없었다.

그래서 노바는 짧은 대답을 선택했다.

"고마워, 리오. 전부 다."

잠시 동안, 노바는 그가 이미 사라져 버렸다고 생각했다. 하지만 그 순간, 또 하나의 메시지가 나타났다.

난 항상 네가 제일 좋았어, 노바. 다른 녀석들한테는 얘기하지 마. 언젠가 다시 만나자.

미소를 짓다가, 그녀는 자신의 눈에 눈물이 고인 것을 알아채고는 깜짝 놀랐다.

"괜찮아?"

맬이 걱정스러운 눈길로 바라보며 말했고, 노바는 고개를 끄덕였다. 조금 주저하면서, 그는 손을 뻗어 그녀의 등을 어루만졌다. 전투복 위에 놓인 그 커다란 손이 무척 따뜻했다. 좋은 느낌이었다.

통신 회선이 지직거렸다.

"노벰버 호, 여긴 스폴딩 소령이다."

맬이 대답했다.

"때가 됐군. 말씀하세요, 소령님."

"핵탄두를 발사할 준비가 됐다. 안전거리를 유지하라."

"알겠습니다."

그는 통신을 끊고 노바를 보며 말했다.

"저 양반이 우릴 집까지 데려다 줄까?"

"아무래도 그러겠죠. 소령은 아마 우리가 게헤나 안에 있었을 때 저 버튼을 누르고 싶었을 거예요."

그는 미소를 지었지만, 두 눈이 무척 피곤해 보였다.

"그래, 그렇겠지."

둘은 좁은 우주선 내에 함께 앉아 거대한 우주 기지가 점점 멀어지면서 작아지는 모습을 지켜봤다. 작은 불꽃이 파멸자 부대의 함선에서 튀어나와 길게 꼬리를 늘어뜨리며 게헤나 기지의 바위투성이 표면으로 향했다. 잠시 아무 일도 일어나지 않았다. 하지만 이내 마치 작은 태양과도 같은 빛의 꽃이 피어났다. 그 빛은 너무도 강렬하여 두 사람은 눈을 감으며 시선을 돌려야 했고, 곧 커다란 불꽃 덩어리가 노벰버호의 내부를 빛으로 가득 채웠다. 작은 우주선은 탑승자의 이가 딱딱 부딪힐 정도로 격하게 떨렸다.

어쩔 수 없이 눈을 가리기 직전에, 노바는 무언가를 본 것만 같았다. 그 작은 행성의 한 조각이 떨어져 나가는 모습 같았다. 그리고 다시 그곳을 바라봤을 때, 게헤나 기지는 사라지고 없었다.

한참 동안의 침묵이 흐른 후, 맬이 한숨을 쉬었다.

"이게 끝이네. 또 한 번 임무에 성공했어. 기분이 어때?"

"피곤해요. 조금 당황스럽기도 하고."

그리고 노바는 여전히 입고 있던 악령 전투복을 가리키며 말을 이었다.

"이거… 벗어야겠어요. 괜히 기분이 좋지 않아요."

맬은 고개를 끄덕였다.

"여기 어딘가에 예비 전투복이 있었던 것 같은데. 너한텐 잘 안 맞을지도 모르지만, 안 입은 것보다는 낫겠지."

그는 어깨를 으쓱하며 말을 이었다.

"이제 코랄로 돌아가야지?"

잠시 어색한 침묵이 흘렀다.

"맬, 그 전에 어디 좀 들러도 되겠어요?"

"어딜 가고 싶은데?"

"알타라에 소녀가 하나 있어요. 도와줘야 할 것 같아요."

"라일라 말이야? 유령 프로그램에 데려가고 싶어?"

노바는 고개를 저었다.

절대로 그럴 생각은 없어요.

라일라를 보면 아주 오래 전 자신의 모습이 겹쳐 보였다. 어쩌면 이건 노바가 한 소녀의 삶을 바꿔 놓을 수 있는 기회인지도 몰랐다. 너무 늦기 전에.

"조금 더 안전한 곳으로 데려갈 수 있지 않을까 해서요. 구역 외곽의 안정적인 식민지 행성이라면, 그 아이의 재능을 반겨 맞아 줄 가족이 있을지도 몰라요."

맬은 미소를 지었고, 그녀는 그의 존재감이 마음 가득히 따스함을 채워 주는 것을 느꼈다. 기억이 소거되기 전에 조금 더 그런 기분을 느껴보는 것도 좋은 경험일 테지.

"그거 마음에 드네. 오아시스로 가자. 나도 좋아."

맬은 그녀의 손을 꼭 쥐었다. 노바는 유령 전투복 안에 간직했던 메시지를 떠올렸다.

 때로는 지나간 일을 잊어야만 앞을 바라볼 수 있다.

 라일라를 위해, 그리고 그녀 자신을 위해, 노바는 그렇게 살 수 있기만을 바랐다.

에필로그

과거와 미래의 유령

핵폭발에 휘말려 게헤나 기지가 파괴되는 사이, 떨어져 나온 함선 하나가 별들 사이를 떠돌았다. 겉보기에 그저 수많은 파편 조각 중 하나에 불과해 보이는 우주선은 정처 없이 유영했다. 그 사이 파멸자 부대의 전함은 차원 이동을 통해 떠나 버리고, 노벰버호 역시 우주의 바다 속 한 점 작은 불씨가 되었다. 홀로 남은 우주선은 그저 수많은 사건을 거치고 남은 하나의 잔해에 불과해 보였다.

하지만 팔라틴호는 비어 있지 않았다.

가브리엘 토시는 마치 살아 숨쉬는 조각상처럼 어둠에 잠긴 채 선장의 자리에 앉아 있었다. 한없는 고통을 겪어야 했던 그는 마음 속깊은 곳에서 지금까지 일어난 모든 일을 이해하려고 애쓰는 중인지도 몰랐다. 하지만 겉으로는 그저 자신이 원하는 대로 모든 이야기를 다시 썼을 뿐이었다.

캐스 툼이 그의 곁에 앉아 있었다. 고개를 푹 숙인 채 자고 있는 듯한 모습이었다. 토시는 그런 그녀를 탓하지 않았다. 지금까지 몇 시간 동안 캐스는 참 많은 일을 겪어야 했다. 상처도 심각했다. 지금도 노랗게 변해 가는 눈과 코 주위에 피가 잔뜩 말라붙어 있었다. 그녀를 너무 거칠게만 대했던 일에 대한 후회가 밀려왔다. 하지만 어쩔 수 없는 일이었다. 그래도 그녀의 두 눈에서 그를 향한 애정이 엿보인 듯했고, 토시는 그것만으로도 만족했다.

생각이 노바 테라에게로 옮겨갔고, 갑자기 몰려온 분노에 의자 팔걸이를 붙잡은 손마디가 하얗게 변했다. 팔라틴호에서 만나기로 약속했었는데, 노바는 그를 배신했다. 캐스가 이런 중상을 입어야 했던 과정에서 노바가 정확히 어느 정도의 역할을 했을지 궁금했다. 베넷이 캐스를 고문하는 장면은 두 눈으로 직접 봤었다. 그건 사실이었다. 하지만 그 불행한 사고가 있기 전에 딜라나가 그에게 했던 얘기도 아직 기억했다. 분명히 이 모든 일에는 뭔가 다른 면이 있다는 의심이 갔다. 그는 한숨을 쉬었다. 팀 블루는 결국 완성되지 않았고, 앞으로도 그럴 일은 없을 것이다. 이 정도로 만족해야 했다.

그는 캐스의 얼굴을 자신을 향해 돌렸다. 자신이 품은 사랑의 깊이가 그녀의 유리알 같은 눈동자 속에 그대로 비치는 것 같다는 생각이 들었다.

파멸자 부대가 떠났어. 어디로 가고 싶어?

캐스의 말에 토시는 생각에 잠겼다. 전열을 가다듬고 새로운 전략을 세울 수 있는 곳으로 가야 했다. 돌이켜 보면, 베넷과의 협력 관계는 처음부터 바람직한 결실을 맺을 수 없음이 명백했다. 토시는 언제나 혼자서 행동하는 사람이었고, 누구의 명령도 듣지 않았다. 게다가 장군의 목표는 토시와 너무 달랐다. 그러나 그는 이제 악령이었고, 그것만큼은 돌이킬 수 없었다. 팔라틴호에 비축해 둔 테라진과 조름은 한동안 사용할 만큼 충분했지만, 영원히 지속될 순 없었다. 새로운 계획이 필요했다.

집으로 가렴. 하지 행성으로 돌아가. 당분간 몸을 낮추고 마망 테레스에게 속죄한 후, 더욱 강한 존재로 태어나라. 애야, 그분에게는 아직 널 위한 계획이 있단다. 그걸 의심해서는 안 돼.

익숙한 목소리가 들렸다. 토시는 할머니의 말씀에 대해 곰곰이 생각했다. 로아에게 필요했던 희생이 그것이었는지도 모른다. 혹시 토시를 시험하는 걸까? 융통성을 발휘해야 했다. 자치령과 노바 테라는 아직 가브리엘 토시의 끝을 보지는 못했다.

그는 자리에서 일어나 텅 빈 함교를 가로질러 출구 밖으로 나섰다. 사방에서 그를 바라보는 유령 같은 형체들은 무시했다. 통로 끝까지 걸어간 그는 좁다란 계단을 따라 함선 아래로 두 층 내려갔다. 이곳 통로는 더 좁았고, 강철 격자로 이루어진 바닥에 전투화 소리가 크게 울렸다. 사방에 부딪혀 울리는 발소리 때문에 꼭 여러 사람이 이리저리 움직이는 것만 같았다. 물론 그는 분명히 혼자였다. 아니, 엄밀히 말하면 혼자는 아니었다. 동행이 있었다. 그저 아무 말도 하지 않는 사람들일 뿐이었다.

아직까지는 그랬다.

토시는 착륙장의 창고에 들어섰다. 어둠 속에는 아무런 움직임도 없었지만, 게헤나 기지에서 빠져나오기 전에 그가 한쪽 구석에 급하게 쌓아놓은 여섯 개의 정지장 보관소에서 초록색 불빛이 깜빡이는 것이 보였다. 초록색은 정상이었다. 비교적 거친 여정에도 그들이 살아남았다는 뜻이었다.

모두를 회수하지 못한 것이 아쉬웠다. 격하게 흥분한 상태에서 그는 정상적인 사고를 하지 못했고, 정지장 안에 남아있지 못했던 악령들은 모두 폭발에 휘말려 죽었다. 어둠 속에서 창고를 가로지른 그는 보관함 중 하나에 손을 댔다. 아주 느릿하지만 규칙적으로 뛰는 심장 박동이 느껴지는 듯했다.

이들은 그와 함께 간다. 그리고 준비가 되는대로, 토시는 모두를 깨워 자유롭게 할 것이다.

가브리엘 토시는 함교로 돌아가 캐스 툼의 곁에 다시 앉았다.

항로는 *하지 행성으로.*

그는 익숙한 몸짓으로 테라진 병을 꺼내 길고 천천히 한 모금을 마셨다. 약물이 그의 혈관을 타고 퍼지며 온몸을 따스하게 덥히자, 모든 게 괜찮아질 거라는 생각이 들었다. 그는 뒤로 기대 앉아 캐스를 바라보며, 그녀의 손을 꼭 쥐었다. 그 손은 얼음장처럼 차가웠다.

아주 긴 여행이 될 것만 같았다.

스타크래프트 연대표

약 1500년경

프로토스 종족 전체가 공유하는 정신감응 연결체인 칼라에 합쳐지기를 거부
한 죄로 한 무리의 프로토스가 고향 아이어에서 추방된다. 암흑 기사단이라
불리는 이 무리는 후에 샤쿠라스 행성에 정착한다. 프로토스 종족이 이와 같
이 두 진영으로 나뉘게 된 과정은 훗날 "불화"라는 명칭으로 기록된다.

『스타크래프트: 그림자 사냥꾼』 –「암흑 기사단 3부작」 2권 (크리스티 골든)

『스타크래프트: 황혼』 –「암흑 기사단 3부작」 3권 (크리스티 골든)

1865년

암흑 기사 제라툴이 태어난다. 그는 훗날 두 개로 분리된 프로토스 사회를 하
나로 합치는 데 중요한 역할을 한다.

『스타크래프트: 황혼』 –「암흑 기사단 3부작」 3권 (크리스티 골든)

『스타크래프트: Queen of Blades』 (애런 로젠버그)

2143년

태사다르가 태어난다. 그는 훗날 아이어 프로토스의 집행관이 된다.

『스타크래프트: 황혼』 – 「암흑 기사단 3부작」 3권 (크리스티 골든)

『스타크래프트: Queen of Blades』 (애런 로젠버그)

약 2259년경

네 대의 대형 우주모함 아르고호, 세이렌고호, 레이건호, 나글파호가 지구의 범죄자들을 싣고 항해하다가 목적지를 벗어나 코프룰루 구역에 불시착한다. 생존자들은 모리아, 우모자, 타소니스 행성에 정착하여 새로운 사회를 건설하고 후에 다른 행성으로 퍼져 나간다.

2323년

다른 행성들에 다수의 식민지를 건설한 후, 타소니스가 막강한 테란 연방의 수도가 된다. 연방은 점차 압제적인 정부 조직으로 바뀌어 간다.

2460년

아크튜러스 멩스크가 태어난다. 그는 테란 연합의 지도층인 구 가문 중 하나의 후손이다.

『스타크래프트: 멩스크』 (그레이엄 맥닐)

『스타크래프트: Liberty's Crusade』 (제프 그럽)

『스타크래프트: Uprising』 (미키 닐슨)

2464년

타이커스 핀들레이가 태어난다. 그는 훗날 조합 전쟁 중 짐 레이너와 좋은 친구가 된다.

『스타크래프트: 천국의 악마들』(윌리엄 C. 디츠)

2470년

변방 행성 샤일로에서 트레이스와 캐럴 레이너 사이에서 짐 레이너가 태어난다.

『스타크래프트: 천국의 악마들』(윌리엄 C. 디츠)

『스타크래프트: Liberty's Crusade』(제프 그럽)

『스타크래프트: Queen of Blades』(애런 로젠버그)

『스타크래프트: Frontline 4권, Homecoming』(크리스 멧젠, 헥터 세빌라)

『스타크래프트 월간 만화 #5-7』(사이먼 퍼맨, 페데리코 달로치오)

2473년

사라 케리건이 태어난다. 그녀는 테란 내에서 가장 강력한 사이오닉 능력을 지닌 인물이다.

『스타크래프트: Liberty's Crusade』(제프 그럽)

『스타크래프트: Uprising』(미키 닐슨)

『스타크래프트: Queen of Blades』(애런 로젠버그)

『스타크래프트: 암흑 기사단 3부작』(크리스티 골든)

2478년

아크튜러스 멩스크가 스털링 사관학교를 졸업한 후 부모님의 반대를 무릅쓰고 연방 해병대에 입대한다.

『스타크래프트: 멩스크』(그레이엄 맥닐)

2470년

연합과 켈모리안 조합 사이의 긴장이 고조된다. 켈모리안 조합은 연합의 압제로부터 광산 산업의 이윤을 보호하기 위해 모리안 채광 연합과 켈라니스 선적 조합이 수상한 협력 관계를 형성하면서 탄생한 산물이다. 켈모리안이 노란다 빙하의 베스핀 광산을 잠식해 오는 연합의 병력을 매복, 공격한 사건을 계기로 전면전이 발발한다. 이 분쟁은 훗날 조합 전쟁으로 불린다.

『스타크래프트: 천국의 악마들』(윌리엄 C. 디츠)

『스타크래프트: 멩스크』(그레이엄 맥닐)

2488-2489년

짐 레이너가 연합 해병대에 들어가 타이커스 핀들레이를 만난다. 훗날 연합과 켈모리안 조합과의 전투에서 레이너와 핀들레이가 소속된 321유격대대가 빼어난 솜씨와 무모한 용기로 천국의 악마들이라는 별명을 얻는다.

『스타크래프트: 천국의 악마들』(윌리엄 C. 디츠)

짐 레이너가 켈모리안 포로수용소에서 동료 연합군인 콜 힉슨을 만난다. 그가 레이너에게 켈모리안의 잔인한 고문을 이겨내고 살아남는 법을 가르쳐 준다.

『스타크래프트: 천국의 악마들』(윌리엄 C. 디츠)

『스타크래프트 월간 만화 #6』(사이먼 퍼맨, 페데리코 달로치오)

조합 전쟁의 막바지에 짐 레이너와 타이커스 핀들레이가 연합군에서 탈영한다. 아크튜러스 멩스크가 대령이 된 후 연합군을 떠난다. 그는 이후 은하계 외곽에서 성공적인 광산 시굴자가 된다.

『스타크래프트: 멩스크』(그레이엄 맥닐)

거의 사 년여의 전쟁 후 연합이 켈모리안 조합을 지지하는 채광 조합 대부분을 합병하며 조합과의 종전을 "협상"한다. 이 엄청난 패배 후에도 켈모리안 조합은 명맥을 유지하며 자치권을 보장받는다.

아크튜러스 멩스크의 아버지인 연합 의원 앵거스 멩스크가 연합의 핵심 행성이자 오랜 세월 정부와 대립하고 있던 코랄 IV의 독립을 선언한다. 이에 대한 대응으로 세 명의 연합 유령(최첨단 기술을 바탕으로 강화된 사이오닉 능력을 갖추고 비밀리에 활동하는 테란 첩보 요원)이 앵거스와 그의 아내, 어린 딸을 암살한다. 가족이 살해된 것에 격분한 아크튜러스가 코랄의 반란군을 지휘하며 연합을 상대로 게릴라전을 벌인다.

『스타크래프트: 멩스크』(그레이엄 맥닐)

2491년

연합으로부터 벗어나기를 꿈꾸는 다른 분리주의자들을 향한 경고의 의미로 연합이 코랄IV에 핵폭발을 일으켜 수백만 명을 살해한다. 이에 대한 보복으로 아크튜러스 멩스크가 자신이 이끄는 반란군을 코랄의 후예라 명명하고 연합을 상대로 한 투쟁을 더욱 강화한다. 이 기간 동안 아크튜러스가 사라 케리건이라는 이름의 연합 유령을 해방시켜 훗날 자신의 부관으로 삼는다.

『스타크래프트: Uprising』(미키 닐슨)

2495년

범죄자로서 방탕하고 소모적인 삶을 살던 짐 레이너와 타이커스 핀들레이가 당국에 의해 궁지에 몰리고 레이너의 범죄 생활이 막바지에 다다른다. 타이커스가 붙잡히지만, 레이너는 탈출에 성공한다. 레이너는 마 사라에 정착하여 리디와 결혼한다. 곧 레이너와 리디의 아들인 조니가 태어난다.

『스타크래프트: 악마의 최후』 (크리스티 골든)

『스타크래프트: Frontline 4권, Homecoming』 (크리스 멧젠, 헥터 세빌라)

2496년

짐 레이너가 마 사라에서 보안관이 된다.

2498년

짐은 내키지 않아 했지만, 조니 레이너가 천부적인 사이오닉 능력을 계발하기 위해 타소니스의 유령 사관학교에 입교한다. 같은 해, 짐과 리디는 조니의 죽음을 알리는 편지를 받는다. 슬픔을 이겨 내지 못한 리디는 무력한 생활 끝에 죽음을 맞는다.

『스타크래프트: Frontline 4권, Homecoming』 (크리스 멧젠, 헥터 세빌라)

2499−2500년

코프룰루 구역에 무자비하고 적응력이 뛰어난 저그와 정체를 알 수 없는 프로토스, 두 무리의 위협적인 외계인이 나타난다. 얼핏 아무런 이유가 없어 보이는 공격의 시작과 함께 프로토스가 연합 행성인 차우 사라를 잿더미로 만들어 연합의 분노를 산다. 대부분의 테란에게는 알려지지 않았지만 사실 차우 사라는 이미 저그에게 장악되어 있었고, 프로토스는 저그의 확산을 저지하기 위해 행성을 공격했던 것이다. 그리고 인근의 마 사라를 비롯해 다른 행성에도 이미 저그가 만연해 있음이 드러난다.

『스타크래프트: Liberty's Crusade』 (제프 그럽)

『스타크래프트: 황혼』 − 「암흑 기사단 3부작」 3권 (크리스티 골든)

저그에 감염된 테란 전초기지 백워터 기지를 파괴한 죄로 짐 레이너가 마 사라에서 투옥된다. 하지만 멩스크의 반란군인 코랄의 후예에 의해 곧 풀려난다.

『스타크래프트: Liberty's Crusade』(제프 그럽)

아르도 멜니코프라는 이름의 연합 해병이 마 사라에서의 분쟁에 휘말린다. 그는 과거 바운티풀 행성에서의 삶에서 얻은 고통스러운 기억에 괴로워하다 가 곧 자신의 과거에 어두운 진실이 숨어 있음을 발견한다.

『스타크래프트: Speed of Darkness』(트레이시 힉맨)

마 사라도 차우 사라와 같은 운명을 맞이하여 프로토스에 의해 잿더미로 변한다. 짐 레이너와 아크튜러스 멩스크, 코랄의 후예, 마 사라의 생존자 일부가 가까스로 탈출한다.

『스타크래프트: Liberty's Crusade』(제프 그럽)

연합에 배신당했다고 느낀 짐 레이너가 코랄의 후예에 가담하고, 사라 케리건을 만난다. 한편 UNN 통신원 마이클 리버티가 반란군과 동행하며 혼란 상황에 대하여 보도를 계속하고 연합의 선전 활동을 방해한다.

『스타크래프트: Liberty's Crusade』(제프 그럽)

탬슨 콜리라는 이름의 연합 정치인이 전쟁광 용병단(연합의 가장 더러운 행위를 처리하기 위해 만들어진 비밀 군사 집단)에게 아크튜러스 멩스크를 암살할 임무를 맡긴다. 멩스크의 목숨을 노린 작전은 실패로 돌아간다.

『스타크래프트 월간 만화 #1』(사이먼 퍼맨, 페데리코 달로치오)

타소니스에 번성한 연합의 실세인 구 가문의 딸 노벰버『노바』테라가 부모와 오빠가 모두 살해되는 것을 정신 감응으로 느낀 후 강력한 사이오닉 능력으로 정신 폭발을 일으킨다. 그녀의 무시무시한 능력이 알려지고, 연합이 노바의 능력을 이용하고자 그 뒤를 쫓기 시작한다.

『스타크래프트: Ghost: Nova』(키이스 R. A. 디캔디도)

아크튜러스 멩스크가 연방의 수도 타소니스에 가공할 무기인 사이오닉 방출기를 배치한다. 이 장치가 증폭된 사이오닉 신호를 보내 이 행성에 수많은 저그를 불러들인다. 타소니스는 이내 무너지고 수도를 잃은 연합이 치명타를 입는다.

『스타크래프트: Liberty's Crusade』(제프 그럽)

아크튜러스 멩스크가 사라 케리건을 배신하고 그녀를 저그에 의해 황폐화된 타소니스에 버려둔 채 떠난다. 케리건과 깊은 유대를 맺고 있던 짐 레이너는 분노에 차 코랄의 후예를 떠나고 반란군을 조직한다. 레이너의 반란군은 후에 레이너 특공대로 알려진다. 레이너가 이후 케리건의 진정한 운명이 무엇인지 알게 되는데, 그녀는 저그에 의해 목숨을 잃지 않고 오히려 칼날 여왕이라는 강력한 존재로 다시 태어난다.

『스타크래프트: Liberty's Crusade』(제프 그럽)
『스타크래프트: Queen of Blades』(애런 로젠버그)

멩스크의 무자비한 행위를 목격한 뒤 마이클 리버티가 레이너와 함께 코랄의 후예를 떠난다. 정부 선전 활동의 꼭두각시가 되기를 거부한 그는 멩스크의 압제적인 전략을 규탄하는 독자적인 방송을 개시한다.

『스타크래프트: Liberty's Crusade』(제프 그럽)

『스타크래프트: Queen of Blades』(애런 로젠버그)

자치령 의원인 코빈 패쉬가 자신의 아들 콜린이 사이오닉 능력으로 저그 무리를 끌어들일 수 있음을 알아내고, 자치령이 이것을 매우 유용한 무기로 인식한다.

『스타크래프트: Frontline 1권』「Weapons of War」(폴 벤저민, 데이비드 쉬라멕, 헥터 세빌라)

저그의 궁극의 지배자 초월체가 프로토스의 고향 아이어의 위치를 알아낸다. 저그가 이 행성을 공격한다.

『스타크래프트: Frontline 3권』, 「Twilight Archon」(렌 재토펙, 노엘 로드리게스)

『스타크래프트: Queen of Blades』(애런 로젠버그)

『스타크래프트: 황혼』 - 「암흑 기사단 3부작」 3권 (크리스티 골든)

프로토스 모선을 제작한 뛰어난 발명가 주라스가 수백 년 동안의 잠에서 깨어나 아이어가 저그의 위협에 직면한 사실을 깨닫는다. 주라스는 저그의 진정한 의도나 공격의 이유를 알지 못한 채 기이한 외계 생명체들을 공격해야 하는지 갈등한다.

「모선」 (브라이언 킨드레건. http://kr.battle.net/sc2/ko/game/lore/)

영웅적인 고위 기사 태사다르가 자신을 희생하여 초월체를 파괴한다. 그러나 아이어의 상당 부분이 폐허가 되고, 살아남은 아이어 프로토스는 저그와 프로토스의 진화에 영향을 준 것으로 알려진 고대 종족 젤나가의 차원 관문을 통해 암흑 기사단의 행성 샤쿠라스로 몸을 피한다. 암흑 기사단이 아이어에서 추방된 이래 처음으로 두 프로토스 사회가 다시 만난다.

『스타크래프트: Frontline 3권』, 「Twilight Archon」(렌 재토펙, 노엘 로드리게스)

『스타크래프트: Queen of Blades』(애런 로젠버그)

『스타크래프트: 황혼』 – 「암흑 기사단 3부작」, 3권 (크리스티 골든)

저그가 차원 관문을 통해 샤쿠라스로 프로토스 피난민을 뒤쫓는다. 태사다르 및 암흑 기사 제라툴의 동맹이 된 짐 레이너와 그의 부하들이 차원 관문을 닫기 위해 아이어에 남는다. 한편 제라툴과 프로토스 집행관 아르타니스는 이미 행성에 침입한 저그를 제거하기 위해 샤쿠라스에 있는 고대 젤나가 사원의 힘을 이용한다.

베카 로라는 변방 행성에서 옥타비아와 라즈라는 이름의 테란 남매가 최근 땅 위로 드러난 젤나가 유물을 우연히 발견한다. 유물을 조사하던 중 라즈가 유물에 흡수되고, 유물에서 알 수 없는 광선이 우주에까지 퍼져 나와 프로토스와 저그를 끌어들인다. 곧 유물을 둘러싸고 테란, 프로토스, 저그가 전투를 벌인다.

『스타크래프트: Shadow of Xel'Naga』(가브리엘 메스타)

테란과 저그, 프로토스 사이의 분쟁을 지켜보고 있던 지구 집정 연합(UED)이 사태를 통제하기 위해 지구를 출발해 코프룰루 구역에 도착한다. 저그에 의해 점령된 차 행성에서 UED가 어린 초월체를 사로잡는다. 칼날 여왕, 맹스크, 레이너, 그리고 프로토스가 UED와 새로운 초월체를 물리치기 위해 서로의 이견을 접어두고 힘을 합친다. 불가능할 것 같던 이 동맹이 목표 달성에 성공하고 두 번째 초월체가 죽고 난 뒤 칼날 여왕이 코프룰루 구역의 모든 저그를 통제하게 된다.

차 행성 근처, 지도에도 없는 위성에서 제라툴이 한때 칼날 여왕의 동맹이었던 테란 사미르 듀란을 만난다. 제라툴은 듀란이 저그와 프로토스의 DNA를 접합해 혼종을 만드는 데 성공한 것을 발견한다. 듀란은 이 창조물이 우주의 운명을 영원히 바꾸어 놓을 것이라고 불길한 예언을 한다.

아크튜러스 멩스크가 자치령의 유령 프로그램에 통합된 전 연합 요원들의 충성심을 사기 위해 자신의 유령 첩보 요원 중 반을 제거한다. 그리고 나서 코랄 IV의 위성인 우사에 새로운 유령 사관학교를 세운다.

『스타크래프트: 그림자 사냥꾼』 – 「암흑 기사단 3부작」 2권 (크리스티 골든)

코빈 패쉬가 자신의 아들 콜린의 힘을 이용하려는 자치령의 요원들로부터 아들을 숨긴다. 코빈이 자치령과 분리된 테란 정부인 우모자 보호령으로 도망친다.

『스타크래프트: Frontline 3권』 「War-Torn」 (폴 벤저민, 데이비드 쉬라멕, 헥터 세빌라)

어린 콜린 패쉬가 자치령의 손아귀에 잡혀 유령 사관학교로 보내진다. 한편 그의 아버지 코빈은 우모자 보호령에서 자치령에 반대하는 목소리로 활동하기 시작한다. 그리고 그러한 노골적인 비판으로 인해 암살의 표적이 된다.

『스타크래프트: Frontline 4권』 「Orientation」 (폴 벤저민, 데이비드 쉬라멕, 멜 조이 산 후안)

2501년

파괴되는 고향 행성 타소니스 에서 탈출한 노바 테라가 유령 사관학교에서 사이오닉 능력을 지닌 다른 테란들과 함께 자신의 능력을 갈고 닦는다.

『스타크래프트: Ghost: Nova』 (키이스 R. A. 디캔디도)

『스타크래프트: Ghost Academy 1권』 (키이스 R. A. 디캔디도, 페르난도 하인즈 후루카와)

노바는 콜린 패쉬를 만난다. 사관학교는 패쉬의 고유한 능력을 강화하기 위해 그를 연구한다. 한편 노바의 옛 동료 네 명이 광업이 중점적으로 개발된 시 행성에 고립되고, 저그의 위협으로부터 구조를 받아야 할 다급한 상황에 처한다.

『스타크래프트: Ghost Academy 2권』 (데이비드 게럴드, 페르난도 하인즈 후루카와)

제 13행성계에서 훈련을 받는 동안 노바와 그녀의 유령 사관학교 동료들은 시 행성이 저그에게 점령당한 사실을 알게 된다. 설상가상으로 노바가 어린 시절 타소니스에서 알았던 친구 몇 명이 그 행성에 갇힌다.

『스타크래프트: Ghost Academy 3권』 (데이비드 게럴드, 페르난도 하인즈 후루카와)

2502년

아크튜러스 멩스크가 어릴 적부터 관계가 소원하던 아들 발레리안에게 손을 내민다. 아들이 멩스크 왕조를 이어가기를 바라던 아크튜러스가 냉담한 십 대에서 황제가 되기까지 자신의 과거를 되돌아본다.

『스타크래프트: 멩스크』 (그레이엄 맥닐)

통신원 케이트 록웰이 UNN에 전향적이고 애국적인 방송을 전달하기 위해 자치령 부대에 들어간다. 병사들과 함께 시간을 보내는 동안 그녀는 전 UNN 통신원 마이클 리버티를 만나 자치령의 겉모습 아래 숨겨진 어두운 진실을 깨닫는다.

『스타크래프트: Frontline 2권』, 「Newsworthy」 (그레이스 랜돌프, 김남)

탬슨 콜리가 아크튜러스 멩스크를 암살하려고 시도했던 과거의 흔적을 지우고자 지금은 해체된 전쟁광 용병단을 제거할 계획을 세운다. 계획을 실행에 옮기기 전, 그는 멩스크의 환심을 사기 위해 짐 레이너를 처치하겠다며 전쟁광 용병단을 다시 규합한다. 이 임무에 파견된 전쟁광 용병단 중 한 명인 콜 힉슨은 사실 켈모리안 포로수용소에서 레이너가 살아남을 수 있게 도왔던 전직 연합군인이다.

『스타크래프트 월간 만화 #1』 (사이먼 퍼맨, 페데리코 달로치오)

코프룰루 구역의 세 종족 테란, 프로토스, 저그가 아티카 행성의 고대 젤나가 사원을 장악하기 위해 대결을 벌인다. 전투가 벌어지는 동안 병사들은 제각각 자신을 이 혼란스러운 싸움터로 이끈 계기가 무엇인지 생각한다.

『스타크래프트: Frontline 1권』, 「Why We Fight」 (조쉬 엘더, 라멘더 카마가)

풍부한 수익호의 켈모리안 승무원들이 예전 거주민들의 유류품 중 쓸 만한 것을 찾겠다며 폐허가 된 행성에 도착한다. 폐허를 뒤지는 동안, 그들은 이 행성의 사라진 거주민들에 대한 끔찍한 비밀을 알아낸다.

『스타크래프트: Frontline 2권』, 「A Ghost Story」 (키에런 길렌, 헥터 세빌라)

프로토스의 과학자 한 팀이 저그 구조물에 양분을 공급하는 생체 물질인 점막 견본으로 실험을 한다. 그러나 이 물질이 과학자들에게 이상한 영향을 미치기 시작하여 결국 그들을 광기 상태로 몰아간다.

『스타크래프트: Frontline 2권』, 「Creep」 (사이먼 퍼맨, 토머스 에이라)

미치광이 바이킹 조종사 존 다이어 선장이 무기 시범 도중 우사의 죄 없는 거주민을 공격한다. 그의 전 제자인 웨스 카터가 그의 살인 행각에 종지부를 찍기 위해 다이어에게 맞선다.

『스타크래프트: Frontline 1권』, 「Heavy Armor, Part 1」 (사이먼 퍼맨, 제시 엘리엇)

『스타크래프트: Frontline 1권』, 「Heavy Armor, Part 2」 (사이먼 퍼맨, 제시 엘리엇)

두 명의 충성스러운 파트너를 둔 숙련된 토르 조종사 샌딘 포스트가 숨겨진 보관소를 털기 위해 마 사라의 테란 군사시설에 침입한다. 잠입에 성공한 포스트는 이 보물이 절대로 발견되어서는 안 된다는 사실을 깨닫는다.

『스타크래프트: Frontline 1권』, 「Thundergod」 (리처드 A. 나크, 나오히로 와시오)

2503년

자치령의 의무병 마렌 아이어스 일병과 그녀의 소대가 불모의 채광 행성 소로나에서 저그의 공격을 받는다. 이들은 캐스크라 불리는 자연적으로 형성된 요새와 같은 거주지에 몸을 피한다. 그 지역은 공격하기가 매우 까다로운 환경이지만, 아이어스와 동료들은 곧 저그가 놀라운 적응력으로 변이를 일으켜 폭발 능력을 손에 넣고 캐스크의 방어벽을 직접 뚫는 모습을 목격한다.

「산산이 부서진」 (캐머런 데이턴, http://kr.battle.net/sc2/ko/game/lore/)

자치령의 과학자들이 법무관 무아둔을 사로잡고 프로토스의 사이오닉 정신 집합체, 칼라를 더 잘 이해하기 위한 실험을 실시한다. 광기에 사로잡힌 스탠리 버지스 박사의 주도에 따라 연구원들이 힘을 얻기 위한 연구 과정에서 모든 윤리 규범을 어기기 시작한다.

『스타크래프트: Frontline 3권』, 「Do No Harm」 (조쉬 엘더, 라맨더 카마가)

고고학자 제이크 램지가 젤나가 사원을 조사하다가 계승자라 알려진 프로토스 신비주의자의 정신과 합쳐지는 사건이 벌어진다. 이후 프로토스의 역사 전체를 아우르는 기억이 제이크에게 밀어닥친다.

『스타크래프트: 계승자』 – 「암흑 기사단 3부작」 1권 (크리스티 골든)

아이어 행성에서 제이크 램지의 모험이 계속된다. 그는 머릿속 프로토스 계승자의 지시에 따라 우주를 구하는 데 중요한 도구가 될지도 모를 신비한 수정을 찾기 위해 행성 표면 아래에서 어둠에 잠긴 미로를 탐험한다.

『스타크래프트: 그림자 사냥꾼』 – 「암흑 기사단 3부작」 2권 (크리스티 골든)

알 수 없는 이유로 자치령 최고의 전사인 유령들이 실종되기 시작한다. 유령 사관학교를 졸업한 후 자치령의 유령으로 활약하던 노바 테라가 실종된 요원들의 행방을 조사하던 중 끔찍한 비밀을 알아낸다.

『스타크래프트: 악령』 (네이트 케년)

젤나가 차원 관문을 통해 아이어에서 도망친 뒤 제이크 램지는 동행이자 경호원인 로즈메리 달과 헤어진다. 로즈메리는 샤쿠라스의 다른 프로토스 난민과 함께 머물지만 제이크는 그 행방을 알 수 없다. 홀로 시간에 쫓기던 제이크가 계승자와 함께 죽기 전에 머릿속 프로토스의 계승자와 분리할 방법을 찾기 시작한다.

『스타크래프트: 황혼』 – 「암흑 기사단 3부작」 3권 (크리스티 골든)

암흑 기사단과 아이어 프로토스로 구성된 일군의 무리가 휴면 중인 거신을 깨우기 위해 머나먼 소행성으로 여정을 떠난다. 거대한 전쟁 기계인 거신은 오래 전 프로토스에 의해 만들어진 이후 사용되지 않고 있었다. 그러나 소행성으로 가는 도중 그들의 함선은 저그의 공격을 받게 되고 임무 전체가 위험한 상황에 빠진다.

「거신」 (밸러리 워트러스, http://kr.battle.net/sc2/ko/game/lore/)

자치령은 코랄 IV 행성의 삼엄한 경비가 이루어지는 시몬슨 군수 시설에서 가공할 신형 무기인 오딘의 테스트를 실시한다. 자치령이 미처 눈치채지 못한 가운데 우모자 보호령의 정예 사이오닉 첩보 부대인 그림자 경비대의 한 요원이 어떤 대가를 치르더라도 그 비밀 군사 프로젝트의 진실을 밝혀내겠다고 결심한다.

「부수적인 피해」 (맷 번즈, http://kr.battle.net/sc2/ko/game/lore/)

외계 물체를 조사하는 테란의 비밀 단체인 뫼비우스 재단의 한 팀이 코프룰루 구역의 먼 곳에서 젤나가 구조물을 조사한다. 이를 연구하는 도중에 고대 유적에 숨겨진 어둠의 힘이 발견된다.

『스타크래프트: Frontline 4권』, 「Voice in the Darkness」 (조쉬 엘더, 라맨더 카마가)

컨이 자치령 사신으로서 새 삶을 시작하려 한다. 사신은 육체를 화학적으로 조정하여 공격성을 극대화하고, 높은 기동력을 자랑하는 돌격병이다. 하지만 예전 동료가 예기치 못하게 컨의 집에 찾아오자 자신의 골치 아픈 과거를 벗어나기가 어려울 수도 있음을 깨닫는다.

『스타크래프트: Frontline 4권』, 「Fear the Reaper」 (데이비드 게럴드, 루벤 드 벨라)

스타리 레이스라는 이름의 나이트클럽 가수가 자치령과 켈모리안 정부 당국
자들 사이의 외교적 음모 한복판에 뛰어든다.

『스타크래프트: Frontline 3권』, 「Last Call」 (그레이스 랜돌프, 계승희)

제타 분대라고 알려진 자치령 해병의 오합지졸 부대가 켈모리안 테러리스트
활동의 흔적을 찾아 채광 전초기지를 순찰한다. 그들은 서서히 테란의 모습
으로 위장하는 저그 생물의 공격에 노출되어 어느새 적과 아군의 경계를 구
분할 수 없게 된다.

「변신수」 (제임스 워, http://kr.battle.net/sc2/ko/game/lore/)

2504년

세상사에 지친 짐 레이너가 마 사라로 돌아가 환멸에 빠진 채 괴로워한다.

『스타크래프트: Frontline 4권』, 「Homecoming」 (크리스 멧젠, 헥터 세빌라)

자치령의 중무장 병사 불곰으로 복무하는 아이작 화이트는 해적들의 손아귀
에서 일군의 켈모리안 광부들을 구출하라는 명령을 받는다. 그러나 화이트
의 임무는 단순한 구조 임무가 아니었으며, 그 임무를 통해 그는 폭발물 처리
요원으로 복무했던 조합 전쟁 시절 이후 계속해서 시달려 온 끔찍한 기억에
서 벗어날 기회를 얻는다.

「운명을 가로채다」 (미키 닐슨. http://kr.battle.net/sc2/ko/game/lore/)

비교적 조용했던 사 년이 지난 후, 칼날 여왕이 이끄는 저그 군단이 코프룰루
구역에 공격을 퍼붓는다. 저그의 맹공이 이어지는 가운데 짐 레이너는 계속
해서 테란 자치령의 압제와... 잠들지 않는 과거의 유령에 맞서 싸운다.